그린라이트 2

Vol. 1

세기의 이혼	7
차용 증서와 반지	43
인터뷰	79
실검 1위 휴먼 인사이드 최권후	122
공개 수업 대신 공개 고백	159
메이저 리거 차승재	197
1초의 입맞춤	232
이별서	270
되돌아온 반지	305
취중 키스	337
가지 마요	369

[Contents]

Vol. 2

너와 나의 30일	7
15년 만의 첫눈	69
공식적인 첫 데이트	98
악몽	131
동거	163
사랑해요	197
제주도 첫날밤	224
숨바꼭질	260
프러포즈 반지	292
이별	323
홈런	355
에필로그. 해신과 태강의 두 번째 결혼식	378
작가 후기	414

Chapter 12

너와 나의 30일

  은서는 그의 가족한테 연락하는 것도 생각해 보았는데, 권후가 다친 걸 그녀가 어떻게 알았는지 자연스럽게 설명하는 게 도저히 불가능해서 포기했다. 결국 그녀는 직접 차를 몰고 권후가 사는 판교로 갔다.
  사람을 살리는 마음으로 비밀번호를 누르고 현관문을 벌컥 열었던 그녀는 그 자리에서 망부석이 된 듯 굳어 버렸다.
  "어? 네가 왔어?"
  분명 옷도 못 입고 대리석에 누워 떨고 있을 줄 알았던 권후가 멀쩡하게 옷을 입고 거실에 서 있었으니까.
  "거짓말한 거예요?"
  그녀가 버럭 화를 내자 권후는 얼굴을 찌푸리며 손으로 허리를 잡았다.
  "겨우 움직인 거야. 병원 갈 거니까 네가 운전해."
  병원에 간다는 말에도 솟아났던 화가 쉬이 누그러지지 않아서 두 주먹을 불끈 쥐고 얼굴이 붉게 달아올라 있는데, 권후가 현관으로 힘겹게 걸어오며 물었다.

"설마 내 알몸 못 봐서 화난 거야?"

"아니에요!"

사람을 구하러 와 놓고 사람을 때리고 싶은 마음으로 바뀌는 건 정말 순식간이었다. 다음엔 진짜 죽었다는 소리를 듣기 전에는 절대 안 올 거다. 절대로.

집을 나와 권후가 뻣뻣하게 걷는 걸 보니 그가 몸이 불편한 게 보이기는 했다. 은서는 의심 반, 걱정 반의 마음으로 그가 걷는 걸 지켜보았다.

엘리베이터 문이 열리고 그녀가 먼저 올라탔다. 그가 걸어 들어오면서 엘리베이터 문을 손으로 잡으며 지탱하자 그녀의 손이 그를 부축해 주려고 뻗어 가다가 중간에 멈추었다. 그가 그녀의 손을 내려다보자 그녀는 민망해져서 손을 슬그머니 뒤로 빼며 물었다.

"혼자 충분히 걸을 수 있죠?"

"너 허리 다쳐 봤어?"

"아뇨."

"내가 갑자기 30년은 늙은 기분이다."

그 말에 환갑의 최권후를 상상했는데 잘 그려지지 않았다.

"그럼 부축해 줘요?"

"손 말고 어깨."

"네?"

어깨를 내놓으라는 소리에 오히려 그녀의 몸이 그를 피해 옆으로 빠졌다. 그런 그녀를 보고 그는 미간을 좁히며 말했다.

"이 상황에도 도망치는 네가 진심으로 짜증 난다."

그녀가 입을 꾹 다물고 상처 받은 눈으로 그를 쳐다만 보자 권후는 짧게 혀를 차며 사과했다.

"짜증 난다는 말은 미안. 아파서 예민해졌어."

그녀도 아픈 사람 상대로 잘한 건 없었기에 은서는 그에게 가까이 다가가 어깨를 내밀었다.

"기대요."

그는 바로 기대지 못하고 잔뜩 긴장하고 있는 그녀의 얼굴을 내려다보았다. 만지면 꼭 도망갈 것 같은 표정이었다.

그때 1층에 도착한 엘리베이터 문이 열렸다. 그녀가 내리지 않고 그가 기댈 때까지 기다리고 있자 권후는 오른팔을 들어 그녀의 어깨에 올려서 허리에 부담이 덜 가게 무게를 좀 덜어 냈다. 그의 무게가 그녀의 어깨에 실려 오자 그녀는 잠시 숨을 참았다. 고작 남자의 팔일 뿐인데도 마치 온 세상을 짊어진 듯한 기분이었다. 막 씻어서 짙어진 그의 체취가 덮쳐 와서 코가 마비될 것 같았다.

"무거워?"

질식할 것 같았지만, 그건 그의 몸무게 때문이 아니라 다른 이유였기에 은서는 아니라고 고개를 저었다.

함께 발을 뗀 순간, 무게 중심이 그녀한테로 기울며 휘청했다. 권후가 본능적으로 그녀를 끌어안아 당겼다.

"윽!"

동시에 다친 허리에 극심한 고통이 밀려왔다. 그가 아파하자 은서도 반사적으로 그의 허리를 두 팔로 꽉 끌어안았다.

쿵쿵, 서로의 심장 소리가 가장 가까운 자세가 되었다. 크게 진동하는 심장 소리가 그녀의 것인지, 그의 것인지 알 수 없었다. 온 세상이 박동하는 심장 소리로 가득 차 버린 듯 청각이 얼얼했다. 두 팔로 안고 있는 단단한 몸의 체온이 그녀보다 뜨거워서 뇌까지 익는 기분이었다.

단지 그를 지탱해 주고 있을 뿐인데, 몸에 존재하는 모든 감각이 예민하게 달아올랐다. 숨결이, 체취가, 촉감이, 모든 게 너무 자극적이었다. 속눈썹의 경련을 느낀 은서는 눈을 질끈 감았다가 떴다.

은서는 겨우 정신을 차리고 그한테 물었다.

"많이 아파요?"

"……응, 너무 아파."

그의 약한 목소리에 은서는 안절부절못했다. 할 수만 있으면 번쩍 안아 들어서 차로 데려갔겠지만, 180cm가 훌쩍 넘는 거구의 남자를 그녀가 안아 드는 건 무리였다.

"그래도 저 문까지만 걸어 봐요."

주차장과 연결된 문이 바로 몇 걸음 앞에 있었다. 저기까지만 가면 되었다.

"못 걷겠어."

여기까지 잘 걸어와 놓고 인제 와서 못 하겠다고 하면 어쩌나. 이젠 은서가 울고 싶은 심정이었다.

"그럼 여기서 기다려요. 제가 수레라도 빌려 올게요."

"모양 빠지게 그런 걸 어떻게 타."

"지금 그런 거 따질 때예요?"

사실 걸으려고 노력하면 걸을 수 있었다. 야구할 때 자주 다쳐서 그는 고통에 익숙한 편이었으니까. 그런데 은서와 포옹한 게 처음이라서 부드럽고 향기 좋은 그녀의 몸과 떨어지기가 싫었다. 이런 순간에도 착실히 그의 욕심을 채우는 걸 그녀가 알게 되면 분명 싫어할 게 뻔하지만, 남자라는 동물은 태어날 때부터 이리 생겨 먹었는데 어쩌겠나.

"그래서 넌 전화로 무슨 말 하려고 한 거야?"

사실 그녀가 전화하기 전까지는 원망을 좀 했었다. 인터뷰 허락받을 때 그가 그녀한테 한 짓을 그대로 보복하는 것 같아서. 그런데 그녀의 얼굴을 보니 그게 아니라는 걸 느꼈다. 은서는 그처럼 계산은 못 하는 성격이었다. 그러니까 오늘도 직접 그의 집까지 와 준 것이다. 이런 식으로 손해를 보며 사는 은서가 권후는 좋았다. 물론 그녀한테 솔직하게 말하면 미움만 받을 것 같지만. 호구라서 좋아하는 거냐고.

"우선 치료부터 해요."

제대로 걷지도 못하면서 물어보니 은서는 괜히 짜증만 났다.

"나 귀는 안 다쳤어."

"제가 지금 말하기 싫어요."

"그때도 생각할 시간을 달라면서 네 전화만 기다리게 하더니, 오늘도 또 말하기 싫다네. 너 밀당해?"

"지금 그런 말이 나와요?"

그녀가 큰소리를 내자마자 그가 또 허리의 고통을 호소해서 은서는 입을 다물 수밖에 없었다.

이젠 진짜 아픈 건지, 아픈 척을 하는 건지 알 수가 없었다.

"엑스레이상에 큰 문제는 없습니다. 근육이 놀라 경직된 정도니, 일주일 정도 물리 치료 받고 쉬시면 괜찮아질 겁니다."

'크게 안 다쳤다.'는 의사의 말을 듣고 은서는 안도하면서도 뭔가 사기당한 기분이 들었다. 병원에 오는 동안 개고생했던 게 떠오르며. 최권후는 자신이 덜 다친 것이 척추 기립근이 발달해서라고 그녀한테 자랑하는데, 진짜 한 대 때려 주고 싶은 걸 겨우 참았다.

최권후가 물리 치료를 받는 동안 백 비서한테서 전화가 걸려 왔다.

"안 오셔도 돼요. 이미 병원에서 치료 다 끝나 가니까. 내일 아침 출근길에 좀 챙겨 주세요."

[죄송합니다. 제가 해야 했을 일인데.]

최권후한테 정말 도움이 필요할 때 백 비서가 오지 못한 게 영 마음에 걸렸다. 그렇다고 이 일로 비서를 바꾸라고 하는 건 그녀의 지나친 간섭 같아서 은서는 입을 다물게 되었다.

물리 치료를 끝낸 최권후가 어기적거리며 걸어 나오자 은서는 의자에서 일어나 그에게 다가갔다.

"휠체어 가져다줘요?"

최권후가 미간을 구기며 고개를 저었다. 의사가 별로 크게 안 다쳤다고 했으니 인제 와서 못 걷는 척하기에는 면이 안 선다는 듯이.

은서한테는 그가 진짜로 못 걸었던 것이든, 가짜로 못 걸은 척한 것이든 별로 차이가 없었다. 어쨌든 그의 몸이 지금 불편한 건 사실이었으니까. 하필 그녀가 건 전화 때문에.

"그래서 전화로 무슨 이야기를 하려고 했던 거야?"

그녀가 치료가 끝나면 말해 주겠다고 했더니, 최권후는 바로 물어 왔다. 그녀가 바로 대답하지 않자 그의 눈빛에 초조함이 서렸다. 그러나 그녀의 눈을 절대 피하지 않았다. 그녀가 무슨 생각을 하는지 전부 다 알아내겠다는 듯이.

은서는 짧게 한숨을 내쉬었다. 인제 와서 대답을 망설일 이유는 없었다. 그가 또 떠난다는 소리만 하지 않는다면 뭐든 할 수 있었다.

"정말 한 달이면 돼요?"

그녀의 질문이 무엇을 뜻하는지 깨달은 최권후의 눈동자가 서서히 커지며 감동이 스며들었다. 단정한 그의 입술이 시원하게 휘어졌다.

하지만 그녀는 그의 뜻대로 용기를 내서 이 말을 하는 게 아니었다. 또 그가 떠날까 봐 무서워서 하게 된 말이었다. 용기가 아니었으니 기적을 꿈꾸지도 않았다. 그저 이 한 달 동안 그녀가 바라는 건 그가 점점 그녀한테 흥미를 잃는 거였다. 그래서 한 달 뒤에 각자의 삶으로 돌아갈 수 있다면 그보다 평화로운 일은 없을 것이다.

"진심…… 으윽."

흥분해서 섣불리 움직이던 최권후는 바로 허리를 손으로 감싸 안으며 몸을 숙였다. 은서는 그의 팔을 부축하며 정말 하고 싶은 말을 뒤에 붙였다.

"대신 약속해 줘요."

최권후가 고개를 들어 그녀의 얼굴을 쳐다보았다. 그녀가 그를 부축하고 있어서 서로의 얼굴이 아주 가까이 있었다. 루카스에서 그가 그녀한테 키스할 때 그랬듯이.

은서는 입 안이 마르는 기분이었다. 그래서 그녀의 입에서 나온 목소리는 건조했다.

"한 달 뒤에 내가 어떤 선택을 하든 한국 떠난다는 말은 절대 하지 마요."

권후는 그 말을 듣는 순간, 이미 그녀의 선택을 들어 버린 기분이었다. 하지만 그는 실망하지 않았다. 가족들한테 들킬까 무서워서 피하기만 하던 그녀를 기어코 끌고 와서 여기까지 세워 놓았으니까.

그러니 한 달 뒤 어떻게 될지 속단하는 것만큼 재미없는 일은 없었다. 그는 언제나 아주 작은 가능성에 모든 걸 걸어 버리는 무모한 성격이었다. 아무리 꼬꾸라지고 넘어져도 그 성격만은 절대 변하지 않았다.

"그래, 약속할게."

그가 웃으며 약속하자 은서는 속이 울렁거렸다. 그의 얼굴은 그때 그 소년처럼 반짝이는데, 그녀는 우중충한 얼굴을 하고 있을 게 거울을 보지 않아도 알 수 있었다.

"그럼 이제 우리 어떻게 해요?"

은서는 그가 그녀와 무엇을 하고 싶은지 도저히 모르겠다. 그녀가 그와 어디까지 할 수 있을지도 모르겠다. 확실한 건 보통의 남녀 관계처럼 결혼은 불가능하다는 것이다. 그걸 뼛속 깊이 새기고 있기에 은서는 가슴이 아니라 머리로 생각하게 되었다. 생각이 복잡한 그녀와 달리 그는 간단명료했다.

"우선 운전해서 바보처럼 걷는 날 집에 데려다줘야지."

그의 말에 은서는 오늘 처음으로 웃었다. 아니, 아주 오랜만에 웃는 기분이었다. 결정하기 어려웠던 말을 이미 한 뒤였기 때문인지 마음이 많이 가벼워졌다. 그도 한국을 안 띠나겠다고 약속했기에 불안했던 마음도 거의 사라졌다.

그를 부축하고 엘리베이터로 걸어가며 은서가 먼저 물었다.

"어떻게 욕실에서 핸드폰 벨 소리를 들은 거예요?"

"핸드폰이 욕실 안에 있었으니까."

"아!"

설마 씻으면서도 핸드폰을 가지고 있을 줄은 몰랐기에 은서는 황당해졌다. 하여튼 오늘 다친 걸 보니 좋은 습관은 절대 아니었다.

"앞으로는 욕실에 핸드폰 들고 들어가지 마요."
"왜? 내가 다쳐서 너무 마음이 아파?"
"너무 바보 같아서 그래요!"

최권후는 아픈 사람한테 너무하다면서 상처 받은 표정을 지었지만 전혀 불쌍하지 않았다. 그의 기를 좀 꺾을 필요가 있었다. 안 그럼 한 달 내내 그녀만 그한테 휘말릴 게 뻔했으니까.

그래도 집에서 나설 때보다는 수월하게 차에 탔다. 이제 운전해서 그의 집까지만 가면 되기에 안심했다. 허리가 불편해서 안전벨트를 매는 것도 힘겨워하는 그를 위해 은서는 조수석으로 몸을 틀었다. 손을 뻗어 안전벨트를 뽑아내는데 쳐다보는 최권후의 시선이 느껴졌다. 은서는 애써 무시하고 안전벨트를 꼼꼼하게 채우는 것에만 집중했다.

"그런데 말이야, 너한테 꼭 해야 할 말이 있는데……"

그가 일부러 목소리를 낮게 깔아서 듣는 것만으로도 청각이 간지러웠다.

"중요한 말 아니면 나중에 해요."
"중요한 말이야."

은서는 운전석에 자세를 바로 하고 앉으며 물었다.

"혹시 화장실 가고 싶어요?"

최권후가 모욕당한 눈으로 그녀를 쳐다보자 은서는 입을 다물었다. 그럼 이 상황에서 그가 할 중요한 말이 뭐가 있단 말인가. 힘들게 걸어서 겨우 차까지 왔는데, 여기서 다시 화장실로 가야 한다면 그게 정말 큰일이지.

그가 손짓했다. 가까이 와 보라고. 아무래도 불길해서 은서는 고개를 저었다. 최권후가 눈에 힘을 주었다.

"오라고. 내가 못 가잖아."

은서는 할 수 없이 쭈뼛쭈뼛 그한테 다시 다가갔다. 허리를 다친 최권후는 그녀의 힘으로 충분히 제압할 수 있을 것이라는 믿음이 있었기에 할 수 있는 행동이었다. 그녀가 적당한 거리에서 멈추자 최권후는 불만족한 표정을 지었다.

"넌 꼭 내가 움직이게 하는구나."

그의 말에 은서는 흠칫해서 더 다가갔다. 그녀가 커다란 눈망울을 더 크게 뜨며 쳐다보자 권후는 '피식' 웃었다. 금방이라도 쏟아져 내릴 것 같았으니까.

그가 은밀한 말을 하기 전에 눈을 내리깔자 은서는 루카스에서 그가 키스 직전 그랬던 걸 기억하고 속눈썹이 파르르 떨렸다. 그녀의 동요를 놓치지 않고 감지한 권후가 눌렀다.

"왜 떨어?"

그와의 키스가 떠올라서 그렇다고 사실대로 말할 수가 없어서 눈을 피하려고 했는데, 권후의 손이 그녀의 턱을 잡고 그러지 못하게 막았다.

"앞으로 절대 내 눈 피하지 마."

또다시 도망치는 건 용납하지 않겠다는 듯 그의 목소리가 단호해서 은서의 떨림은 심장까지 퍼졌다. 은서는 긍정도 부정도 못 하고 그의 얼굴을 쳐다만 보았다. 머리가 멍해지며 아무런 생각도 할 수 없는 상태가 됐는데, 최권후는 그녀의 귓가 쪽으로 머리를 틀고 작게 속삭였다.

"나 동정이야."

처음엔 그가 한 말이 동정심을 뜻하는 건가 생각했다. 다쳤으니까 자길 동정해 달라는 건가? 그렇다기에는 말투가 너무 이상했다. 뒤늦게야 '동정'의 다른 뜻이 떠오른 그녀의 얼굴에 열이 오르며 은서는 서둘러 몸을 뒤로 물렸다.

"그, 그, 그런 걸 왜 저한테 말해요!"

너무 당황해서 목소리가 심하게 떨렸다.

"그럼 너한테 말하지, 누구한테 말해?"

앞으로 한 달 동안 두 사람이 어디로 가야 할지 그는 확실히 알고 있었다. 동정일 뿐이지 욕구가 없는 건 아니었으니.

이대로 또 도망칠 수도 있을 것 같아서 권후는 그녀의 손을 꽉 붙잡고 있었다. 가늘게 떨리는 그녀의 몸이 느껴지자 꼭 예전에도 그런 적이 있는 것 같은 기시감이 들었다. 루카스, 그녀와 키스했던 꿈. 권후는 이 자리에서 제대로 확인해 보고 싶은 충동이 일어서 그녀의 손을 잡아당겼다. 끌려온 은서의 얼굴에 온통 붉은 꽃이 피어올라 있었다. 아마 그녀의 몸도 똑같으리라 생각하니 입 안이 말랐다.

"손 좀 놔줘요."

그녀가 부탁했지만 권후는 싫다고 고개를 저었다. 은서는 화난 듯, 우는 듯 이상한 표정이 되었다. 섹시한 표정도, 귀여운 표정도 아닌데 그게 그의 몸 어딘가에 불을 지폈다.

달칵—.

그가 안전벨트를 풀고 그녀의 얼굴로 거침없이 다가가는 순간, 허리에 찌르는 듯한 통증이 일었다.

윽, 맞다. 나 허리 다쳤었지. 그걸 까먹다니.

그가 고통 때문에 주춤한 사이, 은서는 재빠르게 그의 손에서 빠져나와 차 문을 열고 뛰어내렸다.

"저 운전 못 해요! 비서 불러요!"

은서도 이젠 정말 도망치고 싶지 않았다. 그런데 지금 최권후와 같은 차 안에 있으면 심장 마비가 올 것 같아서 그럴 수밖에 없었다.

아침에 최권후 대표의 집으로 가려고 했던 백 비서는 최권후의 전화를 받고 병원으로 왔다.

그가 병원에 도착했을 때, 차 안에는 최권후 대표 혼자밖에 없었다. 분명 병원에 오은서 피디랑 같이 온 걸 그녀가 직접 전화로 말해 주었는데, 지금은 왜 그 혼자만 병원에 버려진 건지 도통 알다가도 모를 일이었다. 오은서 피디가 아픈 환자만 두고 떠날 정도로 매정한 성격은 아니었으니까. 그러니까 발가벗은 남자를 구하려고 직접 집까지 가 준 것이리라.

"그럼 집까지 운전하겠습니다."

오은서 피디는 왜 혼자 가 버린 거냐고 굳이 묻지 않았다.

좋은 이유가 아닐 게 뻔했기에.

"너는 어디 있다가 이제야 온 거야?"

"아! 경찰서에 있었습니다. 오 피디님이 말 안 했나요?"

"응. 질색하며 도망가 버렸어."

"또 무슨 짓을 하셨기에."

이번엔 그가 억울한 일이었다. 그는 미국에서 야구하느라 정신이 없었는데 언제 여자를 만날 시간이 있었겠나.

미국에서 그가 가장 많이 이야기를 해 본 여자는 옆집에 살던 마리아였고, 그녀는 어린 아들을 둔 미혼모였다. 그리고 나눈 이야기도 주로 그녀의 아들에 관한 내용이었다.

한국에 돌아와서는 비행기에서 내린 날 바로 은서를 만났으니, 한국에서 다른 여자를 만났으면 오히려 그녀가 기분 나빠해야 할 일 아닌가.

그는 단지 그녀가 그의 첫 여자라는 걸 알려 주고 싶었던 것이다. 차승재라는 과거가 있는 그녀와 달리. 생각하니 기분이 더러워진다. 과연 두 사람의 관계가 얼마나 깊었을까 짐작하게 되면 끝도 없이 빨려 들어가는 늪에 빠진 기분이 되었다. 그래서 가능한 한 생각하고 싶지 않았다. 그냥 아무것도 모른 척 넘기고 싶었다. 어차피 그가 없던 시간 속 그녀의 과거는 그가 결코 공유할 수 없는 영역이었으니까.

"누군가의 과거가 너무 거슬리면 어떻게 해야 하지?"

"정신과 상담 예약해 드리겠습니다."

사이보그 같은 백 비서가 사랑을 알 리가 없다. 정신과나

가라는 말에 더 우울해졌다.

권후는 창문을 아래로 내렸다. 차가운 바람이 바로 그의 얼굴을 때렸다. 그리고 허리도 같이 쑤셨다. 어서 빨리 이 허리부터 나아야겠다. 남자의 자존심은 허리라는 걸 오늘 뼈저리게 느꼈다.

은서는 집에 와서도 진정하지 못하고 아주 오래 씻었다.

어떻게 그녀가 '한 달' 이야기를 꺼내자마자 자는 이야기부터 할 수 있나. 그런 것치고는 여자와 경험이 없다는 아주 순수한 고백이었지만, 은서는 너무 놀라서 그런 걸 판단할 이성이 남아 있지 않았다. 그녀의 기준으로 최권후는 아주 불순했고, 부도덕했고, 음흉했다.

몸이 찹쌀떡처럼 노곤해졌을 때에야 욕실에서 나와 핸드폰을 확인했더니 부재중 통화와 문자가 남아 있었다. 온통 최권후의 흔적이 남아 있는 핸드폰을 은서는 찌푸린 눈으로 쳐다보았다.

> 난 백 비서가 운전해 줘서 집에 왔어.
> 여전히 걷는 게 힘들지만, 걱정할 필요는 없어.

누가 걱정한다는 건가. 은서는 핸드폰을 침대 위로 던져 버렸다. 젖은 머리를 헤어드라이어로 말리다가 다시 핸드폰 쪽을 보았다.

그러고 보니 권후의 여권을 찾으려면 그가 허리가 아플 때 집을 뒤지는 게 유리했다. 그녀는 한국을 안 떠난다는 최권후의 말을 철석같이 믿을 정도로 순진한 소녀가 더 이상 아니었다. 가장 확실한 방법은 그의 여권을 손에 넣는 것이다. 그럼자기 멋대로 비행기를 타는 일은 막을 수 있었다.

은서는 핸드폰을 집어 들었다. 분명한 목표가 있었기에 전화를 거는 손길에는 망설임이 없었고, 그녀의 눈빛에 더 이상 흔들림도 없었다.

달카—.

전화는 바로 연결되었다.

[오늘 신기한 날이기는 하다. 네가 벌써 두 번이나 나한테 전화했어.]

비장했던 그녀의 마음은 몽글거리는 그의 목소리에 한풀 꺾였다. 고작 그런 일에 큰 의미를 둘 정도로 그녀가 그를 멀리했던 걸 생각하니 그의 반가움이 가시처럼 박혀 왔다.

"밥은 먹었어요?"

[백 비서가 죽을 사다 줬는데, 맛없어.]

"그럼 내가 가서 밥해 줄까요?"

[…….]

평소에 전화도 안 하던 사람이 갑자기 집까지 찾아가서 밥해 준다고 하니 이상했는지 그는 잠시 말이 없었다. 은서는 변명하듯이 덧붙였다. 여권을 훔치러 가는 걸 절대 안 들키기 위해서.

"환자는 잘 먹어야 빨리 나아요."

[그게 과연 허리도 해당할까?]

"그래서 싫다고요?"

[아니, 너무 좋다고. 빨리 와.]

미소가 스민 그의 목소리는 너무도 쉽게 그녀의 경계심을 뚫고 심장을 움켜쥐었다.

그녀가 그에게 말한 '한 달'은 그를 좋아하기 위한 시간이 아니었다. 그녀가 그에게 말한 '한 달'은 그를 이 땅에 붙잡아 두기 위한 시간이었다. 그런데도 그녀의 마음은 최권후의 말 한마디에 너무도 쉽게 움직였다. 어찌 이다지도 쉬운 마음인지.

처음부터 그랬다. 그가 던진 야구공에 맞고 기절했던 주제에 눈을 뜨자마자 보인 그의 얼굴을 보고 반했었다. 그때부터 그녀는 철저히 약자였던 걸까? 그게 좀 억울했다.

"그럼 내일 갈게요. 오늘은 너무 늦었으니까."

[뭐? 그럼 내일 전화하지, 왜 오늘 전화했어?]

그가 실망하니 그녀는 유치한 만족감이 들었다.

[오늘 내 알몸을 못 봤다고 복수하는 거야?]

"아니에요!"

결국 바로 이렇게 보복당할 걸 모르고.

[실망한 거 알아. 다음에 좋은 분위기에서 내가 보여 줄게.]

"안 실망했어요! 죽어도 안 보고 싶어요!"

[보면 마음 달라질걸. 나 엄청나다.]

그녀가 감당할 수 없는 뻔뻔함에 은서는 전화를 끊어 버리고 핸드폰을 서둘러 놓았다. 아직도 소름이 가시지 않았다. 앞으로 최권후와 함께해야 할 한 달이 정말 불안해졌다.
……나 살아남을 수 있겠지?

성은이 망극하게도 이번 인터뷰는 그녀가 결정해도 된다는 양 피디의 허락이 떨어졌다. 피디 수습 기간은 심했다는 걸 양 피디가 이제라도 깨달았다니 천만다행이 아닐 수 없었다.
"시골 빵집이요? 너무 약하지 않아요? 요즘 누가 그런 것에 관심을 가져요."
그런데 양 피디를 겨우 넘어섰더니 다른 양 씨가 그녀의 앞을 막아섰다.
"휴먼 인사이드는 대단한 사람만 인터뷰하는 게 목적이 아니에요. 우리 사회에 꼭 필요한 사람들의 인생을 대중에게 소개하는 프로그램이지."
그녀가 소신 있게 말해도 조연출은 콧방귀를 뀌며 무시했다. 아무래도 그녀와 양 씨는 상극인가 보다. 안 맞아도 너무 안 맞았다.
"아무래도 첫 인터뷰가 제인 리였다는 게 독이었나 봐요. 기준이 다 제인 리야. 쯧쯧."

작가도 절레절레 고개를 저으며 그녀에게 말했다.

그녀가 담당 피디였기에 조연출의 의견은 무시하고 그녀의 주장을 밀고 나갈 수도 있었다. 하지만 같이 일하는 팀이었기에 가능한 한 서로 만족할 수 있는 인터뷰이를 찾고 싶었다.

"차승재 어때요? 꼴찌 야구팀을 구원하러 간 히어로."

조연출의 입에서 또 '차승재'가 나오자 은서는 짜증이 났다.

"피닉스는 아직 꼴찌 탈출을 하지도 못했는데 뭐가 히어로라는 거죠? 그리고 이미 인터뷰한 최권후 구단주와 내용이 겹쳐서 안 됩니다."

은서의 말이 모두 옳았기에 조연출은 더 차승재를 고집하지 못했지만 그녀가 자길 무시했다고 생각하는 건지 대놓고 표정이 안 좋았다. 결국 인터뷰이 정하는 일을 마무리 짓지 못하고 회의가 끝나서 속이 시원하지 못했다.

잠시 바람이나 쐬며 리프레쉬하려고 밖으로 나왔는데 은서의 핸드폰이 한 번 울렸다.

그녀는 문자 내용을 보고 심장이 쿵, 내려앉았다.

> 저녁 안 먹고 기다린다. 늦지 마.

오늘 최권후의 집에 가서 밥을 해 주기로 했었다. 은서는 자신이 제대로 할 수 있는 요리를 떠올려 보았는데 모두 시시한 것들뿐이었다. 그렇다고 밀키트를 사 가서 하면 분명 최권후가 비웃을 게 뻔했다. 중요한 건 여권인데, 갑자기 저녁 메뉴 때문에 은서는 심각해졌다.

너와 나의 30일

혼자 결정하지 못한 은서는 애인이 있는 이 작가에게 조언을 구했다.

"이 작가는 남자 친구한테 무슨 요리 자주 해 줘요?"

뜻밖의 질문을 하는 그녀를 이 작가가 놀란 눈으로 쳐다보았다.

"피디님. 연애하세요?"

"아뇨!"

'연애'라는 말에 은서는 불에 덴 듯 놀라서 황급히 부정했다. 최권후와 연애라니, 심장이 불타서 재가 되어 버릴 거다.

도망치듯 떠나 버리는 그녀의 뒷모습을 이 작가는 의아한 눈으로 쳐다보았다.

결국 은서는 퇴근하고 마트에 가서도 무슨 요리를 할지 정하지 못했다. 늦으면 안 되었기에 마음만 급했다. 할 수 없이 최권후에게 전화했다. 그가 먹을 요리이니, 그가 원하는 음식을 하는 게 가장 맛있게 먹을 수 있을 테니까.

[설마 못 온다고 말하려고 전화한 거야?]

전화를 받자마자 최권후가 부정적으로 말하자 은서는 기분이 미묘해졌다. 그녀가 그한테 그렇게 냉정한 사람이었나 싶었다. 확실히 지난 5년 동안 그한테 다정하지 못했던 건 맞았기에 왜 함부로 그런 말을 하냐고 타박할 수는 없었다.

"그게 아니라 뭐 먹고 싶냐고요."

[아! 그거 물어보려고 전화했어?]

단번에 밝아지는 그의 목소리가 가슴에 박혀서 찌르르 울렸다.

[볶음밥 해 줘.]

너무 단순한 메뉴라서 의외였다.

[요리 못하는 사람이 해도 그건 먹을 만하겠지.]

"……."

잠시 잊었다. 그가 매를 버는 성격이라는 걸.

"백숙해 줄게요."

[그런 요리도 할 줄 알아?]

해 본 적 없다. 그러나 오기가 생겼다. 그녀도 요리할 수 있다는 걸 보여 주고 말리라.

정말 백숙할 재료를 사서 최권후의 집에 간 은서는 건물 앞에 서 있는 최권후를 발견하고 바로 자를 세워시 내렸다.

"추운데 왜 여기 있어요?"

허리도 부실하면서.

"너 금방 올 것 같아서."

혹시라도 그녀가 그를 못 보고 지나칠까 봐 건물 밖에서 기다리고 있었다는 게 너무 미련해 보였다. 밤이 되어 떨어진 기온 때문에 그의 얼굴이 평소보다 더 창백해 보였다.

은서는 생각보다 몸이 먼저 움직였다. 두 손을 뻗어서 창백한 그의 뺨에 가져다 댔다. 최권후의 눈이 살짝 커졌다. 그녀도 그의 얼굴을 감싸 쥐고 나서야 자기 행동이 너무 대담했다는 걸 깨닫고 당황했다. 그러나 그의 얼굴이 정말 차가워서 손을 뗄 수가 없었다.

"제 손 따뜻하죠?"

그녀가 어색해서 던진 질문에 그의 눈이 초승달처럼 부드럽게 휘어졌다.

"응. 엄청."

못된 모습만 보여 주었던 남자가 소년처럼 순수한 얼굴을 보여 주니 가슴뼈 아래가 심하게 간질거려서 더 이상 버티고 있기 힘들었다. 은서는 바로 최권후의 얼굴에서 손을 뗐다. 닿았던 건 손이었는데 화끈거리는 건 심장이었다. 잠시 그녀가 왜 여기 있는지 이유조차 망각하고 고백이라도 한 소녀처럼 수줍어서 그의 눈을 똑바로 볼 수가 없었다.

"추워진 거 보니 조만간 첫눈 오겠네."

함께 뷔페를 먹은 날 최권후가 그녀한테 가짜 첫눈을 보여 주었었다. 정말 아름다웠지만, 그래도 진짜는 될 수 없었던.

"빨리 왔으면 좋겠다. 그치?"

한 달 안에 첫눈이 내려야 두 사람은 함께 첫눈을 볼 수 있었다. 그가 그 말을 하는 걸 깨닫고 은서는 무슨 말을 해야 할지 알 수 없어졌다.

만약 정말 사람들 사이에 전해 오는 그 말처럼 함께 첫눈을 맞으면 두 사람은 헤어지지 않아도 될까? 그건 너무도 막연하고 아득한 말이라서 전혀 현실처럼 느껴지지 않았다.

"백숙 먹고 빨리 허리나 나아요."

결국 그녀의 목소리는 좀 퉁명스럽게 나왔다.

"내가 허리 낫자마자 너한테 무슨 짓 할 줄 알고."

복수하듯이 받아치는 그의 말에 화들짝 놀란 건 결국 그녀였다. 앞으로 한 달. 그녀는 최권후를 피할 수가 없었다. 은서는 그 사실이 두려우면서도 심장이 아릴 듯이 떨려 왔다. 그래서 주위의 복잡한 문제까지 생각할 여력이 없었다. 당장 백숙을 만드는 법을 익히는 것만으로도 너무 벅찼다.

은서가 사 온 토종닭은 거대했다. 그걸 보고 최권후는 진지하게 한마디를 했다.

"정력에 좋을 것처럼 생겼네."

은서는 그의 말을 못 들은 척 백숙 레시피를 머릿속에 떠올리며 차분하게 그한테 말했다.

"가서 침대에 누워 계세요. 백숙이 다 되면 부를게요."

그가 옆에 있어 봤자 지금처럼 그녀의 정신을 어지럽히는 말만 할 것 같았다. 그리고 허리가 나을 때까지는 가능한 한 허리를 편하게 하는 자세를 해 주는 게 좋았다. 백숙을 위해서도, 그의 허리를 위해서도 지금은 최권후가 침대로 꺼질 때였다. 그런데 최권후가 핸드폰을 꺼내며 어울리지도 않는 수줍은 태도로 말했다.

"나 네가 요리하는 사진 찍고 싶은데."

은서는 크게 움찔했다.

"왜요?"

그녀는 셀카도 잘 안 찍었기에 누군가 그녀를 찍는다는 게 굉장히 어색했다. 그것도 다른 사람이 아니라 최권후가 말하니 더 부담될 뿐이었다.

"네가 나한테 백숙해 주는 거랑 같은 의도지."

'애정'이라는 뜻이었지만, 은서가 알아듣기에는 너무 '백숙'이었다.

"전 선배 허리 나으라고 해 주는 거예요. 제 사진을 찍는다고 제 몸이 건강해지지는 않아요."

"대신 네 젊은 몸이 영원히 간직되잖아."

"그러니까 제 몸을 찍고 싶다고요?"

왜 결론이 그리 변태스럽게 된 건가 싶었다. 그의 마음은 순수한 의도였다. 15년이나 알았는데 서로의 사진 한 장이 없다는 건 얼마나 억울한 일인가. 그러니 찍을 수 있을 때 많이 찍어 두고 싶었다. 보통의 연인들처럼.

"음, 그렇다고 하면 벗어 줄래?"

이번엔 다분히 농담이었는데, 은서는 바로 성을 내며 장바구니에서 무언가를 꺼내 그한테 던졌다. 그건 대파였다. 권후는 날아온 대파를 날렵하게 피하다가 찌르르 울리는 허리의 통증 때문에 그대로 몸이 굳어 버렸다.

"당장 침대로 가요."

권후는 그녀의 말을 따를 수밖에 없었다. 그는 그녀를 붙잡기 위해서 반지도 억지로 줬고, 한 달만 만나 달라고 사정도 했고, 한국을 떠나겠다고 협박까지 했다. 할 수 있는 짓은 다 했으니 이제는 그녀의 앞에서 순종할 때였다.

　그의 삶에 가장 안 어울리는 단어가 바로 '순종'이었다. 언제나 그의 의지가 먼저였으니까. 누구도 그의 뜻을 꺾을 수 없었다. 하지만 지금은 그녀의 의지가 더 중요했다. 두 사람의 관계에 마지막 결정권은 그녀의 손에 쥐어져 있었다. 그의 인생에서 가장 중요한 일이 남의 손에 달려 있다는 건 정말 오싹하면서 긴장되는 일이었다.

　그녀가 그를 버릴 수도 있다는 걸 알았다. 결국은 그보다 가족이 중요해서, 그에 대한 마음이 그 모든 걸 포기할 만큼 크지 않아서. 그 생각만 하면 고통이 수백 마리의 새가 되어서 그의 심장을 쪼아 대는 것 같았지만, 그런 순간은 오지 않을 것이라고 끝까지 믿고 그녀에게 순종하는 게 한 달 동안 그가 해내야 할 일이었다.

　그래도 사진은 정말 찍고 싶었기에 권후는 침실에 들어가기 전에 마지막으로 물어보려고 몸을 돌렸다가 그녀가 식칼을 들고 있는 걸 보고 바로 문을 닫았다.

　엄청 대단한 걸 만들 것처럼 굴었지만 백숙은 닭을 손질해서 한약재와 함께 끓여 주면 1시간 동안은 그녀가 딱히 할 일이 없었다. 그래서 은서는 최권후가 들어간 침실 쪽으로 향했다. 그가 잘 쉬고 있는지 눈으로 확인해야 마음이 편할 테니까. 백숙이 완성될 1시간 동안 조용히 자 준다면 그야말로 금상첨화였다. 그사이에 그녀는 여권을 찾으면 되니까.

조심스럽게 침실 문을 연 은서는 고개만 살짝 내밀어 방 안을 보았다. 전에 술 취한 그를 데려다주었을 때 한 번 들어온 적 있지만, 넓은 침실에 있는 것이라고는 여전히 킹사이즈 침대밖에 없었다. 그래서 이곳에 여권이 없다는 건 확실히 알 수 있었다.

은서는 발레리나처럼 발을 높이 들고 살금살금 걸어서 침대로 다가갔다. 그 위에 누워 있는 최권후는 미동이 없었다.

진짜 잠들었나?

눈을 감은 최권후의 얼굴이 보이자 괜히 기분이 가라앉았다. 그녀는 그가 편하게 자는 모습을 한 번도 본 적이 없었기에. 그것뿐이겠는가. 그녀는 그에 대해 모르는 게 너무 많았다. 그가 미국에서 어떻게 살았는지도 몰랐고, 지금껏 그가 첫눈을 누구와 함께 보았는지도 몰랐고, 그가 왜 그렇게나 좋아하던 야구를 포기했는지도 몰랐고, 그가 정말 좋아하는 음식이 무엇인지도 모르겠다.

분명한 건 정말 좋아하는 음식이 백숙일 리는 없다는 것이다. 그래도 괜찮다. 백숙은 보양식이니까. 그에 대해 모르는 게 많아도 괜찮다. 그래도 한 달을 같이 보내는 건 문제없을 것이다. 한 달. 눈 깜짝할 사이에 흘러가 버릴 수도 있는 시간이었지만, 그 시간의 무게는 결코 가볍지 않았다. 그녀가 살아온 인생 중 가장 무겁고 비싼 시간이었다.

그 시간 동안 그는 그녀와 무엇을 하고 싶은 걸까? 그리고 그녀는 그와 무엇을 하고 싶나.

한 번도 감히 욕심내 보지 않은 관계였기에, 막상 함께 있는 시간이 주어지자 은서는 그저 막막하기만 했다. 어디까지 욕심내도 되는지, 어디까지 허락해도 괜찮을지.

은서는 천천히 손을 뻗어서 그의 얼굴 앞에서 흔들어 보았다. 여자보다 더 풍성해 보이는 속눈썹이 가늘게 떨리는 듯했으나 눈을 뜨지는 않았다. 그래도 어쩐지 그가 진짜 잠에 든 게 아닌 것 같아서 은서는 그의 얼굴로 좀 더 다가갔다.

'후', 입술을 모아 바람을 불자 그의 속눈썹이 아까보다 더 심하게 흔들렸다.

"왜 자는 척해요?"

결국 그녀는 먼저 물었다.

"너는 '잠자는 숲속의 공주'라는 동화도 몰라?"

그가 여전히 눈을 감은 채 갑자기 동화 타령을 했다. 어울리지도 않게.

"자는 모습이 공주처럼 우아하다고요?"

"피디라는 사람이 요점을 전혀 못 집고 있네."

그가 대놓고 한숨을 내쉬니 은서는 심통이 나서 그의 얼굴을 향해 손을 뻗었다. 저 눈꺼풀을 직접 끌어 올려 강제로라도 눈을 뜨게 할 작정이었다. 하지만 그의 얼굴 바로 앞에서 그녀의 손은 멈추었다. 감히 그의 얼굴을 만질 수가 없었다. 그러기에는 아직 겁이 났다.

그녀가 손을 다시 거두었을 때, 그제야 그의 눈꺼풀이 천천히 위로 올라가 반질거리는 눈동자가 드러났다. 눈이 마주치자 이유도 없이 입 안이 말랐다.

"생각 중이었어."

"무슨 생각이요?"

"너랑 한 달 동안 뭘 해야 후회가 안 남을까."

그건 마치 그 한 달이 두 사람에게 주어진 마지막 시간인 것처럼 들렸다. 그런 뜻으로 하는 말이냐고 묻고 싶었지만, 차마 입이 떨어지지 않았다.

"넌 나랑 뭘 하고 싶어?"

자연스럽게 그녀에게 넘어온 질문에 은서는 당황한 표정을 숨기지 못했다.

"새, 생각 안 해 봤는데……."

"그럼 지금이라도 해 봐."

"네."

그녀가 순순히 대답하고 5초가 지났을 때, 그가 물었다.

"이제 말해. 나랑 뭐 하고 싶어?"

이건 놀리는 게 분명했기에 은서는 그를 가볍게 흘겨보았다.

"저한테 떠넘기지 말고 먼저 말해요."

"난 너랑 경주 같이 가고 싶어."

그가 바로 말할 줄은 몰랐기에 은서는 눈이 살짝 커졌다.

"경주요?"

뜻밖의 장소였다. 두 사람 사이에 특별한 인연이 있는 장소도 아니었기에 왜 하필 경주인가 싶었다.

"한국을 소개하는 책자에 경주 동궁과 월지가 실려 있었어. 오래도록 한국을 떠나 있다가 봐서인지 정말 예쁘더라고. 그래서 한국 돌아가면 너랑 꼭 같이 가야겠다고 마음먹었었지."

멀리 떨어진 미국에서 그가 그녀를 생각한 순간이 있었다는 게 뭉클해서 은서는 그의 얼굴에서 눈을 떼지 못했다.

그녀도 말하고 싶었다. 그가 생각날 때마다 야구장에 찾아갔었다고. 하지만 그 기억의 끝은 기만과 굴욕뿐이었기에 은서는 차마 입이 벌어지지 않았다.

아련한 눈빛이었던 그는 순식간에 본래의 최권후로 돌아와서 짓궂게 말했다.

"그 외에는 다 야한 거라서 나한테 맡겨도 괜찮겠어?"

이건 장난이 아니라 진심일 게 분명해서 은서는 그를 혼내기 위해서 주먹을 들었다가 도리어 최권후한테 팔목이 잡혔다. 그가 끌어당기는 힘에 속절없이 끌려간 그녀의 몸은 침대에 누워 있는 그의 몸 위로 쓰러졌다.

은서는 화가 났다기보다 당황했다. 그의 허리가 아직 안 좋은 걸 알기에. 서둘러 몸을 일으키려고 하는 그녀의 허리를 그의 팔이 휘감아 단단히 붙잡았다.

침대 위에서 밀착된 두 몸에 열이 오르기 시작해서 은서는 어찌할 바를 모르게 되었다. 은서는 그녀의 아래에 깔린 단단한 남자의 몸이 의식되자 뇌가 젤리처럼 녹아내렸다. 서로 순진한 소년, 소녀였어도 이건 너무 위험한 자세였다.

"허, 허리 안 좋잖아요. 이거 놔요."

"음, 그래서 난 안 움직이잖아."

그는 지금도 침대에 누워 있으라는 그녀의 지시를 충실히 따르는 중이라고 어필했다. 그렇다고 그녀를 인형처럼 끌어안으면 어쩌자는 건가 싶었다.

"무거운 거 들어도 안 좋아요!"

그녀가 자기 몸을 무거운 물건 취급하자 최권후는 재미있다는 듯이 킥킥 웃었다.

"확실히 깃털은 아니네."

그게 그녀가 무겁다는 뜻인 것 같아서 은서는 얼굴이 확 달아올랐다. 바로 그한테서 벗어나기 위해서 몸에 힘을 주었지만, 전혀 소용없었다.

"좀 놔요."

결국 그한테 화를 내었다. 미소가 걸려 있던 그의 얼굴에서 단번에 표정이 사라지자 오히려 긴장한 건 그녀였다.

"너 나한테 화났구나."

그가 의기소침하게 나오니 이건 이거대로 당황스러웠다.

"그래, 내가 쓰레기였어."

그렇다고 이건 너무 심한 자책이었다. 쓰레기라니. 그녀는 한 번도 그를 그런 식으로 생각한 적이 없었다. 그래서 그가 그리 말하는 것만으로도 세상이 큰일 날 것만 같았다.

"그 정도는 아니에요."

"그 정도?"

그녀의 부정이 오히려 역효과였는지 그의 눈빛이 어두워졌다.

"제 말은, 그러니까, 선배는 절대 쓰레기 같은 인간은 될 수 없다고요."

"내가 술 먹고 너한테 억지로 키스했는데도?"

설마 그때의 일을 그가 먼저 꺼낼 줄은 몰랐기에 은서는 그대로 얼어붙었다. 머릿속이 하얗게 탈색되면서 무슨 말을 해야 할지 알 수 없었다. 지금껏 그가 아무 말이 없어서 당연히 기억하지 못하는 줄 알았다. 그때 그는 만취 상태였으니까.

"그건……."

시시각각 변하는 그녀의 표정을 권후는 집요한 시선으로 뒤쫓았다. 그 일에 대해서 그가 가진 마음은 양가적이었다. 그녀를 함부로 대했다는 죄책감과, 또다시 그녀에게 똑같이 키스해 보고 싶다는 욕망.

"그냥 없던 일로 치면 안 돼요?"

그녀는 복잡한 생각을 정리할 수 없자 아예 포기하고 싶어졌다. 그래야 편해질 듯했다. 어차피 그 일로 그를 원망하기에는 이미 시간도 너무 많이 흘러 버렸다.

"싫어."

당한 그녀가 넓은 마음으로 용서하고 없던 일로 해 주겠다는데 그가 거부하자 은서는 기가 찼다.

"너랑 내 첫키스잖아."

"그게 무슨 첫키스예요!"

은서는 얼굴에 열기가 확 올라와서 목소리까지 같이 올라가 끝이 뒤집어졌다.

그녀가 상상했던 첫키스는 아름답고 신성한 것이었다. 누군가 술에 취해서 술주정으로 하는 그런 게 아니라.

"아니라고?"

"네. 첫키스는 선배가 술에 안 취했을 때 제대로……."

자신이 무슨 말을 하는 건가, 깨닫고 당황해서 입을 다물었을 때 다가온 그가 단숨에 그녀의 입술을 집어삼켰다. 마치 그는 지금 술을 한 모금도 안 마셨으니까 첫키스할 자격이 충분하다고 주장하듯이.

횟수로 따지면 벌써 세 번째 키스였다. 첫 번째 키스는 고작 1초라서 어땠는지 기억할 시간조차 없었고, 두 번째 키스는 그가 만취 상태여서 기억을 못 했고, 이번이 두 사람에게는 공식적인 첫키스나 마찬가지였다.

은서는 여전히 그와의 키스가 현실 같지 않았다. 그렇다고 꿈이라고 하기에는 남자의 뜨거운 입술이, 그녀와 다른 단단한 몸이 무섭게 그녀의 모든 감각을 흔들어 놓았다. 말캉한 살결을 머금고 빨아들이는 느낌이 전신으로 퍼져서 발끝까지 오그라들었다. 마치 그녀의 몸에서 정기를 빨아들이는 것만 같았다. 그러니 그녀가 이렇게 맥을 못 추는 것이다.

입술과 입술이 엉켜서 누구의 것인지도 모를 타액으로 젖어 들어갔다. 그녀의 몸도 똑같이 흐물흐물 무너져 내렸다. 그의 몸 안에 갇힌 상황에서 맞닿은 입술의 감각만 극치로 달아올랐다. 마치 아주 위험한 장난질에 휘말린 것 같은 위기감이 들었지만 멈추어야 한다는 생각조차 할 수 없었다. 그녀가 누구인지도 잊어버릴 것만 같은 뜨거움에 휘말려 버렸다.

입술과 입술이 섞이는 소리가 귀를 어지럽혔다. 그녀의 몸에서 나는 것이라고 믿기 힘든 야한 소리에 소름이 돋아났다. 이제는 끝나겠지, 하는 순간, 두꺼운 혀가 무례하게 입술과 입술 사이를 파고들었다. 그 대범하고 노골적인 움직임에 은서는 아연했다. 도망치려는 그녀의 머리를 그의 커다란 손이 단단하게 붙잡았다. 여기까지만 해도 큰일 날 것 같은데, 그는 도대체 그녀를 끌고 어디까지 가려는 걸까.

그런데 이제 와서 못 하겠다고 하는 것도 우스운 일이었다. 그가 억지로 그녀를 끌고 온 것도 아니고, 모든 걸 은연중에 즐기고 있으면서 요조숙녀인 척을 하면 얼마나 가증스러울까.

그녀가 망설이는 동안에도 그는 그녀의 아랫입술을 물고 세게 빨아들였다. 결국 항복한 그녀가 입술을 조금 벌리자 그 사이로 남자의 혀는 거침없이 파고들어 와 젖은 점막을 헤집었다. 입 안이 홧홧했고 뇌가 지글거렸다.

어찌할 바를 모르고 헤매는 그녀의 혀를 뿌리 끝부터 감아 올리며 질척하게 비벼 대자 야해서 견딜 수가 없어졌다. 발가벗겨진 그녀의 몸을 그가 함부로 만지고 있는 것만 같았다.

최권후는 절제라는 게 없었다. 그러면서 자기가 동정남이라고 순진한 척하다니. 이제 보니 동정남이라는 건 스킨십을 못 해서 굶주렸다는 뜻인가 보다.

 도대체 얼마나 시간이 흘렀는지 알 수가 없었다. 시간이 아예 멈추어 버린 것도 같았다.

 그가 이렇게 집요하게 붙잡고 있는 게 키스인지, 그녀인지 헷갈렸다. 그 둘은 같으면서도 달랐다. 그러니까 그녀가 아닌 여자와도 이리 키스할 수 있을 것이다. 성욕만 있다면. 하지만 키스보다 그녀가 더 좋은 거라면 이런 키스는 그녀와만 할 수 있는 것이었다. 그 특별함을 감당할 자신도 없으면서 원하는 자신이 한없이 욕심쟁이처럼 느껴졌다.

 뜨거운 감각을 여전히 그녀의 입술에 남긴 채 멀어진 그가 내쉬는 거친 호흡에 솜털이 일어났다.

 은서는 파르르 속눈썹을 떨다가 위로 올렸다. 그녀의 눈망울에는 물기가 차올라 있었다. 뜨거운 물에 샤워하면 수증기가 맺히듯이. 키스로 젖은 건 입술만이 아니었다.

 "젠장."

 그의 욕설에 은서는 어깨를 떨었다.

 "진짜 미치겠다, 너 때문에."

 그가 괴로운 표정을 지으니 은서는 혼란과 두려움에 휩싸였다. 그녀가 무언가 크게 잘못한 건가 싶었다.

 그의 단단한 손가락이 그녀의 눈 밑을 거칠게 닦았다.

 "내가 짐승처럼 굴어서 싫었던 거면 다음부터는 참을게."

아, 은서는 입이 벌어졌지만 쉽게 말이 나오지 않았다. 키스의 여운이 아직도 남아서 혀가 얼얼했다.

그가 짐승처럼 굴었는데도 전혀 안 싫었다는 게 당황스러워서 얼굴이 달아올랐다. 그럼 그녀도 그와 똑같이 짐승인 건가? 그녀는 그와 닮은 점이 하나도 없다고 생각했는데, 이 순간 그게 닮았다는 게 은서는 오히려 경이로운 기분이었다.

"뭐라고 말 좀 해 봐."

안달하는 그의 모습이 조금은 사랑스러워 보였다. 그리고 무심코 벽시계를 보았다가 두 사람이 30분 넘게 키스한 걸 깨닫고 얼이 빠졌다. 진짜 미쳤네. 고작 입술과 입술이 닿았을 뿐인데 어떻게 그것만 그렇게 오래 할 수가 있나. 중간에 산소 부족으로 쓰러지지 않은 게 용했다.

그녀가 시간에 놀란 사이, 최권후는 그녀의 침묵에 내장이 졸아들고 있었다. 무한대의 우주가 손톱만큼 작아져서 그 안에 갇히는, 신기하고도 괴로운 경험을 하게 되었다.

"아! 백숙!"

그녀가 서둘러 백숙을 확인하러 침실을 뛰어나가자 혼자 남은 권후는 뻣뻣하게 굳었다. 백숙에 밀린 키스라니. 엄청난 굴욕이었다.

권후는 먹기 전부터 백숙을 증오했지만, 그녀가 처음 만든 백숙은 꽤 맛이 좋았다. 음식을 성스럽게 생각하는 은서는 꽤 요리 솜씨가 있는 편이었다. 바빠서 자주 못 할 뿐이었지.

"……."
"……."

백숙을 먹는 동안 두 사람 사이에 침묵이 이어졌다. 침실에서 나누었던 키스 때문에 서로를 너무 의식하다 보니 오히려 말조심하게 되었다. 결국 먼저 말을 꺼낸 건 그였다.

"이거 다 먹고 집에 갈 거야?"

은서는 그렇다고 고개를 끄덕였다. 그 순간에도 그의 눈을 똑바로 보지는 못했다. 키스로 부은 그녀의 입술에 그의 시선이 머무는 걸 보지 못한 건 오히려 다행이었다. 알았다면 편하게 백숙을 먹지 못했을 것이다.

"그럼 내가 집까지 바래다줄게."
"아니에요. 허리도 안 좋은데 집에서 쉬어요."

그녀는 바로 거부하며 그제야 그의 눈을 똑바로 보았다.

"앞으로 한 달 동안 무슨 상황에서건 널 집까지 데려다주는 일은 내가 꼭 할 거야."

은서는 할 말을 잃고 그의 얼굴을 쳐다만 보았다. 그게 아주 중요한 일이라도 되는 듯이 그가 너무도 진지해서.

"그게 한 달 동안 선배가 하고 싶은 일에 들어가요?"

그녀가 조심스럽게 묻자 그는 고개를 끄덕였다.

"응. 꼭 해 보고 싶었어."

그 대답이 뭐라고 심장이 뜨거워졌다. 아무래도 그녀도 진지하게 생각해 보아야 할 것 같았다. 한 달 동안 그녀는 그와 무엇을 하고 싶은지. 아직 떠오른 것도 없는데 마음이 춤을 추듯이 어지러웠다.

집에 갈 때는 그녀의 차를 그가 운전했다. 그녀의 집이 가까워지자 그가 먼저 그녀에게 물었다.

"집 근처에 잘 가는 장소 있어?"

"아! 운동할 때 가는 곳 있긴 해요."

"어딘데?"

가르쳐 주는 건 어렵지 않은데, 은서는 미리 경고했다.

"계단이 엄청 높아서 선배는 지금 못 올라가요."

높은 계단을 열심히 올라가면 계단의 끝에 서서 아름다운 서울 풍경을 감상할 수 있었다. 그래서 운동할 때 아주 좋은 장소였다.

"I don't mind cause with you."

갑자기 그가 영어를 해서 당황한 건지, 아니면 다른 언어가 마법을 부린 건지 그의 목소리가 달콤한 진심만 가득 담고서 그녀의 청각을 희롱하여 정신을 차릴 수가 없었다.

하마터면 한 번만 더 말해 달라고 그한테 사정할 뻔했다. 좋아하는 가수한테 노래를 불러 달라고 조르는 팬도 아니고, 그건 정말 창피한 일이었다. 은서는 자신이 충동을 잘 참았다는 것에 크게 안도했다. 하지만 빨갛게 익은 그녀의 귀 끝은 얼마나 동요했는지 다 드러내고 있었다.

"그래서, 말해 주기 싫어?"

은서의 오랜 침묵을 오해한 최권후가 실망한 티를 대놓고 내며 말했다. 그녀는 손가락을 쭉 뻗으며 한 방향을 가리켰다.

"저쪽으로 가면 돼요."

목소리가 꾹 눌린 채 나왔다. 그때 은서는 미처 몰랐다. 그녀의 행동이 욕구를 참는 일이었다는 걸. 사람은 몸에만 발정하는 게 아니었다. 때론 목소리와 언어에도 할 수 있었다. 그리고 지금 된통 당한 은서는 머릿속이 후끈거려 미칠 것 같았다.

그녀가 알려 준 대로 도착한 곳에는 정말 끝도 없이 이어진 계단이 있었다. 권후는 마치 갈 수 없는 미지의 세계를 동경하는 듯한 눈빛으로 계단 끝을 올려다보았다.

"지금 저 계단 끝에 올라서면 참 기분이 좋을 것 같은데 말이야."

"꿈도 꾸지 마세요."

"네가 날 업고 올라가면 가능할지도 모르지."

은서는 무시무시한 말을 하는 그한테서 몇 발짝 떨어졌다. 그녀한테 아무리 그를 향한 사랑이 넘쳐도 그건 무리였다. 저 계단 끝에 도착하기도 전에 그녀의 허리가 뚝 부러질 것이다.

"농담이야."

그가 웃으며 다시 가까이 오라고 손짓했다. 그래도 은서는 움직이지 않았다. 지금 그의 몸 상태로 계단은 힘들어도 그녀가 있는 곳으로 걸어가는 건 가능했다. 그래도 왠지 그녀가 먼저 다가오길 기대하게 되었다. 이제는 그의 의지보다 그녀의 의지가 세상을 움직이는 원동력이었다.

바라보는 그의 시선에서 간절함을 느낀 은서는 시선을 살짝 피하며 조건을 내걸었다.

"영어로 말해 주면 들을게요."

결국 이 유치한 요구를 기어코 하고 말았다. 은서는 얼굴이 뜨거워졌는데, 권후는 그녀가 왜 굳이 영어 듣기 평가를 하고 싶어 하는 건지 알 수가 없었다. 그러고 보니 아까 차에서 그가 영어를 썼던 것 같은데. 의식하고 말한 게 아니라 무의식적으로 튀어나온 말이었다. 한국말로 하면 굉장히 낯간지러운 말인데, 영어로 하면 덜 느끼하니까.

"Anywhere is fine with you."

벨벳처럼 매끄러운 영어가 그의 입에서 다시 흘러나오자 은서는 척추를 타고 짜릿한 감각이 퍼졌다. 왜 저 목소리가 그녀를 꼼짝 못 하게 하는지 이제는 알 수 있었다. 마치 그녀가 모르는 10년 동안의 최권후가 그녀에게 말을 거는 듯했다. 결코 닿을 수 없는 그 과거가 그녀의 눈앞에서 살랑대고 있으니 어찌 마음이 흔들리지 않을 수 있겠는가.

은서는 그의 곁으로 다가가서 경직된 얼굴로 화답했다.

"땡큐."

그녀의 딱딱한 영어에 권후는 웃음을 터트렸다.

"뭐가 고마워?"

"그냥 예의상 한 말이에요."

한국에 다시 돌아와 줘서 고맙다고. 5년 동안 그를 피했던 그녀가 하기에는 좀 염치없는 말이지만, 진심이었다. 그가 돌아오지 않았다면 그라는 존재는 그녀에게 평생 닿을 수 없는 그리움으로 남아 버렸을 것이다. 그런데 그한테도 한국에 돌아온 게 잘된 일인지는 잘 모르겠다.

최권후는 다음에 같이 계단 끝까지 올라가자고 했다. 그는 그녀와 경주에 함께 가고 싶어 하고, 그녀를 꼭 집까지 바래다주고 싶어 하고, 또 계단의 끝까지 함께 올라가고 싶어 한다. 그가 하고 싶어 하는 모든 게 마치 그의 마음을 대변하는 듯해서 은서는 마음이 술렁였다.

그럼 난 그와 무엇을 하고 싶지.

학창 시절에는 졸업식이 다가올 때마다 그가 졸업하는 모습을 꼭 보고 싶다고 생각했었다. 그럼 그녀가 축하의 의미로 그에게 꽃다발을 줄 수 있을 테니까. 성인이 되어서는 그가 야구로 성공하는 모습을 꼭 보고 싶다고 생각했었다. 그럼 그녀는 팬으로서 그를 마음껏 응원할 수 있을 테니까.

그리고 지금 그녀는 그의 옆에 서 있었다. 그렇게 수없이 바랄 때는 정작 아무것도 이루어지지 않았는데, 이제는 그녀가 원하는 걸 그한테 직접 말할 수 있었다. 그게 신기하면서도 먹먹했다. 왜 그녀가 바란 건 아무것도 이루어지지 않았을까. 그렇게 열심히 빌었는데, 염원했는데.

결국 그녀의 삶이 아니라 그의 삶이었기 때문인가 보다. 중요한 건 그의 의지였지, 그녀의 기도가 아니었다.

"넌 뭘 하고 싶은지 생각났어?"

오늘 헤어지기 전에 꼭 알고 싶다는 듯이 그가 또 물어왔다.
"다음에 만날 때 말할게요."

그녀의 목소리는 깍쟁이처럼 흘러나왔다. 이젠 그녀가 말하는 걸 그가 다 들어줄 걸 알기에 그때처럼 간절해지기 싫었다. 이루어지지 않은 소원만 빌었던 미련한 소녀의 모습을 그한테 들키고 싶지 않았다.

백 비서가 이창범 감독의 아들을 만난 뒤, 권후의 예상대로 이창범 감독이 먼저 찾아왔다. 가만히 있어도 화가 난 듯한 인상의 이창범 감독은 정말 화가 잔뜩 난 상태로 그의 앞에 나타났다. 우선 한 대 맞고 시작할 수도 있겠다 싶어서 권후는 오래간만에 긴장하고 있었는데, 이창범 감독은 주먹을 날리는 대신 가지고 있는 돈을 몽땅 그의 얼굴에 던졌다. 종이로 맞는 건 아프지도 않았다. 비위생적일 뿐이지.

"남은 돈은 내가 장기를 팔아서라도 갚을 테니까, 헛수작 부리지 마쇼. 댁 같은 인간 비위 맞추며 야구할 일 절대 없으니까."

남은 건 자존심뿐인 노감독이 씩씩대다가 돌아서자 권후는 건조하게 말했다.

"그래도 감독님은 야구는 계속할 수 있지 않습니까? 저랑 달리."

야구단을 소유한 구단주가 왜 불쌍한 척을 하는지 이창범은 이해가 안 되었고, 알고 싶지도 않았다. 그의 눈에 최권후는 그저 운 좋게 재벌가에 태어나서 취미로 야구단을 산 인간이었을 뿐이니까.

"전 이제 이 손으로 야구 배트를 잡을 수 없습니다."

우뚝, 그제야 걸음을 멈춘 이창범이 고개를 돌려 다시 최권후를 보았다. 송충이를 올려놓은 것 같은 그의 두꺼운 눈썹이 꿈틀했다.

"직접 야구를 했었다고?"

권후가 자기 손을 내려다보며 회한에 젖은 눈빛이 되었다.

"역사에 남을 타자가 될 수 있을 줄 알았죠."

그는 오만했지만 그만큼 노력도 했고, 능력도 있었다. 그한테 없었던 건 운뿐이었다.

"설마 부상당했나?"

권후는 고개를 저었다.

"몸은 멀쩡합니다."

그럼 야구를 그만둘 이유가 없었기에 이창범의 눈빛은 바로 냉정해졌다. 그럼 그렇지. 저 금수저가 야구를 진심으로 해 봤자 얼마나 한다고. 다시 몸을 돌리려는 이창범의 귀로 생각도 못 한 말이 들려왔다.

"사람이 죽었어요."

그 순간, 최권후의 얼굴이 진심으로 괴로움에 잠식되었다. 미국을 떠난 이후 누군가에게 이 말을 한 건 처음이었다. 그

고통이 아직도 너무 선연하여서 잠시 숨을 쉬기가 벅찼다.

"그래서 복수를 했죠."

권후는 푸른 핏줄이 튀어나올 정도로 손을 꽉 움켜쥐었다. 그의 눈에 핏발이 일어났다. 그 순간, 그의 모습에서 광기를 읽은 이창범은 할 말을 잃었다.

"그 대가로 난 야구할 자격을 잃었고요."

그건 오히려 부상보다 더 지독한 일이었다. 부상은 본인의 선택이 아니지만, 이건 그의 선택이었으니까. 모든 결과를 그가 감수해야 했다. 남 탓은 결코 할 수 없다.

"전 후회할 자격도 없습니다. 그런데 감독님은 정말 후회 안 합니까? 그 성격 하나 못 고쳐서 이대로 야구판에서 밀려나는 거. 저였다면 절대 그런 이유로 야구 포기 안 해요. 못 합니다."

이창범 감독은 미간이 사납게 구겨졌다. 그의 괴팍한 성격상 어린 게 구단주라고 꼴값한다고 화를 낼 타이밍이었지만 그는 그럴 수 없었다. 이 겉만 번지르르해 보이는 구단주가 사실은 가장 속이 곪아 있다는 걸 느껴서 무시할 수 없었다.

"도대체 복수를 어떻게 했다는 거요?"

이창범 감독이 처음으로 그에게 관심을 가지고 던진 질문에 권후는 쓴웃음을 지었다. 이창범 감독의 관심을 끌고 싶어서 사연팔이를 했는데, 그게 하필이면 그한테는 독소라서 맨정신으로 제대로 이야기하는 건 힘들었다.

"그 이야기를 하려면 술이 필요한데. 같이 한잔하시겠습니까?"

 술잔을 기울이며 이창범과의 거리를 좁히고, 피닉스의 감독이 될 수 있게 꼬신다면 그게 바로 성공한 접대였다.

 은서는 인터뷰이를 만나러 강원도 산골까지 가게 되었다. 강원도 두메산골에 은둔하며 소설을 쓰는 대작가를 인터뷰하기로 결정했는데, 강원도로 가는 내내 쓰리 콤보 조연출이 계속 불만을 토해 내서 그녀는 멀미가 날 지경이었다.

"소설가는 너무 밋밋하지 않나요? 임팩트가 전혀 없을 것 같은데."

 그 소리를 벌써 백 번은 한 것 같았다. 그녀가 그렇다고 인정할 때까지 계속할 작정인가 보다. 은서는 아예 자는 척을 했다. 그럼 제풀에 지쳐서 조용해지겠지.

"아! 제인 리 죽였는데, 이번에는 시청률 확 떨어지겠네."

 원래 시청률이 잘 안 나오는 게 교양 프로그램이었다. 최권후 인터뷰 때부터 비정상적으로 시청률이 높았던 것이다. 이제 다시 제자리로 돌아갈 때가 되었다.

"이제라도 차승재……."

 은서는 더 이상 참을 수가 없어서 도끼눈을 뜨며 조연출을 협박했다.

"도착할 때까지 한마디라도 더 하면 이 차에서 쫓아낼 겁니다. 알았어요?"

"운전은 제가 하고 있는데요."

"나도 할 줄 알아요."

직접 운전해서 서울 밖을 나와 본 적은 없지만 센 척했다.

일 때문에 강원도까지 온 거라 최권후한테 말하지 않았는데, 마음에 좀 걸렸다. 멀리 간다고 미리 말했어야 했나. 하지만 그도 회사나 야구단 일은 그녀한테 한마디도 안 하는데, 그녀만 시시콜콜 보고하는 건 어쩐지 좀 우습게 느껴졌다. 어쩌면 차승재 때문에 그녀한테 일부러 야구단 이야기를 안 하는 걸 수도 있겠다 생각하니 마음이 편치 않았다.

"어? 눈 오는데요."

멍때리고 있던 은서는 조연출의 말에 어깨를 흠칫 떨었다. 그녀는 서둘러 두 손으로 눈을 가리며 부정했다.

"아니야, 난 안 봤어. 여긴 서울이 아니라 강원도니까 나랑 상관없는 눈이야."

'미친 거야?' 조연출이 그런 눈으로 쳐다보았지만, 은서는 끝까지 눈을 가린 손을 내리지 않았다.

올해의 첫눈은 꼭 최권후랑 볼 거다. 그게 그녀가 그와 하고 싶은 일이었다.

다행히 진눈깨비처럼 내리던 눈은 목적지에 가까워졌을 때쯤 그쳤다.

"이제 눈 그쳤으니까 장님 흉내 좀 그만 내세요."

조연출이 질린다는 목소리로 하는 말에 처음으로 화가 나지 않고 안도했다.

좀 억지스러운 면이 있긴 했지만, 그녀가 끝까지 눈을 보지 않았으니까 아직 올해 첫눈은 안 온 것이라고 믿기로 했다. 하필 강원도에 이런 복병이 있을 줄이야.

처음 소통은 장만석의 책을 출판한 출판사와 했지만, 사전 인터뷰 단계가 오자 인터뷰 촬영 전에 장만석을 직접 만나 보는 게 좋을 거라고 출판사에서 권해서 오게 되었다. 속세를 떠나 혼자만의 세상에서 집필하는 작가이기에 세속 사람들에게 적응하는 데 시간이 필요할 것이라고.

아마 양수창 피디였다면 조연출만 보냈을 것이다. 그러나 그녀는 오기 싫다는 조연출을 끌고 이 멀고 먼 두메산골까지 직접 왔으니, 이것이야말로 진정한 피디의 모습이 아니겠냐고 속으로 자화자찬했다. 그 자화자찬은 곧 근심으로 바뀌었다. 속세를 벗어나 글을 쓰는 소설가라는 게 매력으로 다가와서 선택했기에, 장만석이 사는 집까지 가는 길은 꼭 오지 탐험과 비슷했다. 어떻게 이런 곳에 사람이 살 수 있나 싶었다.

"진짜 여기 집이 있긴 한 거예요?"

인가도 없는 비포장도로를 계속 운전하던 조연출은 원망이 섞인 눈으로 그녀를 쳐다보았다. 이 고생을 하는 게 그녀가 선택한 인터뷰이 때문이었으니까.

그녀도 멀미 때문에 힘들긴 마찬가지였다. 차가 덜컹거릴 때마다 속에서 역류하려는 걸 억지로 참느라 죽을 것 같았다.

"부인과 사별한 슬픔에 도시를 떠나 여기로 왔다잖아요. 이 비포장길에서 작가의 깊은 슬픔이 느껴지지 않아요?"

"무슨 개소리입니까."

멀미 때문에 제정신으로 하는 소리가 아니긴 했다.

"그런데 사전 인터뷰만 하고 다시 서울로 돌아갔다가 촬영할 때 또 오는 건 무리인 것 같은데요. 여길 어떻게 두 번이나 와요."

"그럼 어쩌자고요?"

솔직히 그녀가 직접 운전해서 올 엄두가 안 나긴 했다. 조연출이 오늘 운전을 안 했으면 그녀 혼자 절대 못 왔다.

"어쩌긴요. 촬영팀 올 때까지 그 소설가 집에 빌붙어야죠. 설마 주변에 집도 없는데 야박하게 우릴 내쫓지는 않겠죠."

그럼 장만석 작가와 돈독한 대화를 할 수 있는 시간이 생길 것 같기는 했지만, 계획에 없는 외박이 마음에 걸렸다. 누구 때문에.

촬영이 끝날 때까지 서울을 못 가면 꼬박 3일은 강원도에 붙잡혀 있어야 했다. 이럴 줄 알았으면 오기 전에 만나고 올걸. 5년 동안 피하기 바빠서 그가 연락하기 전에 먼저 만나러 간다는 생각을 미처 못 한 스스로가 너무 바보처럼 느껴졌다.

전화라도 하기 위해서 핸드폰을 꺼냈던 은서는 믿기 힘들다는 눈으로 액정을 쳐다보았다.

"핸드폰 신호가 끊겼어요."

"네?"

조연출이 경악하며 목소리를 높였다. 그녀도 그만큼이나 충격이었다.

이창범 감독은 말술이었다. 그래서 덩달아 권후도 술을 많이 마시게 되었다. 마지막에 이창범 감독이 그의 어깨를 손으로 두드리고 떠났으니, 꼰대 감독의 환심을 어느 정도 샀다고 할 수 있었다. 내일 술이 깨면 어찌 돌변할지 모를 일이기는 하지만 말이다.

"술 깨는 약입니다."

백 비서가 내미는 약을 단숨에 들이켜고는 핸드폰을 꺼냈다. 이창범 감독과 있는 동안 방해받지 않기 위해서 무음으로 해 놨었다. 은서라면 그가 전화하기 전까지 기다릴 것 같기는 했지만, 혹시나 해서 확인해 봤는데 문자가 한 통 와 있었다.

> 강원도예요.
> 전화가 은행나무 밑에서만 터져서 걸어도 못 받아요.
> 왔다 갔다 하기에는 너무 길이 험해서
> 인터뷰 촬영 끝내고 3일 뒤에 서울로 돌아갑니다.

권후는 눈매를 좁혔다. 같은 한국 땅에 있는데 어떻게 전화가 은행나무 밑에서만 터질 수 있나. 깡촌 출신인 백 비서의 본가에서도 전화는 터졌다.

"오은서, 지금 어디로 촬영하러 갔는지 알아봐."

그리 지시하면서 권후는 은서한테 전화를 걸어 보았다.

[고객님이 전화를 받지 않아서 소리샘으로 연결됩니다.]

권후는 연달아 다섯 번이나 걸어 보고야 그녀의 말이 진실이라는 걸 받아들이기로 했다.

어차피 오늘은 너무 늦었고, 그도 할 일이 많기는 했지만 그녀가 전화도 안 되는 곳으로 가 버렸다는 게 마치 버림받은 것 같은 기분이었다.

그런데 그건 염치없는 기분이었다. 그는 그녀가 전화도 할 수 없는 곳에서 10년이나 있었으니까. 그러니 그동안 그녀의 옆에 다른 사람이 생겼었다고 해도 그녀를 탓할 수는 없는 일이었다. 모두 그가 자초한 일이었다.

그래도 지금은 만회할 수 있었다. 더 이상 뺏기고 싶지 않았다. 권후는 바로 기운을 내서 전화를 받을 수 없는 은서에게 대신 문자를 적었다. 그녀가 그랬던 것처럼.

거의 편지처럼 길게 문자를 적는 그를 옆에서 조용히 지켜보던 백 비서가 못 참고 한마디를 했다.

"대표님. 맞춤법이 다 틀렸는데요."

그의 지적에 최권후는 오히려 백 비서를 비난했다.

"네가 사랑을 알아?"

맞춤법 지적을 했더니, 사랑이라니. 술주정 한번 제대로 하는군.

장만석 작가는 조용하고 세상과 단절된 생활을 하는 사람이었지만, 친절하게 그들을 대해 주었다. 집 마당에 있는 은행나무 밑에서 전화가 터진다는 걸 알려 준 것도 장만석 작가였다. 그땐 그가 정말 은인처럼 느껴졌다.

낯선 곳에서 잠이 들어서인지 평소에 절대 일어나지 않는 새벽에 눈을 떴다.

아직 해도 뜨지 않은 강원도 산골은 어두웠지만, 일찍 일어나는 장만석 작가는 벌써 거실에서 차를 내리고 있었다. 생활한복을 입은 그의 모습은 소설가보다는 깊은 산속에서 수련하는 도인에 가까웠다.

"차 한잔 마실래요?"

장만석이 먼저 권하자 은서는 고맙다고 인사하며 그의 맞은편 자리에 앉았다.

"아무도 없는 곳에서 혼자 살면 외롭지 않으세요?"

그녀는 서울을 떠난 지 하루밖에 되지 않았는데 벌써 외로웠다.

"난 30년을 함께 산 아내를 먼저 보냈으니, 이제는 외로울 시간이에요."

외로운 게 당연한 일이라고 말하는 노작가가 어쩐지 측은하게 느껴졌다. 그리고 자연스럽게 최권후가 떠올랐다.

"평생 함께할 자신도 없으면서 누군가를 사랑하는 건 잘못된 일일까요?"

은서는 충동적으로 장만석에게 물어보았다. 그 누구에게도 하지 못했던 이야기였는데, 장만석 앞에서는 말할 수 있었다. 그는 죽어서야 이 산골을 떠날 사람이라서.

초연한 눈빛으로 차를 마시던 장만석의 주름 진 입매가 느리게 위로 올라갔다.

"아내가 살아 있을 때 약속했었어요. 같은 날 죽자고. 그래서 먼저 죽은 아내가 잘못한 것 같아요, 같이 못 죽은 내가 잘못한 것 같아요?"

은서는 당황했다. 그녀는 어렵게 생각하다가 대답했다.

"누구의 잘못도 아닌 것 같은데……."

"내가 듣기에 오 피디 말 역시 굳이 잘못이라고 느껴지지 않던데. 나를 용서하고 받아들여 봐요."

최권후를 사랑하고 포기 못 하는 나를 용서하고 받아들이라고? 어쩐지 눈물이 날 것 같은 말이었다.

은서는 장만석과 차 한잔을 마시며 대화하는 동안 마음이 깨끗해지는 기분이었다.

그녀는 차를 다 마신 뒤, 정원으로 나와서 커다란 은행나무가 있는 곳으로 걸어갔다. 지금은 추운 겨울이라서 볼품없이 앙상한 가지만 남아 있었다.

나무 밑에 서자 잠잠하던 핸드폰에서 문자가 도착했다는 알람이 바로 울렸다. 세상과 단절된 곳에 있다가 다시 연결된 기분은 꽤 근사했다.

문자는 밤늦게 최권후가 보낸 것이었다.

> 설마 나 보기 실어서 멀리 도망친 거 아니지? ㄲㄲ

여기까지만 읽어도 맨정신에 쓴 문자가 아니라는 걸 알 수 있었다.

어쩐지 늦게 보냈다 했더니. 맞춤법은 엉망인데 글의 양은 엄청 길었다. 술에 취해서 이 문자를 열심히 적었을 최권후의 모습을 상상하니 '피식' 실소가 흘러나왔다.

> 우리 좋앗잔아. 난 한 달 동안은 너랑 떠러지기 시러.
> 그래도 일 때문이라면 어쩔 수 업이 양보해야겟지.
> 그러니가 도라오면 나한데 진자 잘해야 해.
> 그럼 나는 너무 조아서 팡 터질 거야.

"풉!"

은서는 소리 내어 웃음을 터트렸다. 좋아서 팡 터진다니. 술을 마시고 아이라도 된 건가 싶었다. 그러나 만취한 그한테 당했던 키스를 떠올리면 그는 취한다고 순수한 아이가 될 리 없었다. 그 반대면 몰라도.

은서는 새우 눈을 뜨고 계속 문자를 읽었다. 아직도 많이 남아 있었다.

> 너한테 자꾸 무러도 네가 대답을 안 해서
> 내가 생각해 봤는데,
> 우리 사이에는 그린라이트가 필요해.

그린라이트? 이거 썸 용어 아닌가?

> 야구에서 그린라이트는 도루 성공률이 노픈 선수가
> 자유롭게 도루할 수 있는 권리를 말해.
> 내가 네 마음으로 자유롭게 도루할 수 있게,
> 나한테 마음을 여러 줘.

은서는 눈을 여러 번 깜빡였다. 그가 그녀한테 야구 이야기를 했다는 것만으로도 은서는 마음이 벅찼다. 15년 전 치킨집에 앉아서 야구에 대해 이야기하던 그의 빛나는 눈빛을 여전히 잊지 못했다. 그때 그녀의 눈에 그는 밤하늘의 별처럼 찬란한 존재였다.

> 그럼 난 네 마음으로 드러가서 영원히 나오지 안올래.
> 거긴 분명 아주 따듯할 거야.

왜 이 부분에서 그의 쓸쓸함이 느껴지는 건가 싶었다. 마치 그가 지금껏 춥게 살았다는 듯이.

> p.s 네가 서울에 돌아올 때는 머리가 다 나앗으 기야.
> 기대해.

처음으로 받아 본 장문의 문자에서 은서는 눈을 떼지 못했다. 이렇게 맞춤법이 엉망인 문자도 처음이었다. 그런데도 그가 하려는 말이 하나도 빠지지 않고 마음에 박혀 왔다.

은서는 통화 버튼을 눌렀다. 이제 겨우 새벽 5시였다. 그는 분명 자고 있을 게 뻔했다.

달칵―.

[여보세요.]

아직 숙취에 시달리는 그의 목소리는 물에 빠진 듯 잔뜩 잠겨 있었다. 한마디로 다 죽어 가는 목소리였다.

"그 상태로 제대로 도루를 할 수나 있겠어요?"

혼내는 듯한 그녀의 목소리에 휴대폰 안쪽이 부산스러워졌다. 살짝 욕이 들려온 것도 같았다.

다시 최권후의 목소리가 들려왔을 때, 술기운은 완전히 사라져 있었다.

[지금 은행나무야?]

마치 그가 아는 은행나무라도 되는 듯이 물어 왔다.

은서는 앙상한 은행나무를 올려다보며 대답했다.

"네. 제가 일찍 깨워서 화났어요?"

[아냐, 그냥 꿈인지 현실인지 헷갈려.]

"한번 얼굴을 때려 봐요. 아프면 현실이겠죠."

전화기 안에서 정말 뺨을 때리는 소리가 들려서 그녀가 깜짝 놀랐다.

"진짜 때렸어요?"

[응, 근데 안 아프네. 꿈인가?]

정말 못 살겠다.

"꿈이면 제가 은행나무 아래서 전화를 하는 게 아니라 선배 침대 위에 같이 있겠죠."

[이왕이면 옷 다 벗고.]

뚝―.

은서는 바로 전화를 끊어 버렸다. 비몽사몽간에도 음담패설을 할 수 있는 여유가 아주 징글징글했다.

그녀의 전화가 다시 울렸다. 당연히 최권후였다. 은서는 질기게 울리는 전화벨 소리를 듣고만 있다가 거의 끊길 때쯤 통화 버튼을 눌렀다.

[아! 현실이구나. 이제 확실히 깨달았어.]

그녀가 뭐라고 하기도 전에 그가 선수를 쳐서 말했다.

"어제 저한테 문자 보낸 건 기억해요?"

[당연하지. 내 마음인데.]

"선배는 술을 마셔야 표현을 잘하나 봐요."

술을 마시고 키스하고, 술을 마시고 맞춤법이 다 틀린 연서를 보낸다고 비꼰 것이었다. 좋은 습관은 아니었으니까.

[술 깨고도 잘해. 사랑해.]

불시에 당한 공격에 심장이 쿵, 내려앉았다. 진심이냐고 물어봐야 하는 건지, 그런 말로 장난치는 거 아니라고 화를 내야 하는 건지.

[왜 말이 없어?]

그녀의 침묵이 길어지자 그의 목소리에 불만이 잔뜩 꼈다. 무시당한 사람처럼.

은서는 다시 고개를 들어 은행나무 가지 너머로 보이는 어둑한 하늘을 보며 말했다.

"여기 오는 길에 눈이 내렸어요."

[뭐?]

서울은 아직 눈이 안 왔기에 그도 생각 못 했다는 듯이 놀랐다.

"근데 내가 눈 가리고 끝까지 안 봤어요. 올해 첫눈은 꼭 선배랑 같이 보고 싶어서. 한 번도 같이 본 적 없잖아요. 아! 가짜 눈은 빼고."

그녀는 말하면서 살짝 웃었지만, 그는 조용했다. 그녀의 행동이 너무 바보 같다고 생각하는 걸 수도 있었다. 이미 내린 눈을 안 봤다고 어떻게 안 내린 것이라고 할 수 있느냐고.

"날씨 보니까 강원도 떠나기 전에 또 눈이 내릴 것 같아요. 여긴 엄청 춥거든요. 그리고 내가 간절히 바라는 건 잘 안 이루어져. 항상 그랬어."

마지막은 거의 혼잣말이었다. 기대보다는 체념이 그녀한테는 더 익숙한 일이었다.

"술 많이 마시지 마요. 나 술꾼은 진짜 별로니까."

은서는 뒤늦게야 그에게 잔소리를 했다.

[응, 알았어.]

웬일로 순순히 대답했다. 그래서 그녀도 부러 밝게 말했다.

"그리고 첫눈은 서울에서 내리는 눈으로 해요. 우리 둘 다 서울 사람이니까."

[그래. 인터뷰 촬영 잘해.]

그가 너무 멀쩡한 인사를 하니 어쩐지 좀 시시했다. 아니, 좀 얼이 빠진 건가?

오후에 촬영팀이 도착해서 촬영을 시작하면 전화를 자주 못 할 것이라는 이야기를 끝으로 통화를 끝냈다.

여전히 아침은 먼 듯 쉬이 해를 볼 수 없었다. 강원도의 겨울밤은 지독하게 길었다.

곧 오픈 쇼케이스를 앞둔 신작 게임의 마케팅 관련 회의였다. 게임은 개발에 들어가는 시간만 수년이고 비용도 수백억이지만, 화룡점정은 마케팅이라고 할 수 있었다. 게임 출시를 언제, 어떻게 획기적으로 하느냐에 따라 그 결과는 천차만별로 달라졌다.

라온에서 오랜만에 출시되는 AAA급 게임이었기에 마케팅 담당자의 얼굴에는 필살의 승부욕이 담겨 있었다. 최근에 라온이 핫했던 건 야구단 때문이었다. 하지만 라온의 본질은 게임 회사였기에, 이제 게임으로 대중을 사로잡을 때였다.

"좋네요."

최권후 대표의 무미건조한 칭찬에 마케팅 담당자는 안색이 창백해졌다.

그들의 대표가 누구인가? 열정 하나만은 그 누구한테도 뒤지지 않을 열혈남아였다. 모든 일에 파이팅은 기본이었다. 그래서 직원들의 사기를 높이는 사내 체육 대회의 상금은 그 어느 회사보다 럭셔리하고 폼이 났고, 오죽하면 파이팅 넘치게 야구단까지 샀겠나. 그런데 감정이라고는 하나도 안 실린 저 죽은 표정과 말투는 사형 선고나 마찬가지였다.

"대표님, 어디가 마음에 안 드시는지 말씀해 주시면 마케팅팀이 밤을 새워서라도 당장 고치겠습니다."

덩달아 마케팅팀 직원들도 안색이 창백해졌다. 권후는 분명 좋다고 했는데, 마케팅팀이 왜 저런 반응인지 알 수가 없었다.

통과는 됐지만 마케팅팀이 불안을 떠안고 회의가 끝난 뒤, 백 비서가 그에게 은서가 간 강원도 촬영지에 대해 보고했다.

"장만석 작가의 사가인데, 원래 사람이 살 수 없는 곳에 집을 지어서 살고 있습니다."

"굳이 왜?"

"아내와 사별한 뒤에 많이 힘들었다고 합니다."

힘들면 혼자 힘들 것이지, 왜 전화도 안 되는 곳에 살아서 그까지 힘들게 만드는 건가 싫었다.

은서가 그한테 바라는 건 고작 첫눈을 같이 봐 주는 것뿐인데, 작가라는 인간이 강원도 오지에 궁상맞게 사는 바람에 그것조차 들어줄 수 없게 되었다. 그걸 생각하면 생각할수록 자꾸 화가 났다. 그리고 그 화가 어디를 향한 건지 정확하지 않아서 계속 기분이 별로였다.

사서 고생하듯이 강원도 오지에 사는 그 작가에게 화가 난 건지, 15년 동안 시간을 낭비하다가 이제야 사랑꾼인 척하는 그한테 화가 난 건지, 그한테 바라는 게 고작 그런 것뿐인 은서한테 화가 난 건지.

권후는 가라앉은 목소리로 백 비서에게 물었다.

"이창범 감독이랑 차봉주 단장 만나는 건?"

"차 단장님이 극구 거부하고 계십니다. 아무래도 설득은 힘들 것 같습니다."

"그러니까 이창범을 데려오려면 단장을 잘라야 한다는 건가."

그는 사람을 냉정하게 자르는 걸 좋아하지 않았다. 그런 건 그의 아버지나 형이 잘하는 일이라고 오히려 비난했었다.

"차봉주 단장이 야구단에 얼마나 있었지?"

"5년입니다."

"그리고 내내 꼴찌였고."

"네."

차봉주 단장을 자를 이유는 성적으로 충분했다. 사람을 책임지는 자리니까. 그리고 구단주는 돈을 책임지는 자리였다. 차라리 돈 문제가 낫다. 사람 문제는 정말…….

"주무십니까, 대표님?"

고개를 숙인 최권후가 꼼짝도 하지 않아서 백 비서가 의아하게 여기며 물었다.

오후 늦게 장만석의 집에 도착한 촬영팀도 오는 길이 너무 힘들었다면서 다들 한마디씩 했다. 특히나 인터뷰 담당인 박 아나는 대놓고 그녀에게 불평을 했다. 다음에 또 이런 곳에서 인터뷰할 거면 그땐 그냥 피디인 그녀가 직접 인터뷰를 진행하라고. 그래도 장만석 작가 앞에서는 생글생글 웃으며 공기가 너무 좋다고 말하는 걸 보니 진짜 프로처럼 느껴졌다.

촬영은 장만석의 집에서 이루어지니 오히려 이전 인터뷰 촬영보다는 편했다. 그저 여기까지 오는 길이 너무 힘들 뿐이었지.

벽난로가 운치 있게 자리 잡은 거실에서 인터뷰 촬영이 진행되었다. 박 아나의 질문에 장만석 작가가 차분하고 느릿한 어조로 정성스럽게 대답하는 걸 촬영하던 촬영 감독이 그녀에게 한마디를 했다.

"올려놨던 시청률 이번에 다 까먹겠네."

또 시청률 이야기다. 교양에서 이렇게 시청률 이야기를 많이 듣는 것도 처음인 듯했다.

"그럼 감독님은 부인 죽으면 혼자 이런 곳에서 살 자신 있으세요?"

그녀의 질문에 촬영 감독이 질색한 표정을 지었다.

"내가 미쳤어?"

그래서 장만석 작가를 찍고 싶었다. 한 사람에 대한 사랑을 완전히 산화시키고 홀로 남아 글을 쓰는 작가는 과연 어떤 이야기를 들려 줄지 궁금했으니까.

그녀는 어쩔 수 없는 낭만주의자인가 보다. 사랑이 아름다웠으면 좋겠다. 슬프지 않고, 아프지 않고, 괴롭지 않고.

그리고 그녀가 운이 없는 것도 확실했다. 촬영 둘째 날부터 또 눈이 내리기 시작했다. 이번엔 촬영 중이라 눈을 감고 못 본 척할 수도 없었다.

조연출이 놀리듯이 물었다.

"왜 이번엔 장님 흉내 안 내세요?"

괜찮다. 이미 최권후와 서울 첫눈을 함께 보기로 약속했으니까. 미리 그한테 말해서 다행이라고 생각했다. 안 그랬으면 속상했을 것이다.

눈은 촬영하는 내내 내렸다. 이곳에 오래 산 장만석 작가의 말로는 내일은 되어야 그칠 것 같다고 했다. 반가워야 할 눈이 골칫거리가 되었다. 눈이 많이 쌓여 길이 얼면 서울로 돌아가는 것도 지체될 것이다. 오늘 촬영을 서둘러 끝내서 저녁에 출발하자는 이야기도 나왔다. 이곳에 갇히는 것보다는 밤 운전을 해서라도 돌아가는 게 낫다고.

은서는 턱을 들어 올려 내리는 눈을 올려다보았다. 가짜 눈이 아니라 진짜 눈이 내리고 있는데 그녀의 마음은 헛헛하기만 했다. 결국 중요한 건 눈이 아니었나 보다. 그걸 같이 봐 줄 사람이 더 중요했다.

최권후라는 사람은 그 누구와도 바꿀 수 없는 유일무이한 존재였다. 그가 더 이상 열여섯 살의 최권후와 똑같은 사람이 아니라고 해도 최권후는 최권후였다.

그런 그를 사랑하는 그녀를 용서하고 받아들이고 싶었다. 설령 비난을 받더라도, 어쩌면 마지막이 아름답지 못할지라도, 그가 그녀를 사랑했던 순간마저 부정하고 싶지는 않았다. 그건 부끄러운 일이 아니라 아름다운 일이니까.

촬영은 장만석 작가가 친절하게 협조해 주어서 예정된 시간보다 일찍 끝날 수 있었다. 끝나자마자 모두 돌아갈 준비를 하느라 더 바빴다. 그래서 장만석 작가에게 제대로 인사한 사람은 그녀뿐이었다.

"만나서 정말 좋았습니다. 작가님, 부디 건강하세요."

장만석 작가도 웃으며 그녀에게 작별 인사를 했다.

"오 피디도 부디 사랑하는 사람을 포기하지 말아요."

은서는 마주 웃을 수 있어서 다행이라고 생각했다.

Chapter 13
15년 만의 첫눈

 서울에서 온 차 세 대가 내리는 눈을 뚫고 부지런히 하산했다. 아직 눈이 얼기 전이라서 운전하기는 괜찮았다. 운전대를 잡은 조연출이 계속 투덜거려서, 그게 짜증이 날 뿐이었다.
 "오지 탐험도 아니고, 진짜. 다음부터 피디님이 속세를 떠나 사는 사람 인터뷰하겠다고 하면 전 절대 반대입니다. 이게 뭡니까. 시청률은 안 나올 게 뻔한데 고생은 고생대로 하고."
 은서는 눈이 아니라 귀를 틀어막았다. 빠른 속도는 아니시만 멈추지 않고 달리던 차의 행렬이 갑자기 멈출 때까지.
 "어? 왜 멈췄지? 설마 길이 벌써 얼었나? 아이씨, 진짜."
 은서는 길의 상태를 확인하기 위해서 직접 차에서 내렸다. 그게 조연출과 같은 차에 있는 것보다 나을 것 같았으니까.
 금세 눈이 그녀의 머리와 어깨 위로 쌓였다. 은서는 눈을 맞으며 차들을 지나쳐 앞으로 걸어가다가 우뚝 멈추어 섰다.
 그녀가 지금 꿈을 꾸는 건가 했다. 결코 이곳에 있을 리 없는 사람이 흩날리는 눈발 사이에 서 있었다. 은서가 믿을 수 없다는 눈으로 쳐다만 보자, 그가 '씨익' 웃었다.

"정말 미친 짓인 거 아는데, 와야 할 것 같더라고."

그가 한국에 없던 시절 최권후를 떠올리면 언제나 쨍하게 내리쬐는 햇볕 아래에서 땀을 흘리며 뛰는 청량하고 뜨거운 모습이었다. 그래서 차가운 겨울, 온 세상을 표백하듯이 쏟아지는 새하얀 눈 속에 서 있는 최권후는 마치 꿈처럼 느껴졌다. 너무도 비현실적이었다.

회사에 있다가 강원도에 눈이 온다는 소식을 백 비서가 전해 주자마자 바로 오는 바람에 그는 반질거리는 구두에 각 잡힌 슈트 차림이었다. 이 강원도 산골과는 정말 안 어울리는 세련된 도시 남자의 모습이었다. 그런 그의 머리와 어깨에도 그녀처럼 어느새 하얀 눈이 소복이 쌓였다.

15년 만에 처음이었다. 함께 겨울을 보내는 건. 함께 눈을 맞는 건.

그 사실을 인식하자 은서는 눈시울이 뜨거워졌다. 고작 그걸 하기 위해서 멀고 험한 길을 직접 운전해서 와 준 그한테 무슨 말을 해야 할지 도통 알 수가 없었다. 목 끝까지 뜨거운 숨이 꽉 차서 쉽게 말을 할 수가 없었.

최권후는 얼이 빠져 있는 그녀가 서 있는 곳으로 뚜벅뚜벅 걸어왔다. 그가 손이 닿을 거리까지 왔을 때에야 이게 꿈이 아니고 현실이라는 걸 은서는 제대로 인식했다.

"왜……?"

그녀는 분명 서울에서 같이 첫눈을 보자고 했는데, 왜 힘들게 여기까지 왔냐는 말이 토막 나서 튀어나왔다. 그래도 최권후는 찰떡같이 알아듣고 눈썹을 찌푸리며 웃었다.

"나랑 같이 보려고 눈이 내리는 걸 일부러 안 봤다는데, 내가 어떻게 가만히 있냐. 남자가 되어서 하늘 구멍을 틀어막지 못할 거면 오기라도 해야지."

사랑에 미쳐서 하는 짓에 남까지 끌어들일 수는 없어서 운전기사도 없이 직접 운전대를 잡았다. 강원도까지 와서 진짜 내리는 눈을 보니 너 때문에 내가 이 개고생을 하고 있구나, 역정부터 났다. 하지만 막상 은서를 만나게 되자 눈치 없이 빨리 내린 하얀 눈도, 그 아래에서 얼굴이 발갛게 피어난 여인도, 고적한 강원도도 그저 아름답게 그의 망막에 맺혔다.

이 순결한 눈 아래에서 '내가 널 사랑하는 만큼 너도 날 사랑해 줘.'라고 빈다면 마치 그 사랑이 이루어질 것만 같은 기분이었다. 하지만 뒤에서 다른 사람이 튀어나와서 안타깝게도 그럴 기회는 없었다.

"어머나! 정말 최권후 대표님이네. 어떻게 여기 계세요?"

호들갑스러운 이 작가의 목소리에 그녀는 화들짝 정신을 차렸다. 아차. 방송국 사람들과 서울로 돌아가는 중이었는데, 최권후를 본 순간 그들의 존재를 까맣게 잊어버렸다.

당황한 그녀와 달리 최권후는 태연하게 설명했다.

"강원도에 볼일이 있어서 왔다가 우연히 만났네요. 오 피디님 말이 촬영 끝내고 서울 돌아가는 길이라던데. 눈이 이렇게 많이 내려서 운전이 힘들지 않겠어요?"

갑자기 앞에서 나타난 최권후의 차가 길을 막는 바람에 눈이 내리는 강원도의 길바닥에서 시간을 버리고 있기에 그가 할 말은 아니었다.

 "그래서 서둘러 가려고요. 차 좀 빼 주시겠어요."

 "금방 날이 어두워질 겁니다. 그럼 더 위험할 테니까 차라리 근처 호텔에서 하룻밤 묵는 게 더 낫겠네요. 눈은 내일이 되면 그칠 겁니다."

 눈이 쌓이면 오도 가도 못하는 장만석 작가의 집을 벗어나긴 했지만, 계획도 없이 이 많은 방송국 직원이 강원도 호텔에서 하룻밤을 묵고 가는 건 무리였다. 방송국에는 예산이라는 게 있고, 교양국은 다른 곳보다 예산이 적을 수밖에 없었다. 방송국에 돈을 벌어다 주는 곳은 시청률 잘 나오고 광고 잘 따 오는 드라마국과 예능국이었으니까.

 "예약도 없이 이 많은 인원이 호텔을 잡는 건 무리일……."

 은서는 다른 사람들의 눈치를 보며 현실적으로 무리라고 반대하려는데, 최권후가 일부러 그녀가 아니라 이 작가의 얼굴을 보며 미남계를 쓰듯이 나긋한 미소를 지었다.

 "타지에서 숙녀분들을 안전하게 보살피는 것도 신사의 도리죠. 호텔은 제가 해결하겠습니다. 몸만 오세요."

 공짜라는 말에 이 작가는 바로 표정이 환해져서 그녀를 쳐다보았다. 무조건 그 호텔에서 묵고 가자는 얼굴이었다. 공식적으로 그들의 촬영 일정은 내일까지였으니 하룻밤은 묵고 가도 상관없었다. 그런데 이젠 사람들의 앞에서 최권후를 어떤 얼굴로 봐야 할지 알 수가 없어서, 그녀의 표정은 딱딱하게 굳은 채 풀어지지 않았다. 그게 최권후의 제안을 거부하는 것처럼 보였는지 이 작가가 그녀를 설득했다.

"이렇게 눈 쏟아질 때 무리해서 서울 가는 것보다 그냥 강원도에서 하루 묵고 가는 게 낫지 않을까요? 호텔에서는 장만석 작가님 집처럼 고립될 일은 없을 테니까."

은서는 최권후의 얼굴을 쳐다보았다. 그는 조용히 그녀의 결정을 기다리고 있었다. 눈을 핑계로 강원도에서 하루 묵고 가자고 한 건 그녀와 좀 더 오래 함께 있고 싶다는 그의 의지였다. 그러나 그녀가 사람들의 시선을 의식하면서 그와 함께 있고 싶을지는 미지수였다.

"그럼……."

그녀의 목소리가 눈과 섞여서 귓가에 젖어 들었다.

하늘에서 쏟아지는 눈발은 좀 더 거세졌다. 먼 길을 떠나는 이의 발목을 붙잡듯이.

속세와 떨어져 있던 장만석의 집에 있다가 속세의 돈맛이 물씬 나는 호텔에 들어서자 방송국 직원들의 표정은 단번에 풀렸다. 서울까지 고생해서 올라가지 않고 따뜻한 룸에서 바로 쉴 수 있다는 게 가장 좋은 점이었다.

특히나 박 아나는 최권후의 옆에서 떨어지지 않았다. 저러다 그가 묵는 방까지 쫓아갈 기세였다.

이 작가가 그녀의 옆에서 이죽거렸다.

"아까 차에서는 무슨 일인지 내다보지도 않더니, 최권후 대표인 거 알자마자 너무 태도 돌변 아니에요? 그런데 최권후 대표도 이리 적극적으로 나오는 거 보니까, 혹시 정말 박 아나한테 관심 있나?"

이 작가는 그리 말하면서 은서의 반응을 살폈다. 그녀는 신경이 쓰이는 투 샷에서 억지로 시선을 떼서 창밖에 내리는 눈을 보았다. 폭우처럼 내리는 눈은 밤새 내릴 기세였다.

방은 자연스럽게 여자 세 명이 함께 쓰게 되었다. 침대가 두 개뿐이었기에 은서는 이 작가와 함께 쓰겠다고 했다. 그런데 박 아나는 두 사람의 배려에 고맙다는 말도 없이 이 늦은 밤에 화장을 다시 고치기 시작했다.

"박 아나, 씻고 잘 거 아니에요?"

"잠은 두 분이나 많이 주무세요. 전 오늘 밤 이 방에 안 돌아올지도 몰라요."

이 작가가 그것 보라는 듯이 그녀에게 눈짓했다.

은서는 화장하는 데 여념이 없는 박 아나를 쳐다보며 불편한 기분을 애써 누르고 있는데, 그녀의 핸드폰이 부르르르, 하며 울렸다. 화장실에 간다는 핑계로 욕실에 들어가서 확인하니 역시나 최권후한테서 온 문자였다.

> 나 호텔 로비에 있어. 같이 눈 보자.

문밖에서는 미인 아나운서가 그를 꼬시려고 화장을 고치고 있고, 그는 그녀를 꼬시려고 문자를 살랑살랑 보내고. 이 상황이 웃겨서 그녀는 한숨 같은 웃음을 뱉어 냈다.

그래, 그를 탓할 일은 아니지.

그래도 기분은 썩 좋지 않았기에 일부러 답변은 보내지 않았다.

은서는 박 아나가 최권후의 방으로 올라가고 이 작가가 씻는 동안 조용히 방을 빠져나와 1층 로비로 내려갔다. 눈은 여전히 내리고 있었다. 폭우처럼 퍼부어 대던 아까보다는 좀 더 포근한 느낌으로.

늦은 밤에 날씨까지 안 좋아서인지 로비에 사람은 없었다. 그래서 홀로 고독하게 있는 최권후를 바로 찾을 수 있었다. 중학교 때도 아무리 많은 학생 속에 그가 파묻혀 있어도 그녀는 바로 최권후를 찾을 수 있었다. 그의 주위에는 언제나 사람들이 많았지만, 그녀의 시선에는 오로지 한 사람만 들어왔었다. 그건 사랑의 감정보다는 한 사람을 향한 덕질에 가까웠기에 다시 생각하니 좀 멋쩍어졌다.

가까이 다가갔는데, 창밖의 눈을 보고 있는 그의 시선이 생각보다 깊고 무겁게 느껴져서 은서는 걸음을 멈추었다. 적어도 중학교 시절의 그는 결코 저런 눈빛을 한 적이 없었다. 무언가 상실한 듯한 가라앉은 눈빛을.

"선배."

그녀가 부르자 그의 눈빛은 순식간에 바뀌었다. 바로 그녀가 아는 최권후가 되었다.

"답장 없어서 벌써 잠든 줄 알았네."

웃으며 말하는 그를 잠시 낯선 사람을 보듯 바라보던 은서는 그의 앞으로 걸어갔다.

생각해 보면 그는 힘든 이야기는 그녀한테 단 한 번도 한 적이 없었다. 그녀를 좋아할지는 몰라도 의지는 안 한다고 생각하니 몸이 추워졌다. 따지고 보면 그녀도 그한테 차승재에 대해 솔직하게 털어놓지 못하고 있으니 피장파장인지도 몰랐다. 서로 끝까지 이 벽은 깰 수 없을지도 모른다고 생각하니 어쩐지 그를 보고 있어도 서글퍼졌다.

"왜 그런 표정이야?"

그녀의 눈빛에서 슬픔을 읽은 최권후가 초조한 기색으로 자리에서 일어났다. 그의 뒤로 흩날리는 눈이 온 세상을 뒤덮고 있었다. 그 눈이 그까지 삼켜 버릴 것처럼 느껴졌다. 그 순간, 참을 수 없는 감정이 그녀 안에서 치고 올라왔다. 은서는 그한테 성큼 다가가서 두 팔로 남자의 단단한 몸을 온 힘을 다해 끌어안았다. 생각도 못 한 그녀의 행동에 권후는 몸이 굳었다. 아무 생각도 할 수 없었다.

"사실은 강원도에서 선배 보자마자 이러고 싶었는데……."

그녀의 속삭이는 목소리가 권후의 가슴뼈를 파고들었다. 그의 눈빛이 가늘게 떨렸다.

"사람들 때문에 못 했어요."

은서는 그한테 솔직하게 말하고 싶었다. 사랑한다고. 15년 전부터 지금까지 그녀가 좋아했던 사람은 그뿐이었다고. 더 이상 이 마음 앞에서 죄인이 되기 싫다고.

"선……"

그녀가 못 참고 입을 연 순간, 최권후가 갑자기 그녀의 허리를 끌어당겨 옆에 있는 기둥 뒤로 끌고 갔다. 은서는 놀라서 나오던 말이 그대로 목구멍에 걸렸다.

"너희 방송국 아나운서."

머리 위에서 들려온 최권후의 말에 은서는 심장이 얼어붙었다. 최권후는 그녀의 손을 잡고 박 아나의 움직임에 따라 기둥을 돌았다. 한순간에 눈이 내리는 강원도 호텔에서 숨바꼭질하는 꼴이 됐다.

"아씨, 이 인간은 도대체 어디로 간 거야? 전화번호도 모르니 전화를 할 수도 없고. 짜증 나."

한껏 까칠해진 박 아나의 목소리가 들려왔다. 역시나 그녀는 바로 눈앞에 있는 최권후를 찾고 있었다. 은서는 바로 들킬 것 같아서 심장이 철렁했다.

박 아나는 프런트로 가서 직원에게 물었다.

"아까 체크인한 최권후 씨 일행인데요, 혹시 그 남자 보셨어요? 엄청 잘생기고 키 크고 부티 나서 바로 알아보실 텐데."

직원은 박 아나의 어깨 너머로 그 남자가 다른 여자의 손을 잡고 부리나케 엘리베이터로 가는 걸 보았지만, 솔직하게 말할 수가 없어서 서비스직의 미소를 지었다. 당신을 피해 도망간 것 같다고 어떻게 까놓고 말하겠나. 바로 불똥이 호텔 서비스

15년 만의 첫눈

컴플레인으로 될 게 뻔했다.

○

 호텔 어디를 가도 방송국 사람들과 마주칠 수 있었기에, 두 사람은 엘리베이터를 타고 최권후가 묵고 있는 룸이 있는 곳까지 곧장 올라갔다.
 박 아나를 피해 도망치느라 정신없었던 은서는 창밖의 하얀 눈과 극명하게 대비되는 붉은 벽과 양탄자로 감싸인 복도를 보자 긴장감이 목구멍까지 차올랐다. 마치 어떤 동물이 쩍, 벌린 입 속으로 스스로 걸어 들어가는 것 같은 기묘한 기분이었다.
 그녀의 걸음이 눈에 띄게 느려지자 최권후가 고개를 돌려 그녀를 쳐다보았다. 그녀가 걱정하는 게 얼굴에 다 드러났는지 그가 안심하라는 듯이 말했다.
 "걱정 마. 오늘은 첫눈만 볼 거야. 너랑 그거 보러 여기까지 온 거니까."
 그가 그리 말한 순간, 남자한테 순진하게 속아 호텔 방까지 따라온 어리숙한 여자가 된 기분이었다. 그녀의 앞에 있는 최권후가 남자라는 게 지금 이 순간처럼 적나라하게 그녀를 압박한 적은 없었다.
 최권후니까 괜찮다고 해야 하는 건지, 최권후라도 조심해야 하는 건지, 그녀가 쉽게 판단을 내리지 못하고 있을 때 그가 진지한 눈빛으로 물었다.

"나 못 믿어?"

저런 말을 하는 남자를 조심하라고 누가 그랬던 것도 같은데, 속으로는 그리 생각하면서도 그를 따라 호텔 방까지 들어가게 되었다. 그의 방 말고는 이 호텔에서 안심하고 같이 눈을 볼 수 있는 곳이 없었으니까.

탁―.

등 뒤로 방문이 닫히는 소리와 함께 심장이 내려앉았다. 은서는 그가 뭐라고 하기 전에 창가로 걸어갔다. 불빛이 비친 유리창 위로 그녀 뒤에 서 있는 최권후도 선명하게 보였다. 유리창에 비춰 보이는 그가 가까운 듯 멀었다. 그러면 고개를 돌려 실물을 직접 보면 될 텐데, 지금은 그 쉬운 일이 이상하게도 어려웠다.

뚜벅―.

그가 먼저 그녀의 옆으로 다가왔다. 거리가 가까워진 그의 커다란 몸에서 뿜어져 나오는 청량한 체향이 맡아지자 은서는 척추가 꼿꼿해져서 굳었다. 이게 이렇게 긴장할 일인가 싶었다. 아까는 대범하게 먼저 저 몸을 안기까지 했으면서. 어쩐지 초조해지는 기분이었다.

"……."

"……."

두 사람은 나란히 서서 한동안 창밖의 눈만 바라보았다. 하늘에서 떨어지는 흰 눈은 어지럽게 휘날리는 먼지처럼 보였다가, 온 세상을 하얗게 바꾸어 놓는 순결한 보석처럼 보였다가, 따뜻한 솜뭉치처럼 보이기도 했다.

"너랑 같이 눈 보고 있는 게 꼭 동화같이 느껴진다."

그가 웃음을 머금고 한 말이 정확히 무슨 뜻인지 알 수 없어서 은서는 고개를 돌려 그의 옆얼굴을 보았다.

그녀의 시선을 느낀 듯 그가 설명했다.

"동화는 무조건 해피 엔딩이잖아."

'해피 엔딩'이란 말에 심장이 조여 왔다. 그건 그와의 관계에서 그녀가 감히 한 번도 생각해 보지 못한 일이었기에.

설마 그는 그럴 수 있다고 생각하는 걸까? 이 대한민국 땅에서 그의 아버지와 그녀의 아버지의 영향력이 안 미치는 곳은 없었다. 그녀가 순탄하게 방송국 피디 일을 할 수 있는 것도 아버지가 그녀의 선택을 묵과해 주고 있기 때문이다.

그러나 과연 최권후에 관해서도 그럴까? 은서는 그러지 않으리라 생각했다. 이건 태강 그룹과 해신 그룹의 자존심이 걸린 문제였으니까. 그리고 그건 결코 무너지면 안 되는 것이었다. 그녀가 그룹 일은 전혀 몰라도 그 정도는 알았다. 두 집안이 이혼 앞에서 한 치도 물러서지 않는 건 헤어지는 부부의 미래를 걱정해서가 아니라, 그룹의 자존심을 지키기 위해서라는 걸.

그들은 두 집안에서 태어났다는 이유로 그 싸움에 어쩔 수 없이 휘말려 들어갈 수밖에 없었다. 그래서 한 달의 용기를 낸 것도 그녀한테는 엄청난 일이었다. '오래오래 행복했습니다' 그런 동화 같은 결말은······.

"불가능하다고 생각하고 있지?"

마치 그녀의 마음을 읽은 듯이 그의 목소리가 가슴뼈를 뚫고 들어왔다. 어느새 눈이 아니라 그녀를 쳐다보고 있는 그의 시선에 은서는 속이 울렁거렸다.

사랑한다고 말하려고 했는데. 정말 오랫동안 마음에 담고 살았다고. 그 모든 게 진심이었는데. 그런데 지금 그의 앞에서 그녀의 진심은 한없이 작아지는 기분이었다. 과연 이 진심만으로 현실을 이겨 낼 수 있을지 자신할 수 없었다.

"내가 어떻게든 해피 엔딩으로 만들 거라고 하면, 믿어 줄래?"

최권후가 그녀를 향해 손을 내밀었다. 그는 여전히 어려운 현실 앞에서 주저하지 않는 사람이었다. 그건 전혀 예전과 달라지지 않아서 눈시울이 뜨거워졌다. 예전의 그녀는 그를 전적으로 믿었다. 최권후라면 반드시 꿈을 이루고 밤하늘의 별처럼 반짝이는 존재로 살 것이라고. 그리고 지금은······.

"해피 엔딩은 우리가 같이 만들어야 의미가 있는 거잖아요. 선배 혼자가 아니라."

그녀의 지적에 그는 놀란 듯 눈이 커졌다가 부드럽게 접혔다. 그가 행복한 표정을 지으니 은서도 내리는 눈 너머에 있는 현실이 조금은 덜 무서워졌다. 그녀의 진심이 현실을 이겨 낼 힘은 없다고 해도, 적어도 최권후 한 명을 행복하게 해 줄 힘이 있다는 게 만족스러웠다.

뚜벅ㅡ.

그가 손만으로는 만족할 수 없다는 듯이 그녀한테 가까이 다가왔다.

창밖에 내리는 눈이 춤을 추듯이 나부꼈다. 분명 저 눈을 구경하기 위해서 이 방까지 오게 된 것이었는데, 어느새 두 사람의 눈 속에는 서로의 모습만이 담겨 있었다.

권후는 더 이상 그를 피하지 않고 어떤 거부감도 없이 그를 바라봐 주는 그녀의 눈동자 속으로 깊게 빠져들었다.

야구를 할 수 없게 된 그 순간에 그의 인생이 끝난 줄 알았는데, 전혀 아니었다. 그는 그녀의 눈빛 속에서 여전히 꿈을 꾸고 있었고, 행복을 느꼈다. 그건 그녀를 처음 봤을 때부터 시작된 마법이었다.

권후가 은서를 처음 본 건 따뜻한 봄날 학교 근처 횡단보도 앞이었다. 빨간불에 서 있는 까만 차의 열린 창문으로 여자애가 턱을 올린 채 만개한 벚나무를 보고 멍때리고 있는 모습이 너무 사랑스럽고 귀여워서 자전거를 타고 차 옆을 지나갈 때 일부러 벨을 띠링띠링, 울렸었다.

그러자 여자애가 깜짝 놀라서 고개를 길게 빼 그가 탄 자전거를 쳐다보았는데, 그 순간이 그렇게 유쾌할 수 없었다. 몸 안에서 탄산이 팡팡, 터지는 기분이었다.

이름도 모르고, 학년도 몰랐지만 가끔 등굣길에 마주치는 여자애의 동글동글하고 말랑거리는 얼굴이 참 마음에 들었다. 그 아이가 동물이었다면 당장 주워서 집에 데려가고 싶을 정도로.

 학교에 갈 때 마주치는 사이라 같은 학교인 건 알았지만, 굳이 학교에서 일부러 여자애를 찾는 일을 하지는 않았다. 학교에서 그는 지나칠 정도로 유명인이었으니까. 그러니 그가 먼저 아는 척을 하는 건 여자애한테 오히려 독이 될 가능성이 컸다. 그냥 그 아이와 마주친 시간에 맞추어 자전거를 타고 등교하는 게 그가 한 일의 전부였다.

 그때는 그 정도로 충분했다. 그녀도 어렸고, 그도 야구에 미친 소년이었을 뿐이니까. 남녀 간의 정에 대해서는 쥐똥만큼도 모를 때였다.

 그가 익숙한 차를 발견하고 자전거 벨을 띠링띠링, 울리면 여자애는 그에 화답하듯이 창문을 열고 고개를 내밀었다. 귀엽고 무구한 눈망울이 그를 좇는 게 그렇게 흐뭇할 수 없었다.

 그러다 그가 홈런을 날린 야구공에 맞아서 기절한 여자애를 발견했을 때, 권후는 심장이 쿵, 내려앉았다. 여자애의 몸을 번쩍 안아 들고 양호실로 뛰면서 맹세했었다. '만약 이 일로 이 아이한테 문제가 생긴다면 그가 평생 책임지겠다.'고.

 그런데 망가진 그의 인생을 책임져 주고 있는 건 오히려 은서였다. 이 세상에 그녀가 없었다면 그는 결코 다시 일어설 힘을 얻지 못했을 것이다. 그런 그녀의 앞에서 그가 얼마나 죽을 힘을 다해 예전의 모습으로 남으려 애를 썼는지, 그녀는 전혀 모를 것이었다.

"너 정말 내 말 다 믿어?"

"네?"

그가 숨을 죽이며 나직하게 물어 온 말의 의미를 정확하게 알 수가 없어서 그녀의 눈썹이 살짝 올라갔다. 호텔 방을 들어오기 전에 그가 했던 말이 떠오르며 그녀의 눈빛이 불안하게 흔들리는데, 권후는 진지하게 말했다.

"나는 미국에서 내 꿈을 이루게 되는 날, 너한테 제일 먼저 연락하려고 했어. 널 잊었던 게 아니야."

은서의 눈빛이 흔들렸다. 10년 동안 소식 한 통이 없던 그의 부재가 떠오르며 참을 수 없는 기분이 되었다.

"내 말 믿어?"

은서는 그의 눈동자에서 시선을 떼지 못하며 고개를 끄덕였다. 믿는 마음보다 믿고 싶다는 열망이 더 뜨겁게 그녀를 흔들었다. 물빛으로 아름답게 반짝이는 그녀의 눈빛에 사로잡혀 권후의 눈빛 속에도 열이 피어올랐다. 어느새 그의 숨이 한계치까지 달구어져 있었다.

"그런데 오늘 같이 눈만 보겠다는 말은 못 지키겠다."

권후는 더 이상 참을 수 없다는 듯이 고개를 숙여 그녀의 입술을 집어삼켰다. 그녀는 겁이 많으니 한 달 동안 조심하려고 했다. 착한 선배처럼, 매너 좋은 신사처럼.

그러나 아무리 참으려고 해도 참을 수 없는 게 있었다. 대놓고 그를 유혹해 대던 다른 여자 앞에서는 한 번도 튀어나오지 않았던 본능이 그녀 앞에서는 무절제하게 날뛰었다. 이건 그도 어찌할 수 없는 일이었다. 본능이란 원래 그런 것이니까. 예의도 안 통했고, 말도 안 통했다.

그녀가 도망갈까 봐 가는 허리를 휘감아 안은 손에 절로 힘이 들어갔다. 하지만 그녀는 그를 밀어내지 않았다. 그가 말을 어겼다고 화를 내지도 않았다.

여리게 떨리던 두 눈이 감겼다. 허락의 의미였다.

그는 다급하면서도 조금은 거칠게 그녀의 도톰한 입술을 머금고 빨아들였다. 본능적으로 더 잘 닿을 수 있는 각도를 찾아 고개를 틀어서 드높은 콧대가 뺨에 뭉개질 정도로 입술을 격하게 덮쳤다.

"스읍."

틈 없이 맞닿은 입술 사이로 그녀의 앓는 소리가 가늘게 흘러나오자 그는 더 이상 생각이란 걸 할 수 없는 상태가 되었다. 잘게 떨리는 그녀의 몸에 단단하게 달아오른 그의 몸을 밀착했다.

쿵쿵, 크게 울리는 심장 소리는 그의 것 같기도 했고, 그녀의 것 같기도 했다. 뭐든 상관없었다. 지금은 이 뜨거운 감각을 집어삼키는 데 집중할 뿐이었다.

두툼한 혀가 그녀의 입 안으로 파고들어 부드럽고 여린 점막을 쓸어 올렸다. 그 생경한 감각을 그녀가 못 참겠다는 듯이 그의 팔 안에서 몸을 움찔거렸다. 그녀가 반응할수록 그는 더더욱 대담해졌다. 만약 그녀가 지금 눈을 떠 그를 보았다면 그의 눈 안에 뜨겁게 들어찬 흥분과 날것의 욕망이 무서워서 바로 이 방에서 도망치려고 했을 것이다.

권후는 갈 길을 잃은 그녀의 혀를 잡아채서 뿌리부터 빨아 올렸다. 그녀의 입에서 앓는 소리가 더 심해졌다.

불꽃처럼 타오르는 욕망을 집어삼킨 심장이 아플 정도로 격렬하게 뛰어 댔다. 고작 입술과 입술이 닿았을 뿐인데 세상이 빙글빙글 돌았다. 그래서 그가 거친 호흡을 뱉어 내며 입술을 떼고 멀어졌을 때, 은서는 살았다는 생각을 할 정도였다.

키스한 후에 어찌할 바를 모르는 그녀의 얼굴을 보고 최권후는 오히려 만족한 표정을 지었다.

"지금 네 입술에 온통 내 흔적이다."

부끄러움은 뒤늦게 해일처럼 밀려왔다. 그녀의 얼굴은 잘 익은 토마토처럼 익어 갔다. 지금은 그의 얼굴을 똑바로 마주하는 것도 힘들어서 문 쪽으로 몸을 돌렸다가 노크 소리가 들리자 그대로 몸이 굳었다.

똑똑—.

숨을 곳을 찾아서 욕실로 달려가려는 그녀의 몸을 최권후의 팔이 번쩍 안아 올려서 그녀는 절로 비명이 터져 나왔다.

"꺄악."

그녀의 비명에 그녀가 가장 놀랐다.

문밖에서도 노크 소리가 멈추었다.

"드, 들었을까요?"

불안해져서 은서는 시선이 문에서 떨어지지 않았다.

"쓸데없는 사람 신경 쓰지 말고 나한테 집중해."

길고 단단한 손가락이 그녀의 턱을 잡고 시선을 그의 얼굴로 고정했다. 마주친 눈빛이 불덩이를 삼킨 듯이 강렬해서 은서는 눈가가 가늘게 떨렸다. 눈앞의 그는 분명 그녀가 아는 최권후가 맞는데도, 낯선 남자를 보는 것처럼 긴장되었다.

"내가 지금 무슨 생각 하고 있을 것 같아?"

그가 은밀하게 묻는 목소리가 찌릿하며 뇌를 울렸다. 은서는 알아도 모른 척해야 살 것 같아서 무조건 모르겠다고 고개를 저었다.

촉촉하게 젖어서 반짝이는 그녀의 눈동자가 그의 시선을 어지럽혔지만, 그렇다고 이대로 그녀를 놓을 수는 없었다. 세상에 그게 가능한 남자는 없었다. 권후는 자꾸 그의 시선을 빼앗는 탐스러운 하얀 목덜미에 입술을 묻었다.

"선배, 거긴……!"

낯선 위치에 닿은 입술의 뜨거운 감촉은 은서를 당황하게 하였다. 그를 밀어내지도, 그렇다고 끌어당기지도 못한 채 속수무책으로 뜨거워져만 갔다. 그동안에도 그의 뒤로 세상을 하얗게 뒤덮는 눈이 보였다. 그 풍경이 너무 서정적이었는데, 그녀를 놓지 않는 남자는 너무 맹렬했다. 차가운 눈보라는 그녀의 몸 안으로 밀려 들어와 타오르는 폭염으로 바뀌었다.

뭐가 동화인가. 이건 전혀 동화가 아니었다. 동화가 이리 음탕할 리가 없었다.

"나랑 같이 눈 본다고 했잖아요."

그녀의 타박에 그의 몸이 처음으로 멈칫했다. 권후는 정염으로 새까매진 눈동자를 움직여 그녀와 시선을 맞추었다.

"아까 봤잖아."

그의 말이 틀린 건 아니지만 얄밉기 그지없었다. 동화 이야기를 그가 먼저 한 것이라서 더 그런 것 같았다. 이럴 것이었으면 처음부터 순진한 척하지를 말든가.

"제가 백 셀 때까지만 또 같이 봐요."

그녀의 제안에 권후의 눈썹이 움찔했다. 분명 싫은 내색이었지만, 그렇다고 대놓고 싫다고는 못 했다. 그가 강원도까지 온 목적을 아직 잊지 않았다면 그러면 안 되었다. 그리고 그녀는 분명 숫자 백을 셀 때까지만이라고 했다. 그건 절대 긴 시간이 아니었다. 그러니 이걸 거절하면 그는 배려 없는 남자가 되는 것이었다

"그래, 알았어."

결국 그가 동의했고, 두 사람은 침대에 나란히 걸터앉아서 창밖의 눈을 바라보았다. 분명 침대와 멀리 떨어져 있었는데, 어느새 침대에 와 있다는 것도 놀라운 일이었다.

그녀가 입고 있던 블라우스의 단추가 두 개나 풀려 가슴골이 아슬아슬하게 드러나 있었지만, 이 상황에서 다시 잠그는 것도 민망한 일이라서 아무렇지 않은 척 말했다.

"눈이 참 예쁘죠?"

"네가 더 예뻐."

결국 아무렇지 않은 척하는 것에 실패한 은서는 서둘러 블라우스의 단추를 잠그며 그한테 경고했다.

"농담 금지예요."

"진심인데."

분위기 반전을 위해서 엄하게 꾸짖었던 은서는 그의 말에 완전히 말문이 막혔다. 그래서 숫자도 못 세고 있었더니 그가 먼저 숫자를 세기 시작했다.

"하나."

그녀가 세야 한다고 경고하려다가 천천히 세는 걸 보고 그냥 두었다. 숫자가 쌓일수록, 하얀 눈이 쌓일수록 널뛰었던 그녀의 마음도 조금씩 진정이 되었다.

창밖에는 새하얀 눈이 내렸고, 두 사람 사이에도 평온한 시간이 흐르자 전신의 혈관이 타들어 갈 것 같은 성적 긴장감으로 굳어 있던 몸이 천천히 이완되었다.

아무래도 두 사람이 어릴 때 처음 만난 사이라서 그런가 보다. 그녀의 기억 속에 선명하게 박혀 있는 빛나는 소년이 갑자기 그녀를 잡아먹을 것 같은 짐승처럼 돌변하면 어찌할 바를 모르겠다.

만약 그가 많은 여자를 만나 보았다고 했다면 주눅이 들었을 텐데, 그녀가 처음이라고 하니 다른 여자와 비교해 실망할 일은 없어서 다행이라고 은서는 속으로 내심 안도했다. 슈퍼 모델부터 상속녀까지, 그를 유혹했던 수많은 여자를 모르기에 할 수 있는 유치한 생각이었다.

어느새 그는 백까지 거의 다 세어 갔다.

"아흔여덟."

창밖은 이미 새카만 밤이 되었고, 눈은 여전히 그칠 기미가 보이지 않았다.

"아흔아홉."

그가 백까지 다 세고 나면 또 무슨 일이 벌어질지 상상하니 은서는 배에 힘이 절로 들어갔다.

"백."

그녀의 말대로 숫자를 다 센 그가 고개를 돌려 그녀의 얼굴을 쳐다보았다. 은서는 여전히 고집스럽게 창밖을 보고 있었다. 그녀는 일부러 아무렇지 않은 척 말을 꺼냈다.

"내일 서울까지 가려면 오늘 일찍 자는 게…… 앗!"

순식간에 그의 손에 떠밀려 침대 위에 쓰러진 은서는 또 소리를 지르고 말았다. 두 팔로 그녀의 얼굴을 가두고 위에서 내려다보는 권후와 눈이 마주치자 뺨이 뜨거워지는 게 생생하게 느껴졌다. 떨림을 숨기지 못하는 그녀의 얼굴을 빤히 내려다보던 최권후가 행동과는 다르게 부드럽게 말했다.

"무서워하지 마. 설마 내가 널 다치게 하겠어?"

그 말에는 정말 그녀를 진정시키는 힘이 있었다. 이젠 또 다른 의미로 심장이 쿵쿵, 뛰어 댔다.

그의 손이 그녀의 뺨을 감싸 안고 손가락으로 부드럽게 피부를 문지르자 촘촘하게 펼쳐진 눈꺼풀이 파르르 흔들렸다.

한껏 색이 오른 광대는 잘 익은 과일처럼 보여서 한입 베어 물면 정말 과즙이 흘러나올 것 같았다.

권후의 눈에 들어오는 그녀의 모든 것이 사랑스럽고 소중했다. 처음부터 그랬고, 떨어져 있던 시간 동안에는 끝없이 그리웠고, 지금은 더욱 깊어졌다. 그녀를 그의 인생에서 깨끗하게 도려내는 건 이제 불가능한 일이었다.

그가 어떻게 그녀를 사랑하지 않을 수 있을까.

"사랑해, 은서야."

가벼운 장난기도 없이, 화려한 미사여구도 없이 오히려 담백하게 들리는 그 고백에 은서는 심장이 뜨겁게 아렸다.

까맣고 까만 눈동자에 담긴 그녀의 모습이 꼭 그의 안에 갇힌 듯 보였다.

그의 입술이 그녀의 광대 위에 닿았다. 뺨을 머금는 감촉이 이상하면서도 따뜻했다 키스와는 다른 느낌이었다.

이제는 그를 막을 수 없다는 막연한 허탈감에 은서는 눈을 감았다가 천천히 다시 떴다. 아주 가까이에서 그와 눈이 마주쳤다. 별을 부숴서 뿌려 놓은 듯이 반짝이는 깊은 눈동자 속으로 속수무책으로 끌려 들어갔다.

그의 손이 내려와 그녀의 손을 감싸 쥐었다. 그리고 그녀의 손을 그의 몸 어딘가로 이끌었다. 그것이 손에 닿았을 때, 은서는 놀라서 눈이 크게 벌어졌다. 그녀의 손이 닿자 더 커지는 걸 느끼고 은서는 눈동자가 사정없이 흔들렸다. 그의 얼굴도 처음으로 찌푸려졌다. 좋아하는 건지, 아파하는 건지 분간이 안 되었다. 그녀는 손을 떼려고 했지만 그가 놓아주지 않았다.

"또 도망가지 말고."

그 말에 멈칫했다.

"제대로 날 봐."

거부할 수 없는 그 말에 모든 게 지워지고, 그녀의 세상이 최권후로 가득 차 버렸다.

"너 때문에 이렇게 된 거야."

그러니까 책임을 지라는 듯이 그의 새카만 눈빛이 그녀를 압박해 왔다. 은서는 입 안이 바싹 말랐다. 도망치고 싶은 마음 반, 아무것도 상관하지 않고 그가 하자는 대로 하고 싶은 마음 반이었다. 그 역시 마찬가지일 걸 알았다. 욕심껏 그녀를 안고 싶은 마음 반, 끝까지 그녀의 뜻을 존중해야 한다는 마음 반일 것이다.

"손 좀 놔줘요."

은서의 말에 그의 눈빛에 언뜻 실망의 빛이 스쳤지만, 권후는 그녀의 말에 따라 주었다.

그가 손을 놓자마자 은서는 그의 몸에서 손을 떼어 냈다. 그리고 이번에는 그녀가 그의 손을 붙잡고 그녀의 몸으로 이끌었다. 은서가 그의 손을 끌어다가 가슴 위에 올려놓자 최권후가 놀란 듯 눈이 커졌다. 그의 커다란 손안에서 만져지는 가슴의 감촉은 옷 위에서도 부드럽고 말캉했다. 은서는 파르르, 떨면서도 그의 시선을 피하지 않았다.

지금은 이렇게 복잡하게 고민하지만, 결국 그들은 자게 될 것이다. 그가 오은서가 아닌 다른 여자를 사랑하게 되지 않는 이상, 그녀가 최권후가 아닌 다른 남자를 원하게 되지 않는 이상 지금은 그 과정의 한순간일 뿐이었다. 그리 생각하니 조금은 마음이 단순해졌다. 지금이냐, 조금 더 나중이냐의 차이일 뿐이었다.

"사실 나 아직은 엄청 무서워요."

그래서 그녀는 솔직하게 말했다. 숨기면 그가 오해만 할 테니까. 그녀가 그를 거부하는 것이라고.

권후는 그녀가 나름대로 표현하고 받아들이려고 애쓰는 모습이 안쓰럽고 한없이 사랑스러워서 두 팔로 그녀의 몸을 꽉 끌어안았다. 그가 침대 위에서 그녀의 몸을 안은 채 꼼짝도 안 하자 은서는 그의 팔 안에서 꼼지락거리며 그의 얼굴 쪽으로 고개를 들었다. 그녀의 눈과 마주치자 그가 지독히도 낮은 목소리로 예고했다.

"다음에 만날 때는 입술 아닌 곳에 키스할 거야."

은서는 오소소 소름이 돋아났다. 그 말은 입술 빼고 몸 어디든 가능하다는 소리였기에.

"그다음에 만날 때는 더 야한 짓 할 거고."

말은 그렇게 노골적으로 하면서도 오늘은 그가 그녀를 위해 참아 주고 있다는 걸 알았다. 그녀가 무섭다고 말해서. 그런 그가 어쩐지 사랑스럽게 느껴져서 은서는 그의 뺨에 먼저 입을 맞추었다.

권후는 오히려 괴롭다는 표정을 지었다. 안 그래도 몸이 흥분해서 식히고 있는데 또 불을 붙인 것이나 마찬가지였다. 이건 숫자 백까지 세는 걸로는 어림도 없을 듯했다.

강원도의 밤, 창밖에는 하얀 눈이 밤새 내리고 있었고, 서로가 처음인 연인은 각자의 방식으로 노력했다.

이 사랑을 아름답게 꽃피우기 위해서.

이창범 감독과 차봉주 단장이 만나는 자리를 마련하게 되었다. 차승재의 도움으로. 자기 훈련만 열심히 할 줄 알았던 차승재가 도움을 요청하지도 않았는데 먼저 구단 일에 나선 건 의외이긴 했다.

"무슨 꿍꿍이야?"

권후는 차승재 앞에서 말이 곱게 안 나왔다. 차승재도 그한테 냉랭한 태도인 건 똑같았다. 그야말로 오월동주(적대 관계에 있는 사람이 이해 때문에 협력하게 됨)였다.

"나 혼자 잘 던진다고 팀이 이기는 것도 아니고. 피닉스가 꼴찌 탈출 못 하면 내가 메이저 리그까지 포기하고 이 구린 구단에 있는 게 아무 쓸모가 없어지니까."

최권후는 못마땅한 눈으로 차승재를 쳐다보았다. 재수 없게 말했지만 틀린 말은 아니었다. 서로 꼴도 보기 싫은 사이인데 이렇게 같이 있는 이유는 오직 하나였다. 라온 피닉스의 승리.

그도 차승재도 승리에 목마를 뿐이었다.

"그래. 1년 계약 끝날 때까지는 넌 그냥 내 팀의 선수다. 너랑 나 사이에 남은 계산은 계약 끝나고 청산하자."

차승재는 계약을 빼면 청산할 게 없다는 듯이 그의 말을 무시했다. 그런 차승재를 보며 권후는 팔짱 아래로 주먹을 꽉 움켜쥐었다. 차승재를 볼 때마다 떠오르는 은서의 이름이 송곳처럼 뇌를 찔러 대는데, 그 강도가 점점 세지고 있었다. 언젠가는 결판을 내야 했다.

그때 룸의 문이 열리며 차봉주 단장이 먼저 들어왔다. 그는 혼자가 아니었다. 그가 감독 후보로 밀고 있는 김승진 수석 코치와 함께였다.

"감독님 만나는 자리니까 당연히 코치도 알아야 할 것 같아서 같이 왔습니다. 괜찮으시죠?"

최권후와 차승재가 서로 눈빛을 교환했다.

딱 봐도 깽판 치러 왔군.

아무래도 오늘 술자리는 치열한 힘 싸움이 될 것 같았다. 그런데 기자 회견할 때처럼 차승재가 그의 편이라 승산이 있다고 느껴지는 게 참 사람 기분을 이상하게 꼬아 놓았다.

이창범 감독은 10분 뒤에 도착했다. 프로 팀에서 방출되고도 여전히 목에 힘이 잔뜩 들어가 있는 이창범 감독을 차봉주 단장은 대놓고 불쾌해하는 눈으로 쳐다보았다.

권후는 분위기를 풀어 보고자 서로를 인사시켰다.

"이창범 감독님과 차봉주 단장님은 한 구단에서 일한 적은 없는 걸로 알고 있습니다. 서로 인사하시죠."

"이창범 감독한테 가차 없이 버림받은 선수를 제가 여럿 거두기는 했죠. 그러니 인연이 전혀 없는 것도 아닙니다."

평소에는 얌전하기만 한 차봉주 단장이 먼저 공격을 해 왔다. 권후는 입가에 걸려 있던 사회생활 미소가 살짝 굳어지려고 했지만, 우선은 이창범 감독의 반응을 살폈다. 다행인지 뭔지 그는 차봉주 감독의 말에 화난 얼굴은 아니었다. 그러나 그의 혀도 만만찮게 독했다.

"그런 떨거지들만 모으니까 피닉스가 계속 밑바닥을 구르는 거요."

차봉주 단장이 먼저 참지 못하고 자리를 박차고 일어났다.

"떨거지라니! 다 열심히 야구해서 프로까지 된 선수들입니다! 천재랑 잘하는 선수들만 편애하며 야구하는 게 자랑이요!"

"남의 돈으로 야구하면서 자선 사업하려는 그쪽한테 들을 말은 아닌 듯한데."

"말 다 했습니까!"

"타임!"

갑자기 그라운드에서 나와야 하는 '타임'이 이곳에서 나오자 단장과 감독은 저절로 언쟁을 멈추게 되었다. 그라운드에서 '타임'이 나오면 모든 걸 멈춰야 하듯이. 그건 불문율이었다.

'타임'을 외친 권후는 차봉주 단장과 이창범 감독을 번갈아한 번씩 보았다. 그리고 차승재 쪽도 보았는데, 관람객처럼 구경만 하는 게 이 순간 전혀 도움이 안 되고 있었다.

그래, 너를 믿은 내가 등신이다.

"아무리 제가 두 분보다 나이가 한참 어려도 그래도 구단주인데, 제 앞에서 너무 예의가 없으시군요. 그렇게 생각하지 않으십니까?"

권후는 우선 구단주의 권위로 두 사람을 누르기로 했다. 그게 통했는지 둘 다 그의 시선을 피하며 침묵했다. 권후는 깊게 고민하지 않고 행동에 옮기기로 했다.

"두 분 다 우선 제 잔부터 받으시죠."

술을 계속 마시게 하자. 취하면 뭔가 말이 통하게 될지도 몰랐다. 그렇게 불통의 술판이 시작되었다.

Chapter 14
공식적인 첫 데이트

 은서는 퇴근하고 서점에 들렀다. 경주에 관련된 책을 찾아보고 싶어서. 정확히 언제 갈지 날짜를 정하지는 않았지만, 분명 가게 될 곳이었기에.

 최권후는 동궁과 월지만 보고 싶다고 했지만, 경주는 역사의 도시라서 동궁과 월지 말고도 가 볼 만한 곳이 많을 게 분명했다. 그러니 그녀가 많이 알아 둘수록 그날 그녀가 그한테 많이 가르쳐 줄 수 있었다.

 조용한 서점 안에서 핸드폰 벨 소리가 울리자 은서는 허둥대며 핸드폰을 꺼내 전화를 받았다.

"여보세요."

 그녀가 작게 속삭이자 휴대폰 안 최권후도 낮은 목소리로 귀를 긁었다.

[어디야?]

"방송국 근처 서점이요."

[알았어.]

뚝─.

전화는 그대로 끊겨 버렸다. 자기 멋대로 말하고 끊은 최권후의 태도가 불만이라서 은서는 투덜거리며 핸드폰을 내려놓았다. 그래도 책은 계속 살펴봤다. 경주에 가져갈 가장 괜찮은 책을 찾아야 했기에 금방 끝날 일은 아니었다.

책에 집중하느라 얼마나 시간이 흘렀는지 알 수 없었는데, 머리 위로 긴 그림자가 드리우며 어두워졌다.

은서는 책 읽기 불편해서 눈매를 찡그리며 고개를 들었다가 그녀를 내려다보고 있는 최권후를 발견하고 눈이 동그랗게 커졌다.

"너 찾느라 한참 헤매서 다리 아파."

그녀는 그가 올 줄은 몰랐기에 그건 그녀의 탓이 아니었다.

"오면 온다고 말을 하지."

최권후는 그녀의 옆자리에 앉는가 싶더니 아예 그녀의 다리를 베고 누워 버렸다. 집에서 그래도 놀랐겠지만 여기는 서점이었기에 은서는 더 깜짝 놀라서 책을 높이 들어 올렸다.

"여기서 이러면 안 돼요! 어서 일어나요."

"다리 아파서 못 일어나겠어."

당연히 엄살이다. 그의 몸이 얼마나 근육으로 단단하게 뭉쳐 있는데, 그 정도 걸었다고 다리에 힘이 빠지겠나.

"사람들 보잖아요."

은서는 불안한 시선으로 주위를 둘러보았다. 그나마 책장으로 둘러싸인 구석이라 많이 노출되지는 않았다. 그러나 언제든지 누가 나타날 수 있는 공간이었다.

 누가 볼까 봐 심장이 오그라드는 그녀와 달리 최권후는 자기 집 안방처럼 편안하게 눈을 감았다. 은서는 혹시라도 누가 그의 얼굴을 알아볼까 봐 책을 펼쳐서 엎어 놓았다. 최권후가 답답하다며 바로 책을 치워 버렸다. 그녀는 책으로 얼굴을 가리고, 최권후는 자꾸 책을 치우고. 잠시 두 사람 사이에 실랑이가 벌어졌다. 그러다 훅 끼치는 술 냄새를 맡고 은서는 미간이 좁아졌다.

 "술 마셨어요?"

 그의 얼굴에 떠오른 쓸쓸한 미소에 은서는 마음이 안 좋아졌다. 그제야 그가 기분이 안 좋다는 걸 느낄 수 있었다.

 "최악의 술자리였지."

 '최악'이라는 말과 반대로 그의 표정과 목소리는 평소와 다르지 않았다. 그러고 보니 그녀는 몰랐다. 그가 정말 우울할 때는 어떤 표정을 짓고, 어떤 목소리로 말하는지.

 "사람들이 계속 싸우기만 해서 정말 답답했어."

 차봉주 단장은 끝없이 이창범 감독을 비난하고, 김승진 코치는 이창범 감독 밑에서 일할 바에는 다른 팀에 가겠다고 하고, 이창범 감독은 왜 피닉스가 꼴찌인지 알겠다고 욕을 하고, 차승재는 남의 집 불구경하듯이 앉아서 그의 실패를 즐기고 있고.

 그는 구단주였다. 그 세 사람을 잘라 버릴 수 있는 권력이 그의 손에 있었다. 그런데도 그 자리에서 가장 괴로웠던 건 그였다. 그는 그 누구도 버리고 싶지 않았으니까.

"그래서 네 얼굴 보고 싶더라. 힐링되게."

힘들어서 그녀가 필요했다는 그의 말에 은서는 마음이 간질 간질했다.

"역시 보니까 좋아졌어."

권후는 그게 만족스럽다는 듯이 웃으며 그녀의 뺨으로 손을 뻗었다. 따뜻하고 보드라운 여인의 살결이 손안에 감겨 왔다. 미국에서는 힘들 때마다 그녀가 그리워도 이렇게 만지는 건 불가능한 일이었다. 그런데 지금은 그게 가능하다는 게 마음을 벅차오르게 했다.

조금 아쉬운 점이라면 그가 그리워하며 떠올렸던 옛날 모습을 그녀한테서 거의 찾아볼 수 없다는 것이었다. 은서는 살이 빠지며 예전보다 선이 더 섬세해졌고, 사람을 무구하게 바라보 있던 눈빛도 이젠 많은 생각을 담고 있었다.

15년의 세월 동안 그가 변했듯이 그녀도 변했다. 그녀가 변한 이유에 차승재가 있다는 것이 은연중에 그의 신경을 건드렸지만 그녀의 앞에서는 티를 내지 않았다.

"이제 그만 만져요. 사람들 봐요."

은서는 작은 목소리로 그를 저지했다. 그의 손길이 좋으면서도 주위의 시선이 신경 쓰이는 이중적인 감정이 들었다. 어쩔 수 없었다. 최권후는 이제 언론 인터뷰를 탄 사람이었다. 반은 공인이나 마찬가지였다. 방심하는 사이 사진이 찍힐 수도 있는 노릇이니, 밖에서는 가능한 한 주의하는 게 좋았다.

공식적인 첫 데이트

그는 그런 것에 별로 신경 쓰지 않는 성격이니, 그녀라도 경계심을 늦추지 말고 있어야 했다. 그녀가 바라는 건 오직 한 달의 시간이 흐르는 동안만이라도 두 집안의 어른들한테 두 사람의 관계를 들키지 않는 것이었다. 영원히 비밀로 할 수 없다는 건 알지만, 딱 한 달만이라도.

"넌 아직도 나보다 사람들 시선이 더 중요해?"

그가 섭섭하다는 표정을 지었다. 그녀한테 위로받고 싶어서 온 것이라 그녀의 사소한 말에 쉽게 서운한 마음이 생겼다.

은서는 짧게 한숨을 내쉬었다. 두 개의 가치가 너무도 다른데 어떻게 같은 선상에서 비교할 수 있겠는가. 하지만 지금 그한테 필요한 게 그런 설명이 아니라는 건 알 수 있었다. 그래서 평소에는 절대 하지 않을 말을 뱉어 냈다.

"사람들이 선배 쳐다보는 게 질투 나서 그래요. 나만 보고 싶어."

그녀답지 않은 소유욕이 가득한 말에 권후가 놀란 듯 눈이 벌어졌다.

확실히 그녀의 말이 효과는 있었다. 그는 벌떡 몸을 일으켜 세우는가 싶더니 그녀의 손을 낚아채 잡고 끌어당겼다.

"그럼 사람들 없는 곳으로 가자."

은서는 당황했지만 속수무책으로 그의 손에 끌려갔다. 결국 경주에 관련된 책은 사지도 못했다. 그가 경주에 가고 싶다고 해서 사려고 했던 건데, 그걸 최권후가 방해하자 허탈한 웃음만 나왔다.

그가 말한 사람들이 없는 곳은 그가 타고 온 차였다. 넓은 차의 뒷좌석은 두 사람이 타고 있어도 공간이 넉넉했고, 차는 선팅이 잘돼 있어서 밖에서 보이지 않았지만 은서는 뭔가 마음에 걸렸다. 그는 술을 마셨으니 여기까지 직접 운전해서 왔을 리가 없다.

설마 곧 운전기사가 오는 건가? 그런 생각을 하고 있는데, 그의 얼굴이 그녀의 귓가로 가까이 다가왔다.

"이번에 만나면 내가 어디 키스하겠다고 했는지 기억해?"

그 말을 듣자마자 온몸이 긴장했다. 그게 설마 오늘 차 안일 줄은 몰랐을 뿐이다. 그녀의 눈동자가 사정없이 흔들리자 그가 눈을 내리깔며 나직이 물었다.

"오늘도 무서워?"

매일 무섭다고 하는 건 그녀도 싫었다. 그런 연인을 누가 계속 좋아할 수 있겠는가. 그녀가 그럴수록 최권후는 그녀한테 점점 정이 떨어질 것이다.

은서는 목에 힘을 주고 고개를 저었다. 눈빛에는 여전히 불안함이 남아 있었지만, 그래도 그의 앞에서 더 이상 도망치지 않았다.

조금씩 달라져 가는 그녀의 태도에 권후는 만족한 미소를 지었다. 어릴 적 치킨을 들고 웃을 때는 마냥 귀여워만 보이던 모습이 이젠 그의 정욕을 자극하는 탐스러운 여인의 모습으로 변해 그의 앞에 있었다.

내가 어떻게 널 참을 수 있을까.

공식적인 첫 데이트

그의 손이 그녀의 블라우스 위에 닿자 은서는 숨을 멈추었다. 아직 아무것도 하지 않았는데 발끝까지 긴장감이 퍼졌다.

툭, 그가 그녀의 눈에서 시선을 떼지 않으며 단추 하나를 풀었다. 벌어진 옷깃 사이로 쇄골 라인이 드러났다. 그의 얼굴에도 여유로운 미소가 사라졌다.

툭, 두 번째 단추를 풀자 도자기처럼 반질거리는 살결이 베일을 벗듯이 나타났다.

그가 옷을 벗기는 걸 가만히 지켜보고 있기가 너무 힘들었던 은서는 못 참고 그의 손을 붙잡으며 말했다.

"제, 제가 할게요."

그는 반대하지 않았지만, 눈빛은 아까와 달리 이미 새카맣게 달아올라 있었다.

은서는 가늘게 떨리는 손으로 단추 하나를 더 풀었다. 가슴골과 속옷이 보이기 시작하자 그의 목에서 억눌린 소리가 흘러나왔다. 그에 놀란 은서는 손을 멈추고 그를 보았다. 하지만 순식간에 다가온 그가 그녀의 입술을 단숨에 집어삼키는 바람에 정신을 차릴 수가 없었다. 거친 키스였다.

"하아."

그의 몸에 밀려 등이 차 문에 부딪혔지만 통증조차 자극이 되었다. 은서는 두 팔을 들어 올려 그의 목을 끌어안는 게 할 수 있는 일의 전부였다. 그의 입술은 턱선을 타고 내려가 목덜미를 빨아들였다가 더욱 아래로 내려갔다. 단단한 이로 브래지어 끈을 잡아당기는 느낌이 아찔했다. 왼쪽 브래지어 끈이 어깨를 타고 내려가며 봉긋한 가슴의 윗부분이 드러났다.

그는 키스하겠다는 말을 철저히 지키려는 듯이 손을 쓰지 않고 오직 입으로만 그녀의 가슴을 더듬었다. 그게 그녀를 더 미치게 했다. 그의 입술이 만지는 곳은 가슴인데 속절없이 다리 사이가 젖어 드는 기분이 너무 낯설고 당황스러웠다. 아무리 참으려고 해도 그녀의 의지로 되는 일이 아니었다.

가슴의 정점이 그의 입 안으로 삼켜지는 순간, 은서는 결국 참지 못하고 낯 뜨거운 신음을 뱉어 내 버렸다.

"아흑."

그의 혀가 주는 자극에 몸이 달아오를 대로 달아오른 은서는 저도 모르게 손으로 그의 머리카락을 아무렇게나 움켜잡았다.

찰나의 순간이 영겁처럼 느껴졌다. 너무 버거워서 제발 빨리 끝나기를 바라면서도 이 뜨거운 감각을 놓치고 싶지 않다는 양가적인 감정이 더욱 그녀를 힘들게 했다.

차 안이 그녀의 더운 숨결 소리로 가득 차다 못해 터질 것 같을 때에야 권후는 그녀의 가슴에서 입술을 떼고 고개를 들었다. 그리고 뒤늦게야 감상하듯이 그가 그녀의 예쁜 가슴에 남긴 흔적을 바라보았다. 은서가 맨정신이었다면 바로 가슴을 가리면서 나무랐을 테지만, 지금은 탈진이라도 한 듯 몸을 쉽게 움직이지 못했다.

권후는 그가 이로 끌어 내린 브래지어 끈을 직접 손으로 올려 주었다.

공식적인 첫 데이트

그의 욕망은 더 컸지만 한 번에 욕심내지 않을 생각이었다. 그녀를 욕망하는 것도, 그녀를 지켜 주는 것도 모두 그의 몫이었으니까.

"다음에는 네가 가고 싶은 곳에 가자. 어디 가고 싶어?"

배부른 짐승의 표정을 짓고 있는 그의 얼굴이 어쩐지 얄미워서 은서는 충동적으로 말해 버렸다.

"오랜만에 체육관 가서 복싱해요."

그를 또 샌드백처럼 때리고 싶다는 말로 들렸기에 권후는 매운 음식이라도 먹은 사람처럼 미간에 주름이 잡혔다.

"진심이야?"

은서는 최권후에게 체육관에 같이 가자고 했던 게 너무했던 건가, 자꾸 생각하게 되었다. 결국 점심을 먹을 때 이 작가에게 넌지시 물었다.

"만약 애인이 체육관 같이 가자고 하면 뭐라고 할 거예요?"

이 작가는 반찬으로 나온 더덕을 질겅질겅 씹으며 거칠게 말했다.

"지금 나보고 살쪘다는 거냐? 이게 죽으려고."

죽인다는 협박까지 들을 정도로 잘못한 건가 싶어서 은서는 오싹해졌다.

"하, 하지만 운동하면 건강해지고 좋잖아요."

"건강 챙기는 건 40대 넘어서 해도 충분하잖아요. 지금은 즐길 나이죠."

어쩐지 그녀가 엄청 재미없는 사람이 되어 버린 것 같았다. 그런데 이미 그한테 체육관에 가자고 말해 버렸는데 어쩌나. 은서는 심각해졌다.

"그럼 사랑받으려면 어디 가자고 해야 할까요?"

"바로 그 표정으로 남자에게 똑같이 물어보세요. 그럼 환장할 거예요."

······환장. 그 단어에 눈가가 경련했다.

"진짜요?"

그녀가 의심하며 물어보자 이 작가가 확신의 엄지를 치켜올렸다. 이 작가는 그녀와 달리 연애를 많이 해 봐서 물어본 건데, 과연 상담 상대를 제대로 고른 건지 좀 불안해졌다.

결정을 내려야 할 순간이었다. 팀을 재정비하고 리그 준비를 하기 위해서는 감독 문제를 가능한 한 빨리 해결해야만 했다. 이창범 감독은 살아온 세월이 있으니 하루아침에 그 독불장군 같은 성격을 고치는 건 불가능했다. 그러니 어쩔 수 없이 선수들과의 마찰이 생길 것이다. 조심하다가도 승리에 집착하게 되면 본능이 튀어나올 테니까.

차봉주 단장은 그걸 걱정해서 이창범 감독을 반대하는 것이었다. 차라리 꼴찌를 할지언정 우리 팀 선수들이 저 악마 같은 감독한테 학대당하는 건 못 보겠단다. 자기 단장직을 걸고 결사반대라고 하니 꼭 독립투사 같았다.

결국 기준은 피닉스 선수들이었다. 그들이 이창범 감독을 받아들일 수 있다면 차봉주 단장도 더 이상 반대하지 않을 것이다. 그래서 권후는 이창범 감독과 함께 연습 중인 선수들을 찾아갔다. 걸어오는 두 사람을 바라보는 선수들의 표정은 그다지 밝지 않았다. 아마도 곁에서 훈련을 시키는 김승진 코치가 좋은 말을 하지는 않았을 거다. 그리고 이미 이창범 감독에 대한 악평을 많이 접했을 것이고.

김승진 코치가 달려와서 그에게 인사했다.

"오셨습니까, 구단주님?"

김승진 코치가 일부러 그한테만 인사하고 이창범 감독은 못 본 척하자 권후는 지적했다.

"아직 정식 감독은 아니지만, 그래도 야구 선배인데 제대로 인사해서야죠."

그제야 김승진 코치는 떨떠름한 얼굴로 이창범 감독에게 고개를 숙였다. 이창범 감독의 표정은 무덤덤했다. 그는 악질이라고 소문난 것치고 웬만한 일에는 보통 사람보다 더 덤덤한 편이었다. 결국 그가 모든 신경을 쏟아붓는 건 야구라는 뜻이었다.

"선수들 좀 모아 주십시오."

그의 부탁에 김승진 코치가 불안한 표정을 지었다.

"한창 몸 풀리고 있는데, 지금 모이면 흐름 끊길 텐데."

"그래서 구단주인 내 명령은 개무시해도 된다는 겁니까?"

그가 권위를 내세우자 김승진 코치는 바로 선수들을 불러 모았다. 어슬렁어슬렁 걸어서 모이는 선수들은 서로 눈빛을 주고받으며 상황이 어떻게 돌아가는 건지 파악하느라 바빴다. 가장 마지막에 걸어온 선수는 차승재였다.

권후는 한자리에 모인 피닉스의 선수들을 천천히 둘러보며 입을 뗐다.

"구단주가 물주 노릇이나 하고 야구장 VIP석에서 얌전히 관람이나 하지 왜 여기까지 기어 나와서 사람 귀찮게 하느냐고 생각할 거 뻔히 아는데, 내가 경기 없는 날 여기 오는 건 오늘이 마지막일 겁니다."

그가 먼저 말을 거칠게 내뱉으니 선수들은 삽시간에 조용해졌다.

"이미 소문이 돌았을 것 같은데 나는 이창범 감독을 피닉스의 새로운 감독으로 뽑고 싶고, 차 단장이 자기 자리를 걸고 막고 있는 상황입니다. 뭐, 나야 손쉽게 차 단장 자르고 내 말 잘 들어줄 단장을 새로 뽑아도 되긴 하는데……."

그의 냉정한 말에 선수들의 눈빛도 덩달아 차가워졌다.

"그건 너무 쉽고, 정도 없고, 멋도 없고. 그래서 차라리 감독 결정권을 선수들에게 맡겨 볼 생각입니다."

사상 유례없는 일에 선수들은 깜짝 놀라서 술렁이기 시작했다. 지금껏 감독은 단장이 사람을 뽑고, 구단주가 승인해서 결정되는 게 일반적이었다. 선수들이 직접 감독을 뽑은 경우는 단 한 번도 없었다. 그래서 그게 가능한 일인지 의심부터 드는데, 라온 직원들이었다면 최권후 대표가 또 최권후 대표다운 행동을 한다고 생각하며 웃어넘겼을 것이다.

"내가 이창범 감독을 고른 이유는 간단해요. 이기고 싶거든. 지는 거 너무 폼 안 나. 그리고 여러분이 이창범 감독을 뽑지 않을 이유도 간단하죠. 이 악마 감독 밑에서 개고생하기 싫거든. 아무리 이기는 게 중요해도 정도라는 게 있는 법이라고 생각하겠지."

권후는 이창범 감독 쪽을 보면서 현실적으로 말했다.

"이창범 감독이 지금은 달라졌다는 말은 하지 않겠습니다. 나도 같이 일해 본 적이 없는데, 어떻게 내가 그걸 장담하겠어. 대신 여러분에게 확실한 방어막을 주겠습니다."

권후는 주머니에서 그의 명함을 꺼내서 경기 작전을 짜 놓은 화이트보드 위에 붙였다.

"내 전화번호 여기 있으니까 이창범 감독이 훈련 외에 인격 모독을 한다든가, 못 참을 정도로 괴롭힌다든가 하면 나한테 전화해요. 그럼 이창범 감독 괴롭히는 건 내가 직접 할 테니까."

권후는 일부러 이창범 감독을 쳐다보며 시원하게 웃었다.

"선수들은 감독한테 개길 수 없어도, 나는 구단주라서 할 수 있거든."

선수들이 재미있다는 듯이 키득키득 웃었고, 이창범 감독은 표정이 썩어 갔다.

권후는 야구공을 테이블 위에 올려놓으며 단호히 말했다.

"나는 지는 야구는 하기 싫습니다. 그건 여러분도 마찬가지일 거 알아요. 그러니까 할 수 있는 건 다 해 봐야지. 악마에게 영혼도 팔아 보고, 맨바닥에 쓰러져 피도 흘려 보고, 죽기 직전까지 공을 쫓아도 보고. 대신 이창범 감독의 독기는 내가 다 빨아먹을 테니까, 여러분은 이기기만 해 줘요."

어느새 분위기가 숙연해졌다. 고작 저 9인치짜리 공에 그들의 인생이 달려 있었다. 이기면 뜨겁게 환호받겠지만, 지면 폐물 취급을 받으며 버려진다.

"그럼 이창범 감독이 라온 피닉스의 새로운 감독이 되는 것에 동의하는 선수는 손을 들어 줘요."

주사위는 던져졌다.

은서는 옷장 서랍 앞에서 한참이나 움직이지 못하고 있었다. 갑자기 그녀가 가지고 있는 속옷들이 마음에 안 들기 시작했다. 지금까지는 그녀의 속옷을 남한테 보일 일이 없었기에 편하게 입을 수 있는 게 가장 중요했는데, 차 안에서 최권후가 이로 그녀의 브래지어 끈을 내리던 걸 떠올리면 얼굴이 화끈거리면서 그런 매력 없는 속옷을 입고 있었던 자신을 자책하게 되었다.

그래서 은서는 태어나 처음으로 보기에 무조건 예쁜 속옷을 찾아서 인터넷을 뒤지기 시작했다. 속옷만으로는 안심이 안 되어서 옷까지 장바구니에 정신없이 골라 넣었다.

밤새 인터넷 쇼핑하느라 제대로 자지 못한 은서는 출근할 때 엘리베이터 앞에 서서 늘어지게 하품을 했다.

"하암."

크게 입을 벌리고 있는데 엘리베이터 문이 열렸다. 그 안에 타고 있는 최권후와 눈이 마주친 순간 그녀는 그대로 돌처럼 굳어 버렸다. 그가 재미있는 구경을 했다는 듯이 빙글 웃자 은서는 서둘러 손으로 입을 가리며 말을 더듬었다.

"여, 여, 여, 여기 어떻게 들어왔어요!"

"동네 주민이 친절하게 열어 주던데. 나한테 우유도 줬어."

그가 손에 들고 있는 우유를 보여 주자 은서는 바로 그의 손에서 우유를 낚아채며 타박했다.

"여자가 준 거죠?"

뻔하다. 그걸 좋다고 받아 온 그한테 화가 났다.

내가 누구 때문에 어제 잠도 못 자고 눈 빠지게 인터넷 쇼핑을 했는데! 다 반품하고 싶은 심정이었다.

"음, 여자아이겠지. 초등학생이니까."

"……."

은서는 조용히 다시 우유를 그의 손에 쥐어 주었다. 왜 듣자마자 레깅스를 입은 쭉쭉 빵빵 언니를 상상한 건지. 그녀의 타락한 머리를 쥐어박고 싶은 심정이었다.

"아침부터 왜 왔어요?"

민망해서 그녀의 목소리가 퉁명스럽게 흘러나왔다.

"구단 감독이 정해져서, 너한테 제일 먼저 축하받고 싶어서."

싱그럽게 웃으며 말하는 그의 얼굴을 보자마자 박대한 게 바로 머쓱해졌다.

"그럼 어제 전화하지."

"어제는 밤늦게까지 구단 회식이었어."

아슬아슬하게 한 표 차이로 이창범은 프로 야구 감독으로 복귀할 수 있었다. 그를 안 뽑은 선수들은 김승진 코치 쪽 사람이었다. 그리고 마지막 한 표를 채운 건 차승재였다. 망할 자식. 처음부터 들었어야지. 가장 마지막에 손을 들어서 그를 또 열받게 하였다.

표가 갈린 선수들을 화합시킬 자리가 필요했기에 전체 회식을 하느라 밤늦게까지 정신이 없었다.

그는 주로 김승진 코치와 술을 마셨다. 이번 일로 가장 마음이 상했을 건 감독이 될 기회를 빼앗긴 그였으니까. 진짜 다른 팀으로 갈 거냐고 물었더니, 내년에 가겠단다. 올해 피닉스가 꼴찌를 탈출하는 것만 보고.

"자, 받아. 내 마음이야."

은서는 그가 주머니에서 꺼내 내민 걸 보고 심장이 간질거렸다. 소주 뚜껑으로 만든 하트였다. 야구하는 사람들하고 있을 때도 그녀를 생각했다는 게 좀 감동이었다. 그럴 때는 그녀

공식적인 첫 데이트　113

의 존재를 까맣게 잊어버릴 줄 알았는데.

그녀는 두 손으로 소중하게 소주 뚜껑을 쥐었다. 술 많이 마신다고 야단을 쳐야 하는데, 이것 때문에 할 수 없게 되었다.

"너는 뭐 하느라 못 잤어?"

아침부터 하품까지 할 정도로 피곤해 보이기에 물은 건데, 그녀의 얼굴이 잘 익은 복숭아처럼 달아올랐다.

"선배는 몰라도 돼요."

사춘기 소녀가 할 법한 대사를 뱉어 내며 시선을 피하는 그녀가 사랑스러워서 권후는 일부러 더 가까이 다가가 집요하게 그녀의 시선을 좇았다.

"뭔데, 내가 뭘 몰라도 되는데. 응? 응? 도대체 내가 모르는 게 뭘까?"

은서는 그를 피해 도망치려고 했지만 바로 몸이 붙잡혔다.

"악!"

권후는 한 팔로 가볍게 그녀의 몸을 번쩍 들어 올리고는 순식간에 그의 품에 가두어 버렸다. 그녀를 바라보는 그의 눈빛이 어느새 열기를 품고 그녀한테도 불씨를 옮겼다.

"그래서 어떻게 축하해 줄 거야?"

그의 야구단에 좋은 일이라면 그녀도 제대로 축하해 주고 싶었다. 하지만 지금은 바쁜 출근길이라 적당하지 않았다. 그녀는 그의 옷깃을 잡고 끌어당겨서 귓가에 속삭였다.

"선배가 원하는 소원 하나 들어드릴게요."

그녀의 말을 듣고 그가 만족한 듯이 입꼬리를 길게 올렸다.

이렇게 그한테는 아주 소중한 소원권이 하나 생겼다.

드디어 두 사람의 공식적인 첫 데이트 날이 밝았다. 남들은 쉽게 하는 이 데이트를 하는데 무려 15년이나 걸렸다는 게 통탄스러우면서도 감개무량했다. 권후는 자신의 끈기와 열정을 스스로 칭찬했다. 끝까지 포기하지 않았더니, 결국 이리 좋은 날이 왔으니까.

오늘 은서가 그한테 데이트하자고 한 곳은 체육관이었다. 설마 진짜 가겠어, 그런 마음으로 슈트를 챙겨입다가도 은서라면 진짜 갈지도 모르겠다는 불안감에 트레이닝복으로 시선을 주길 몇 번 반복했다.

결국 트레이닝복은 비상용으로 챙기고 가장 멋져 보일 수 있는 스리피스 슈트를 챙겨 입었다. 야구 유니폼을 벗고 처음 입었을 때는 어색하고 불편하기만 했던 옷이 어느새 그의 피부처럼 익숙해져 있었다.

권후는 거울 속의 자신을 몇 초 정도 가만히 바라보다가 일부러 입꼬리를 올려 멋스럽게 웃어 보았다. 오늘 같은 날 나쁜 생각은 어울리지 않았다. 그저 행복하고 싶었다. 은서와 함께.

은서의 집 앞까지 도착해서 그녀가 나오길 기다리는데 심장이 못 참을 정도로 간질간질했다. 결국 차 밖으로 나와서 서성였다.

아차, 꽃을 사 왔어야 했는데. 데이트를 오면서 그 정도도 생각해 내지 못했다는 게 참담하다. 처음이라는 걸 이리 티 내다니.

정문이 열리자 권후는 비딱하게 서 있던 몸을 서둘러 바로 세웠다. 또각, 걸어 나오는 은서를 보고 그의 표정이 환해졌다. 아주 멀리서도 눈에 확 들어올 새빨간 레이스 원피스를 입은 은서는 마치 처음 보는 여자처럼 낯설면서도 성숙한 여인의 매력을 한껏 뿜어내고 있었다.

쇄골을 아름답게 드러내는 우아한 브이넥 네크라인에 잘록한 허리가 강조되는 깔끔한 A라인 치마였다. 노출은 많지 않았지만 시스루로 된 소매 아래로 은은하게 비치는 하얀 살결이 유독 야하게 느껴졌다.

그녀가 이리 화려한 옷을 입은 걸 처음 보는 권후는 할 말을 잃고 그녀를 쳐다보기만 했다.

은서는 강렬한 차림새와 상반된 수줍은 표정으로 그의 앞으로 걸어갔다. 당장이라도 그의 입에서 왜 이렇게 안 어울리는 옷을 입었냐는 놀리는 말이 나올 것만 같아서 먼저 변명했다.

"선물 받은 옷이라서 입었는데, 좀 많이 튀죠?"

사실 그녀의 손가락으로 직접 결제한 옷이었지만, 그는 알 수 없는 일이니까 오늘만은 양심의 가책 없이 거짓말하기로 했다.

"장미를 사 올 필요가 없네."

그녀 자체가 붉은 장미였다.

그가 작게 중얼거리는 말을 제대로 듣지 못한 은서가 눈을 동그랗게 뜨며 그의 얼굴을 쳐다보았다. 옷차림만 섹시해지고 귀여운 본캐는 똑같은 걸 보고 권후는 웃음을 삼키며 조수석 문을 열어 주었다.

은서는 차에 올라타기 전에 그의 얼굴을 쳐다보았다.

"그래서 오늘 어디 가요?"

"네가 체육관 가자며."

교양 있고 우아한 장소에 가야만 할 것 같은 그녀의 차림을 보고도 천연덕스럽게 그리 말하는 그를 은서는 곱게 흘겨보았다. 그녀가 설마 체육관에 가서 복싱하려고 이렇게 차려입었겠나. 다 눈치챘으면서 그녀를 놀리려고 일부러 저러는 게 분명했다. 최권후는 눈치 없는 사람이 절대 아니었으니까.

"그래요. 그럼 체육관 가요."

그녀는 지기 싫어서 그렇게 받아치고는 조수석에 올라탔다. 권후는 차 문을 닫으면서 혼자 짧게 웃었다.

은서는 안전벨트를 매며 운전석에 올라탄 권후를 훔쳐보았다. 설마 진짜 체육관으로 가려는 건 아니겠지. 그런데 여기서 어디 가냐고 묻는 건 그녀가 밀리는 것 같아서 은서는 입을 꾹 다물고 있었다.

"그럼 출발한다."

차가 굴러가기 시작하자 은서는 긴장감이 더 높아졌다. 마치 복불복 게임이라도 하는 것처럼.

공식적인 첫 데이트

이제라도 솔직하게 말할까 싶었지만, 자존심 때문에 입은 벌어지지 않았고 두 손이 치맛자락만 연신 만지작거렸다. 복싱은 차승재를 다시 마주치게 되면 흠씬 때려 주려고 배우기 시작한 것인데, 오늘 체육관에 가게 되면 최권후도 흠씬 때릴 수 있을 것 같았다. 데이트에 체육관이 웬 말이란 말인가.

 그녀는 어느새 우울한 표정을 짓고 있었는데, 운전하던 권후가 힐긋 그녀의 얼굴을 보고는 그제야 솔직하게 말했다. 어쩐지 더 하면 괴롭히는 게 되는 것 같았으니.

 "나랑 경주에서 동궁과 월지 같이 보기로 한 거 기억해?"

 은서의 고개가 그 어느 때보다 빠르게 돌아가 그를 쳐다보았다.

 "오늘 가 볼래?"

 은서는 두 번 생각할 것도 없이 좋다고 고개를 끄덕였다.

 "갈래요."

 그녀가 행복한 표정으로 웃으니 그 행복은 바로 그한테도 전염되었다. 꼭 솜사탕으로 만들어진 세상 속에 있는 기분이었다. 달고 폭신폭신했다.

 서울에서 경주까지 가는 길이 꽤 시간이 걸렸기에, 경주에 도착하자마자 두 사람은 식사부터 해야 했다.

 권후가 그녀를 데리고 간 식사 장소는 품격이 흐르는 한식

파인다이닝이었다. 미슐랭에도 소개된 식당이라고 했다.

코스 요리였기에 음식들은 조금씩 나왔다. 이래서 그녀가 코스 요리를 별로 안 좋아했다는 게 떠올랐지만, 그의 앞에서는 티 내지 않았다. 그녀는 오늘 데이트에서 먹는 걸 밝히는 여자로 절대 남고 싶지 않았.

"음식이 정말 맛있어요."

그건 진심이었다. 너무 맛있으니까 조금만 더 많이 줬으면 좋겠다는 생각이 절로 드는 거다.

"다행이네. 마지막 음식은 내가 특별하게 부탁했어."

원래 이 식당에 없는 메뉴인데 그가 부탁해서 추가되었다는 요리가 무엇일까 싶었다.

서빙되는 요리가 많았기에, 그게 쌓이다 보니 배는 조금씩 찼다. 한우 요리는 최고라는 소리가 절로 나올 정도로 매우 훌륭했다. 그래서 세 점 나온 걸 다 먹고 저도 모르게 입맛을 다시고 말았다. 아차, 싶어서 그의 눈치를 보자 권후가 남은 한우 구이 한 점을 젓가락으로 집어서 그녀에게 내밀었다.

"저 배불러요. 선배 먹어요."

그녀는 서둘러 두 손을 저으며 거절했다.

"내가 먹여 주는 게 소원이었어."

그 귀한 소원권을 여기서 쓰겠다는 말에 은서는 눈이 동그랗게 커졌다.

"진짜 이게 소원이라고요?"

은서가 의심하는 눈으로 되묻자 그는 진심으로 고개를 끄덕

공식적인 첫 데이트 119

였다. 은서는 당황해서 눈을 빠르게 깜빡이다가 그가 입 앞까지 가져다 댄 한우 구이를 입을 벌려 받아먹었다. 소원이라고 하니 거부할 수가 없었다.

한우 구이는 역시나 맛있었다. 그리고 입술을 우물거리며 먹는 그녀를 보고 빙그레 웃는 그의 얼굴을 보니 반쯤 찼던 배가 단숨에 가득 차는 기분이었다.

남이 먹는 걸 보고 왜 저리 좋아하는 거야. 이상한 사람이야.

그의 시선을 슬쩍 피하는데, 마지막으로 그가 특별히 부탁했다는 음식이 들어왔다.

그건 엄청 비싸 보이게 플레이팅된, 치킨이었다. 어떤 고급 접시에 올라가 있든, 어떤 아름다운 플레이팅을 했든 그녀의 눈에 그건 그냥 치킨이었다. 그녀가 학창 시절에 집에서 몰래 빠져나가 혼자서 시켜 먹었던 그 치킨. 권후가 한국을 떠나기 전에 둘이 마지막으로 함께 먹었던 그 치킨.

그녀가 고개를 들어 그를 쳐다보자 권후가 치킨집에서 마주 앉았던 그 빛나는 소년의 얼굴로 말했다.

"너랑 같이 치킨 먹는 게 내 두 번째 소원이야."

소원권은 하나뿐이라고 지적해야 했지만, 그녀는 그럴 수 없었다. 치킨 앞에서 그녀는 무장 해제가 되었다. 열네 살의 오은서가 열여섯 살의 최권후 앞에서 그랬듯이.

그녀는 젓가락을 내려놓고 손으로 치킨을 들어서 입에 가져갔다. 오랜만에 그와 함께 먹는 치킨의 맛은 잃어버렸던 추억의 맛이었고, 따뜻한 행복의 맛이었다.

"너무 맛있어요."

치킨 한 조각에 세상에서 가장 행복한 표정을 짓는 그녀를 보고 권후도 손으로 치킨을 들어서 한입 먹었다.

"정말 그러네."

두 사람은 한참이나 서로를 바라보며 웃었다.

반짝이던 순간은 어릴 때 끝난 줄 알았는데, 아니었다. 두 사람이 함께 있는 시간은 여전히 반짝거리고 있었다. 그게 너무 좋았고, 소중했다. 그리고 치킨도 정말 소중했다.

위를 채우고 식당에서 나온 은서는 너그러워진 심정으로 그에게 물었다.

"이제 동궁과 월지 가요?"

권후는 고개를 들어 하늘 위에 떠 있는 태양을 올려다보며 대답했다.

"아직 일러."

은서도 그를 따라 고개를 들어 하늘을 올려다보았다. 보통 하늘을 보고 할 일을 정하는 건 농사인데, 오늘 그들의 데이트 일정도 하늘이 결정하고 있었다.

동궁과 월지에 너무 늦게 가면 서울에 돌아가는 게 힘들어질 테지만, 은서는 그를 재촉할 수 없었다. 동궁과 월지는 그가 미국에 있을 때부터 꼭 가 보고 싶었던 곳이라고 하니까 그의 추억을 망치고 싶지 않았다.

"그러면 시간 될 때까지 경주 다른 곳 구경해요."

경주는 여행객들이 많이 찾는 관광지였으니 갈 만한 곳은 동궁과 월지가 아니라도 많았다.

"저 중학교 2학년 때 수학여행 경주로 왔었어요."

부유층이 많이 다니는 사립 학교라서 해외와 국내를 선택할 수 있었는데, 그녀는 왕지현을 피하고 싶어서 어쩔 수 없이 국내를 선택해 경주를 스치듯 지나간 경험이 있었다.

사실 그때는 먹는 것에만 꽂혀 있어서 경주에서 먹은 음식만 생각나지, 다른 건 전혀 떠오르지 않았다. 그래서 그한테 말할 생각이 없었는데, 이렇게 시간이 생기니 그런 이야기라도 꺼내서 경주를 특별한 장소로 만들게 되었다.

"그때 내가 함께 못 온 게 정말 아쉽네."

권후는 진심으로 아쉽다는 표정을 지었다. 어차피 그가 한국에 있었어도 중학교를 졸업해서 고등학교에 진학했을 때라 같이 올 수 없는데도.

그 순간, 무언가를 발견한 권후가 그녀를 돌아보며 시원하게 웃었다.

"그때 못 했으면 지금 하면 되지."

"뭘 지금 해요?"

권후가 그녀의 손을 움켜잡고 갑자기 횡단보도가 있는 곳으로 성큼성큼 걸어갔다.

횡단보도 앞에 서자 그녀의 눈에 길 건너에 있는 교복 집이 들어왔다. 은서는 불안한 눈빛으로 들떠 보이는 그의 옆얼굴을 쳐다보았다.

"선배, 제가 생각하는 그거 하려는 거 아니죠?"

"응, 바로 그거야. 우리 교복 입자."

"우리 나이가 몇 살인데 교복을 입어요! 사람들이 보고 욕해요."

"우리가 교복 입으면 고등학생이라고 믿을걸. 내기할래?"

그는 그런 말도 뻔뻔하게 할 정도로 얼굴이 두꺼울지 몰라도 그녀는 전혀 아니었다.

횡단보도의 불이 초록으로 바뀌고 그가 진짜 길을 건너려고 하자 그의 손에서 빠져나오려고 힘을 주었지만, 전혀 소용없었다.

교복 집 문을 부여잡고 마지막까지 안 들어가려고 버텼는데, 권후는 개의치 않고 문 앞에 서서 가게 주인에게 물었다.

"남자 교복, 여자 교복 살 수 있나요?"

가게 주인이 상냥하게 웃으며 다가왔다.

"자녀분이 어느 학교 다니시죠?"

"우리가 입을 겁니다."

교복 집 주인이 할 말을 잃은 표정을 짓자, 은서는 권후의 등 뒤로 숨었다.

겸허히 받아들여야겠다. 최권후를 온전히 담기에 그녀의 그릇이 너무 작다고.

공식적인 첫 데이트 123

교복 집 주인은 역시 장사꾼이었다. 언제 이상한 사람을 보듯 보았냐는 듯이 곧장 두 사람의 사이즈에 맞는 교복을 가져다주었다. 교복이 별로였으면 은서도 끝까지 거부했을 텐데, 하필이면 예쁜 교복을 가져다주어서 그녀는 최권후한테 맞춰 준다는 마음으로 옷을 갈아입었다.

"어머! 정말 교복이 잘 어울리시네요. 고등학생이라고 해도 믿겠어요."

탈의실에서 옷을 갈아입고 있는데 주인이 최권후를 칭찬하는 말이 들려왔다. 최권후한테 교복이 잘 어울린다는 말은 믿겠지만, 고등학생이라니. 교복을 팔기 위해서 말도 안 되는 아부를 하고 있었다.

은서는 절레절레 고개를 저으며 치마를 입었는데, 너무 짧아서 흠칫했다. 그녀는 학교를 다닐 때도 이렇게 짧은 교복 치마는 입은 적이 없었다.

정말 이대로 나가야 하나 말아야 하나 고민하고 있는데 밖에서 그녀를 재촉하는 권후의 목소리가 들려왔다.

"멀었어?"

그녀는 한숨을 내쉬며 탈의실 문을 열었다. 교복을 입은 그녀의 모습을 보고 권후의 얼굴에 미소가 환하게 걸렸다. 교복 집 주인도 박수를 치며 칭찬했다.

"세상에. 여자친구가 너무 귀여우시네."

여자친구라는 말도, 귀엽다는 말도 그녀의 귀를 뜨겁게 만들었다.

권후는 그녀의 손을 잡아끌어서 전신 거울 앞에 세웠다. 거울 속에는 교복을 입은 최권후와 오은서가 서 있었다. 어릴 때와는 전혀 다른 느낌이었다.

"교복이 아직도 꽤 어울리지 않아?"

그의 말대로 남의 옷을 빌려 입은 느낌은 아닌 게 다행이었다. 그녀는 학창 시절에 뚱뚱해서 교복 단추가 터질 듯했었으니, 오히려 그때보다 옷태는 더 좋았다. 좀 어리게 보이는 것 같기도 했다.

최권후는 그때도 멋있었고, 지금도 멋있다. 그저 얼굴이 좀 더 어른스러워졌을 뿐이다.

"여기에 네 볼살만 있으면 완벽한데 말이야."

최권후가 그녀의 볼을 두 손가락으로 잡아당기자 은서는 그를 노려보았다. 남들은 사랑받기 위해서 살을 뺀다는데, 그녀는 사랑받기 위해서 반대로 살을 찌워야 하는 상황 같지만 죽어도 그러지 않을 거다.

교복값을 계산하고 가게를 나왔다. 서울이 아니라 경주라서 아는 사람을 마주칠 일이 없으니까 가능한 일이었지, 서울이었다면 절대 교복을 입고 거리를 활보하지 않았을 것이다.

"후배님, 이제 같이 수학여행 온 기분이 좀 나는데."

어차피 그때도 학년이 달라서 같이 수학여행은 못 왔을 것이다. 그래도 그가 정말 즐거워 보였기에 굳이 사실을 정정해 주지는 않았다. 그러고 보니 그는 중학교 졸업장도 못 따고 미국으로 가 버렸기에, 그 뒤로 교복을 입을 기회가 없었을 것이다. 그가 교복에 남달리 애착을 보이는 이유를 알 것 같아서 은서는 어쩐지 마음이 애잔해졌다.

"이제 차 타고 경주 시내를 드라이브하자."

"교복 입고 운전하면 경찰이 잡으러 올지도 몰라요. 버스 타야 하는 거 아니에요?"

주차된 차로 걸어가던 권후는 생각도 못 한 그녀의 지적에 멈칫하며 멈추어 섰다. 권후는 데이트에 교복을 입는 건 아무렇지 않았으나 버스는 괜찮을까 염려되었다. 직접 차를 운전하는 것보다 불편할 테니까.

"그럼 택시 탈래?"

그가 그녀의 눈치를 보며 묻자 그녀는 웃으며 말했다.

"버스 타요. 그게 더 재미있을 것 같아."

생각해 보니 학교에 다닐 때, 둘 다 자전거와 자가용을 타고 다녔기에 한 번도 같은 버스를 타고 등하교를 한 적이 없었다. 교복을 입은 김에 해 보면 오래 기억에 남을 추억이 될 것 같았다.

두 사람은 방향을 돌려 버스 정류장으로 향했다. 버스 정류장에 있는 사람들이 두 사람을 쳐다보기는 했지만, 이상한 사람을 보는 듯한 눈은 아니었다.

두 사람은 버스가 오자 무작정 올라탔다. 어차피 목적지는 없었기에 버스가 그들을 실어 주는 곳으로 가면 되었다.

버스비를 카드로 찍은 뒤 은서는 그의 손을 끌고 버스 가장 뒷좌석으로 갔다. 창가 쪽에 자리를 잡고 나란히 앉으니 버스 안의 풍경이 한눈에 들어왔고, 창밖으로 경주 시내가 파노라마처럼 펼쳐져서 만족스러웠다.

"혹시 이어폰 있어요?"

권후는 없다고 고개를 저었다. 은서는 핸드폰을 들고 아쉽다는 표정을 지었다. 여기에 음악까지 들으면 정말 완벽할 것 같았으니까. 권후는 핸드폰을 들고 아쉬워하는 표정을 짓는 그녀를 바라보다가 앞자리에 앉은 단발머리 소녀의 어깨를 손으로 툭툭 두드렸다. 고개를 돌린 소녀는 그의 얼굴을 보고 놀란 표정을 지었다.

"학생, 혹시 이어폰 있으면 잠깐 빌릴 수 있을까?"

교복을 입은 사람의 입에서 나온 학생이란 말이 지극히 언밸런스했지만, 소녀는 최권후의 잘생김에 얼이 빠져서 그가 요구하는 대로 쓰던 이어폰을 바로 빼서 그에게 내밀었다.

"고마워. 내릴 때 돌려줄게."

목까지 빨개지는 여자애의 모습을 옆에서 지켜보며 은서는 뭔가 찝찝한 기분이 되었다. 어쩐지 중학교 때의 자신도 최권후 앞에서 저런 모습이었을 것 같았으니까.

"자! 이어폰."

그래서 권후가 이어폰을 내밀자 은서는 그걸 핸드폰에 연결해서 그녀의 귀에 모두 꽂았다. 그 모습을 보고 권후는 눈을 가늘게 떴다.

공식적인 첫 데이트

"음악, 나랑 같이 들으려고 했던 거 아냐?"

"아뇨. 그냥 저만 들으려고 했던 거예요."

그녀는 창 쪽으로 고개를 돌리며 그의 시선도 외면했다. 딱히 그가 잘못한 일은 아니지만, 중학교 때 그녀가 더 많이 좋아한 걸 이런 식으로 괜히 분풀이하고 있었다. 이 교복에 딱 어울리는 유치한 행동이었다. 그런데 권후가 바싹 다가와서 그녀의 귓가에 귀를 맞대자 은서는 기겁하며 몸을 웅크렸다.

"뭐 하는 거예요!"

"나도 음악 듣고 싶어서."

그렇다고 다른 사람들도 있는 버스에서 교복까지 입고 이리 가까이 붙으면 어쩌자는 건가. 이어폰을 빌려준 소녀도 깜짝 놀란 눈으로 쳐다보고 있었다.

은서는 서둘러 이어폰 한 짝을 빼서 그의 귀에 끼워 주고는 그의 몸을 밀어냈다. 권후는 순순히 밀려나며 능청스럽게 웃었다.

"아! 이제야 음악이 잘 들리네."

그녀가 흘겨보아도 개의치 않고 권후는 편하게 넥타이도 느슨하게 풀었다.

덜컹거리는 버스에 앉아 허밍으로 음악을 흥얼거리는 그의 모습은 나른하고 편하게 느껴졌다. 그래서 그녀도 오래 화를 낼 수 없었다.

지금처럼 정말 두 사람이 함께 학창 시절을 보낼 수 있었으면 얼마나 좋았을까. 그럼 그녀는 불행한 순간보다 행복한 순간이 훨씬 많았을 것이다. 과거에 그러지 못해서 안타까웠고, 그래서 지금 이 순간이 소중했다.

"경주에 왔으니, 경주를 봐. 나 자꾸 보면 못 참는다."

앞만 보고 있던 권후가 갑자기 말을 하자 은서는 흠칫 어깨를 떨었다. 그녀는 서둘러 시선을 돌려 창밖의 경주 시내를 쳐다보았다. 권후의 팔이 등 뒤로 뻗어와 그녀가 앉은 의자를 붙잡았다. 닿지는 않았지만 그의 체온이 느껴지는 것 같았다.

심장이 북소리를 내듯이 둥둥, 울렸다. 음악 소리가 커졌다 작아졌다, 그녀의 심장 소리가 작아졌다 커졌다. 사랑이 꿈결처럼 흘러갔다가 다시 다가와 나붓거리는 게 버스가 달리는 내내 계속되었다.

"은서야."

그가 부르는 소리를 들었지만, 그녀는 감히 돌아볼 수 없었다.

"오은서."

조금 더 가까운 거리에서 그의 목소리가 더 또렷하게 들려왔다. 은서는 그제야 천천히 고개를 돌렸다. 청량한 스킨 향이 풍겨 왔고, 그의 얼굴이 코앞에 있었다. 반듯한 이마를 덮은 새까만 머리카락은 찰랑거렸고, 시원하게 뻗은 긴 눈매 속 눈동자가 선명했고, 높은 콧날 아래 붉은 입술이 유독 선정적이었다.

귓가에서는 음악까지 흘러나오니 그의 모든 게 청춘 드라마의 한 장면처럼 느껴졌다. 이 순간, 하필 음악에서 '너의 입술'

을 불러 대서 신경이 온통 그곳으로 빼앗겼다.

"학생들, 데이트는 교복 벗고 대학 가서 하는 겁니다. 떨어집니다, 당장."

찰나의 순간, 이곳이 버스 안이라는 것도 잊고 본능적으로 다가가려는데, 갑자기 근엄한 버스 기사의 목소리가 버스 안에 울려 퍼지자 버스 승객들이 일제히 뒤쪽을 쳐다보았다.

은서는 빛보다 빠르게 권후의 몸을 밀어내 버리고 일행이 아닌 척했다.

Chapter 15

악몽

버스에서 내린 뒤에도 권후는 계속 투덜거렸다. 그녀가 매정하게 그를 버렸다면서. 그럼 그 상황에서 어떻게 친한 척한단 말인가. 심지어 사람들이 두 사람을 진짜 고등학생이라고 믿는 게 가장 당황스러웠다.

"이제 그만 교복 벗어요."

교복을 입는 게 색다른 경험이기는 했지만, 오히려 사람들의 시선을 잡아끄니 오래 입고 있을 수는 없었다.

"그럼 교복 벗기 전에 마지막으로 이것만 하자."

"또 뭐요?"

그녀는 불안한 눈으로 그를 쳐다보았다.

권후는 그녀의 손을 잡고 어딘가로 뛰어갔다. 또 엉뚱한 일을 벌이려는 건가 싶어서 은서는 따라가면서도 조마조마했다.

사람들이 없는 골목이 나오자 권후는 그 안으로 들어가서 그녀를 벽 앞에 세웠다.

"하아."

악몽　131

그는 호흡 하나 흐트러지지 않았는데 그녀만 뛰느라 호흡이 가빠지고 얼굴이 달아올라서 창피했다. 그래서 그의 얼굴이 가까이 다가오자 그녀는 일부러 시선을 돌렸다.

하지만 그의 손이 그녀의 턱 끝을 잡고 다시 그를 보게 했다. 닿은 곳이 찌르르했다. 깊게 파고드는 그의 눈빛도 더 이상 교복을 입은 소년의 것이 아니었다.

"아까 못 한 키스."

역광 속에서 그의 수려함은 더 빛이 났다. 그래서 그의 말에 그녀는 속절없이 또 심장이 뛸 수밖에 없었다.

그의 입술이 다가올수록 속눈썹의 떨림이 점점 심해지다가 결국 감겼다. 교복을 입었다고 진짜 순진한 소녀라도 된 것처럼 심장이 방망이질 쳐 댔다.

그의 더운 호흡이 먼저 입술에 닿았다. 이제 곧 입술이 닿을 거라는 걸 느낀 그녀의 몸에 바짝 힘이 들어갔다.

삐삑— 삐삑— 삐삑—.

감히 눈도 못 뜨고 있는데, 갑자기 그의 핸드폰에 미친 듯이 문자가 날아오기 시작했다. 꼭 엄청난 일이 터졌다 알리는 재난 문자처럼. 은서가 놀라서 두 눈을 번쩍 떴다.

"무슨 일 터졌나 봐요."

권후는 서둘러 핸드폰을 꺼냈다. 두 사람의 데이트를 방해받기 싫어서 당장 전원을 꺼 버리려고 했는데, 발신자를 확인한 그의 손이 멈칫했다. 모두 라온 피닉스 선수들이 보낸 문자였다. 새로운 감독과 함께 훈련이 시작되었고, 감독 컴플레인도 같이 시작되었다.

야구단 선수들이 보낸 문자라는 걸 알고 은서가 중요한 일부터 해결하라고 했다.

"그래도 우리 첫 데이트인데……."

권후는 더 이상 그녀와 어긋나기 싫었다. 그건 15년의 불운으로 충분했다.

"저는 선배 기다려 줄 수 있지만, 선수들은 아닐 거예요."

그녀의 말도 맞았다. 꼴등이라는 압박감과 감독에 대한 불만이 쌓인 선수들에게 가장 바닥난 건 인내심이었다.

"저한테는 다음에 더 근사한 데이트 해 주겠다고 약속만 해 주면 돼요. 그럼 제가 믿을게요."

은서가 먼저 그의 손을 잡아 주며 그리 말하는데, 꼭 응원처럼 들렸다. 그녀는 언제나 그의 야구를 응원했다. 그 사실이 갑자기 뭉클하게 다가와서 권후는 그녀의 이마에 깊게 입을 맞추었다. 그렇게 두 사람의 첫 데이트가 끝났다. 결국 경주까지 가서 가장 중요한 동궁과 월지는 구경도 못 했다.

권후는 길게 한숨을 내쉬며 데이트를 시원하게 망친 선수들이 보낸 문자를 하나하나 읽었다.

"그래, 내가 싼 똥이니 내가 치워야지."

내용을 다 살펴보니 훈련이 힘든 걸 이런 식으로 푸는 느낌이기도 했다. 하지만 그는 선수들과 약속을 했으니 제대로 약속을 지키는 모습을 보여 주어야 할 필요성을 느꼈다. 한 팀이 되려면 서로 간의 믿음이 절대적으로 중요했으니까.

악몽

권후는 바로 비행기를 타고 제주도까지 직접 찾아갔다. 겨울에 선수들이 전지훈련하는 곳이었다. 다른 프로 팀도 동계 전지훈련을 제주도에서 많이 하기에 연습 게임을 하기도 적합한 곳이었다.

이창범 감독은 선수들을 대신해서 왔다는 그를 대놓고 불청객 취급했다.

"전 저만의 훈련 방식이 있습니다. 이렇게 해서 내가 맡은 야구팀이 우승을 많이 했으니 당연히 내 방식을 따라야 하는 거 아닙니까?"

이창범 감독은 차봉주 단장과는 정반대의 성향이었다. 차봉주 단장이 선수들을 최우선으로 생각한다면 이창범 감독은 야구팀의 승리를 최우선으로 생각했다. 그러기 위해서 선수들의 희생이 필요하다 해도 그걸 필요악으로 믿고 있었다.

권후는 30년 동안이나 전투하듯이 야구를 해 온 이창범 감독이 틀렸다고 말하는 대신 그의 이야기를 했다.

"제가 한국에서 야구 선수를 못 한 건 아버지 때문입니다. 제가 야구를 그만두게 하려고 폭력까지 쓰셨거든요. 그때는 일상에서 반복되는 일이라서 피하기 급급했는데, 인제 와서 생각하니 그건 가정 폭력이었습니다."

듣고 있던 이창범 감독의 얼굴이 굳었다. 선수들한테 모질게 대하는 그도 아들한테만은 그러지 않았으니까.

"아버지가 절 해칠 마음으로 그런 게 아니라는 걸 압니다. 단지 제가 형처럼 성공한 기업가가 되길 바라신 거죠. 그래도 아버지의 방식은 틀렸습니다. 감독님은 그렇게 생각하지 않으십니까?"

이창범 감독은 입을 꾹 다물고 그의 얼굴을 쳐다만 보았다. 그의 아버지가 틀린 방식을 썼다고 말하면서 이창범 감독의 방식도 그럴 수 있다고 암시를 주고 있었기에.

이창범 감독이 쉽게 인정할 수 없다는 걸 알기에 권후는 그한테 대답을 강요하지 않고 다른 질문을 다시 던졌다.

"감독님은 야구를 사랑하세요?"

그건 또 무슨 엉뚱한 질문이냐는 듯이 이창범 감독의 굵은 눈썹이 찌푸려졌다.

"프로 야구는 야구팬이 있기에 존재할 수 있는 스포츠입니다. 그리고 야구팬들은 야구를 사랑하기에 경기를 보러 비싼 입장료를 내면서 경기장까지 오는 거죠. 야구팬들은 야구 경기 안에서 뛰는 선수들에 열광합니다. 그들에게 공감하고 응원하는 거죠. 그러니까 일 등 야구팀에만 팬이 있는 게 아니라 꼴찌 야구팀인 피닉스에도 팬이 존재하는 거겠죠."

"……"

"감독님도 야구와 싸우지만 마시고, 사랑하는 마음을 키워 보세요. 방법을 모르시겠으면 차 단장님께 물어보시면 됩니다. 차 단장님이 아주 잘 가르쳐 드릴 겁니다."

이 기회에 차 단장과의 사이까지 봉합하려고 드는 그의 말

악몽 135

에 이창범 감독은 질린다는 표정을 지었다.

이창범 감독이 한 번에 바뀔 수 있다고 생각하지는 않았다. 그러나 변할 수 없다고 낙담하지도 않았다. 이창범 감독이 먼저 차봉주 단장을 찾아간다면 그게 변할 수 있는 계기가 될 것이라고 권후는 믿었다.

이창범 감독만 만나고 다시 서울로 돌아가려고 했던 그의 발걸음을 붙잡은 건 칼날처럼 내리꽂히는 투구 소리였다.

슝— 퍽—!

시속 150㎞가 넘는 강속구가 날아가는 소리는 공기도 찢어 버릴 듯이 날카로웠다. 시속 140km만 넘어도 타자는 공이 너무 빨라 치기 어려워했다. 그러니 시속 150km로 날아오는 공을 보고 배트를 휘둘러 공을 맞추는 건 극악의 난이도였다. 그만큼 차승재가 던지는 공은 위력이 대단했다.

차승재는 그가 있는 걸 발견하고 잠시 멈추어 서서 공격적인 눈빛으로 그를 응시하다가 다시 공을 던졌다. 구속이 아까보다 더 빨라졌다. 아무래도 그의 존재가 차승재에게는 승부욕을 자극하나 보다. 그는 딱히 그런 것 없었다. 이젠 그럴 필요도 없었고.

라온 피닉스에서 차승재가 잘하면 잘할수록 오히려 권후한테는 좋은 일이었다. 권후는 미련 없이 돌아서서 그곳을 떠나려고 했는데, 등 뒤에서 차승재의 목소리가 들려왔다.

"내 공 칠 수 있겠어요?"

주어가 빠졌지만 그게 그를 향해 하는 말이라는 걸 느낄 수 있었다. 우뚝, 권후는 멈추어 서서 고개를 돌려 차승재를 다시 보았다. 그를 바라보는 차승재의 눈빛에는 불이 있었다. 차승재는 명백하게 그를 싫어했다.

그도 차승재가 편하지는 않았지만, 그렇다고 무조건 싫어할 정도는 아니었다. 사람을 증오하는 건 너무 많은 힘이 드는 일이었기에 그는 가능한 한 그런 거 하고 싶지 않았다.

"내가 차승재 선수 공을 왜 쳐야 하지? 난 시합에 나가는 선수가 아니라 구단주인데."

차승재가 더 이상 기어오르지 못하게 권후는 선을 확실히 그었다. 그가 피하자 차승재는 그럴 줄 알았다는 표정을 지었다. 그를 조롱하는 눈빛이었지만, 권후는 개의치 않고 가볍게 말했다.

"다른 팀 선수들이 차승재 선수 공 못 치면 내가 형님이라고 불러 드리죠."

라온 피닉스가 꼴찌만 탈출한다면야 그 정도쯤 못 해 줄까. '피식', 웃으며 몸을 돌리려는데, 그의 머리채를 잡아채듯이 차승재가 말했다.

"은서가 끝까지 나에 대해 한마디로 안 했나 보네. 그러니까 날 보고 웃을 수 있지."

그의 턱에 단단히 힘이 들어갔다. 차승재의 입에서 은서의 이름이 나오는 게 지독히도 싫었다. 그러나 차승재의 도발에 넘어갈 마음도 없었다. 그는 차승재가 아니라 그 누구와도 야구 배트를 잡고 승부를 볼 생각이 없었다. 이번 생에서는. 그래서 무시하고 걸음을 뗐다.

권후가 끝까지 무시하려고 하자 차승재는 더욱 오기가 생겼다. 비록 은서의 마음에는 최권후뿐이었다고 해도, 적어도 야구에서만은 그한테 질 수 없다고 생각했다. 그런데 그가 배트를 잡지 않으면 은서한테 그걸 증명할 수가 없다. 야구는 차승재가 최권후를 이겼다는 걸.

"은서가 해신 그룹 딸이라는 걸 알고 내가 일부러 접근했습니다. 은서는 그걸 모르고 날 진심으로 대했고."

멈칫, 권후는 충격에 그대로 얼어붙었다.

뭐라고?

차승재는 멈추지 않고 말했다. 지금은 최권후의 손에 다시 야구 배트를 들릴 수 있다면 무슨 말이라도 할 수 있었다.

"내 공 칠 수 있으면 쳐 봐요. 그럼 은서가 자기 복수해 줬다고 기뻐할 테니까."

잔인하게 이어지는 차승재의 도발에 권후의 눈동자가 붉게 타오르다가 무너지듯이 파르르, 떨렸다.

"그만해! 차승재! 구단주님한테 무례하게 굴지 마."

최권후의 상태가 심상치 않음을 느낀 이창범 감독이 나서서 차승재를 말렸다.

훈련 중 유일하게 이창범 감독의 훈련법에 토를 다는 법 없이 묵묵히 따랐던 차승재가 이번에는 그의 말을 무시하듯이 비웃었다.

"저 인간이 메이저 리그까지 가서 왜 야구를 그만두었는지 알면 감독님도 편들지 못할 겁니다."

메이저 리그라는 말에 코치가 놀란 표정을 지었다. 이창범 감독은 차승재가 쓸데없는 소리를 더 이상 못하도록 일부러 크게 화를 냈다.

"닥치라고 했어! 공 좀 던진다고 안하무인인 거냐!"

"그건 제가 아니라 감독님이죠. 선수들이 무슨 생각하는지 전혀 관심도 없으시잖아요. 그저 야구하는 기계로 여기시지."

이창범 감독의 얼굴이 창백하게 질렸다. 차승재가 감독한테도 함부로 말하자 그제야 권후는 몸을 돌려 이창범 감독 앞으로 나왔다.

"날 방신 주고 싶어서 몸이 근질거리는 건 알겠는데, 여기서 멈춰. 안 그럼 내가 너 당장 메이저 리그로 쫓아 버릴 테니까."

결국 차승재의 목줄을 쥐고 있는 건 구단주인 그였다. 권후의 경고에 차승재가 비소를 지었다.

"내가 없으면 라온 피닉스는 이번에도 꼴찌일 텐데."

그건 야구장에 경기 관람하러 오는 초등학생이라도 알 만한 사실이었다.

"그럼 너도 영원히 은서한테 용서 못 받겠지. 내가 생각하기에 그게 더 완벽한 복수인 것 같은데."

차승재의 얼굴에 균열이 갔다. 이제 차분한 건 권후 쪽이었다. 권후는 몸을 돌려 앞으로 걸어갔다. 그의 눈빛이 그 어느 때보다 차갑고 서늘했기에 누구도 감히 그의 앞을 가로막지 못했다.

은서한테 가서, 은서를 만나서 도대체 무슨 말을 한단 말인가. 네가 그런 처참한 일을 당할 동안 아무것도 모르고 야구만 해서 미안하다고 사과해야 하는가. 사실은 나도 그곳에서 힘들었으니 우린 서로 쌤쌤이라고 말도 안 되는 억지를 부린단 말인가.

겉모습은 멀쩡했지만, 속은 엉망진창이었다. 당장 누가 손가락으로 건들기만 하면 무너질 상태였는데, 뒤에서 차승재의 말이 들려왔다.

"당신 때문이야. 은서와 내가 만나게 된 거. 항상 혼자 우리 학교 야구부 연습하는 거 구경하러 왔었어. 당신이 야구하러 미국까지 가 버려서 볼 수 없으니까 대신!"

권후는 숨이 콱 막혀 와서 더 이상 걸을 수 없었다.

"그러니까 내가 은서를 기만하게 된 것도 다 당신 때문이라고."

말도 안 되는 억지였다. 그런 식으로 따지면 세상의 모든 불행은 그의 탓이 되었다. 그걸 머리로는 알면서도 심장은 난도질당한 듯 검붉은 피를 철철 흘렸다. 그는 단 한 번도 은서가 불행하길 바란 적이 없었다. 그의 앞에서 그랬듯이 항상 웃으며 살길 바랐다.

그러나 야구하기 위해서 은서가 있는 이 나라를 망설임 없이 떠난 것도 결국 그의 선택이었다. 어떻게 그가 은서의 불행에 명백하게 무죄라고 할 수 있을까.

"그런데 인제 와서 우아하게 구단주 노릇이나 하며 내 공은 치고 싶지 않다고? 도대체 은서는 이런 당신을 위해 그때 왜 그렇게 간절했던 건데. 그럴 가치도 없었는데!"

권후는 빈주먹을 꽉, 움켜쥐었다. 손톱이 살을 파고들어 와 피부가 새빨갛게 달아올랐지만 고통도 느껴지지 않았다. 차승재의 마지막 일격이 매섭게 그한테 날아들어 와 꽂혔다.

"그러니 내가 자격이 없으면 당신도 없어."

권후는 저 말에 당당히 아니라고 부정할 수 있어야 했다. 설령 그의 꿈이 꺾이고 좌절되었어도, 그가 더 이상 야구할 자격이 없다고 해도 은서만은 그한테서 빼앗아 갈 수 없었다. 그의 부모도, 청도, 차승재도, 심지어 그녀의 가족이라도 용납하지 않을 것이다. 그의 눈동자에 번뜩이는 빛이 서렸다.

권후는 몸을 돌려 다시 차승재의 얼굴을 마주했다. 두 번 다시 헛소리 못 하게 저 반반한 낯짝에 주먹을 날리고 싶은 충동이 일었지만, 구단주가 자기 팀 선수를 다치게 하는 최악의 스캔들을 낼 수는 없었다. 그러면 지금까지 들인 노력이 모두 물거품이 될 것이다. 피닉스 선수들의 야구 또한 희망이 사라질 것이다.

권후의 시선이 천천히 움직여 야구 배트로 향했다. 저걸 다시 그의 손으로 잡게 되는 일은 없을 것이라고 생각했었다. 그의 찬란한 시절도, 그의 어두운 과거도 모두 저 배트에 묻어 있었다. 이제 야구 배트의 무게는 그가 감히 들 수 없을 지경이 되었다.

뚜벅—.

그의 발이 움직였다. 저걸 다시 손에 쥐게 되면 분명 후회할 걸 뻔히 아는데도, 그는 멈추지 않았다. 그가 은서의 옆에 있을 자격을 의심받는 게 지금은 가장 견딜 수 없었기에. 혹시라도 은서가 오늘의 일을 다른 이의 입을 통해 듣게 되었을 때 그녀도 그리 생각할까 봐 두려웠다.

권후는 야구 배트를 향해 손을 뻗었다. 하지만 야구 배트를 잡기도 전에 멀쩡하던 손에 경련이 일었다. 이런 손으로는 차승재의 강속구는커녕 평범한 투수가 던지는 공도 치기 어려울 거다.

권후는 힘을 주어 주먹을 쥐었다. 그의 손안에 땀이 맺혔다. 처음으로 두려움이라는 게 느껴졌다. 아마도 그는 못할 것 같았다. 할 수 없었다.

그의 머리는 5년 넘게 야구를 하지 않은 몸의 패배를 이미 짐작했지만, 그의 마음은 이대로 물러날 수가 없었기에 손을 뻗어 야구 배트를 쥐었다. 매끄러운 나무의 감촉이 손바닥에 감기자 저릿저릿한 감각이 온몸으로 퍼졌다. 그게 전율인지 통증인지 그도 알 수 없었다.

야구 배트를 잡은 구단주를 보고 선수들이 주위로 몰려들기 시작했다.

"지금 뭐 하는 거야?"

"구단주가 차승재 공 치려는 것 같은데, 그게 가능해?"

"당연히 못 하지. 우리도 못 치는 걸 구단주가 어떻게 치냐."

"차승재가 일부러 봐주면서 던져도 힘들걸."

그 자리에 있는 모두가 한마음으로 생각했다. 최권후는 차승재의 공을 절대 칠 수 없다고. 차승재의 입을 통해 권후가 메이저 리그에 있었다는 걸 들은 코치만이 아리송한 표정을 짓고 있었다. 말도 안 되는 이 승부에 책임을 느낀 이창범 감독이 차승재에게 말했다.

"삼진으로 가지."

차승재는 알겠다고 고개를 끄덕였다. 공이 하나든 세 개든 자신 있다는 태도였다. 그에 비해 권후는 야구 배트를 쥔 순간부디 내내 바닥만 내려다보고 있었다. 영 자신 없는 태도였다. 평소 근거 없이 자신감이 넘쳤던 모습과는 완전히 딴판이었다. 그래서 사람들은 더더욱 그가 공을 칠 것이라는 기대는 아예 안 하게 되었다.

이창범 감독만이 권후에게 진지하게 지시를 내렸다.

"고개 들고 공을 끝까지 봐요."

그제야 권후는 고개를 들고 앞을 보았다. 차승재가 글러브 안에서 공을 잡고 투구 자세를 취하고 있었다.

휙—.

공이 그를 향해 칼날처럼 날아왔다.

슝—.

첫 번째 공은 보이지도 않았다. 그가 아예 야구 배트를 휘두르지도 못하자 차승재는 자신감이 생긴 눈빛으로 그를 보았다. 지켜보던 선수들은 그럴 줄 알았다는 표정을 지었다. 상대는 메이저 리그 출신 프로 야구 선수였다. 이기는 게 처음부터 불가능한 상대다.

"원 스트라이크."

권후는 말없이 차승재의 손에 들린 야구공만 응시했다. 더 이상 무서움도 없었고, 자존심도 모르겠고, 그저 공만 보였다.

두 번째 공이 날아왔다. 이번에도 그는 야구 배트를 휘두르지 못했다. 그리고 차승재의 공은 첫 번째보다 더 빨라졌다.

선수들은 혀를 내둘렀다. 돈을 주는 구단주를 상대로 인정사정없이 시속 150km가 넘는 강속구를 던지는 차승재가 오히려 미친놈처럼 보였다.

"투 스트라이크."

주위 분위기에 상관없이 차승재가 마지막 공을 던지기 위해서 왼쪽 다리를 높이 들어 올렸다. 그리고 권후는 끝까지 차승재가 글러브 깊숙이 감춘 공에만 집중했다.

슝—.

빠르게 날아오는 공이 보인 순간, 그는 야구 배트를 빠르게 휘둘렀다.

탕—!

공이 야구 배트에 맞는 소리가 경쾌하게 울렸고, 야구공이

창공을 향해 날아갔다. 최권후가 휘두른 야구 배트에 공이 맞아 날아간 걸 보고 모두가 놀라서 정지했다.

"이게 말이 돼?"

"꿈인가 봐. 이게 현실일 리 없어."

공을 던진 차승재조차 믿을 수 없다는 눈으로 날아간 공을 바라보았다.

자신이 던진 공 중 가장 빠른 공이었고, 제구도 완벽했다. 그런데 그걸 어떻게 칠 수 있단 말인가. 이건 불가능했다.

권후는 그가 친 공이 땅에 닿기도 전에 배트를 땅에 던지듯이 놓아 버리고 몸을 돌려 돌아섰다.

"와아아아아아아아!"

"최권후! 최권후! 피닉스 4번 타자!"

선수들의 함성이 뒤늦게 터졌지만, 그 소리는 그한테 닿지 못했다. 그의 얼굴이 곧 쓰러질 사람처럼 창백하게 질려 있었다.

피가 홍건했다. 작은 아이의 몸에서 어떻게 그리 많은 피가 나올 수 있는지 눈으로 보고도 믿을 수 없었다.

─ 루카스!

몇 번이나 아이의 이름을 불렀지만, 끝내 눈을 뜨지 않았다. 아이는 그의 품 안에서 숨을 거두었다.

악몽 145

고작 열두 살이었다. 마약 중독자인 어머니 밑에서 고아처럼 살았던 아이. 커서 그처럼 야구 선수가 되겠다고 했던 아이. 함께 대한민국 경주의 동궁과 월지를 구경 가자고 약속했었는데, 그런데 아무것도 해 보지 못한 채 개죽음당했다. 뺑소니 사고였다.

— 당신이 죽였잖아!

라이언 존슨. 뉴욕 XX스의 에이스 투수. 3억 달러의 사나이. 그 화려한 이력 뒤에 숨어 버린 살인자.

구단도, 사람들도, 심지어 경찰까지도 그의 말을 믿어 주지 않았다. 증거는 라이언 존슨의 손에서 인멸되었고, 그의 외침은 잘나가는 선수에 대한 비뚤어진 질투로 변모했다. 그래서 열여섯에 집을 나오고 처음으로 형에게 먼저 전화를 걸었다. 그래도 아버지가 아니라 형이라면 그를 도와줄 것이라고 믿었기에. 사람의 억울한 죽음이 걸린 일이니까.

— 야구 그만두고 한국 돌아오면 도와줄게.

그를 무너뜨린 건 루카스의 죽음도 아니었고, 사람들의 냉정함도 아니었고, 라이언 존슨의 잔악함도 아니었다. 형의 그 말이었다. 자긍심은 짓밟혔고, 희망은 불태워졌고, 삶은 피폐해졌다.

아무것도 남지 않은 그가 유일하게 할 수 있었던 건 야구 배트를 들고 라이언 존슨을 찾아가는 것뿐이었다.

그가 루카스의 죽음을 밝힐 방법은 야구뿐이었다. 그에게 남은 건 야구밖에 없었다.

― 내가 당신 공 치면 인정해요. 루카스 죽인 거.

마운드 위에서 라이언 존슨이 비웃듯이 그를 쳐다보고 있었다. 그는 야구 배트를 단단히 그러쥐고 라이언 존슨이 던질 공을 끝까지 응시하였다. 공이 그를 향해 날아왔다. 마치 그를 죽일 듯이 사납게.

"헉!"

권후는 땀이 흥건한 채 잠에서 깨어났다.

또다시 그 꿈이다. 루카스가 죽는 꿈. 그리고 그라운드에서 마주 섰던 라이언 존슨.

다시 야구 배트를 잡은 대가는 혹독했다. 잊었다고 생각했던 것들이 고스란히 되살아났다. 마치 어제 있었던 일들처럼.

끔찍한 악몽의 기운에서 벗어나기 위해서 권후는 휘청거리며 일어나 무거운 걸음으로 욕실로 향했다. 이대로 땅 밑으로 꺼질 것처럼 몸이 무거웠다.

샤워기의 물을 틀고 그 아래 섰다.

쏴아아아아―.

차가운 물이 송곳처럼 그한테 내리꽂혔다. 순식간에 젖은 잠옷이 몸에 질척하게 달라붙었다.

권후는 쏟아지는 물줄기 아래에서 한참이나 서 있었다. 이대로 모든 걸 씻어 내고 싶다는 듯이. 그러나 그건 불가능했다. 이건 그가 죽을 때까지 짊어지고 가야 할 생명의 무게였다.

　아침에 눈을 뜬 은서는 가장 먼저 권후한테 연락이 온 게 없나 확인했다. 야구단 선수들이 보낸 문자 폭탄 때문에 데이트가 중간에 끝나 버렸기에 일을 마무리하면 바로 연락을 줄 거라고 생각했는데, 어찌 된 일인지 그한테서 온 연락이 한 통도 없었다.
　아직 이른 아침이라 은서는 전화 대신 문자를 보냈다.

> 야구단 일 잘 해결했어요?

은서는 핸드폰만 뚫어져라 쳐다보았다.
삐삐—.
답문이 도착하자마자 은서는 서둘러 핸드폰을 확인했다.

> 창밖을 봐.

　응? 왜 그녀의 질문에 대답은 안 하고 엉뚱한 말인가 싶었다. 은서는 창가로 걸어가서 커튼을 젖혔다.
　"아!"
　자전거를 탄 권후가 집 앞에 있는 걸 발견한 은서는 두 눈이 휘둥그레 커졌다.

꿀꺽꿀꺽, 남자의 목울대가 쉬지 않고 격정적으로 움직였다. 그 자리에서 물 한 병을 다 마시는 권후한테서 은서는 눈을 뗄 수가 없었다.

"정말 판교에서 여기까지 자전거 타고 온 거예요?"

출근길이라고 해도 놀랄 일이지만, 그가 출근해야 할 직장은 서울이 아니라 경기도에 있었다.

권후는 다 마신 물병을 내려놓으며 대수롭지 않게 말했다.

"5년 전에는 서울에서 부산까지 자전거 타고 간 적도 있어. 그거에 비하면 이 정도는 산책이지."

무슨 산책을 겨울에 땀이 날 때까지 자전거를 타는 걸로 하는가. 그것도 바쁜 출근길에.

"하지만 저 지금 출근해야 해요."

"알아. 나도 출근할 거야."

그 말에 은서는 더욱 놀랄 수밖에 없었다.

"네? 오늘 회사 출근해야 하는데도 이 시간에 자전거 타고 우리 집으로 왔다고요?"

"응. 나 때문에 어제 데이트도 망쳤잖아."

그래서 데이트를 망친 걸 반성하며 자신에게 벌이라도 줬단 말인가.

"혹시 야구단 일이 잘 안됐어요?"

그래서 스트레스받아서 죽어라 자전거를 탔다고 하는 게

더 말이 되었다. 그의 솔직한 대답을 원했으나 그의 입에서 나온 이야기는 완만했다.

"아니. 감독이랑 잘 이야기했어."

정말 그런 건지, 단지 그녀를 안심시키려고 말만 그리하는 건지 판단이 안 서서 은서는 눈썹을 찌푸리며 깊은 생각에 빠졌다.

"경주에서 동궁과 월지도 못 봤잖아. 대신 오늘 밤에 서울에서 야경 예쁜 곳 찾아서 데이트하자."

권후가 데이트를 이야기했지만, 은서는 여전히 그가 타고 온 자전거가 더 신경이 쓰였다.

"나 씻어야 할 것 같은데, 욕실 써도 돼?"

"네에? 여기서요?"

씻는다는 말에 깜짝 놀라서 은서는 심장이 입 밖으로 튀어나올 뻔했다. 그는 단지 땀이 난 몸을 씻겠다고 한 것뿐인데 말이다. 한 번 자자고 한 게 아니라.

"하, 하지만 갈아입을 남자 옷도 없는데……."

"백 비서한테 가져다 달라고 할 거야. 어차피 회사 가려면 차 불러야 하니까."

올 때는 허벅지가 터질 정도로 자전거 페달을 밝고 오고, 갈 때는 우아하게 운전기사가 운전하는 벤츠를 타고 돌아가고. 이걸 도대체 뭐라고 해야 하나 싶었다. 그냥 허세인가? 차라리 그런 것이었으면 좋겠다.

"그럼 씨, 씻으세요."

아직 욕실을 나누어 쓸 마음의 준비가 안 되었지만 은서는 말로 먼저 허락했다. 출근 시간이 촉박해서 오래 생각할 시간도 없었다.

"그런데 저 이제 출근해야 하는데……."

"그래, 나 신경 쓰지 말고 방송국 가. 난 알아서 씻고 갈게."

꼭 그녀의 집에 자주 와 본 사람처럼 행동해서 은서는 기분이 이상해졌다.

"그럼 저 먼저 갈게요."

마음은 여전히 그의 행동이 신경 쓰였지만, 몸은 평소의 출근 루틴에 맞추어서 신발을 신고 현관문을 나서고 있었다. 마치 온 우주가 그녀의 몸을 현관 밖으로 떠미는 것만 같았다.

"저녁 몇 시에 시간 돼?"

"네? 왜요?"

"야경 데이트. 아까 내가 말했잖아."

그걸 벌써 까먹었냐는 듯이 권후가 은서를 타박했다. 그녀는 그제야 난감한 표정을 지으며 당분간 데이트는 힘들 것 같다고 말했다.

"저 인터뷰 촬영 오늘부터 시작이라서 며칠 동안은 시간을 못 낼 거예요."

그녀가 바빠서 안 된다고 하자 권후는 눈빛이 가라앉는 것 같더니 금세 웃었다.

"그럼 너 촬영 다 끝나면 그때 꼭 데이트 제대로 하자."

그녀는 첫 데이트가 그리 끝난 걸 별로 신경 쓰지 않았지만,

권후는 반대인 듯했다. 괜찮다고 말을 하려다가 은서는 입을 다물었다. 그녀가 그렇게 말할수록 겉치레만 되는 것 같았으니까.

"네, 그렇게 해요."

결국 그의 말에 동조한 게 전부였다.

권후가 현관 앞에 서서 그녀에게 잘 다녀오라고 손을 흔들었다. 그의 배웅을 받으며 출근하는 기분이 굉장히 오묘했다. 좋은 것도 같고, 부담되는 것도 같고.

탁.

현관문이 완전히 닫혀 권후의 모습이 사라지자 은서는 한숨을 길게 내쉬며 엘리베이터로 걸어갔다.

그를 집에 혼자 두고 가는 마음이 가볍지 않았다. 그가 물가에 내놓은 아이도 아니고, 곧 백 비서가 와서 잘 챙겨 줄 텐데도 왜 자꾸 이런 마음이 드는 건지 모르겠다.

엘리베이터가 올라오길 초조하게 기다리던 은서는 띵, 소리와 함께 엘리베이터 문이 열리자 그 안에 발을 들여 놓으려다가 허공에서 발이 멈추었다. 은서는 엘리베이터에 넣었던 발을 뒤로 빼며 핸드폰으로 전화를 걸었다.

"이 작가, 나 오늘 1시간 정도 늦을 것 같아요. 미안해요. 곧장 현장으로 갈 테니까 양 피디한테 먼저 촬영 시작하라고 해 줘요."

인터뷰 촬영을 시작하는 정말 중요한 날이었지만, 권후는 그녀한테 더 중요한 사람이었다. 은서는 몸을 돌려 다시 집으로 뛰어갔다.

○

은서가 다시 집으로 돌아왔을 때, 권후는 씻으러 들어간 뒤였다.

은서는 곧장 부엌으로 가서 냉장고를 열어 샌드위치를 만들 재료를 빠르게 꺼냈다. 시간이 없기에 간단하면서도 영양을 챙길 수 있는 샌드위치를 만들 생각이었다. 그리고 과일을 갈아서 과일주스를 곁들이면 좋을 것 같아서 자몽도 꺼냈다. 한꺼번에 재료를 옮기다가 자몽 하나를 바닥에 떨어뜨렸지만, 마음이 급해서 나중에 치우기로 했다.

넣을 수 있는 재료는 다 넣다 보니 샌드위치가 엄청나게 뚱뚱해졌다.

달칵—.

욕실 문이 열리는 소리를 듣고 반사적으로 고개를 들었던 은서는 욕실에서 나오는 그의 모습을 보고 그대로 얼음이 되었다. 권후도 다시 돌아온 그녀를 발견하고 멈추어 섰다.

"왜 다시 왔어?"

은서는 대답을 할 수가 없었다. 눈앞이 온통 살색이라서 정신을 차릴 수가 없었다. 근육을 따라서 조각하듯이 갈라진 몸은 완벽한 피지컬이 무엇인지 보여 주고 있었다.

'자전거가 상체 운동이 되는 거였나?'라는 엉뚱한 생각마저 들었다. 그나마 허리 아래는 샤워 타월을 두르고 있어서 다행이라고 해야 하나. 혼자인 줄 알고 다 벗고 나왔다면 그녀는 심장이 멎었을 것이다.

"새, 새, 샌드위치 만들려고……."

은서는 겨우 입을 열어서 대답했다.

"배고팠어?"

그녀가 먹으려고 만든 게 아니라 그를 주려고 만든 거였다. 하지만 극도로 긴장한 은서는 대답하지 못했다.

심장에 안 좋으니 옷을 입으라고 하고 싶었지만, 갈아입을 옷이 없었다. 그러니 뻔뻔하게 아무렇지 않은 척하는 수밖에 없었다. 그는 직접 그녀의 옷을 벗긴 적도 있으니, 이 정도쯤이야.

"배, 백 비서는 언제 온대요?"

"오는 중이겠지. 근데 아까부터 왜 말을 더듬어?"

권후가 이유를 모르겠다는 듯이 물으니 은서는 아예 입이 조개처럼 다물어졌다. 그녀는 서둘러 과일주스를 만들었다. 백 비서가 늦는다면 그녀가 빨리 만들고 어서 이 집을 나가 버리는 수밖에 없었다.

가까이 다가온 권후가 그녀의 얼굴을 빤히 보았지만, 은서는 일부러 시선을 피하며 믹서기에 집중하는 척했다.

"너 얼굴이 점점 네가 만드는 주스 색이 되는데? 괜찮아?"

은서는 그의 시선을 피해 몸을 돌렸다. 그러나 권후가 그녀의 움직임에 따라 쫓아와서 소용이 없었다. 거리가 가까워지니 그의 몸에서 바디 워시 향이 풍겨왔다. 그녀가 쓰는 것과 같은 향이라서 더 어쩔 줄을 모르겠다. 이건 아무리 생각해도 너무 야했다.

움찔, 그가 뒤에서 그녀를 껴안다시피 하며 머리를 어깨에 기대 오자 은서는 과일을 갈다가 그대로 얼음이 되었다.

"나 어제 못 자서 피곤하네. 좀 기대도 되지?"

이미 기대 놓고 뒤늦게 허락을 구하면 어쩌자는 건가.

결국 못 참고 은서는 그한테 말했다.

"옷이 없으면 이불이라도 뒤집어쓰고 있으세요."

"뭐? 그렇게 내가 꼴 보기 싫어?"

"그게 아니라!"

그의 몸이 너무 심하게 느껴졌다. 아침에 부적절하게. 그때 그녀를 구해 주듯이 초인종이 울렸다.

딩동―.

"백 비서님 왔나 봐요! 빨리 가서 문 열어 줘요."

백 비서보다 그가 가져왔을 권후의 옷이 정말 반가웠다.

현관문을 열고 들어온 백 비서는 두 사람을 발견하고 멈추어 섰다. 샤워 타월만 걸치고 있는 남자와 여자가 이른 아침부터 한집에 함께 있으니 무슨 상상을 할지 뻔해서 은서는 아무 일 없었다고 변명하고 싶어졌다. 하지만 지금은 그냥 빨리 이곳을 떠나는 게 답인 것 같아서 은서는 빠르게 권후한테 말했다.

"그럼 전 진짜 출근할게요. 샌드위치랑 주스 만들었으니까 먹고 가요. 백 비서님도 같이 드세요."

백 비서는 식탁 위의 샌드위치로 시선을 돌렸다. 본디 샌드위치는 한입에 먹으라고 만든 음식인데, 저건 한입에 먹다가 턱이 빠질 수도 있을 만큼 두툼했다. 놀랍게도 위협적으로 먹음직스러운 음식이었다.

"은서, 너도 먹고 가."

"아니에요! 저 진짜 늦었어요."

출근하는 건지, 도망치는 건지 모를 정도로 허둥대던 은서는 아까 떨어뜨린 자몽을 밟고 크게 몸이 휘청했다. 넘어질 것 같은 그녀를 향해 권후는 빠르게 움직였다.

안 넘어지려고 팔을 뻗던 그녀가 앞에 있는 걸 움켜잡은 건 자연스러운 행동이었지만, 한 가지 문제가 있었다. 본능적으로 그의 맨살을 피한다는 게 그만 그가 유일하게 걸치고 있는 샤워 타월을 붙잡은 것이다. 스르륵, 무언가 벗겨지는 순간, 그녀의 비명도 같이 터졌다.

"꺄악!"

권후가 빠른 순발력으로 한 손으로 은서를 붙잡고, 한 손으로 타월을 붙잡았지만 은서는 두 눈을 꽉 감고 부들부들 떨고 있었다. 그 모습이 황당하면서도 귀여워 권후는 웃고 말았다.

"눈 떠도 돼."

그가 괜찮다고 말해도 은서는 쉽게 눈을 뜨지 못했다.

"안 뜨면 진짜 벗는다."

그제야 은서는 두 눈을 번쩍 떴다. 그리고 샤워 타월이 그가 두르고 있던 그 자리에 그대로 있는 걸 확인하고 안도의 한숨을 내쉬었다.

"늦었다며."

그가 알려 주자 은서는 화들짝 놀라서 허둥지둥 현관으로 뛰어갔다.

"백 비서님이 좀 챙겨 주세요. 그럼 저 진짜 가요."

백 비서가 미처 대답하기도 전에 은서는 집을 나가 버렸다.

탁―.

현관문이 닫히자 다시 고개를 돌린 백 비서는 최권후의 얼굴에서 미소가 순식간에 사라지는 걸 목격했다. 마치 다른 사람으로 변한 듯한 느낌이었다.

백 비서는 조용히 슈트 케이스를 내밀었다. 권후는 그걸 받아 들며 백 비서에게 명령했다.

"은서가 나중에 물어봐도 어제 일 절대 말하지 마."

무려 메이저 리그 투수 차승재의 공을 친 것이니까 사방팔방 자랑해야 할 일인 것 같았지만, 이상하게도 그는 평소보다 더 가라앉은 분위기였다.

백 비서는 알았다고 대답했다.

최권후가 옷을 갈아입는 사이, 백 비서는 은서가 만든 샌드위치 앞에서 고민에 빠졌다. 이걸 어떻게 먹지? 나누어서 먹으면 샌드위치가 아니고, 그렇다고 한입에 먹으면 턱이 빠질 것 같고.

그때 방문이 열리며 완벽한 슈트 차림의 최권후가 걸어 나왔다. 여자 집에서 샤워 타월 하나만 걸치고 있던 남자는 옷차림이 바뀌자마자 한 회사의 대표다운 풍모를 뿜어냈다.

"차봉주 단장이 오늘 대표님을 만나고 싶다고 연락해 왔습니다."

"해외 전지훈련 장소 정해진 거야?"

식탁에 앉은 권후가 손으로 샌드위치를 꾹 눌렀다. 그러자 위협적인 높이를 자랑하던 샌드위치는 반으로 줄어들었다.

백 비서는 감탄하는 눈으로 샌드위치를 한입에 먹는 그를 쳐다보았다. 그래서 대답이 조금 늦게 나왔다.

"그건 아니고, 어제 차승재 공 친 거 때문에 그런 것 같습니다."

잔뜩 흥분한 목소리가 꼭 야구 유망주라도 발견한 스카우터 같았다. 그도 그럴 만한 것이 피닉스 타자들도 죽어도 못 친 차승재의 공을 야구 선수가 아닌 구단주가 쳤으니 얼마나 놀랍겠나.

"그럼 올 필요 없다고 해."

"그래도 올 것 같은데요."

"그럼 바쁘다고 하고 쫓아내."

그 어느 때보다 냉정한 최권후의 대답에 백 비서는 조용히 샌드위치를 손으로 눌렀다.

이번에 인터뷰 촬영을 하게 된 곳은 병원 중중 외상 센터였기에 촬영이 그 어느 때보다 힘들었다. 하지만 힘들다는 이야기는 아무도 할 수 없었다. 중중 외상 센터에서 일하는 사람들과 환자들이 더 힘들다는 게 카메라에 고스란히 담기고 있었으니까.

새벽까지 이어진 촬영에 녹초가 되었을 때, 촬영팀과 의료진은 똑같이 병원 복도에 노숙자처럼 쓰러져 쉬었다. 지금 당장은 그저 이 한 몸 눕힐 수 있는 장소만 있으면 그걸로 되었다.

은서는 그제야 핸드폰을 꺼내 권후에게 연락을 할 수 있었다. 시간이 너무 늦어서 전화 대신 복도에서 쉬고 있는 사람들의 사진 한 장과 함께 문자를 보냈다.

> 재난 현장 같죠? 선배는 편한 십 짐대에서 푹 자요.

문자를 보내 놓고 그녀도 잠시 눈을 붙이려고 했는데, 진동이 울렸다. 은서는 전화가 온 핸드폰을 들고 서둘러 그곳을 떠났다. 쉬고 있는 다른 사람들에게 방해가 되지 않게. 전화를 건 사람은 최권후였다.

은서는 비상계단 안으로 들어가서야 통화 버튼을 눌렀다.

"안 잤어요?"

[응. 네 연락 기다렸어.]

그녀의 연락을 기다리느라 이 시간까지 안 잤다는 말에 은서는 감동한 게 아니라 기함했다.

"제가 촬영 때문에 바쁘다고 했잖아요. 언제 연락할 줄 알고 기다려요. 다음부터는 절대 그러지 말아요."

[싫은데. 나는 꼭 너 기다릴 거야.]

이건 순애보인지 장난인지 헷갈렸다.

은서는 오늘 아침 그녀의 집까지 자전거를 타고 온 권후를 떠올리고 그가 이틀 연속 잠을 제대로 자지 않고 있다는 걸 깨달았다. 그가 잠을 못 잔 이유에 전부 그녀가 들어가서 마음이 여간 불편한 게 아니었다. 은서는 이런 일이 반복되는 걸 원하지 않았기에 단호히 말했다.

"내 연락 기다릴 필요도 없고, 나 만나러 자전거로 횡단할 필요도 없으니까 그냥 잠이나 자요."

[매정해라.]

"끊을 테니까 당장 자요."

그가 하는 말도 듣지 않고 그대로 전화를 끊어 버렸다. 그 뒤에도 계속 마음에 남아 있는 불편함이 무엇 때문인지 도통 알 수가 없어서 은서는 답답했다.

은서는 백 비서의 전화번호를 찾아서 문자를 보냈다.

> 요즘 최권후 대표한테 무슨 일 있나요?

그녀가 예민한 것일 수도 있었다. 최권후가 자전거를 조금 오래 탔다고, 너무 늦게까지 그녀의 연락을 기다렸다고 그한테 문제가 있는 것이라고 단정할 수는 없었다. 그는 정말 그녀의 얼굴을 보고 싶었을 뿐이고, 그녀의 연락을 기다렸을 뿐일 수도 있었다.

그런데 그런 생각이 들었다. 최권후한테 무슨 안 좋은 일이 생기면 그는 솔직하게 그녀한테 전부 말할까? 그는 지금껏 단 한 번도 그녀한테 그런 말을 한 적이 없었다. 미국에서 야구를 그만둔 이유조차 아직 그녀에게 말하지 않았다.

그래서 그녀의 불안함은 쉬이 지워지지 않았다. 최권후는 절대 먼저 말하지 않을 것 같았으니까. 그가 힘들 때. 그러니 그녀가 찾아낼 수밖에 없었다.

백 비서의 답변은 아침이 되어서야 왔다.

> 글쎄요.

고작 세 글자뿐인 백 비서의 문자에 은서는 눈을 뗄 수 없었다. 수수께끼도 아니고 도대체 무슨 뜻인가. 역시 대표와 비서는 한통속이었다. 둘 다 똑같은 방식으로 그녀의 마음을 불편하게 만들고 있었다.

하지만 지금 가장 그녀의 마음을 불편하게 하는 건 촬영이 끝날 때까지는 권후를 만나러 갈 수 없다는 것이다. 인터뷰이가 인터뷰를 허락하는 대신 외상 센터의 필요성과 열악한 환경을 영상으로 제대로 담아 달라고 해서 다른 때보다 촬영이 길어질 예정이었다.

보살핌이 필요한 어린애도 아니고 그녀보다 나이도 많은 성인이었으니 그녀가 옆에 며칠 없다고 무슨 큰일이 생기는 건

악몽

아닐 테지만, 그 어느 때보다 그의 옆자리를 비워야 하는 게 속상했다. 힘들면 그녀한테 솔직하게 힘들다고 말이라도 해주면 좋을 텐데, 그러지 않는 권후한테 가장 섭섭했다.

그한테 그녀는 도대체 어떤 존재인 걸까?

그와 떨어져 있는 시간 동안 그런 생각들이 자꾸 들어서 마음이 심란했다.

Chapter 16

동거

병원에서 촬영하는 동안 권후를 만나지는 못했지만, 그래도 매일 전화 통화는 했다. 서로 나누는 대화는 평범했다.

[밥 먹었어?]

"네."

[병원 사람들 급하게 먹는다고 너도 그러지 마.]

"선배는 별일 없어요?"

[나야 잘 지내지.]

그녀가 물어볼 때마다 그는 잘 지낸다고 했다. 그래서 마음이 놓이다가도 전화를 끊으면 또 불안해졌다. 아무래도 그와 그녀가 떨어져 있던 10년의 세월이 두 사람 사이에 어떤 벽이 된 것 같았다. 그녀가 정말 그를 잘 아는 건지 확신이 서지 않았다.

병원 촬영을 완전히 끝내는 데 5일이 걸렸다. 아직 편집이 남아 있었지만, 은서는 잠깐이라도 권후를 만나기 위해서 그한테 전화를 걸었다.

[고객님이 전화를 받지 않아서 소리샘으로 연결됩니다.]

그런데 몇 번이나 전화를 걸어도 그는 전화를 받지 않았다. 마지막 날은 촬영이 일찍 끝나서 항상 그한테 전화를 걸던 시간이 아니긴 했다. 아마 그는 그녀가 아직도 촬영 중인 줄 알 것이다. 혹시 아직도 퇴근을 안 한 건가 싶어서 은서는 백 비서에게 연락해 보았다.

[대표님 퇴근하셨습니다. 아마 지금 집에 계실 텐데.]

"아! 그래요?"

어차피 얼굴을 보려고 전화했던 거니까 그의 집으로 직접 찾아가기로 했다.

차를 운전해서 판교로 향했다. 도로를 달리는 동안 헛웃음이 나왔다. 차로 운전해도 이렇게 오래 걸리는 거리를 자전거를 타고 오다니. 체력이 엄청난 건 알 수 있었다. 그가 왜 그날 자전거를 탄 건지, 그 이유는 여전히 정확히 모르겠지만.

그의 집에 도착하니 1시간이 흘러 있었다.

공동 현관에서 초인종을 누르려고 하다가 손을 멈추었다. 권후가 루카스에서 취한 날, 백 비서의 부탁으로 집에 데려다 준 적이 있어서 그의 집 비밀번호를 알고 있었다. 은서는 초인종을 누르려던 손가락을 움직여 숫자 버튼 위로 이동했다.

아직 서로의 집에 허락도 없이 들어갈 정도로 가까운 사이가 되었는지는 모르겠지만, 그가 평소 집에서 어떻게 지내는지 알고 싶었다. 정말 그의 말대로 잘 지내고 있는 게 맞는지, 그녀가 갑자기 찾아가면 숨김없이 볼 수 있을 것이다.

은서는 비밀번호를 천천히 누르기 시작했다. 멋대로 집에 들어온 그녀한테 그가 화를 내지 않을까 잠시 걱정이 되기는 했지만, 은서는 멈추지 않고 비밀번호를 끝까지 눌렀다. 문이 활짝 열리며 그녀한테 길을 내어 주었다.

권후의 집에 올라가서 현관문을 여는 것까지 수월했다. 그러나 사람의 인기척이 느껴지지 않는, 불이 꺼진 집을 보고 은서는 섣불리 안으로 들어서지 못했다.

"설마 집에도 없나?"

그럼 백 비서도 그의 행적을 모른다는 것이니 더 불안한 일이었다. 은서는 그가 정말 집에 없는 게 맞는지 확인하기 위해서 신발을 벗고 거실로 들어갔다.

달칵—.

가장 먼저 침실 문을 열었는데, 침대에는 아무도 없고 불도 꺼져 있었다. 은서는 침실 문을 닫고 다른 방으로 향했다. 이 집에 손님 방은 따로 없었지만, 운동 기구만 모아 놓은 방은 있었다.

달칵—.

문을 연 은서는 멈칫했다. 사람의 거친 숨소리가 미약하게 들려왔다. 그런데 운동 기구는 아무도 쓰고 있지 않았다. 은서는 그 소리가 들리는 곳을 찾아 시선을 움직이다가 바닥에 누워 있는 긴 인형을 발견했다. 가슴이 높이 솟았다가 내려가기를 반복했다. 마치 이 세상에서 숨을 쉬는 게 가장 힘겨운 일이라는 듯이.

팟, 그녀가 전등 스위치를 올려 환해지자 누워 있던 이가 상체를 일으켰다. 땀에 젖은 권후는 그녀와 눈이 마주치자 동공이 빠르게 조여들었다. 귀신이라도 본 표정이었다.

"네, 네가 어떻게 여기 있어?"

권후는 크게 당황했는지 처음으로 그녀의 앞에서 말을 더듬었다. 반대로 은서는 태연하게 대답했다.

"비밀번호 누르고 들어왔어요."

"그럼 미리 전화하지. 난 너 아직 촬영 중인 줄 알고……."

은서는 대답 없이 러닝 머신으로 걸어가서 그가 뛴 시간을 확인했다. 무려 세 시간이었다. 퇴근한 직장인이 할 만한 운동량은 결코 아니었다. 현직 운동선수도 이 정도로 무리하게 뛰지는 않을 것 같았다. 은서가 고개를 돌려 그를 쳐다보자, 그녀가 뭐라고 말하기도 전에 권후는 웃으며 설명했다.

"나 원래 운동하는 거 좋아하잖아."

"그렇다고 운동을 쓰러질 때까지 한다고요?"

"쓰러진 게 아니라 쉬고 있던 거야."

"불은 왜 안 켰어요?"

"눈부시니까 못 쉬겠기에. 난 땀이 많이 나서 좀 씻어야겠어."

그가 몸을 일으켜 욕실로 가려고 하자 은서는 그의 앞을 가로막고 섰다. 그녀가 똑바로 올려다보자 그가 눈동자를 움직여 시선을 피했다. 그런 그를 쳐다보는 그녀의 눈매가 일그러졌다. 그가 예전과 달라서 실망한 게 아니었다. 그에게 힘든 일이 생겨도 그녀를 필요하지 않은 것 같아서 한없이 슬퍼졌다.

"그거 아세요? 아무리 나쁜 뜻이 없다고 해도 숨기는 건 결국 절 속이는 거예요."

권후의 눈빛이 물결치듯이 흔들렸다. 툭, 은서의 눈가에 맺혀 있던 땀이 꼭 눈물처럼 흘러내렸다.

당연히 그녀를 속이려고 말을 안 했던 게 아니었다. 그저 그녀한테 과거의 최권후보다 못난 모습을 보여 주기 싫었을 뿐이었다. 그건 정말 견딜 수 없는 일이었다.

권후는 무언가 말할 듯이 입을 달싹였지만, 말이 쉽게 나오지 않았다. 그가 끝까지 말을 못 하자 은서는 실망한 표정을 숨길 수가 없었다.

"선배가 계속 나한테 숨기기만 하면 우리한테 어떻게 미래가 있겠어요."

그녀의 말에 권후는 심장이 쿵, 내려앉았다. 그가 또다시 이 관계를 망가뜨린 것만 같아서 무서워졌다. 은서가 몸을 돌려 떠나려고 하자 권후는 그녀를 붙잡듯이 다급하게 말했다.

"잠을 잘 수가 없어."

우뚝, 은서는 멈추어 서서 고개를 돌려 다시 그의 얼굴을 쳐다보았다. 미간에는 깊은 실금이 그어졌고, 눈매는 일그러졌고, 입술은 단단하게 굳어 있었다. 이토록 괴로워하는 권후의 얼굴을 처음 본 그녀는 눈가가 뜨거워졌다.

은서는 손을 뻗어 그의 손을 잡았다. 땀이 밴 그의 손은 축

축했다.

"그럼 같이 병원 가요."

그의 아픔을 그녀는 기꺼이 나누어 가질 것이다.

결국 그녀의 촬영이 끝나고 두 번째 데이트를 하기로 한 날, 두 사람은 같이 병원을 찾아갔다.

의사 상담은 환자와 의사, 둘이서만 진행되기에 그녀는 밖에서 기다리고 있어야 했다.

요즘은 불면증이 흔한 증상이니 심각하게 받아들이지 않기로 했다. 고칠 수 있었다. 약으로 조절하고, 생활 패턴을 바꾸고, 일을 줄이고, 휴식을 취하고. 그럼 분명 나아질 것이라고 은서는 속으로 몇 번이나 되뇌었다.

달칵—.

진료실 문이 열리고 권후가 나오자 은서는 자리에서 일어났다. 그녀를 향해 걸어오는 그에게 은서는 물었다.

"의사가 뭐래요?"

"수면제 처방해 주겠대."

대답하는 그의 목소리는 담담하기 그지없었다. 그는 어떤 순간에도 우울한 내색을 전혀 하지 않았다. 그래서 그녀는 지금껏 전혀 몰랐다. 그의 안에 얼마나 깊고 어두운 우울이 쌓여 있는지. 이제라도 알았으니 천천히 해결해 가기로 했다.

"괜찮아질 거예요."

그녀의 위로에 그는 희미하게 웃었다.

"밥이나 먹자. 지금은 잠보다 밥이야."

두 사람은 멀리 가지 않고 병원 앞 식당으로 갔다.

주문하고 기다리는 동안 은서는 그에게 물었다.

"언제부터 못 잔 거예요?"

물잔을 들어 올리던 권후는 잠시 멈칫했지만, 이젠 그녀가 묻는 말에 솔직하게 대답했다.

"야구단 찾아간 날."

아마도 그가 말을 하지 않으면 두 사람한테 미래는 없을 것이라는 그녀의 말이 그한테 큰 영향을 끼친 것 같았다.

"그날 무슨 일이 있었는데요?"

이번엔 대답하기 전에 권후의 목울대가 크게 움직였다. 물잔을 잡은 그의 손에 힘이 들어가는 것도 보였다. 그의 동요를 읽으니 그녀도 불안해졌다.

한참 만에 흘러나온 그의 목소리는 깊게 잠겨 있었다.

"내가 차승재 공을 쳤어."

대답을 듣고 그녀의 눈동자가 요동쳤다. 그건 그가 직접 야구를 했다는 말이었다.

"그래서 다시 야구하고 싶어진 거예요?"

그녀의 질문에 이번엔 권후는 1초도 고민하지 않고 고개를 저었다. 그때 주문했던 백반이 나왔다.

"배고프다. 우선 먹자."

동거

권후가 대화를 피하고 싶어 하는 게 느껴졌지만, 은서는 뭐라고 할 수가 없었다. 그녀도 그를 따라 수저를 집어 들었다.

밥을 먹는 동안 두 사람 사이에는 거의 대화가 없었다.

은서는 어떻게 해서든 그의 불면증을 낫게 해 주고 싶었다. 그런데 그의 불면증이 야구 때문이라면 이젠 그가 왜 야구를 그만두었는지 이유를 알아야만 했다. 병의 뿌리를 제대로 알고 있어야 깨끗하게 뽑아낼 수 있을 테니까.

은서는 숨을 깊게 삼켰다가 뱉으며 물었다.

"야구는 왜 그만둔 거예요?"

그녀의 질문에 권후는 별로 당황하지 않았다. 병원에 갈 때부터 이 질문을 받게 될 걸 이미 알았던 사람처럼. 권후는 딱 한 수저 남은 밥을 가만히 내려다보았다. 마치 그걸 먹을지 말지 고민하는 사람처럼.

은서는 조용히 그의 대답을 기다렸다. 밝지도 않고, 그렇다고 어둡지도 않은 그의 얼굴이 그 어느 때보다 슬프게 느껴졌다. 은서는 치킨집에서 꿈을 이야기하던 그를 가장 좋아했다. 사람이 그렇게 반짝일 수 있다는 걸 처음 알았다. 그런데 눈앞의 그한테서 그 아름답고 빛나는 기운을 도대체 누가 빼앗아 간 걸까 생각하니 마음이 미어졌다.

"내가……."

그의 입이 무겁게 열렸다.

"……야구 배트로 사람을 개 패듯 때렸어."

그가 무슨 말을 해도 절대 당황하지 말자고 생각했건만, 그의 말에 충격받은 은서는 눈가가 파르르 떨렸다. 그녀가 예상할 수 없던 이유였다. 그녀가 아는 최권후는 사람에게 폭력을 쓸 리가 없었으니까. 그리고 야구는 그가 가장 좋아하는 일이었다. 그런데 어떻게 야구 배트로…….

"그럴 수밖에 없던 이유가 있었다는 거 알아요."

은서가 그리 말해도 권후의 표정은 나아지지 않았다. 그건 누군가의 말 한마디로 괜찮아질 수 있는 일이 결코 아니었기에. 딱히 이해를 바라지도 않았다. 결국 권후는 마지막 남은 밥을 먹지 못하고 수저를 내려놓았다.

"그만 집에 가자."

그 순간 그녀는 고개를 끄덕이는 것밖에 달리 할 수 있는 게 없었다.

권후가 한 발짝 앞서 걸어가고, 그녀는 그 뒤를 쫓아가듯이 걷게 되었다. 평소였다면 진작에 돌아봤을 권후가 오늘은 한 번도 돌아보지 않았다. 걸어가는 두 사람 사이에 깊은 골이 생긴 기분이었다. 그녀가 그를 위해 무엇을 해 줄 수 있는지 아무리 생각해 봐도 쉽게 떠오르지 않았다.

그녀가 운전한 차를 함께 타고 왔기에 갈 때도 그녀가 운전해서 권후를 집까지 태워다 주었다. 집 앞에 도착하자 권후는 안전벨트를 풀며 밝아진 목소리로 말했다.

"약 먹으면 괜찮아질 테니까 너무 걱정할 필요 없어."

수면제는 임시방편일 뿐이었다. 만약 수면제로 모두 해결할 수 있다면 그는 처음부터 병원에 갔을 것이다.

지금은 그와 함께 있어 주는 것보다 더 급한 일이 있었기에 은서는 말했다.

"저는 방송국 갔다가 저녁에 다시 올게요."

"아냐. 바쁘면 굳이 올 필요 없어."

그녀가 온다고 하는 데도 필요 없다고 거부하는 최권후는 정말 낯설었다. 마치 다른 사람이 된 것처럼.

"올 거예요."

그래서 그녀도 평소와 달리 오겠다고 고집부리게 되었다. 그와 그녀의 역할이 바뀐 기분이었다.

"진짜 올 필요 없다고. 난 멀쩡해."

그가 차에서 내릴 때까지 그녀가 필요 없다고 말하자 은서는 서운한 눈빛으로 그를 쳐다보았다.

"이젠 저랑 같이 있는 게 싫어요?"

권후는 깜짝 놀란 표정을 지으며 그녀를 쳐다보았다.

"내가 방금 그렇게 말했다고?"

그는 전혀 몰랐다는 눈빛으로 그녀의 눈치를 보았다. 둘 다 서로를 너무 신경 쓰다 보니까 오히려 벽이 생기는 이상한 현상이 벌어지고 있었다.

은서는 먼저 다가가서 그의 몸을 안았다. 그녀의 두 팔로 다 품기에는 버겁게 큰 몸이었다.

"나쁜 생각이 들면 그냥 내 생각해요."

권후는 그녀에게 안긴 채 소리 없이 웃었다.

이 얼마나 아름다운 말인가. 그는 정말 그녀의 생각을 하며 버티던 순간들이 있었다. 동양에서 온 이방인이라는 이유로 배척당하거나, 그보다 더 야구를 잘하는 선수를 만나 패배할 때. 그럴 때마다 대가 없이 그를 믿어 주었던 그녀를 떠올렸었다. 그녀를 다시 만날 때 좋은 모습을 보여 주려면 여기서 포기할 수 없다는 마음으로 이겨 냈었다.

권후는 두 팔을 들어 올려 그녀의 작은 몸을 꽉 끌어안았다.

그가 어둠에 갇혔을 때, 그녀는 한 줄기 빛처럼 그를 환한 곳으로 이끌었다.

이런 널 내가 어떻게 사랑하지 않을 수 있을까.

은서는 방송국으로 향하면서 이 작가에게 전화를 걸었다.

"이 작가. 내가 급하게 미국 야구 관련 기사를 찾아봐야 하는데, 좀 도와줄 수 있어요?"

자료를 찾는 건 그녀보다 이 작가가 더 잘하는 특기였다.

[미국 야구요? 설마 차승재 인터뷰하시게요?]

"아! 차승재가 미국에서 야구했으니 그쪽 소식 잘 알겠네요. 그럼 나 대신 차승재한테 연락해서 물어봐 줄 수 있어요?"

예전에는 차승재 이름만 나와도 질색했던 그녀가 아무렇지 않게 차승재를 정보통으로 쓴다고 하자 이 작가는 놀랐다.

동거 173

[도대체 무슨 일이기에 이렇게까지 하세요?]

"5년 전 야구 선수가 야구 배트로 구타당한 일을 찾아야 해요."

그때 권후에 대한 미국 기사를 찾는 건 실패했었다. 하지만 사건으로 찾으면 분명 기사를 찾을 수 있을 것 같았다.

[네. 그럼 제가 차승재 선수한테 연락해 볼게요.]

전화를 끊은 은서는 길게 한숨을 내쉬었다.

권후에게 물어보면 될 일이지만, 그때의 일 때문에 불면증까지 생긴 그한테 그때 이야기를 자세히 하게 하는 건 오히려 불면증을 악화시키는 일 같아서 꺼려졌다. 어렵더라도 그녀가 직접 알아낼 생각이었다. 그래서 어떻게 해야 그가 그 일에서 벗어날 수 있는지 방법을 찾아야 했다.

방송국에 도착할 때쯤 이 작가한테서 먼저 전화가 왔다. 생각보다 빠른 연락에 은서는 곧장 통화 버튼을 눌렀다.

[차승재 선수 개인 번호로 전화를 안 받아서 구단 측에 연락했더니 차승재 선수가 지금 외부 연락 다 끊고 특훈 중이래요. 어쩌죠?]

그러니까 당분간 연락이 쉽지 않다는 뜻이었다.

"알겠어요."

은서는 작가와 전화를 끊고 직접 차승재에게 문자를 보냈다. 그녀한테는 연락해 줄지도 몰랐기에.

> 나 오은서인데, 물어보고 싶은 게 있어.
> 이 문자 확인하면 연락해 줘.

분명 차승재는 알고 있을 것이라는 예감이 들었다. 그가 메이저 리그에 가게 되면 그녀 대신 최권후에 대해 알아봐 주겠다고 몇 번이나 말했었다. 사이가 틀어지기 전에 나눈 이야기였지만, 어쩐지 그는 정말 그랬을 것 같았다.

방송국에 도착하자마자 5년 전의 미국 스포츠 기사를 찾아보았는데, 라이언 존슨의 기사를 찾을 수 있었다. 훈련 중에 야구 배트에 맞아 부상을 당했다는 기사였다. 라이언 존슨을 다치게 한 상대방에 관한 내용은 거의 없었다.

메이저 리그 최고의 몸값을 자랑하는 투수가 야구 배트에 맞아서 경기를 못 뛰게 되었는데, 그에 비해 기사는 빠르게 묻힌 감이 있었다. 마치 시고로 다친 것처럼.

태강이 알고 발 빠르게 손을 썼다면 가능한 일이었다. 라이언 존슨이 그 뒤 어떻게 되었는지 쭉 찾아보았는데, 별로 좋지 않았다. 재활을 끝내고 복귀했지만 예전의 성적이 안 나와서 추락하다가 마약에 빠져서 그라운드 위에서 사라졌다.

은서는 마약으로 마무리된 라이언 존슨의 마지막 기사에서 한참이나 눈을 뗄 수 없었다. 정말 최권후가 라이언 존슨을 이렇게 만든 것이라면, 라이언 존슨은 최권후에게 무슨 짓을 한 것인가.

부르르르―.

그때 전화가 진동하자 은서는 흠칫 어깨를 떨었다. 핸드폰을 집어 든 은서는 발신자를 확인하고 미간을 좁혔다. 차승재였다. 그녀는 심호흡을 한 뒤 통화 버튼을 눌렀다.

"여보세요."

[최권후가 정말 내 공 쳤는지 확인하려고 연락한 거야?]

차승재의 목소리도 별로 좋게 들리지 않았다. 아무래도 특훈도 그 일로 충격받아서 하는 것 같았다. 두 사람 모두에게 치명적인 타격을 입힌 승부라니, 절로 쓴웃음이 지어졌다.

"선배 네 공 친 이후 잠을 못 자고 있어. 5년 전 야구 그만둔 일이 다시 생각나서."

[하하. 웃기네.]

차승재가 건조하게 웃었다.

"선배가 야구 배트로 구타한 선수가 라이언 존슨 맞아?"

[……최권후가 자기 입으로 그걸 이야기했어?]

차승재는 놀란 듯 말이 느려졌다.

"말했잖아, 아프다고. 그럼 선배가 왜 라이언 존슨을 때렸는지 이유도 알아?"

[그 일이 벌어지기 직전에 두 사람이 승부를 했다고 했어. 나랑 최권후가 한 것처럼.]

"선배가 라이언 존슨 공을 못 친 거야?"

[아니, 쳤대.]

그 말을 할 때 차승재는 목소리 톤이 올라갔다. 최권후가 당대 최고의 투수 라이언 존슨의 공도 쳤으니, 그의 공을 친

게 굴욕은 아니라고 생각하는 건지도.

"그런데 왜 선배는 그런 일을 벌인 거지?"

은서는 전혀 이해가 안 되었다.

[그때 구장 근처에서 뺑소니 사고로 흑인 남자애가 죽었는데, 최권후 혼자 그걸 라이언 존슨의 짓이라고 주장했대. 라이언 존슨이 끝까지 부정하니까 화나서 때렸다고 하던데. 야구 못 할 정도로 다친 거 보면 정말 인정사정없이 때린 거야. 그게 어떻게 야구 선수야, 그냥 깡패지.]

그도 자기 입으로 말했다. '개 패듯이 때렸다.'고.

은서는 손에 얼굴을 묻었다. 그때 권후가 느꼈을 분노와 절망을 생각하는 것만으로도 질식할 것 같았다. 그런데 그녀는 지금까지 그가 그런 끔찍한 고통을 겪은 걸 까맣게 모르고, 자기 멋대로 사는 인간이라고만 생각했었다. 어떻게 이렇게 무지할 수 있는가. 그녀가 정말 그를 사랑할 자격이 있는 건가 싶었다.

[라이언 존슨이 뺑소니 사고를 저지른 증거는 결국 하나도 안 나왔어. 그런데 넌 그 인간을 믿어?]

은서는 눈에 고인 눈물을 닦아 내며 단정한 표정으로 돌아왔다. 지금은 그녀가 약해질 때가 아니었다. 무엇보다 중요한 건 권후의 불면증을 치료하는 것이었다.

"너도 나한테 진심이라고, 믿어 달라고 했잖아. 그런데 네 말보다 왕지현이 들려 준 녹음이 더 확실한 증거였어. 선배가 잘못된 사람에게 화풀이한 거라면 너 역시 그런 거겠구나."

[아냐!]

차승재가 강하게 부정하자 은서는 서늘하게 웃었다.

"선배는 그 일 때문에 야구 선수의 생명을 잃었어."

[나도 지금은 메이저 리그 투수가 아니라 한국의 꼴찌 야구단 투수야.]

이 순간은 둘 다 안쓰럽게 느껴졌다. 그들이 잃어야만 했던 게 너무 크다.

"그러니까 돌아가, 메이저 리그로. 이젠 거기가 네가 있어야 할 곳이야."

그리고 권후의 잃어버린 명예도 반드시 찾아 줄 것이다. 더 이상 메이저 리그에서 뛸 기회는 얻을 수 없다고 해도, 야구 배트를 잡는 게 고통인 삶을 살게 할 수는 없었다.

권후의 집에 도착해서 은서는 초인종을 눌렀다. 비밀번호를 누르고 들어가면 또 놀랄 것 같았으니까. 그가 잠이 들 수 없는 이유를 알게 되니 마음이 좀 더 단단해졌다. 여기서 그녀까지 약해지면 안 된다는 생각이 들었으니까.

달칵—.

문이 열렸다. 약속대로 집에 찾아온 그녀를 웃으며 반기려던 권후는 그녀가 끌고 온 캐리어를 발견하고 멈칫했다.

"그 가방은 뭐야? 어디 멀리 가?"

은서는 캐리어를 끌고 집 안으로 들어서며 대답했다.

"선배 불면증 나을 때까지 저도 이 집에서 자려고요."

상상도 못 했던 말이 그녀의 입에서 나오자 권후는 눈이 커졌다. 이 집에서 자겠다는 말은 동거와 똑같았으니까.

"정말 이 집에서 나랑 같이 자겠다고?"

권후는 캐리어와 그녀의 얼굴을 번갈아 보며 진심이냐는 표정을 지었다.

"내가 없으면 또 지쳐 쓰러질 때까지 운동할 거잖아요."

"하하, 난 절대 안 지쳐. 내 체력이 얼마나 좋은데."

허세를 부리던 권후는 그녀가 말없이 빤히 쳐다보기만 하자 입꼬리가 다시 내려갔다.

"약 먹고 잘 거야. 그러니까 그런 걱정은 안 해도 돼."

같이 있는 건 좋지만, 이런 식으로 같이 있는 건 그가 원하지 않았다. 그는 그녀를 보호해 주고 싶었지, 그녀의 보호를 받고 싶지는 않았다. 이기심이라고 해도 어쩔 수 없었다. '남자는 태초부터 그렇게 생겨 먹은 동물이었다.

"약 먹은 뒤에 잘 자는지도 내 눈으로 확인해야겠어요."

권후는 자신이 잠들면 악몽을 꿀 걸 알았다. 그 모습을 그녀한테 보여 주고 싶지 않았다. 그래서 침대 핑계를 댔다.

"그런데 우리 집에 침대 하나뿐인데, 넌 어디서 자겠다고?"

집은 넓지만 잘 곳은 하나뿐이었다. 권후는 절대 무리라고 심각한 표정으로 고개를 저었다. 하지만 그녀는 그의 말을 가볍게 뛰어넘었다.

"전 소파에서 잘게요."

"내가 널 어떻게 소파에서 재우겠어. 절대 안 돼."

권후는 그건 있을 수 없는 일이라는 태도를 보이며 강하게 반대했다. 이번엔 곤란해할 줄 알았던 은서는 별 고민 없이 바로 다음 대안을 내놓았다.

"그럼 침대에서 같이 자요."

단숨에 우주를 건너 그에게 돌진해 오는 것 같은 대답이었다. 권후는 눈앞의 사람이 진짜 그가 알던 오은서가 맞는지 확인하듯이 쳐다보았다.

"너 오은서 맞아? 우리 은서는 이럴 리가 없는데."

그 말에 굳이 반응하지 않고 은서는 캐리어를 끌고 드레스룸으로 향했다. 권후는 멍하니 그녀의 뒷모습을 바라보았다.

그녀가 캐리어를 두고 다시 거실로 나왔을 때, 권후는 소파에 다리를 꼬고 앉아서 책을 보고 있었다. 이 집에서 처음 보는 생소한 모습에 은서는 잠시 멀찍이 서서 관찰하였다.

"나 때문에 운동 대신 책 읽는 거예요?"

"아니야. 나 원래 책 자주 읽어."

권후는 소파 등받이에 팔을 올리며 느긋한 미소를 지었다.

"지적이지?"

그 질문에 눈치챘다. 일부러 이런다는 걸. 그가 아무렇지 않다는 걸 그녀한테 어필하려는 것 같았다.

은서는 소파로 걸어가서 그의 옆에 앉아 손을 내밀었다.

"책 줘요. 내가 읽어 줄게요."

그 말에 권후는 눈을 가늘게 떴다.

"나 눈은 멀쩡한데."

은서는 싱긋 웃으며 받아쳤다.

"선배 혼자 책을 읽으면 내가 할 게 없잖아요."

"먼저 침대에서 자. 방송국에서 일하고 와서 피곤할 텐데."

"난 선배 자면 그때 잘 거예요."

은서는 직접 권후의 손에서 책을 빼앗아 가서 읽기 시작했다. 권후는 뜻대로 안 되자 한숨을 삼키며 소파에 머리를 기댔다. 그래도 은서가 책을 읽는 목소리가 꼭 밤에 라디오에서 흘러나오는 디제이의 목소리처럼 나긋해서 듣기는 좋았다. 온몸의 세포가 나른해지는 기분이었다. 그의 몸에 이상이 생기지만 않았어도 이 순간이 참 좋았을 것 같았다.

"내가 불쌍해 보여?"

툭, 튀어나온 그의 질문에 책을 읽던 은서의 목소리가 멈추었다. 그녀가 고개를 들어 그의 얼굴을 쳐다보았다. 깨끗하고 맑은 눈동자였다. 그런 그녀의 눈빛을 그는 참 좋아했다. 보고 있는 것만으로도 세상이 아름다워지는 것 같았으니까. 그런데 이 순간은 왜 이리 그를 더 슬프게 만드는지 모르겠다.

"남한테 좋은 모습만 보여 주려고 하는 건 사회적 관계예요. 선배는 저랑 그냥 사회적 관계만 맺고 싶은 거예요?"

"너도 나한테 차승재 이야기 솔직하게 안 했잖아."

권후의 입에서 차승재 이름이 나오자 은서의 눈빛이 크게 흔들렸다. 그가 궁지에 몰렸다고 이 이름을 이렇게 이용하다니. 권후는 바로 후회했다. 라이언 존슨을 팰 때도 그런 생각이 안 들었는데, 지금은 나쁜 놈이 된 기분이었다.

"미안."

그가 먼저 사과하자 은서는 마음이 울컥했다. 그들의 잘못이 아니었다. 그녀를 기만한 차승재의 잘못이었고, 죄 없는 아이를 차로 치어 죽인 라이언 존슨의 잘못이었다. 그런데 왜 사과는 그가 하고 있고, 아파하고 있는 것도 그들인가.

은서는 그한테 다가가 두 팔로 그의 목을 끌어안았다. 그녀의 커다란 눈망울에 물기가 차올라 찰랑였다. 그러나 그녀는 울고 싶지 않았다. 울지 않을 것이다. 그들의 잘못이 아니니까, 눈물도 그들의 몫이 아니었다.

"저랑 약속해요. 우리 앞으로 미안하다는 말은 절대 하지 말기로."

권후는 그녀한테 안긴 채 눈을 감았다. 오래도록 못 잔 몸이 지독히도 피곤했다. 이 지구가 그의 어깨를 짓누르고 있는 것만 같았다.

권후는 은서가 보는 앞에서 수면제를 먹었다. 그녀가 물었다.

"졸려요?"

권후가 '피식' 웃으며 그녀를 놀렸다.

"먹자마자 의식이 없어지면 기절약이겠지."

이런 순간에도 농담할 여유가 있는 걸 보니 그래도 아직 최악의 상태는 아닌 것 같아 안심했다.

"수면제 먹어 본 적 없어요?"

"응, 처음이야."

분명 5년 전에는 지금과 비교할 수 없을 정도로 더 힘들었을 것이다. 야구를 못 하게 되었으니 멀쩡한 팔이 잘린 기분이었을 텐데. 그런데도 병원을 찾아가 치료받지 않고 버텼다는 말에 은서는 속에서 뜨거운 게 올라왔다. 하지만 그의 앞에서 그녀가 괴로운 표정을 지으면 그가 더 힘들기만 할 거라 은서는 일부러 웃었다.

"잠들 때까지 제가 계속 책 읽어 줄게요."

"사양할게. 난 조용한 게 좋아."

"누구세요? 우리 선배는 그럴 리가 없는데."

그가 했던 말로 그대로 공격당하자 권후는 두 손으로 가슴을 움켜잡고 침대 위로 쓰러졌다.

은서는 당황하지 않고 그의 몸 위에 이불을 덮어 주고 아이를 재우듯이 손으로 팡팡 두들기기까지 했다.

"누운 김에 눈 감고 자요."

권후는 게슴츠레 눈을 뜨고 그녀를 올려다보았다.

"제발 책은 읽지 마."

은서는 한숨을 내쉬며 알았다고 고개를 끄덕였다.

"대신 네 이야기 하는 건 괜찮아."

"제 이야기요?"

"응, 내가 한국에 없을 때 너 뭐 하고 살았는지."

은서는 물끄러미 그의 얼굴을 쳐다보다가 입을 열었다.

"학교생활은 별로 안 즐거웠어요. 자꾸 절 괴롭히는 애가 있었거든요."

그녀는 담담하게 말했지만, 권후는 미간이 구겨졌다. 그게 백화점에서 은서와 똑같은 넥타이를 산 왕지현이라는 예감이 들었다.

"선배가 미국에서 어떻게 야구하는지 알고 싶어서 매일 인터넷으로 찾아봤었는데, 하나도 못 찾았어요. 그래서 야구부 연습하는 걸 구경 가기 시작했어요. 그 선수들이 연습하는 것처럼 선배도 하고 있을 것 같아서."

권후는 입꼬리를 올려 웃었다. 그로 인해 차승재를 만나게 되었으니 그녀의 불행이 시작된 것이었지만, 교복을 입고 야구부가 연습하는 걸 구경했을 은서의 모습을 상상하니 그립고 사랑스러웠다. 그가 계속 한국에 있었다면 그녀는 좀 더 행복할 수 있었을까? 그는 야구를 잃지 않을 수 있었을까?

"선배, 아직도 안 졸려요?"

수면제를 먹었는데도 그가 잠을 자지 않자 은서가 걱정스럽게 쳐다보았다.

"음, 금방 잠들 것 같아."

약 기운이 몰려오고 있었다. 누군가 억지로 그와 세상을 단절시키려고 하는 것만 같은 기분이었다.

권후는 끝까지 은서의 얼굴을 바라보았다. 마치 이대로 눈을 감으면 다시는 못 볼 사람처럼.

"선배, 편하게 자요."

은서가 그의 손을 두 손으로 감싸 쥐었다. 따뜻한 온기가 부드럽게 스며들었다.

"내가 계속 옆에 있을게요."

그녀의 목소리가 점점 멀어졌다. 그리고 어둠이 몰려왔다.

"헉."

권후는 악몽 속에서 갑자기 깨어났다. 그는 현실과 꿈의 경계에서 눈을 부릅뜨고 천장을 노려보았다. 그러다 손을 붙잡고 있는 온기를 느끼고 고개를 돌려 옆을 보았다.

은서는 여전히 그의 손을 잡은 그 자세로 침대에 기대 삼이 들어 있었다. 결국 그녀가 잠든 곳은 소파도 아니고, 침대도 아니고, 바닥이었다.

권후는 헛웃음이 나왔다. 이 정도면 거의 간병인데.

그는 은서가 깨지 않게 조심스럽게 일어났다. 그래도 그가 악몽에 깨는 모습을 은서가 못 봐서 다행이라고 생각했다.

권후는 침대에서 내려와서 은서의 몸을 안아 올려 침대 위에 눕혔다. 끝까지 안 깨는 걸 보니 그처럼 불면증에 걸릴 일은 없겠다고 생각하며 '피식' 웃었다.

권후는 자는 그녀의 얼굴을 물끄러미 내려다보았다. 잠든 얼굴에는 어릴 때의 모습이 더 많이 남아 있는 듯했다. 그래서인지 자꾸 만져 보고 싶단 충동이 일었다. 나비의 날개처럼 예쁘게 뻗어 있는 속눈썹에 그는 천천히 손가락을 가져다 댔다. 하지만 그녀가 깰까 봐 살짝 만져 보기만 하고 바로 손을 뗐다. 권후는 꽉, 주먹을 쥐며 잠든 그녀에게 말했다.

"날 너무 걱정하지 마."

그녀의 걱정이 느껴질 때마다 그는 꼭 언제든지 무너질 수 있는 모래성이 된 기분이 들었다. 한 번 무너졌을 때는 그녀와 재회해서 극복할 힘을 얻을 수 있었다. 그런데 이번엔 그녀가 그의 옆에 있는데도 다시 무너진다면…….

권후는 침대에서 일어나 욕실 쪽으로 걸어갔다.

눈을 뜬 은서는 잠시 이곳이 어디인지 모르겠다는 표정을 짓다가 그녀가 권후의 집에 있다는 걸 깨닫고 서둘러 옆을 보았다. 침대에는 그녀 혼자뿐이었다.

은서는 벌떡 일어나서 권후를 찾아 집을 돌아다녔다. 아직 해가 뜨지 않은 새벽인데도 권후의 모습이 보이지 않자 은서는 마음이 초조해졌다.

마지막으로 욕실 앞에 섰다. 만약 권후가 집에 있다면 여기 있어야 했다. 하지만 안에서는 아무 소리도 들리지 않았다. 은서는 손을 들어 올려 문을 노크했다.

똑똑—.

"선배, 이 안에 있어요?"

돌아오는 대답이 없었다. 은서는 더 기다릴 수 없어서 손잡이를 잡고 욕실 문을 활짝 열었다.

좌악—.

사람의 흔적이 보이지 않아서 낙담하는 순간, 욕조 안에 있던 권후가 물 밖으로 솟아올랐다. 마치 한 마리 인어처럼. 벗은 몸에서 뚝뚝, 떨어지는 물방울 소리가 유독 크게 욕실을 울렸다.

은서는 당황해서 움직이지 못하고 있는데, 그와 시선이 딱 마주쳤다. 말없이 서로를 바라보는 몇 초의 순간이 꼭 영겁처럼 느껴졌다.

"설마 같이 씻으려고?"

그의 목소리에 퍼뜩 정신을 차린 은서는 서둘러 돌아섰다.

"제가 불렀는데 왜 대답 안 한 거예요?"

화난 게 아닌데 긴장해서 목소리가 절로 크게 나왔다.

"물속에 있어서 못 들었어."

그 부분이 가장 거슬렸다. 그는 왜 이 새벽에 물에 들어가 있는 건가. 설마 그녀가 운동을 심하게 하지 말라고 경고했더니 자기 몸을 괴롭히는 방법을 바꾼 건가 싶었다.

"누가 아침부터 욕조에서 씻어요. 그냥 샤워만 해요."

은서는 얼굴이 붉게 달아올랐으면서도 잔소리했다. 신선한

잔소리에 권후는 짧게 웃었다.

"그럼 내가 아침에 물에 들어가려면 수영장 있는 집으로 이사 가는 수밖에 없겠네."

논점을 흐리는 말에 뭐라 하려고 휙 고개를 돌렸던 은서는 그가 욕조에서 일어서는 걸 보고 서둘러 다시 돌아섰다.

찰박―.

욕조에서 나온 그가 걸어오는 소리가 들려서 심장이 오그라들었다. 이대로 욕실을 나가 버릴까 하다가 약한 모습을 보이면 안 될 것 같아서 은서는 주먹을 꽉 움켜쥐며 말했다.

"앞으로 뭐 하기 전에 저한테 꼭 허락받아요."

이렇게까지 하는 건 심한 걸 알았지만, 당분간은 그의 행동을 제어할 필요가 있을 것 같아서 불가피하게 꺼낸 말이었다. 그녀의 어깨 위로 그의 긴 팔이 뻗어 나오자 은서는 숨이 멈췄다. 닿지 않았지만, 바로 뒤에 있는 그의 존재가 그녀를 단숨에 집어삼킬 듯이 강렬했다.

그의 손은 샤워 타월을 잡고서 다시 뒤로 물러갔다. 하지만 완전히 멀어지기 전에 그가 그녀의 귓가에 속삭였다.

"그럼 저 옷 좀 입어도 될까요, 주인님?"

귀가 타들어 가는 것 같았다. 지금 그는 환자이고, 그녀는 간병인이나 마찬가지니까 이런 상황에서도 쿨하고 도도하게 남자의 벗은 몸 따위 아무것도 아니라는 태도를 보여야 했다. 하지만 불행히도 그녀는 이런 쪽으로는 면역력이 조금도 없었다. 집에 남자 형제도 없었으니 이런 상황을 겪을 일이 전혀 없었다.

뚝, 권후의 젖은 머리에서 떨어진 물방울이 그녀의 어깨를 적시자 은서는 저도 모르게 크게 몸을 떨었다. 붉게 달아오르는 그녀의 귀에 날것의 시선이 닿는 게 느껴졌다.

"나갈 테니까 옷이나 입어요."

지금은 한 공간에 같이 있는 게 부적절하게 느껴져서 황급히 욕실을 떠나려고 했는데, 권후의 손이 그녀의 손을 붙잡았다. 그의 손에서 옮겨 온 물기가 그녀의 손을 적셨다.

"들어올 땐 네 마음대로 들어와도, 나갈 땐 네 마음대로 못 나가는데."

"그게 무슨……!"

그의 말에 발끈해서 고개를 돌린 은서는 촉촉하게 젖은 그의 얼굴이 지나치게 관능적이라 순간 심장이 크게 요동치며 눈빛이 흔들렸다.

이러면 안 돼! 난 병간호하러 온 거라고!

멀어지는 이성을 가까스로 붙잡으며 자신을 다그치는데, 마치 그런 그녀의 내적 싸움을 알고 있다는 듯이 그가 더더욱 유혹적인 눈빛을 지으며 다가왔다. 은서는 눈을 크게 뜨며 정신을 차리려고 노력했다. 현실을 도피하면 안 되었다.

"그래서 난 언제쯤 널 안을 수 있는 거야?"

심장에 화르륵, 불이 붙었다. 그의 꿈을 열심히 응원만 하던 순수했던 첫사랑이 어느새 이 순간까지 오고야 말았다는 게 아찔했다.

"하지만 지금은 선배가······."

"내 몸 핑계로 회피하지 말고."

핑계를 대는 게 그녀인지 그인지 정말 헷갈렸다.

"무서워?"

그런 것도 같고, 아닌 것도 같았다.

"싫어?"

그 물음에는 바로 아니라고 고개를 저을 수 있었다. 만족한 권후의 입술이 길게 휘어졌다. 그가 웃는 모습을 보니 금방 괜찮아질 것이라는 안도감이 들었다.

젖은 입술이 그녀의 뺨에 닿자 저절로 두 눈이 감겼다. 촉촉한 감촉에 속눈썹이 잘게 떨렸다. 아래로 미끄러진 입술이 그녀의 입술을 지나 목덜미로 흘러내렸다. 꾹, 인장을 찍듯이 하얀 피부를 흡입하는 힘에 그대로 빨려 들어갔다.

욕실을 가득 채운 습기에 풍덩 빠진 듯 호흡이 가빠졌다. 그의 손이 그녀의 엉덩이를 잡고 밀착시키자 서로의 몸이 각인되듯이 선명해졌다. 터질 듯한 그의 욕망을 마주한 은서는 정신이 아득해졌다.

하지만 지금 그녀가 할 수 있는 건 그의 품에서 숨 쉬는 법을 잊지 않는 것뿐이었다. 그녀의 옷을 밀어 올리며 안으로 파고들어 온 손이 가슴을 가득 움켜쥐자 심장이 튀어 올랐다. 한 번도 느껴 보지 못한 감각으로 만지는 손길 때문에 가슴이 크게 부풀어 올랐다.

은서는 그의 어깨에 얼굴을 기대며 신음을 깨물어 참았다.

그가 그녀의 몸을 만지면 만질수록 온몸의 감각이 예민하게 달아올랐다. 그녀의 몸을 타고 내려간 손이 바지 안으로 들어오려고 하자 은서는 본능적으로 그의 팔을 꽉 움켜잡았다.

"서, 선배……."

그러자 멈추지 않을 것 같던 그의 움직임이 멈추었다. 두 사람의 시선이 수증기 사이로 마주쳤다. 발갛게 달아올라 있는 그의 눈빛을 마주하는 것만으로도 은서는 숨이 가빠 왔다.

먼저 뒤로 물러난 건 오히려 권후였다. 지금은, 여기서는, 이 상태로는 아니라는 걸 그가 가장 잘 알기에.

"내가 먼저 나갈게."

먼저 등을 보이고 욕실을 나가는 그의 뒷모습을 은서는 멍하니 쳐다보았다. 아주 오래도록 그 자리에서 움직일 수가 없었다.

그한테 문제가 생겼다고 해서 회사와 야구단 일을 소홀히 할 수는 없는 노릇이었다. 당장 해결해야 하는 건 야구단의 자금 문제였다. 곧 해외 전지훈련도 떠나야 하니, 야구단에 들어가는 예산을 안정적으로 확보할 수 있는 수익 모델을 만들어 내야 했다.

루카스에서 나오는 수익과 그가 태강에서 받는 배당금으로 상당 부분을 해결할 수 있지만, 그래도 아직 20억이 부족했다. 그가 받는 배당금이 형이 받는 배당금의 '1/25' 수준이라서 생기는 문제였다. 아버지 최태식 회장은 후계자와 다른 자식의 차이를 이런 식으로 확실히 보여 주고 있었다. 지금까지 거기에 딱히 불만은 품지 않았었다. 집을 버리고 미국으로 떠나 버린 건 그가 먼저였으니까.

"대표님의 라온 배당금은 이미 라온 직원들의 복지를 위해 쓰고 있는데, 이걸 야구단 쪽으로 돌리면……."

"그건 안 돼."

백 비서의 제안을 권후는 바로 잘라 냈다. 야구단을 살리려고 라온 직원들에게 일방적인 손해를 강요할 수는 없었다.

"20억이라……."

불가능할 정도로 큰 액수는 아니었다. 그러나 없으면 매우 곤란해지는, 그런 돈이었다. 이 20억 때문에 야구단을 휘청이게 만들 수는 없었다.

"요즘 인터넷 방송 스트리밍 서비스가 대세던데. 라온에서도 신규 게임 발표할 때마다 했었지?"

개인이 자유롭게 하는 방송이지만 고수익을 올리는 사람들이 등장하고 있었다.

"그럼 인터넷에 라온 피닉스 채널을 만드실 계획입니까?"

돈도 벌고, 라온 피닉스를 꾸준히 홍보할 수도 있으니 나쁘지 않은 기획이었다.

"라온에서 방송 쪽 맡았던 팀과 야구단 마케팅팀이 협업해서 기획서 작성하라고 하고, 은서가 방송국 피디니까 조언을 구해 봐야겠어."

백 비서가 대표의 지시 사항을 수행하기 위해 집무실을 나간 뒤, 혼자 남은 권후는 핸드폰을 집어 들었다. 은서에게 전화하려던 손가락은 잠시 멈칫했다가 문자로 방향을 바꾸었다.

> 제가 라온 피닉스 유튜브 방송을 만들려고 하는데, 도움을 주실 수 있으십니까, 주인님?

은서는 분명 놀리는 것이라고 생각할 것 같은데, 지금 그는 엄청 진지했다.

은서는 라온 피닉스 방송을 만든다는 이야기를 듣자마자 첫 방송을 무엇으로 해야 할지 바로 떠올랐다.

"첫 방송은 야구 게임을 해요."

권후는 진심이냐는 눈으로 그녀를 쳐다보았다.

"너랑 내가 피시방에서 했던 그거?"

"네. 바로 그거요. 이번엔 라온 피닉스 이름을 걸고 하는 방송이니까 이참에 라온에서 야구 게임을 직접 제작해 봐요. 회사랑 야구단 모두 윈윈이 되게."

권후는 게임 회사 대표였지만, 야구는 게임보다 직접 하는 게 더 의미가 있다고 생각했다. 은서와 야구 게임을 했던 건 그녀와 가능한 한 공평하게 야구를 하기 위한 방편이었다.

"라온 피닉스 구단주와 프로 야구 6회 우승 감독의 야구 게임 대결이라고 하면 사람들이 호기심을 가질 거예요."

그리고 야구 게임을 피닉스 선수들이 아니고 그와 이창범 감독이 하라는 말에 권후는 불가능하다고 손을 내저었다.

"나는 그렇다 치고, 이창범 감독은 그런 거 절대 안 할 거야."

"선배가 직접 이창범 감독 설득해서 피닉스 감독 맡게 했잖아요. 그런데 고작 게임 한판 하는 걸 설득 못 해요? 야구 게임은 아무나 할 수 있는 흔한 거지만, 그걸 라온 피닉스의 구단주와 감독이 한다는 게 특별한 의미가 있는 거예요. 방송은 의미가 담겼을 때 큰 힘이 생겨요. 사람들한테 더 큰 인기를 끌려면 차승재랑 해야겠지만, 선배가 차승재 공 치고 불면증 생겼잖아요. 그건 제가 반대예요. 그러니까 무조건 감독님 설득해요."

권후는 처음으로 은서한테 기세에서 밀리는 걸 느끼고 몸이 점점 뒤로 빠졌다. 그녀의 말이 다 맞는 것 같았기에 알았다고 대답할 수밖에 없었다.

"제가 운동을 좀 하고 싶은데 나갔다 와도 될까요?"

지극히 공손한 그의 태도에 은서는 미간을 찌푸렸다. 그녀가 뭐든 허락받으라고 해서 이러는 게 뻔했다.

"1시간만 하고 들어와요."

그 정도로는 워밍업하다가 끝날 테지만 권후는 토를 달지 않고 일어났다.

"그럼 푹 쉬고 계십시오. 다녀오겠습니다."

거리감이 느껴지게 끝까지 존댓말을 하는 그의 뒷모습을 은서는 조용히 노려보았다. 아침에 욕실에서 만났던 남자와는 완전히 다른 사람인 것처럼 굴고 있었다.

알고 있다. 그의 마음이 오락가락하는 게 아니라 그녀가 그의 생활을 간섭하니 저런다는 걸. 그렇다고 그의 눈치를 보며 방관할 수는 없었다. 그가 건강한 삶의 패턴을 가질 수 있게 해야만 했다. 운동도 지나치면 독이었다.

권후가 운동하러 나간 뒤, 은서는 베란다로 나가서 아래를 보았다.

사실은 같이 나가서 함께 운동하고 싶었지만, 권후의 태도 때문에 그럴 수 없었다. 그녀가 옆에 있으면 편하게 운동하지 못할 것 같아서. 그가 그녀를 불편해할 수도 있다고 염려하게 됐다니. 은서는 나오려는 한숨을 꾹 눌러 참았다.

그때 밖으로 나오는 권후의 모습이 보였다. 그는 잠시 스트레칭을 하더니 전속력으로 뛰어서 순식간에 그녀의 시야에서 사라져 버렸다. 함께 나갔다면 그녀는 그를 죽어도 따라잡지 못했을 것이다.

은서는 그가 사라진 방향에서 오래도록 시선을 뗄 수가 없었다.

최권후가 행복했으면 좋겠다. 그녀는 그를 볼 때마다 항상 그런 생각을 했다. 그녀의 행복보다 그가 행복한 모습을 보고 싶다고. 그가 행복하다면 잠을 못 잘 리가 없었다. 그러니 지금은 그가 행복하지 않다는 소리인 것 같아서 은서는 눈가에 물기가 차올랐다.

"나로는 부족한 거예요?"

어떻게 해야 그의 행복을 다시 찾을 수 있는 건가 싶어서 가슴이 답답해졌다.

Chapter 17
사랑해요

　권후는 이창범 감독한테 방송 출연을 부탁하기 위해 다시 제주도로 향했다. 전화로 설득할 수 있을 정도로 만만한 인물이 아니었으니까.
　"지금 나보고 방송에 나가서 야구 게임을 하라고?"
　이창범 감독은 그의 말을 듣자마자 너 뭐 하는 물건이냐는 눈빛으로 그를 쏘아보았다. 예상한 반응이었기에 권후는 당황하지 않고 웃으며 설명했다.
　"야구단을 위한 일입니다. 프로 야구 6번 우승한 감독님이 과연 야구도 최고로 잘하는지 사람들이 궁금해하지 않겠습니까? 그런데 직접 뛰는 건 체력적으로 불가능하니까 야구 게임을 하는 거죠."
　"시끄럽고. 난 그딴 거 절대 안 하니까 가 보십시오."
　"감독님이 안 하시면 야구단은 매년 20억 적자를 떠안아야 합니다."
　"그런 돈 문제는 구단주가 해결할 일이고! 난 감독이니까 선수들 훈련시키고 시합에 이기게 하는 게 내 임무입니다."

이창범 감독은 칼같이 선을 그었다. 자기 영역이 아닌 일은 절대 안 하겠다고. 방송에 나가서 게임을 하는 건 감독으로서 체면이 떨어지는 일이라고 여겨졌기에 더 거부감이 들었다.

"그런데 그것도 야구단이 존재해야 가능한 거 아닙니까? 이 적자를 해결하지 못해서 야구단을 해체하게 되어도 감독님은 그냥 다른 팀 가면 된다고 생각하시는 겁니까?"

그가 최악의 상황을 말하며 압박을 주자 이창범 감독은 똥 씹은 표정이 되었다. 권후는 바로 낮은 자세로 이창범 감독에게 부탁했다.

"딱 한 번입니다. 제가 두 번 다시 이런 부탁 안 드릴게요. 약속합니다."

이창범 감독은 떨떠름한 표정으로 앉아 있다가 무섭게 입을 열었다.

"그럼 나도 부탁 하나만 합시다."

"뭔데요? 말씀만 하세요. 다 들어 드리겠습니다."

"차승재가 구단주한테 공 맞은 이후 자기 몸을 혹사하며 훈련하고 있습니다."

이창범 감독의 입에서 차승재의 이름이 나오자 권후의 얼굴에 걸려 있던 미소가 단번에 사라졌다.

감독실을 나온 후, 권후는 멀리서 차승재가 연습하는 걸 지켜보았다. 전에 보았을 때보다 여유가 사라진 모습이었다. 그 날의 승부로 멀쩡한 사람은 결국 한 명도 없다고 생각하니 쓴

웃음이 지어졌다.

이창범 감독은 차승재의 과도한 연습을 멈추게 해야 방송에 출연한다고 하였으니, 이건 그가 싫어도 해야만 하는 일이 되었다. 그리고 구단주면서 에이스 선수의 컨디션에 나쁜 영향을 주었으니 그의 책임이 가장 컸다. 하지만 그가 차승재를 고쳐 줄 수는 없었다. 오히려 더 악영향만 줄 것이다.

권후는 지금 차승재에게 가장 효과적인 위로를 줄 수 있는 사람을 알고 있었다. 차승재가 메이저 리그까지 포기하고 한국으로 다시 돌아오게 만든 사람.

권후가 그녀의 말대로 이창범 감독을 설득하기 위해서 제주도에 갔기에 은서는 퇴근하고 공항으로 그를 마중 나갔다. 돌아오는 비행기 시간도 백 비서한테 들은 것이라 권후는 그녀가 공항에 나올 줄 모르고 있었다. 서프라이즈로 분위기 전환을 하고 싶었다. 다른 연인들이 하는 것처럼.

오늘은 좀 애교가 있는 모습을 보여 주어야겠다고 생각해서 은서는 화장품을 꺼내 입술 색깔도 좀 더 화사하게 고쳤다. 그리고 공항 입국장에서 자주 볼 수 있는 플래카드까지 정성을 담아 만들었다.

세상에서 가장 멋진 구단주님

플래카드를 들고 입국장 앞에 서 있는데, 입국장 문이 열리며 막 도착한 제주발 비행기의 승객들이 나오기 시작했다. 은서는 권후를 찾아서 고개를 길게 뺐다. 그녀가 들고 있는 플래카드 때문인지 사람들이 지나가면서 그녀를 힐끔거렸다.

한참 만에야 입국장에서 키가 크고 얼굴이 잘생긴 남자가 걸어 나오자 은서는 플래카드를 높이 들어 올려서 흔들었다. 권후가 플래카드와 그녀를 발견하고 멈추어 섰다. 은서는 먼저 그한테 뛰어갔다.

"마중 나왔어요."

환하게 웃는 그녀의 얼굴을 권후가 물끄러미 쳐다만 보자 은서는 그의 눈치를 보게 되었다.

"저 안 반가워요?"

그제야 권후가 세련된 미소를 지었다.

"당연히 반갑지."

어째 진심 반, 가식 반인 듯 느껴졌다. 요즘 그녀가 그한테 잔소리를 좀 했다고 이러는 것이라면 정말 너무하다는 생각이 들었다. 그녀는 다 그의 몸을 생각해서 하는 말들이었으니까.

그녀는 여기서 주저앉으면 안 된다고 생각하며 더 밝게 말했다.

"아직 밥 안 먹었죠? 우리 밖에서 저녁 먹고 들어가요."

권후가 그러자고 고개를 끄덕이며 그녀의 손에서 플래카드를 빼앗아서 자신이 들었다. '멋진 구단주님'이라는 글자를 바라보는 그의 눈빛이 어쩐지 밝지 않아서 은서는 그의 눈치를 보며 물었다.

"왜요? 제 정성이 부족해 보여요?"

"부족한 건 네가 아니라 나지."

"네?"

권후는 바로 평소의 짓궂은 표정으로 그녀를 보며 장난스럽게 말했다.

"세상에서 가장 멋진 구단주가 되기에는 내가 가장 가난한 구단주 같은데. 앞으로 돈 죽도록 벌어야겠다."

구단주인데 가난하다니. 가장 안 어울리는 조합이었다.

"괜찮아요. 선배는 대신 얼굴이 죽이게 잘생겼잖아요."

그녀의 위로에 권후가 소리를 내어 웃었다.

두 사람은 공항 근처 식당 중 한식을 파는 곳으로 들어갔다.

"이창범 감독 만난 일은 어떻게 됐어요?"

주문한 김치찌개와 제육볶음이 나오길 기다리며 은서는 권후에게 물었다. 그녀가 먼저 꺼낸 기획이었으니 방송까지 잘되었으면 하는 기대감이 있었다.

그는 가볍게 고개를 끄덕이며 대답했다.

"내가 뭐 하나만 해결해 주면 방송 나오겠대."

"정말요? 그럼 반은 허락한 거네요. 잘됐다."

은서는 기뻐하며 박수를 쳤다. 그런 그녀를 쳐다보던 권후는 불쑥 물었다.

"너는 차승재한테 복수하고 싶어?"

은서는 박수를 치던 자세 그대로 굳어 버렸다. 설마 이 순간에 그런 말이 그의 입에서 튀어나올 줄은 상상조차 못 했으니까. 그녀가 놀란 눈으로 쳐다만 보자 권후는 팔을 테이블 위에 올리며 그녀에게 좀 더 다가왔다.

"네가 복수를 원하면 내가 해 줄게."

그의 눈빛은 그 어느 때보다 진지했다. 그녀가 고개를 끄덕이기만 하면 당장 차승재를 찾아가 응징할 사람처럼.

은서의 눈빛이 흔들렸다. 그녀가 차승재에게 당했던 일을 권후가 알고 있다는 사실이 수치스러워서 숨고만 싶었다. 하지만 그녀가 그런 식으로 피하면 안 되는 걸 알았다. 그녀도 제대로 과거를 이겨 내지 못하는데, 어떻게 그한테 과거를 잊고 잘 살라고 격려할 수 있겠나.

"나는……."

그녀는 여전히 차승재가 그녀한테 한 짓을 용서할 수 없었다. 우연히라도 다시 마주치면 흠씬 때려 주려고 복싱도 배우기 시작한 것이다. 그런데 그런 해묵은 분노보다 더 중요한 일이 생겼다.

"차승재가 공을 잘 던져서 라온 피닉스가 꼴찌를 안 했으면 좋겠어요."

KBO 리그에서 피닉스의 성적이 좋으면 권후도 분명 좋아질 것이라고 믿었다. 그러니 차승재는 메이저 리그에서 던질 때처럼 공을 잘 던져야만 했다.

그녀의 대답에 권후는 긴 눈매를 찌푸렸다.

"그런다고 차승재가 네게 한 짓이 없어지는 게 아니잖아."

"그렇지만 선배한테는 좋은 일이잖아요. 그럼 나한테도 좋은 일이에요."

권후는 쓴 표정을 지으면서 웃었다.

그녀가 복수를 원한다고 했다면 그는 무슨 희생을 해서든 그녀의 말을 들어주었을 것이다. 그런 마음으로 먼저 이야기를 꺼낸 것이었다.

그런데 그녀가 이리 말해 주어서 다행이란 마음도 지울 수 없었다. 차승재를 고칠 수 있는 사람은 그녀밖에 없다는 걸 알기에. 그는 구단주였고, 차승재는 그의 팀 선수였으니 이대로 망가지게 둘 수 없었다. 그 모든 마음이 진심이라서 속이 더 엉망이 되었다.

그때 주문한 음식이 나왔다.

"먹자. 배고프다."

밥이 나오자마자 수저로 밥을 크게 떠서 먹는 그의 모습을 은서는 멍하니 바라만 보았다. 왜 갑자기 차승재 이야기를 꺼낸 건가 싶었다. 두 사람이 나눌 대화로는 너무 불편하고 부적절했다. 그래서 마음에 걸렸지만, 분위기를 망치기 싫어서 은서도 밥을 맛있게 먹기 시작했다.

회사에 출근한 권후는 백 비서를 불러 지시를 내렸다.

"구단 홍보팀에 말해서 차승재 인터뷰, ZBS 측과 미팅 잡아 진행하라고 해."

그의 지시에 백 비서는 의아한 표정을 지었다. ZBS 방송국이면 오은서가 다니는 방송국이었다.

"오 피디님이 차승재랑 인터뷰하게 되어도 상관없으십니까?"

그런 자리를 마련하기 위해서 인터뷰를 잡는 것이었다. 그의 부탁이라면 은서가 기꺼이 들어줄 걸 알았다. 차승재를 여전히 미워하더라도.

그런데 그건 그가 원하지 않았다. 누군가의 부탁 때문이 아니라 은서가 정말 차승재를 격려하고 응원할 마음이 생겨서 그를 도와주는 것이길 바랐다. 사람을 용서한다는 게 얼마나 힘든 일인지 그도 뼈에 사무치게 잘 알았다. 결국 그는 그러지 못하고 복수를 선택했다.

하지만 은서는 그처럼 절망적인 상황은 아니었다. 차승재는 은서에게 지울 수 없는 상처 주긴 했지만, 이제라도 은서의 용서를 얻기 위해 메이저 리그까지 포기하고 한국으로 돌아왔으니까 그 희생이 절대 작지 않았다. 그러니 차승재를 끝까지 좋아할 수는 없어도, 그가 끝까지 미움받아야 한다고 권후는 자신 있게 말할 수 없었다.

두 사람이 만나게 되면 답이 나오리라고 생각했다. 그 자리에서 그는 철저히 제삼자여야만 했다. 질투가 난다고 두 사람 사이에 끼어들면 꼴사나운 치정극으로 마무리될 뿐이었다. 그러니 이번만 차승재를 위해 뒤로 물러나 주는 것이다. 두 번은 절대 없었다.

양 피디에게 라온 피닉스 차승재 인터뷰 건을 들은 은서는 순간 머리가 멍해졌다. 그녀가 휴먼 인사이드를 맡고 있는 동안 절대 먼저 인터뷰 제안을 하지 않을 인물이 있다면 그건 차승재였다.

그런데 저쪽에서 먼저 인터뷰하고 싶다고 요청해 왔다. 라온 피닉스는 차승재가 소속된 팀이기도 했지만, 최권후가 소유한 팀이기도 했다. 그게 그녀를 혼란스럽게 만들었다.

"이 인터뷰, 혹시 구단주 측도 아는 건가요?"

"이야, 오 피디 많이 컸네. 이제 메인 피디 되었다고 구단주 쯤은 되어야 상대하겠다는 거야?"

양 피디의 비꼬는 말에 은서는 더 물어볼 수가 없었다. 그녀는 사무실 밖으로 나와서 핸드폰을 꺼냈다. 권후의 번호를 찾았지만 통화 버튼을 누를 수가 없었다. 권후가 먼저 그녀한테 말하지 않았다면 모르고 있을 가능성이 더 컸다.

그런데 지금 굳이 확인해서 그를 더 심란하게 만들고 싶지 않았다. 여전히 자면서 악몽을 꾸는 걸 알았으니까.

은서는 핸드폰을 손으로 꽉 움켜잡았다.

— 너는 차승재한테 복수하고 싶어?

사랑해요 205

은서는 권후가 했던 말을 떠올리며 마음을 정했다. 차승재를 만나 보기로. 그리고 그녀가 정말 원하는 게 복수인지, 다른 건지 확실히 결론을 내려야겠다.

그날 집에 돌아가서 은서는 차승재의 이름만 빼고 인터뷰 이야기를 권후에게 했다.

"저 목요일에 인터뷰하러 제주도 가요."

지금 제주도에서 라온 피닉스가 전지훈련을 하고 있으니 권후가 알고 있는 건지 은서는 그의 반응을 유심히 살폈다.

책을 읽고 있던 그는 몇 초가 흐른 뒤 반응을 보였다.

"제주도 좋네. 너 일하러 가는 김에 우리도 거기서 데이트할까?"

그가 웃으며 데이트 이야기를 꺼내자 은서는 권후가 차승재랑 인터뷰하는 것을 모르고 있다고 확신하게 되었다. 알고 있다면 이리 아무렇지 않을 리가 없었다.

"하지만 인터뷰가 정확히 몇 시에 끝날지도 모르는데……."

다음 날도 둘 다 회사에 출근해야 하니까 하루 자고 올 수도 없었다. 마지막 비행기를 타려면 제주도에서 둘이 함께할 수 있는 시간은 1시간밖에 없을 수도 있었다.

"그럼 6시까지 끝내고 와."

"그러니까 그 시간은 제가 정할 수 있는 게……."

"난 6시까지만 기다릴 거야."

그의 말에 은서는 입이 다물어졌다. 뭐지 싶었다. 이 신데렐라의 12시 약속 같은 말은……. 그녀가 6시를 넘기면 신데렐라의 드레스처럼 사라지기라도 하겠단 건가?

"그럼 제가 6시 넘어서 가면 어떻게 할 건데요?"

그녀는 도전적으로 물었다. 그의 대답에 따라서 그녀는 아주 화가 날 수도 있는 상황이었다. 질문을 던져 놓고 그의 얼굴만 뚫어져라 쳐다보았더니, 그가 빙그레 웃었다. 어찌나 맑게 웃는지 그녀도 따라 웃을 뻔했다.

"그럼 난…… 매우 슬프겠지."

맑은 표정과 달리 전혀 맑지 않은 그의 대답에 은서는 잠시 멍해졌다.

"그리고요?"

설마 이게 끝이 아닐 것이라고 생각했다. 분명 혼자 재미있게 놀겠다거나, 주위에 있는 아무 여자랑 어울릴 것이라는 몹쓸 대답이 나와야 할 타이밍인데.

"그리고 시간이 지날수록 점점 더 슬퍼지겠지."

덩달아 그의 얼굴에서 미소도 같이 사라지자 은서는 당황스러웠다. 도대체 이 말에 어찌 반응하는 게 정답인지 알 수가 없었다.

권후가 그녀의 손을 꾹 움켜잡으며 당부했다.

"그러니까 6시 전에 인터뷰 끝내고 꼭 와."

은서는 알겠다고 고개를 끄덕이고 말았다. 아마 그날 그와 약속한 시간보다 늦으면 엄청난 죄책감에 시달리게 될 것 같았다.

　차승재를 인터뷰하기 위해 제주도까지 날아간 은서는 비행기에서 내리자마자 곧장 라온 피닉스 전지훈련 장소로 찾아갔다.
　그녀가 인터뷰하기 전에 선수들이 훈련하는 모습을 보고 싶다고 했더니 구단 측에서 흔쾌히 허락해 주었다. 은서는 차 단장과 함께 선수들이 훈련하는 곳으로 향했다. 오늘 인터뷰할 선수는 차승재였기에, 차 단장은 그녀를 차승재가 연습하는 곳으로 안내했다.
　퍽—!
　멀리서도 강속구의 엄청난 타격음이 들려왔다. 그런데 공을 던지던 차승재는 무언가 안 풀리는지 얼굴을 찌푸리며 손을 내려다보았다. 그 모습을 본 은서는 차 단장에게 물었다.
　"차승재 선수 손에 문제가 있는 건가요?"
　"아! 큰 문제는 아니고, 연습을 너무 많이 해서 물집이 잡힌 겁니다."
　차승재는 메이저 리그까지 진출한 선수였다. 그 정도 레벨이 되면 본인 몸을 생각하며 연습량을 조절할 것이다. 그런데 무리하게 연습했다고? 아마도 권후한테 공을 얻어맞은 게 차승재한테도 큰 충격일지도 모르겠다는 생각이 들었다.

하긴, 자존심이 엄청 셌으니까. 권후가 절대 그의 공을 못 칠 것이라고 자신하며 던졌을 것이다.

차승재의 훈련 현장을 본 뒤, 은서는 인터뷰할 사무실로 먼저 이동을 해서 차승재와는 인터뷰할 때 만났다.

인터뷰를 진행할 사무실 안으로 들어서던 차승재는 그녀를 발견하고 잠시 걸음이 멈추었다. 일 때문에 온 것이기에 은서는 담담한 눈으로 차승재를 쳐다보았다. 아니, 아까 공을 던지고 아파하는 걸 봐서인지 예전만큼 그렇게 밉지 않은 것도 사실이었다. 차승재가 야구를 할 때만은 언제나 진심이었다는 걸 새삼 깨달았다.

"오늘 인터뷰 담당자인 ZBS 오은서 피디입니다."

은서는 마치 처음 만난 사람처럼 그녀를 소개했다. 차승재는 그런 그녀를 물끄러미 쳐다보다가 자기소개를 했다.

"라온 피닉스 투수 차승재입니다."

그녀의 마음에 울림으로 남는 소개였다. 그녀를 기만하고 속인 차승재는 쉽게 용서할 수 없어도, 라온 피닉스 차승재는 미워하지 않을 수 있을 것 같다는 생각이 문득 들었다. 지금 두 사람이 원하는 건 똑같을 테니까.

"메이저 리그에서 전성기를 누리고 있는 시기에 다시 한국으로, 그것도 리그 꼴찌 팀으로 입단하는 게 쉽지 않았을 텐데, 어떤 계기가 있으신가요?"

인터뷰 진행을 맡은 아나운서의 질문에 차승재가 카메라 너머 그녀의 얼굴을 쳐다보았다. 훌쩍 어른이 되어 버린 그녀의 얼굴 위로 눈물범벅인 앳된 얼굴이 떠올랐다.

— 난 널 진심으로 대했는데, 넌 날 기만했어! 도대체 왜! 너도 내가 뚱뚱하고 못생겨서 우스웠어! 사람으로도 안 보였냐고!

차승재는 그를 비난하며 우는 은서의 앞에서 아무런 말도 할 수가 없었다. 기만으로 다가간 건 사실이었으니까. 그 뒤에 그가 어떤 마음이었건 그가 쓰레기였다는 건 부정할 수 없는 일이었다.

사실은 그 일로 은서와 끝나고도 그는 멀쩡히 잘 살았다. 야구로 메이저 리그도 갔고, 돈도 많이 벌었고, 잘나고 예쁜 여자들이 먼저 그에게 안달했다.

그런데도 그가 쓰레기라는 걸 지울 수가 없었다. 그가 아무리 명예로운 자리에 올라도, 사람들이 아무리 그를 추켜세우며 인정해 주어도, 여자들이 아무리 사랑의 말을 퍼부어 주어도 그는 여전히 쓰레기였다. 은서한테 지울 수 없는 상처 준 그날부터 계속. 그래서 한국에 올 수밖에 없었다. 그녀의 용서를 받고 싶어서.

그래야 그도 쓰레기가 아니라 사람답게 살 수 있을 것 같았다. 술집 작부 아들이라고 손가락질받던 차승재가 아니라, 쓰레기라고 비난받는 차승재가 아니라, 은서가 좋은 야구 선수가 될 것이라고 격려해 주던 그 차승재로 살고 싶었다.

그는 그녀의 인정이 필요했다. 그녀의 용서가 필요했다.

"최권후 구단주가 해체 위기의 꼴찌 야구팀을 인수해서 새로운 팀으로 양성하려는 의지에 감명받았다고 해 두죠."

은서의 입술이 삐뚜름하게 올라갔다. 입에 발린 소리인 게 뻔했다. 분명 속으로는 쓸데없는 짓이라고 비웃었을 것이다. 그러나 차승재는 자신의 커리어를 걸고 라온 피닉스로 왔다. 그래서 그녀는 그를 진심으로 비웃을 수 없었다.

"그럼 다음 시즌에 라온 피닉스가 꼴찌 탈출을 할 거라고 자신하시나요?"

차승재가 그녀를 똑바로 보며 자신 있게 말했다.

"라온 피닉스는 포스트 시즌에 진출할 겁니다."

포스트 시즌에 진출하려면 리그 5위 안에 들어야만 했다. 계속 꼴찌만 하던 팀이 단번에 5위까지 올라가는 건 투수 한 명의 힘으로 되는 일이 아니었다. 팀원 모두가 잘해 주어야 했다.

그래도 차승재의 열정을 느낄 수 있는 인터뷰였다. 오히려 메이저 리그에서 뛸 때보다 더 야구에 진심인 모습이 시청자들에게도 감명 깊게 다가갈 것이다.

인터뷰를 무사히 끝내고 차승재가 먼저 그녀에게 다가와 말을 걸었다.

"은서야."

주위에 있던 방송국 동료들이 놀라서 쳐다보았다.

은서는 정리하던 손을 멈추지 않으며 대답했다.

"자신감 넘치는 건 좋은데요, 에이스 투수가 자기 몸 관리도 제대로 못 하는 건 문제가 있는 거 아닌가요? 그 손으로 몇 게임이나 던지겠어요."

차승재는 움찔하며 공을 던지는 오른손을 등 뒤로 숨겼다.

"내 손 멀쩡해. 걱정할 거 없어."

툭, 그제야 은서는 손을 멈추고 고개를 돌려 차승재를 똑바로 보았다.

"나 너 걱정 안 해. 내가 그딴 걸 왜 해?"

쌀쌀맞은 그녀의 태도에 차승재의 눈빛이 어두워졌다. 은서는 차가운 눈으로 차승재를 쳐다보았다. 역시 그를 용서하는 건 쉽지 않았다. 그러나 차승재가 망가지는 모습을 보고 싶은 것도 아니었다.

"정말 포스트 시즌까지 갈 생각이라면 관리 잘해요. 괜히 욕심부리다가 다 망치지 말고."

그녀의 당부에 차승재의 눈빛이 여리게 흔들렸다. 두 사람의 관계가 엉망으로 깨진 뒤, 그녀가 그를 위해 해 주는 말을 들은 건 처음이었다. 그래서 차승재는 용기를 내어 말했다.

"그럼 라온 피닉스가 포스트 시즌 가면, 나랑 밥 먹을래?"

은서는 차승재의 얼굴을 잠시 바라보다가 고개를 돌리며 퉁명스럽게 말했다.

"그때 마음 내키면."

아직은 아니지만, 그런 예감이 들었다. 정규 시즌이 시작되어서 그녀가 라온 피닉스 경기를 보며 차승재를 응원하게 된다면 자연스럽게 미움은 서서히 소멸되어 갈 것이라는.

야구로 만나게 된 사이니까, 야구로 용서하는 것도 나쁘지 않은 것 같았다.

쏴아아아아아—.

파도 소리가 끝없이 밀려왔다. 그녀가 6시를 넘기지 않으려고 서둘러 바닷가에 도착했을 때, 권후는 바닷가에 서서 파도를 바라보고 있었다. 금방 어딘가로 사라져 버릴 듯한 모습이 낯설게 느껴져서 은서는 잠시 발이 멈추었다. 하지만 인기척을 느낀 그가 돌아보자 은서는 밝은 표정을 지으며 그의 옆으로 다가갔다.

"저 안 늦었죠?"

권후는 말간 그녀의 얼굴을 물끄러미 바라보다가 담담하게 말했다.

"우리 벌써 한 달이 다 되어 간다."

두 사람이 한 달만 함께 지내기로 한 시한부 관계였다는 걸 은서는 그가 먼저 말을 꺼내기 전까지 까맣게 잊어버리고 있었다. 만약 권후가 먼저 말하지 않았다면 은서는 그대로 잊어버린 채 그와 계속 함께했을 것이다.

사랑해요 213

"왜…… 그런 말을 해요?"

아직 한 달이 다 된 것도 아닌데, 그녀가 먼저 말한 것도 아닌데 그가 먼저 한 달을 이야기했다는 것만으로 은서는 불안해졌다.

요즘 그가 힘든 시간을 보내고 있다는 걸 알았다. 수면제를 먹고 잠이 들어도 악몽을 꾸고 늦은 밤에 깨어나는 일이 빈번했다. 그런데 그녀는 그를 위해 해 줄 수 있는 게 거의 없었다. 단지 옆에 있어 주는 것만으로는 별 도움이 되지 않는 것 같아서 속상했었다.

"내가 먼저 한 달만 같이 있자고 말했을 때는 자신이 있었거든. 네가 내 옆에 한 달만 같이 있으면 분명 나와 헤어지기 싫어질 거라고."

그의 말은 틀리지 않았다. 그녀는 정말 그와 헤어지고 싶지 않았다. 그가 없던 시간으로 다시 돌아가라고 하면 자신이 없었다. 혼자 아무렇지 않게 살아갈 자신이.

"그런데 지금은 자신이 없어."

그의 묵직한 목소리가 밀려오는 파도에 부딪혀 그대로 산산이 부서지는 것만 같았다. 그녀가 할 법한 말이 그의 입에서 나오자 은서는 눈망울에 물기가 차올랐다.

"내 몸 하나도 내 마음대로 못 하는데, 어떻게 당당히 네 인생을 책임지겠다고 말하겠어."

권후의 목울대가 위로 솟아올랐다가 아래로 툭, 떨어졌다.

은서가 차승재와 인터뷰하는 동안 그는 이곳에 서서 계속 생각했다. 두 사람의 미래에 대해서. 오래오래 흔들리지 않고 그녀를 행복하게 해 주려면 그가 어서 빨리 지옥 같은 과거를 벗어던져야 하는데, 쉽지 않았다. 그건 그의 의지로 되는 게 아니라는 걸 이미 넌덜머리 나게 경험했다.

권후가 고개를 돌렸을 때, 그의 입술은 미소를 짓고 있었다.

"그러니까 난 네 말에 무조건 따를 거라고. 네가 가족들 때문에 무리라고 하면 이번엔 절대 안 붙잡을게."

"……"

그녀가 물기 어린 눈으로 쳐다만 보며 아무 말도 안 하자 미소를 그리고 있던 그의 입매가 서서히 무너졌다.

권후는 더 이상 그녀를 마주 볼 수가 없어서 먼저 몸을 돌렸다.

"빨리 밥 먹으러 가자. 비행기 시간까지 얼마 안 남았어."

앞서 걸어가는 그의 뒷모습이 아리게 박혀 왔다.

언제나 그만의 길을 당당하게 걸어갔던 최권후였나. 모두가 두려워하는 권력도 그를 주눅 들게 할 수 없었고, 무소불위의 힘을 가진 돈도 그를 굴복시킬 수 없었다. 오직 꿈과 의지만이 그가 추구하는 삶의 길이었다.

그런데 무엇이 그를 저리 약해지게 한 것인가. 그게 그녀를 견딜 수 없게 만들었다. 그 무엇도 그를 해치게 두지 않을 것이다.

"사랑해요!"

그녀의 외침에 앞서가던 권후의 걸음이 우뚝, 멈추었다. 그가 천천히 몸을 돌려 다시 그녀를 쳐다보았다.

"뭐?"

자신이 방금 들은 말을 믿지 못하는 얼굴이었다. 내내 그녀의 마음을 말해 주지 않았는데, 이 순간 하필 그 말을 했을 리가 없다고.

그가 잘못 들은 게 아니라는 걸 알려 주듯이 은서는 바다를 향해 큰 소리로 외쳤다.

"오은서가 최권후를 사랑한다고요!"

거기에 멈추지 않고 은서는 계속 소리쳤다.

"그리고 최권후도 오은서를 사랑한다고 했잖아요!"

쏴아아아아―.

바다에서 밀려온 파도도 그녀의 목소리를 삼키지 못했다. 넓고 넓은 바다에 두 사람의 사랑이 울려 퍼졌다.

그녀는 붉게 달아오른 눈으로 그를 노려보았다.

"그런데 왜 그따위 말을 하는 건데요? 뭐 잘못 먹었어요? 수면제 말고 다른 약이라도 먹은 거냐고요."

노을을 품고 붉게 물든 제주의 바닷가, 밀려오는 파도의 앞에 우뚝 서서 꺾이지 않는 눈빛으로 그를 바라보는 그녀.

권후는 이 순간 그녀의 모습을 영원히 잊을 수 없으리라고 생각했다. 치킨집에서 그의 말을 경청하던 그녀의 순수한 모습을 잊을 수 없듯이.

언제 그녀가 이리 강해진 건지 모르겠다. 그녀는 그가 알던 그 소녀보다 훨씬 강했다. 그의 보호를 받아야 하는 사람이 아니라, 언제든지 그를 지켜 줄 수 있는 어른으로 성장했다.

저벅—.

권후는 그녀를 향해 다시 걸어갔다. 걸음을 내디딜 때마다 마음이 점점 뜨겁게 끓어올랐다.

은서도 포기하지 않았는데, 그가 왜 먼저 겁을 먹고 물러나는 건가. 이 무슨 바보 같고 미련한 짓이란 말인가.

그는 그런 사람이 아니었다. 은서도 아는 걸 그가 모를 리가 없었다. 불가능해 보이는 일도 하고 싶으면 겁내지 않고 온몸으로 부딪쳤다. 그가 언제 상처 입는 걸 두려워했다고. 그가 언제 평탄한 길을 걸어왔다고.

은서의 앞까지 걸어간 권후는 바닷바람에 차가워진 그녀의 새하얀 뺨을 두 손으로 감싸고 깊게 입을 맞추었다. 그제야 내내 갑갑했던 숨이 뚫리며 달콤한 그녀의 향이 그의 안으로 왈칵 밀려 들어왔다.

권후는 그 향을 모조리 다 들이켤 때까지 멈추지 않겠다는 듯이 그녀의 입술을 몇 번이고 삼키고 빨아들였다. 힘 조절이 안 되는 그의 키스에 통증을 느낀 듯이 그녀의 입에서 낮은 신음이 흘러나왔다.

그가 멈칫하며 떨어지려고 하자 은서가 두 팔을 뻗어 그의 목을 휘감아 멀어지지 못하게 했다.

"키스 끝내는 것도 내 허락받아요."

은서의 말에 권후는 하얀 이를 드러내며 웃었다. 그런 그녀가 한없이 사랑스러워서 참을 수가 없었다.

아까는 밀려오는 파도가 그를 부수려고 하는 것처럼 느껴졌는데, 지금은 이 아름다운 바다가 그들의 사랑을 위해 존재하는 것만 같았다. 결국 중요한 건 바라보는 그의 마음일 뿐이었다.

권후는 고개를 틀어 다시 그녀의 입술을 머금었다.

수천 개의 포말이 그의 안에서 터졌다. 마치 불꽃놀이처럼.

그녀를 사랑하는 일이 그의 인생에서는 가장 화사한 일이었다. 결코 겨울은 오지 않을 듯했다. 그리 자만하는 순간, 그가 재수 없는 팔자라 또다시 시련이 들이닥칠까 봐 불안해졌지만 아득하고 달콤한 키스가 그 불안을 달고나처럼 녹여 버렸다.

벌어진 입술 사이로 달아오른 혀를 밀어 넣어 젖은 점막을 쓸어 올렸다. 말캉한 혀를 감아올려 희롱하자 그녀의 입에서 앓는 소리가 흘러나왔다. 권후는 그 소리에 더 흥분하여 키스의 농도가 짙어졌다.

밤은 소리도 없이 짙어졌고, 두 사람의 키스도 한계 없이 달아올랐다.

그가 섣불렀다. 사랑은 자신감으로 하는 게 아니었다. 사랑은 그와 그녀가 함께 공유하는 시간이고, 느낌이고, 감각이고, 삶이었다. 그러니 그의 자신감이 사라졌다고 사랑을 끝낼 수 있는 게 아니었다.

세상에서 가장 아름다운 불꽃을 터트린 후에야, 영원의 시간을 함께 나눈 뒤에야, 끝없는 고난에도 오뚝이처럼 일어난 뒤에야 사랑의 끝이 보일런지도.

누군가한테 말하기 굉장히 창피한 상황이 되어 버렸다. 키스하다가 마지막 비행기를 놓치다니. 결국 두 사람은 제주도에서 하룻밤을 묵고, 내일 아침 첫 비행기로 떠나야만 했다.

은서는 뒤늦게야 부끄러움이 몰려와서 차를 탄 뒤에는 권후의 얼굴을 똑바로 보지도 못했다.

잠시 미쳤던 게 분명하다. 사랑한다는 말을 그런 식으로 하다니. 어제까지는, 아니, 그 바다에 갈 때까지는 상상조차 하지 못한 일이었다. 술을 한 모금도 안 마시고 술주정한 기분이었다. 말해 버린 걸 후회한다는 건 아니지만, 그런 말은 좀 더 예쁘게 하고 싶었다. 그렇게 우악스럽게 하는 게 아니라.

시간이 흐른 뒤에 권후가 이 일로 분명 그녀를 놀릴 것 같았다. '너 사랑 고백할 때 정말 무서웠다.'라고.

"아! 기사님. 잠깐 편의점 앞에서 세워 주세요."

권후가 차를 세우려고 하자 은서는 그제야 고개를 돌려 그의 얼굴을 보았다.

"편의점은 왜요?"

"오늘 꼭 사야 할 게 있어."

"먹을 거요? 그럼 같이 가요."

"아냐! 나 혼자 갈 거야."

권후가 강하게 동행을 거부하자 은서는 살짝 상처 받은 눈으로 그를 쳐다보았다. 어차피 같이 먹을 건데 뭔가, 이 정 없는 태도는.

"너는 그냥 차에서 기다리고 있어. 금방 올게."

그녀가 또 붙잡기 전에 도망치기라도 하듯이 권후는 서둘러 차 문을 열고 내려 편의점으로 뛰어갔다.

차에 혼자 남은 그녀의 분위기가 신경 쓰였는지 택시 기사가 한마디를 했다.

"원래 잘생긴 남자들이 얼굴값 하난. 그러려니 합써."

사투리는 대부분 정감 있게 들리는데, 이 말은 그럴 수가 없었다. 도대체 뭘 그러려니 하라는 건가 싶었다. 편의점에서 다른 여자라도 사 온단 소리처럼 들렸다.

괜히 불안해져서 편의점에 들어간 권후가 뭘 하나 유심히 보았더니, 정작 먹을 건 하나도 안 사고 작은 상자 하나를 집어서 편의점 직원에게 내밀고 있었다. 담배도 아니고 저건 뭔가 싶었다.

계산을 끝낸 권후는 바로 택시로 돌아왔다. 그가 편의점에 머문 시간은 고작 3분뿐이었다.

"뭘 산 거예요?"

그녀가 의심스러운 눈으로 쳐다보며 묻자 권후는 앞만 보며 두루뭉술하게 대답했다.

"호텔 가면 말해 줄게."

왜 지금은 말하지 못하는 건가. 점점 수상했다.

결국 권후한테 대답을 듣지 못한 채 호텔에 도착했다. 아침 일찍 비행기를 타야 했기에 공항 근처 호텔로 골랐다. 관광지라서인지 늦은 시간인데도 호텔 로비에는 사람들이 꽤 있었다. 은서는 권후 뒤에 바짝 붙었다. 호텔이라서 사람들의 시선이 평소보다 더 신경이 쓰였다.

프런트 앞에 도착하자 권후는 고민도 없이 말했다.

"방 하나 주세요."

그의 말을 듣는데 심장 박동이 조금 더 빨라졌다. 방 카드 키를 들고 엘리베이터에 올라서 그녀는 그에게 물었다.

"수면제 갖고 왔어요?"

권후는 고개를 저었다. 서울에서 올 때만 해도 오늘 제주도에서 숙박할 계획이 없었기에 당연히 안 가져왔다.

"그럼 어떡해요?"

그녀가 걱정스럽게 쳐다보자 권후는 주머니에서 편의점에서 산 그 물건을 꺼냈다.

"대신 이걸 사 왔어."

그의 손에 들린 물건을 본 그녀의 눈이 휘둥그레 커졌다. 그건 콘돔이었다. 부끄러움은 뒤늦게 몰려왔다. 얼굴에 피가 몰리며 뜨거워졌다. 분명 지금 거울을 보면 토마토가 되어 있을 것이다.

"이, 이걸 왜 샀어요?"

그녀가 당황해서 묻자 권후는 눈 하나 깜빡하지 않고 거짓말했다.

"수면제를 안 가지고 와서."

수면제를 안 가지고 왔으면 약국에서 수면 유도제를 사야지, 누가 콘돔을 사나!

은서는 불안한 눈으로 엘리베이터의 계기판을 보며 권후의 손을 밀어내었다.

"빨리 집어넣어요."

당장이라도 엘리베이터가 멈추어 서서 열리며 사람이 들어올 것 같았다. 그건 상상만으로도 너무 부끄러운 일이었다.

"그런데 그거 알아? 콘돔도 옷처럼 사이즈가 있다."

아악! 그만하라고.

그녀는 숨을 곳을 찾고 싶었지만, 엘리베이터 안에 그녀가 숨을 곳은 권후의 등 뒤 말고는 없었다.

띵―.

두 사람이 내릴 층에 도착해서 엘리베이터 문이 열리자마자 은서는 도망치듯이 먼저 뛰어내렸다. 앞서가는 그녀의 뒤를 권후가 쫓아왔다. 쫓아오는 발소리를 들으니 그녀의 걸음이 절로 빨라졌고, 그럴수록 권후도 더 빨리 걸었다. 결국 호텔 룸 앞에 두 사람이 동시에 도착했다. 권후가 카드 키로 문을 활짝 열어 그녀에게 길을 터 주었다.

"들어가시죠."

은서는 선뜻 들어가지 못하고 그의 얼굴을 쳐다보았다. 프런트에서 방 하나만 잡을 때도 별생각이 없었는데, 엘리베이터에서 그가 산 콘돔을 본 뒤부터 생각이 복잡했다.

사랑은 하지만 자는 건 싫다는 게 아니라, 이렇게 준비도 없이 갑자기 그래도 되는 건가 싶었다.

처음인데. 누구나 첫 경험은 절대 잊지 못하는 법이었다. 오늘 그녀가 입고 온 속옷까지 그가 영원히 기억하게 될 것이라고 생각되자 걸음이 차마 안 떨어졌다.

"이제라도 방 두 개…… 까악!"

머뭇거리고 있는데 권후가 갑자기 그녀를 번쩍 안아 올려서 은서는 절로 비명이 터져 나왔다. 그는 그녀를 안아 든 채 성큼성큼 호텔 룸 안으로 들어섰다. 오늘 그한테 후퇴는 결코 없다는 듯이.

Chapter 18
제주도 첫날밤

 그가 미국으로 떠난 뒤, 그녀는 자주 상상했었다. 그와 재회하는 순간을. 그 상상은 언제나 아름답고 빛나는 장면들로만 가득했다. 이렇게 에로틱하고 긴장감이 넘치는 뜨거움은 전혀 없었다. 지금껏 그녀가 너무 순수하게만 사랑했다는 걸 이 순간 깨달았다.

 그녀의 심장과 호흡과 맥박이 오케스트라가 연주하듯이 절정으로 치달았다. 오늘 밤, 두 사람에게 벌어질 일을 예감하는 것만으로도 머릿속이 핑핑 돌았다.

 그녀가 정신을 못 차리고 있는 동안 권후는 안고 있던 그녀의 몸을 침대 위에 내려놓았다. 긴 머리카락이 침대 위에 어지럽게 펼쳐졌다. 그녀의 눈빛도 파도치듯이 일렁였다.

 권후는 두 팔로 그녀의 몸을 가둔 채 위에서 신처럼 내려다보았다. 바닷가에서 자신 없다고 말하던 그 남자는 어디로 사라진 건가 싶었다. 이게 사랑의 힘인지, 욕망의 힘인지 모르겠다.

"선배, 동정이라고 하지 않았어요?"

권후의 길고 우아한 눈매가 가늘게 찌푸려졌다. 그가 지금껏 그 누구도 안지 못한 건 그 누구도 그녀처럼 그의 심장에 온기를 주는 사람이 없었기 때문이었다.

욕망을 좇기에 그의 미국 생활에는 여유가 전혀 없었다. 가난과 고달픔 속에서 그녀의 복주머니와 추억은 그가 유일하게 품을 수 있는 온기가 되었다. 시간이 아무리 흘러도 퇴색되지 않았던 그 온기가 지금 그의 품 안에 있었다. 이 따뜻하고 부드러운 아름다움이 그의 눈을 멀게 하고, 그의 자제심을 무너뜨렸다. 권후는 점점 몸이 달아올라 참기 힘들었지만, 겉으로는 여유를 가장한 채 하얀 이를 드러내며 웃었다.

"응. 그래서 내가 너 엄청 아프게 할 수도 있어."

그 말에 그녀는 얼굴이 창백하게 질렸다.

"어, 얼마나 아픈데요?"

이기적이지만 아무것도 모르는 그녀가 좋았다. 그와 그녀가 나눌 경험에 타인의 흔적은 전혀 없다는 것이 사무치게 만족스러웠다. 마치 그가 괴롭게 버틴 지난 시간을 보상받는 듯한 느낌이었다.

그녀에게 오기까지 그는 정말 많은 일을 겪어야만 했다. 무너졌던 적도 있었고, 좌절한 적도 있었고, 실망한 적도 있었지만 결국 이리 그녀의 손을 잡은 남자는 그가 되었다. 어떻게 이 손을 놓을 수 있다고 말을 했는지. 하룻밤이 지나기도 전에 그 말을 후회하게 되니, 그는 한 치 앞도 모르는 바보였나

보다.

"나도 모르겠으니 우선 해 보자."

그가 팔을 구부리며 다가오자 은서는 짧게 비명을 지르며 두 손으로 얼굴을 가렸다.

"꺅."

당장 벌어질 일에 긴장해서 꼼짝도 못 하고 있는데, 아무리 기다려도 아무 일도 벌어지지 않았다. 은서는 그제야 눈을 가리고 있던 손을 살짝 치웠다. 권후는 그녀의 옆에 쓰러져서 어깨를 들썩이며 웃고 있었다. 은서는 벌떡 몸을 일으키며 화를 냈다.

"어떻게 이런 걸로 장난을 쳐요! 나 갈 거예요!"

침대를 빠져나가려는 그녀의 팔을 그가 다시 붙잡고 끌어당겨서 은서는 또 침대 위에 누워야 했다. 이번엔 순순히 당하지 않고 그의 손에서 빠져나가려고 몸부림을 치는데, 그의 손힘에 간단히 제압당하고 말았다. 힘의 차이를 여실히 느낀 그녀가 그를 쏘아보자 권후는 웃음을 참으며 말했다.

"웃은 건 미안한데, 장난친 건 아냐. 내가 한 말 다 진지하게 한 거야."

"그럼 왜 웃어요!"

"내가 뭘 하지도 않았는데 네가 무섭다고 벌벌 떨잖아. 그럼 이 상황에서 내가 울까?"

은서는 그녀의 행동을 반성하게 되었다. 바닷가에서는 당당하게 사랑한다고 말했으면서 왜 침대 위에서는 당당하지 못

하나. 이런 순간을 위해 다이어트한 건 아니지만, 그래도 이젠 똥배도 없는데!

그녀는 더 이상 권후와 헤어지고 싶지 않았다. 국경이 두 사람을 갈라놓는 것도 싫었고, 가족이 두 사람을 갈라놓는 것도 싫었고, 어긋난 감정이 두 사람을 갈라놓는 것도 싫었다. 아주 큰 행복을 욕심내는 게 아니었다. 그저 헤어지지 않으면 됐다.

은서는 천천히 손을 뻗어 그의 얼굴로 다가갔다. 권후는 다가오는 그녀의 손을 바라보며 가만히 있었다. 그의 얼굴에 닿기 전에 그녀의 손이 잘게 떨렸다. 그래도 손을 뒤로 물리지 않았다. 헤어지지 않기 위해 용기가 필요하다면 이게 그녀가 내어야 할 용기였다. 그에게 다가갈 용기.

은서의 손이 권후의 뺨에 닿았다. 따뜻한 온기를 품은 매끈한 피부를 손등과 손가락으로 만지작거렸다. 그녀가 해낸 일보 전진에 만족하며 작게 미소를 짓자 권후는 그 손을 끌어다가 손등에 입을 맞추었다. 젖은 입술의 부드러운 감촉에 눈가가 잘게 떨려 왔다. 은서는 어찌할 바를 모를 눈으로 그를 쳐다보았다.

손등을 따라 내려간 그의 입술이 손가락 끝에 닿자 붉은 혀를 내밀어 손가락 한 마디를 입 안에 머금었다. 뜨겁고 습한 기운이 손에서부터 전해지자 온몸이 저릿저릿해졌다. 고작 손가락 한 마디에 그녀의 전신이 사로잡힌 듯이 꼼짝도 할 수 없었다.

권후가 내리깐 눈을 들어 그녀를 바라보자 몸속에 불길이 확 일어났다. 관능적인 시야 안에 갇혀 숨을 제대로 쉴 수가 없었다.

다가온 그가 턱을 들어 올리며 다시 그녀의 입술에 키스했다. 바닷가에서의 키스가 부서지는 파도 같았다면 지금의 키스는 부드러운 생크림 같았다. 짧은 시간에 경험하는 극과 극의 키스에 이성이 무너져 내렸다. 입술과 입술이 서로를 보듬으니 질척이는 소리가 퍼졌다.

어느새 그녀의 옷 안으로 들어온 커다란 남자의 손이 매끄러운 여인의 피부를 어루만지고 있었다. 그의 호흡이 조금씩 거칠어지는 게 느껴졌다.

은서는 눈을 감고 모든 걸 그에게 맡기기로 했다. 그러지 않으면 또 바보 같은 모습만 보일 것 같았으니까.

입술을 붙인 채 그가 속삭였다.

"사랑해, 은서야."

이 순간 그 말을 할 줄은 몰랐기에 은서는 놀라서 눈이 떠졌다. 바로 앞에서 마주한 반짝이는 눈동자가 그녀만을 가득 품고 있었다. 그라는 우주 안에서 그녀는 별이 된 것만 같은 기분이었다.

"알아요."

이번엔 사랑한다고 말하지 않는 그녀가 불만이라는 듯이 권후가 덥석 그녀의 입술을 베어 물었다. 거칠게 혀가 얽히고 옷을 벗기는 손이 급해졌다.

은서는 떨리는 마음을 주체할 수가 없어서 손으로 그의 팔을 꽉 붙잡았다. 마치 놀이공원에서 가장 무서운 놀이기구를 타기 직전의 기분이었다. 곧 수직으로 낙하할 것을 직감한 심장은 미친 듯이 팔딱대고 있었다.

뜨거운 입술의 감촉이 목덜미에서 느껴지다 어깨를 타고 흘렀다. 그가 지나간 흔적을 따라서 길이 생겨난 듯이 그곳만 뜨겁게 익어 갔다.

문득 그의 옷은 그녀가 벗겨 주어야 하는 거 아닌가란 생각이 들자 은서는 파들거리는 속눈썹을 위로 밀어 올려 반쯤 눈을 떴다. 그녀는 벌써 속옷만 남았는데, 그는 아직도 재킷까지 전부 입고 있었다. 그녀의 손이 올라와 그의 재킷을 벗기자 권후는 멈칫하며 고개를 들었다. 은서는 멈추지 않고 그의 옷을 하나씩 벗겨 내었다. 권후는 그런 그녀의 행동을 말리지 않았고, 재촉하지도 않았다.

툭툭, 단추를 하나씩 풀어낼 때마다 드러나는 탄탄한 몸은 예술가가 조각해 놓은 것만 같았다.

은서는 옷 안으로 손을 미끄러뜨려 그의 몸을 만져 보았다. 볼 때마다 궁금했었다. 도대체 이 몸을 만지면 어떤 느낌일지. 그녀의 손길에 그의 눈썹이 살짝 찌푸려졌다. 은서는 감탄하는 눈으로 그를 올려다보았다.

"몸에 근육밖에 없어요. 도대체 운동을 얼마나……."

은서는 더 말을 할 수가 없었다. 권후가 그녀의 브래지어를 밀어 올려 그대로 가슴을 뜨거운 입 안으로 삼켜 버렸기에. 은서는 아찔한 감각에 허리를 들썩이며 신음을 토해 냈다.

제주도 첫날밤

그의 손이 아래로 내려와 마지막 남은 팬티에 손가락을 걸었다. 몸에서 가장 내밀한 곳을 가리고 있던 속옷이 벗겨지자 은서는 온몸이 떨려 왔다. 옷을 다 벗긴 권후의 손은 거기서 멈추지 않고 허벅지를 붙잡아 닫힌 그녀의 다리를 벌렸다. 다리 안으로 파고드는 손길에 아득해졌다.

더 이상 멈출 수 없었다. 그들은 오늘 마지막 선을 넘고야 말 것이다. 그리고 서로의 처음으로 못 박히겠지.

어떻게 우리가 이 순간까지 오게 되었을까. 그와 만나고 헤어지고, 재회하고, 어긋나고, 결국 사랑하게 되고. 그 모든 것이 운명처럼 느껴졌다.

권후는 자기 옷도 빠르게 벗어 버렸다.

지익—.

콘돔의 비닐이 뜯겨 나가는 소리에 은서는 두 눈을 감았다. 이미 바다는 멀리 있는데도 또다시 파도가 밀려와 부서지는 소리가 들리는 것만 같았다.

"은서야."

그가 그녀를 부르자 은서는 대답하듯이 고개를 작게 끄덕였다. 그녀는 괜찮았다. 아니, 그녀도 그를 원했다. 그를 사랑하게 된 게 의지가 아니라 본능이었듯이, 지금도 본능적으로 그와 하나가 되길 갈망했다.

권후가 다가와 그녀와 몸을 겹쳤다.

파도 소리가 멀어지고 그의 들뜬 호흡 소리가 가까워졌다. 그리고 그가 그녀의 세상 안으로 밀려 들어왔다. 모든 걸 태워

버릴 것 같은 뜨거움과 모든 걸 끌어안아 줄 사랑을 품고.

아침에 눈을 뜬 순간, 은서는 또 망했다는 걸 깨달았다. 첫 비행기를 놓쳤다. 생각해 보니 알람을 맞추지 않았다. 새벽 비행기를 예약해 놓고 알람을 안 맞춘 건 그냥 놓치겠다는 소리나 마찬가지였다. 그런데 어쩔 수 없었다. 호텔 방에 들어오자마자 그와 침대로 직행했는데, 어떻게 알람을 맞출 여유가 있었겠나.

은서는 시간을 확인하기 위해서 몸을 움직이다가 평소와 다른 몸 상태를 느끼고 얼굴이 찌푸려졌다. 몸을 이 상태로 만든 최권후는 어디 있는 건가 싶어서 주위를 살피던 은서는 아직 그녀의 옆자리에서 자는 그를 발견하고 눈이 커졌다. 그가 수면제도 안 먹고 자고 있었다. 그것도 아주 편한 얼굴로.

은서는 그를 감히 깨우지 못하고 가만히 바라보았다. 그가 최근에 편하게 잠을 자지 못했다는 걸 알기에 깨울 수가 없었다. 세상 모르고 자는 그의 얼굴을 보는 일이 이렇게 행복한 일일 줄은 몰랐다.

창으로 비처럼 쏟아져 들어온 햇살이 잠든 그의 얼굴 위로 드리워졌다. 그를 에워싸고 있는 분위기에서 따뜻하고 성스러운 기운이 느껴져서 은서는 그의 얼굴에서 시선을 뗄 수가 없었다.

따뜻한 햇빛을 느낀 것인지, 그의 눈썹이 움찔거리다가 천천히 눈꺼풀이 위로 올라갔다. 아름다운 암갈색 눈동자가 막 알에서 깨어난 듯이 드러났다. 눈을 뜨자마자 그녀와 시선이 마주치자 그의 눈매가 찌푸려졌다.

"아파?"

그녀의 눈가에 물기가 맺힌 게 지난밤의 일 때문인 줄 알고 이제야 걱정해 준다. 그런 질문은 어제 했어야죠. 은서는 아니라고 고개를 저었다.

"우리 비행기 또 놓쳤어요."

그녀의 말에 권후는 허탈하게 웃었다.

"연속 두 번이나 놓친 건 처음이네."

그러나 그게 전혀 기분이 나쁘지 않다는 듯이 그는 나른하게 기지개를 켰다.

"일어나요. 공항 가서 대기하면 오전 비행기는 탈 수 있을 테니까."

그녀가 침대에서 일어나려고 하자 그의 팔이 뻗어 와서 그녀의 허리를 단숨에 휘감고 다시 침대 위로 끌어들였다. 풀썩, 침대에 다시 눕혀진 은서는 손으로 가슴을 가리며 그를 나무랐다.

"이럴 때가 아니라니까요."

그들은 원래 어제 서울에 돌아갔어야 했다. 그런데 오늘도 못 돌아가면 정말 큰일이었다.

"하루 정도 이 세상에서 증발한다고 큰일 안 일어나."

그가 그녀의 코에 자기 코를 비비며 바짝 다가왔다. 아침부터 단단해진 무언가가 그녀의 몸을 찌르자 은서는 기겁했다.

"설마…… 아니죠?"

불안하게 흔들리는 그녀의 눈빛을 보며 그는 짓궂게 미소 지었다.

"응. 네가 생각하는 그거 맞아."

말이 끝나자마자 그가 그녀의 목덜미를 덥석 물어서 은서는 짧게 비명을 질렀다.

"지금은 안 돼요! 공항 가야 한다고요!"

밀어내려는 그녀와 달라붙는 그의 실랑이가 침대 위에서 격렬하게 벌어졌다. 하지만 싸움은 거품처럼 오래가지 못했고, 곧 끈적한 호흡과 함께 찬란한 햇빛 아래에서 두 몸이 하나로 엉켰다.

결국 두 사람은 아슬아슬하게 공항에 도착해서 비행기에 올라탈 수 있었다.

은서는 비행기 좌석에 앉자마자 피곤을 이기지 못하고 축 늘어졌다. 여전히 체력이 넘치는 그는 그녀의 손을 붙잡고 만지작거리며 가만히 놔두지를 않았다. 비행기 안이 아니었다면 손으로 끝나지 않았을 게 분명했다. 은서는 더 말릴 힘도 없어서 그냥 그한테 손을 맡긴 채 눈을 감았다.

"방송국 몇 시에 끝나?"

"전 오늘 우리 집으로 갈 거예요."

계속 그의 집에서 지냈던 그녀가 집으로 돌아간다고 하자 권후는 서운한 표정을 지었다.

"자자마자 날 버린다고?"

은서는 누가 들을까 봐 화들짝 놀라서 손으로 그의 입을 틀어막았다. 혹시라도 누가 들었나 싶어서 빠르게 주위를 둘러본 뒤, 은서는 한숨을 내쉬며 설명했다.

"저는 선배랑 달라서 지금 몸이 굉장히 힘들다고요. 그러니까 제 몸이 괜찮아지면 그때 만나요."

아무리 생각해도 밤에 같이 있으면 이젠 얌전히 잠만 자게 될 것 같지 않았다. 서른이 넘어서야 동정에서 벗어난 이 남자의 눈에서 절제는 눈을 씻고 찾아보려야 찾아볼 수가 없었으니까. 그러니 그녀가 알아서 그와 잠시 거리를 둘 수밖에 없었다.

어젯밤처럼 계속 그러고 살면 곧 과로로 쓰러질 게 뻔했다. 일하다가 과로도 아니고, 밤일로 과로로 쓰러지면 창피해서 얼굴도 못 들고 살 것이다.

권후가 알았다고 고개를 끄덕이자 은서는 그제야 그의 입을 가리고 있던 손을 치웠다. 비행기에 탈 때만 해도 여행이라도 떠나는 사람처럼 굴던 그의 얼굴이 이젠 비를 흠뻑 맞은 것처럼 가라앉아 있었다.

그녀를 못 만나는 게 슬퍼서 그런다고 생각하니 표정이 절로 따스해졌다. 그녀는 그의 손등 위로 손을 포개며 말했다.

"전화는 언제든지 해요."

"전희는 언제든지 하라고?"

은서는 또 그의 입을 틀어막고 황급히 주위를 둘러보았다. 어쩐지 앞자리의 중년 남자가 일부러 이쪽을 안 보려고 노력하는 듯했다.

실수한 게 아니라 분명 그녀를 놀리는 거라 그를 노려보았더니 그의 눈이 반달로 접혔다. 웃으면 다인가. 하지만 그녀도 진심으로 화를 낼 수는 없었다.

"자기 전에 꼭 전화해요."

결국 그녀의 명령으로 마무리되었다.

비행기 안에서는 철없는 말로 은서의 심기를 건드렸지만, 당연히 그도 그녀의 몸이 걱정되었기에 회사에서 퇴근한 뒤에 그녀를 찾아가지 않고 대신 루카스로 향했다. 오늘은 간만에 혼자만의 밤이 될 것 같으니 외로움과 함께 술 한잔을 기울이는 것도 나쁘지 않을 것 같았다.

루카스에 도착해서 바로 가게 안으로 들어가지 않고 입구 앞에 선 권후는 물끄러미 간판에 적힌 'LUCAS'란 글자를 올려다보았다. 저 간판을 볼 때마다 마음 한쪽이 묵직해졌다.

다음에 은서와 함께 이곳에 오게 되면 그때 그녀한테도 알려 주어야겠다고 생각했다. 저게 그 아이의 이름이라고.

"권후 선배님."

여자 목소리가 그를 선배라고 부르자 권후는 순간 은서인 줄 알고 웃으며 고개를 돌렸다. 은서가 아니라 낯선 여자의 얼굴이 시야에 들어오자 그의 입매가 일자로 굳었다. 낯선 여자가 그를 보며 환하게 웃었다.

"저 중학교 후배 왕지현이에요. 기억하세요?"

중학교 후배 왕지현은 기억하지 못했다. 그러나 은서와 똑같은 넥타이를 산 왕지현은 기억했기에 그의 눈빛이 차갑게 가라앉았다.

그의 표정이 변해도 왕지현은 개의치 않고 반가워했다. 일부러 오은서의 이름으로 차승재한테 넥타이를 보낸 건 최권후 때문이었다. 차승재와 오은서를 엮어서 최권후한테서 떨어뜨려 놓으려고.

태강 그룹 둘째 아들 최권후가 한국에 돌아와서 루카스라는 술집을 오픈했다는 소식을 듣자마자 왕지현은 이곳을 찾아왔었다. 오로지 최권후와 우연을 가장해서 마주치기 위해서. 두 사람은 중학교 선후배라는 인연이 있으니 마주치기만 하면 인연을 엮는 건 쉬웠다. 그리고 오늘, 드디어 그동안의 노력을 보상받듯이 루카스에서 최권후와 마주쳤다.

어릴 때보다 더 멋있게 자란 모습을 보니 그녀는 중학교 시절의 풋사랑이 다시 살아나는 기분을 느꼈다. 날렵하게 각이 살아 있는 턱선만 보아도 심장이 뜨거워졌다.

그리고 그녀의 이름을 말했을 때 변하는 그의 표정을 보고 그녀를 기억하는 것이라고 확신했다. 어렵게 온 기회를 날릴 수는 없었다. 분명 다시 없을 타이밍이었으니까.

"은서랑 무슨 사이야?"

그런데 그의 입에서 반갑지 않은 이름이 나왔다. 왕지현의 눈썹이 미세하게 찌푸려졌다가 펴졌다. 두 집안이 이혼 때문에 사이가 나빠진 걸로 알고 있는데 친근하게 이름만 말하는 게 영 거슬렸다. 그래도 어설프게 티를 내지는 않았다.

"친구예요. 은서가 차승재 선수 좋아해서 제가 많이 도와줬었어요."

솔직하게 학폭 가해자라고 할 수는 없었다. 왕지현은 뻔뻔하게 거짓말하며 일부러 오은서와 차승재 사이에 무언가 있다는 것까지 어필했다.

그 말에 권후가 차갑게 웃었다. 왕지현이 산 넥타이는 차승재한테 갔다. 그러니 차승재한테 은서가 어느 집 딸인지 알려준 사람이 누구인지는 굳이 확인하지 않아도 뻔했다. 그리고 은서도 본인 입으로 말한 적이 있다. '학창 시절에 괴롭히는 사람이 있었다.'고. 그게 눈앞의 이 여자라는 걸 짐작할 수 있었다.

그가 아는 은서는 절대 남에게 먼저 해를 끼칠 사람이 아니었다. 너무 착해서 오히려 본인이 손해를 본다. 그런데 그런 사람을 괴롭히고 즐겼을 것이라고 생각하니 마음이 사나워졌다.

뚜벅—.

그가 왕지현에게 한 발짝 가까이 다가섰다.

"앞으로……."

왕지현은 남자의 목소리가 지독히도 낮게 흘러나와 소름이 돋았다. 섹시해서. 왕지현은 분위기 파악을 못 하고 홀린 듯 최권후의 잘난 얼굴을 응시하였다.

"은서와 또 친구인 척하면 내가 너 작살내 버릴 거야."

생각도 못 한 겁박에 왕지현의 얼굴이 딱딱하게 굳었다.

권후는 더 이상 상대하기도 싫다는 듯이 왕지현을 지나쳐 걸어갔다.

걸음걸음 속이 아렸다. 되돌릴 수 없는 시간이 너무 아팠다.

은서가 집에 돌아가겠다고 한 건 권후가 제주도에서 약을 안 먹고도 잘 자는 모습을 보았기 때문이다. 그런데 하룻밤 잘 잔 걸로 불면증이 완쾌되었다고 볼 수는 없을 것 같아서 밤이 되니까 그가 걱정되었다. 그리고 먼저 전화가 올 줄 알았던 권후가 여전히 감감무소식인 것도 좀 서운해졌다.

"뭐야? 혼자서도 재미있게 지내나 보네."

은서는 울리지 않는 핸드폰을 만지작거리다가 할 수 없이 먼저 권후에게 전화를 걸었다. 몇 번의 신호음이 가고 권후가 전화를 받았다.

[여보세요.]

덤덤한 목소리가 전혀 안 반가워하는 것 같아서 은서는 의기소침해진 목소리로 물었다.

"바빠요?"

[아냐, 집이야.]

집에 있으면서도 그녀한테 전화를 안 했다는 것이라 은서는 눈매가 찌푸려졌다.

"근데 왜 전화 안 했어요?"

[명상 중이었어.]

"네?"

은서는 기가 찬 표정을 지었다. 세상에서 가장 안 어울리는 조합이 있다면 그건 명상과 최권후였다.

[명상이 불면증에 좋대.]

그런데 그리 이야기하니 은서는 안 어울린다고 핀잔을 줄 수가 없어졌다.

"걱정 말고 자요. 어제도 약 안 먹고 잘 잤잖아요."

[그건 네가 옆에 있었으니까.]

그 말은 듣기 좋았지만, 그녀가 옆에 없다고 못 자는 건 곤란한 일이었다. 은서는 그가 빨리 건강해지길 바랐으니까.

"오늘은 선배 잠들 때까지 전화로 이야기해 줄게요."

[그럼 밤새 해야 할 텐데.]

"자꾸 그렇게 부정적으로 이야기하지 말라니까요."

[한 번 했어.]

"지금 제 말에 토 달아요?"

제주도 첫날밤

근엄해진 그녀의 목소리에 권후는 바로 꼬리를 내렸다.

[아냐. 네 말이 다 맞아. 내가 나빴네.]

은서는 혼자 '쿡쿡' 웃었다. 앞에 있으면 자꾸 짓궂은 행동을 하는 최권후가 전화에서는 매우 착한 것 같았다.

"우선 침대에 누워요."

[옷 입은 채로?]

그의 말에 갑자기 그의 벗은 몸이 떠올라서 은서는 손으로 뜨거워진 뺨을 꾹 눌렀다.

"혼자 있으니까 입든 벗든 마음대로 해요."

[그럼 네가 벗어.]

이게 무슨 논리인가.

"쓸데없는 소리 그만하고 침대에 누워요."

그녀가 단호하게 나오자 핸드폰 안에서 작은 한숨 소리가 들리며 그가 침대에 눕는 듯한 소리가 들려왔다.

[누웠어.]

그녀는 근처에 있는 소파 위에 다리를 길게 뻗고 누웠다.

"그럼 이제 눈을 감고 좋은 생각만 해요."

[음, 했어.]

무슨 생각을 하는지 궁금했지만, 일부러 묻지 않았다. 잠에 들려는데 대화가 많은 게 좋은 건 아니었으니까.

"기분이 좋아졌으면 생각을 멈추고 머리를 비워요."

[생각을 멈출 수가 없는데.]

"멈추라니까요."

[안 돼. 무리야.]

결국 그녀가 못 참고 물었다.

"도대체 무슨 생각하는 중인데요?"

[어젯밤.]

두 사람의 첫날밤을 떠올린다는 그의 말에 은서는 오던 잠도 싹 달아났다. 은서는 벌떡 일어나 앉으며 그를 나무랐다.

"좋은 생각 하랬지, 누가 야한 생각 하랬어요?"

[난 네가 하라는 대로 했을 뿐이야. 책임져.]

그 뒤로 1시간이나 더 전화 통화를 했는데 정작 졸린 건 그녀였다. 눈이 자꾸 감기려고 하였다.

"아직도 안 졸려요?"

[응. 말똥말똥한데.]

"그럼 수면제 먹어요."

불면증이라는 건 바로 나을 수 있는 게 아닌가 보다. 하긴, 그러니까 세상에 불면증 환자가 그리 많은 거겠지.

[이렇게 빨리 날 포기한다고?]

"포기하는 게 아니라 잠을 자라고요."

결국 권후가 또 수면제를 먹고 잠을 자게 되자, 은서는 다시 권후의 집으로 찾아갔다. 처음 그의 집에 캐리어를 끌고 들어갈 때는 거침이 없었는데 이번에는 현관 앞에서 잠시 머뭇거리게 되었다. 두 사람은 이제 함께 밤을 보낸 사이가 되었다. 지나치게 가깝고도 내밀했던 그날 밤의 기억은 떠올리는 것만으로도 몸 안의 피가 활활 달아올랐다.

그날은 처음이라 겁도 없이 그에게 안겼던 것 같다. 이젠 어떤 느낌인지 알기 때문인지 더 긴장이 되었다. 아직도 몸에 그날 밤의 여운이 남아 있었다.

오늘은 권후의 불면증 때문에 집까지 찾아온 것인데, 이런 걸 걱정하고 있는 그녀가 참 바보처럼 느껴져서 은서는 손톱을 깨물었다.

달칵―.

그때 초인종을 누르지도 않았는데 현관문이 열리자 은서는 비명을 지르며 뒤로 물러났다.

"꺄악!"

문을 연 권후는 어이없다는 눈으로 그녀를 쳐다보았다.

"누가 보면 내가 집주인 아니라 도둑인 줄 알겠다."

은서는 빨개진 얼굴로 그녀의 잘못이 아니라고 변명했다.

"그, 그러니까 왜, 왜 갑자기 문을 열어요. 놀랐잖아요."

"아무리 기다려도 문을 안 열기에 기다리다 지쳐서 연 거야."

그의 말에 은서는 당황한 듯 눈을 크게 떴다.

"언제부터 봤어요?"

"엘리베이터 소리 들렸을 때부터."

결국 처음부터 다 봤다는 소리라서 은서는 창피해졌다. 마치 그녀가 무슨 생각을 했는지 그한테 다 들킨 것만 같은 기분이었다.

"들어와."

그가 한바탕 그녀를 놀릴 줄 알았는데, 권후는 옆으로 비켜서서 그녀가 들어갈 길을 만들어 주며 담백하게 말했다. 모른 척해 주는 건가 싶어서 은서는 한 번 그의 얼굴을 힐끔거리고는 집 안으로 들어섰다.

그녀가 없던 짧은 시간 동안 집이 많이 바뀌어 있어서 은서는 눈이 커졌다. 전에는 블랙 앤 그레이 톤으로 집이 꾸며져 있었는데, 지금은 밝은 베이지 톤이었다. 그래서 전에는 싱글 남자가 사는 집 같았다면 지금은 가족이 함께 사는 집처럼 느껴졌다.

"갑자기 인테리어를 왜 바꿨어요?"

"넌 이걸 더 좋아할 것 같아서."

꼭 그녀보고 이 집에서 계속 살라는 말처럼 들려서 은서는 눈만 깜빡거렸다. 그녀는 권후의 불면증이 걱정되어서 밤에 와 보는 것이었다. 그는 나아지는 중이었으니 그녀가 이 집에 오는 일도 점점 줄어들 것이다.

"안 좋아?"

"……좋아요."

그런데 기쁜 것도 사실이었다. 두 사람이 그만큼 더 가까워진 것 같아서. 그녀는 그와의 결혼은 생각조차 못 했었다. 그런 생각을 하는 것만으로도 큰 잘못을 하는 것 같았으니까. 그런데 이 순간은 그 불가능한 현실에 가까이 다가서 있는 것만 같아서 꿈을 꾸는 것 같은 기분이었다.

그녀가 고개를 들어 올려다보자 권후의 얼굴이 자연스럽게

제주도 첫날밤

내려왔다. 이대로 이 꿈에서 깨고 싶지 않은 마음 반, 당장 현실의 문제를 해결하는 게 더 중요하다는 마음 반. 그 짧은 시간 동안에도 그녀의 마음속이 어지러웠다.

입술이 닿기 전에 그녀는 미꾸라지처럼 그한테서 벗어났다.

"오늘은 잠자는 것에만 집중해요. 딴짓하지 말고."

권후는 멀리 도망치는 그녀를 보며 헛웃음을 지었다. 이대로 끝내는 건 그가 매우 아쉬웠지만, 그녀가 아직 몸이 완벽하게 회복되지 않았을 수도 있었기에 더 강요하지 않기로 했다.

권후가 수면제 없이 잤던 날과 비슷한 환경을 만드는 게 좋을 것 같아서 은서는 침대에 그와 함께 누웠다.

"그날 저한테 팔베개도 해 줬죠?"

은서는 그의 팔을 끌어다가 베개 대신 썼다. 권후는 순순히 자기 팔을 내주었다. 한동안은 정신이 말똥말똥했다. 잠에 들 기미가 쉽게 오지 않자 권후는 먼저 입을 열었다.

"그런데 말이야."

은서는 눈동자를 움직여 그의 날렵한 콧날을 올려다보았다. 어쩐지 저 다음 나올 말이 좀 불안했다.

"만약 그날 우리가 자서 내가 잘 잔 거라면 어떻게 할 거야?"

은서는 눈을 크게 뜨며 그를 쳐다볼 뿐, 말이 쉽게 나오지 않았다. 그녀가 대답을 못 하자 권후가 고개를 돌려 그녀를 쳐다보았다.

"그것 때문에 나랑 자 주기는 싫어?"

"그게 아니라!"

잠은 매일 자야 하는 건데, 그걸 어떻게 매일······.

그녀의 표정이 다채롭게 변하는 걸 보며 권후는 웃음을 터트렸다. 그는 몸을 돌려 그녀의 몸을 꽉 끌어안으며 다정하게 말했다.

"네가 이렇게 내 옆에 있기만 하면 돼. 그럼 내가 다시 나빠질 일은 절대 없을 거야. 약속할게."

은서는 눈동자가 일렁였다. 그의 마음이 맞닿은 심장을 통해 고스란히 그녀의 몸 안으로 흘러들어오는 것만 같았다. 그래서 용기가 생겼다. 그녀는 받은 만큼 돌려줄 줄 아는 사람이었다.

은서는 그의 손을 끌고 와서 그녀의 잠옷 위에 올려놓았다.

"저도 선배면 언제든 괜찮아요."

떨리는 숨결을 겨우 숨기고 있는 그녀의 얼굴을 바라보는 권후의 눈매가 부드럽게 접혔다. 그와 자고 싶어서가 아니라 그가 잘 자라고 이러는 게 너무 느껴져서, 애쓰는 그녀의 마음이 사랑스러웠다.

권후는 그녀의 입술에 다가가 꽃잎처럼 부드럽게 입을 맞추었다. 첫키스를 할 때도 이처럼 부드럽지 않았기에 그녀는 심장이 간지러워졌다.

제주도 첫날밤

달콤한 감촉만 남기고 입술을 떼며 그가 낮게 속삭였다.

"오늘은 이걸로 충분해."

그날 밤 그는 절제를 모르는 모습을 보여 주었기에, 오늘도 스킨십이 시작되면 그가 절대 멈추지 않을 것이라고 생각했던 은서는 놀란 눈으로 그를 쳐다보았다.

"왜요?"

권후는 눈을 내리깔며 다 알고 있다는 듯이 말했다.

"너 아직 몸이 힘들잖아."

그녀의 눈썹이 잘게 흔들렸다. 정말 그렇기도 했지만, 그녀가 말하기 전에 그가 먼저 신경을 써 주었다는 게 너무 감동이었다.

은서는 두 팔을 뻗어서 권후의 넓은 등을 꽉 끌어안았다. 참는다고 하니 더 가까이 다가오는 그녀의 행동에 권후는 한숨이 섞인 웃음을 터트렸다.

지금 잠을 자라는 건가요, 자지 말라는 건가요.

한동안은 꿈틀대는 욕망을 잠재우려고 꽤 애써야 했지만, 그러다 그녀의 향에 취해 까무룩 잠이 들었다. 그날은 악몽이 아니라 야한 꿈을 꾸었다.

라온에서 가장 최단 시간에 야구 게임이 제작되었다. 라온 피닉스 첫 방송은 라온 본사에서 진행하기로 했다. 결국 제주도에서 이창범 감독도 올라와 방송에 참여했다. 권후가 책임지고 차승재의 오버 트레이닝을 멈추게 하면 이창범 감독이 방송에 출연하는 게 조건이었으니까. 이창범 감독이 좋아서 자기 의지로 출연하는 게 아니라도 어떠한가. 모두 라온 피닉스를 위한 일인데. 성인은 자기 좋은 일만 하고 살 수 없는 노릇이었다.

"안녕하십니까. 자타공인 라온 피닉스 팬 대표 오창민입니다."

야구팬들을 위한 방송이었기에 현재 유튜버로 활발하게 활동하고 있는 라온 피닉스의 팬에게 도움도 받았다. 많은 사람이 모여 만들어진 채널이 드디어 첫 라이브 방송을 시작했다.

"라온 피닉스가 프로 야구 순위는 꼴찌지만, 구단주님 외모 순위는 지구상 1위 아니겠습니까? 오늘은 야구를 너무 좋아해서 구단을 산 구단주님과 프로 야구 우승 경험이 무려 6회나 있는 이창범 감독님을 모시고, 과연 누가 더 야구를 잘하나 증명하는 시간을 가지겠습니다. 여러분은 누가 이길 것 같습니까? 지금부터 댓글 창에 선택한 분의 이름을 남겨 주세요. 방송이 끝날 때 추첨을 통해 푸짐한 상품도 드립니다."

그냥 야구 게임을 하는 건데 설명은 엄청 거창했다. 역시 전문 유튜버다운 매끄러운 진행이었다.

권후는 마이크를 손으로 가리고 이창범 감독에게만 들리게 말했다.

"제가 져 드릴까요? 이겨 드릴까요?"

이창범 감독이 그를 노려보며 짧고 굵게 말했다.

"정정당당."

몸으로 직접 뛰는 거면 당연히 상대가 안 되겠지만, 이건 키보드를 두드려 하는 게임이었다. 이창범 감독은 전혀 질 생각이 없는 듯 보였다.

권후는 짧게 웃으며 고개를 끄덕였다.

"좋죠. 정정당당."

진행자가 경쾌한 목소리로 게임의 시작을 알렸다.

"그럼 지금부터 라온 피닉스 두 거장의 게임을 시작하겠습니다. 저는 둘 다 응원할 테니까, 그냥 아무나 이기세요!"

게임이 시작되자 두 사람 다 눈빛이 변했다. 둘 다 굴곡 많은 야구 인생을 살았지만, 한순간도 야구에 진심이 아닌 적이 없었으니까. 그라운드 위든, 모니터 안이든 야구는 이기는 맛에 하는 것이었다.

은서는 방송국에서 핸드폰으로 라이브 방송을 시청했다. 게임이 진행될수록 댓글 창도 뜨거워졌다. 그녀의 예상대로 '구단주'와 '이창범 감독'이라는 궁금한 조합 덕분에 라온 피닉스 팬이 아닌 사람도 많이 들어와 있었다. 휴먼 인사이드 인터뷰를 언급하는 사람도 꽤 눈에 띄었다.

이 정도면 첫 방송으로 성공적인 편 같았다. 굳이 누가 이기든 상관없는 상황이었지만, 이왕이면 권후가 이기길 응원했다.

그의 얼굴이 간만에 생기를 띠고 있었다. 방송이 아니라 진심으로 이창범 감독과의 승부에 몰두하고 있었다. 그녀와 게임을 할 때와는 전혀 다른 태도에 살짝 서운해지기도 했지만, 어쩌겠나. 이창범 감독과 비교하면 그녀는 야구계에서 명함도 못 내미는데.

은서는 권후의 얼굴이 나오는 핸드폰 화면을 손으로 어루만지며 중얼거렸다.

"앞으로 좋은 일만 있을 거예요."

라온 피닉스가 잘되면 그도 더 많이 행복해질 것이라고 생각하니 자연스럽게 라온 피닉스를 응원하게 되었다. 어릴 때 그들이 이야기를 나누었던 삶과는 정말 많이 달라져 있었지만, 지금도 괜찮았다.

포기하지 않고 끝까지 나아간다는 것만으로도 대단하다고 생각했다.

오늘은 피닉스 라이브 방송 시작을 축하하는 의미로 그녀가 직접 저녁을 만들어서 권후와 함께 먹기로 했다. 그래서 방송국에서 퇴근하고 그녀는 바로 마트로 향했다. 요리를 잘하는 편은 아니라서 만들 수 있는 요리가 한정되어 있었다. 권후는 한식을 제일 잘 먹으니 메뉴는 한식으로 정해졌다.

"음, 잡채를 할까, 떡갈비를 할까."

잡채에 채소가 많이 들어가니 영양적으로는 잡채가 나을 것 같은데, 맛으로 따지면 떡갈비가 더 맛있었다. 메뉴 선택은 인류 역사상 가장 빈번하게 나오는 인간의 고민이었다.

"그냥 둘 다 해."

갑자기 들린 권후의 목소리에 은서는 놀라서 고개를 들었다. 집에서 만나기로 한 권후가 그녀의 앞에서 웃고 있는 걸 보고 은서는 놀라서 물었다.

"어떻게 여기 있어요?"

"우리 집 근처 마트 중 여기가 제일 크잖아."

"그게 아니라……."

2시간 넘게 라이브 방송해서 피곤할 텐데 왜 굳이 마트까지 왔냐는 거다. 빨리 왔으면 집에서 쉬지.

권후가 다가와서 그녀가 끌고 있던 카트 손잡이를 대신 잡았다.

"같이 장 보니까 신혼부부 같지 않아?"

그런 말에는 아직 면역력이 없어서 은서는 그의 시선을 똑바로 보지 못하고 마트 식품 코너만 쭉 둘러보았다.

"아냐? 넌 그렇게 생각 안 해?"

그가 그녀의 시선을 집요하게 좇아오며 대답을 강요하니 정말 민망했다. 하여튼 이런 점은 죽어도 안 변했다. 아무래도 그녀의 반응을 보려고 일부러 더 이러는 것 같아서 얄미웠다. 은서는 달라붙는 그의 어깨를 밀며 짜증을 냈다.

"지금 장 보는 중이잖아요. 방해하지 말아요."

"이야, 선 긋는 거 봐. 너 벌써 사랑이 식었구나."

이럴 때 진지하게 상대하는 것보다 피하는 게 상책이라서 그녀가 속도를 높여 앞서가자 권후가 카트를 밀며 그녀의 뒤를 쫓아왔다. 우뚝, 그가 멈춰 서는 걸 느낀 은서는 고개를 돌려 뒤를 보았다. 권후는 다른 방향을 뚫어져라 보고 있었다.

"왜 그래요?"

방금과는 완전히 다른 그의 심각한 분위기에 은서는 의아해서 물었다.

"누가 우릴 찍은 것 같아서."

"네?"

사진이 찍혔다는 말에 은서는 깜짝 놀랐다. 오늘 그가 라이브 방송을 했으니, 그걸 본 누군가가 그를 알아보고 찍은 것일 수도 있었다.

"선배가 나온 방송을 본 사람이겠죠."

은서는 별일 아니라는 듯이 웃으며 가볍게 말했다. 권후가 그녀의 얼굴을 잠시 쳐다보다가 카트를 잡고 있던 손을 놓으며 말했다.

"잠깐만 여기서 기다려."

그리고 그가 쏜살같이 뛰어가 버리자 은서는 당황해서 그를 불렀다.

"선배."

하지만 그는 순식간에 그녀의 시야에서 사라져 버렸다.

권후는 지하 주차장을 향해 전속력으로 뛰었다. 분명 사진을 찍던 핸드폰을 급하게 내리는 시커먼 옷을 입은 남자를 보았다. 그의 직감이 말하고 있었다. 그놈을 잡아야 한다고.

끼이이이익.

그가 차가 나오는 입구 앞으로 뛰어들자 막 출구로 나오던 차가 급정거를 했다. 차는 그를 치기 직전에 아슬아슬하게 멈추었다. 정작 차 운전자는 차에서 내려서 갑자기 차가 다니는 길에 뛰어든 그한테 화를 내지 않았다. 권후는 차 보닛을 손으로 툭툭 두드리며 차 안의 운전자에게 말했다.

"내려요. 다 봤으니까."

몇 초간 기다려도 반응이 없자 권후는 핸드폰을 꺼내 들어 경고했다.

"지금 안 내리면 경찰 부릅니다."

그가 진짜 핸드폰으로 '112'를 누르자 그제야 운전석 문이 열리며 아까 마트에서 보았던 시커먼 옷차림의 남자가 내렸다.

"뭡니까?"

인제 와서 모르는 척하는 건 너무 늦었다. 그러려면 그가 차 앞을 막아섰을 때 바로 나왔어야 했다. 권후는 운전석 쪽으로 걸어가 남자를 밀치고 차 안을 보았다. 파파라치들이 쓰는 카메라 장비가 있었다. 인제 보니 마트에서 핸드폰으로 찍은 건 대포 카메라가 너무 눈에 띄어서였나 보다. 어디로 보나

의도적인 도촬이었다.

권후는 남자가 도망가지 못하게 어깨를 손으로 꽉 움켜잡으며 물었다.

"누가 시킨 겁니까?"

그의 가족이 벌인 짓이라면 권후는 당장 달려가서 집안을 다 뒤집을 정도로 화가 날 것이다.

"무슨 소리 하는지 정말 모…… 아악!"

권후가 손에 힘을 주자 모른 척하던 남자는 고통스러워하며 주저앉았다.

"지금 이름 말하면 그냥 보내 주고, 아니면 네가 시킨 사람 대신 내 손에 죽는 거야."

살벌한 권후의 태도에 남자는 얼굴을 일그러뜨리며 자백했다.

"어떤 젊은 여자가 시킨 거예요. 두 사람 함께 있는 사진 찍어 오라고."

젊은 여자라는 말에 권후는 손에 힘이 빠졌다. 그럼 그의 가족은 아니라는 소리였다. 은서의 언니 수정일 리도 절대 없다. 수정은 이런 비겁한 수단을 쓸 사람이 결코 아니었으니까. 지금 권후가 짐작할 수 있는 인물은 딱 한 명뿐이었다.

디저트로 먹을 과일을 고르고 있던 은서는 걸어오는 권후를 발견하고 한 소리 했다.

"어디서 농땡이 피운 거예요? 나 혼자 장 다 봤잖아요."

카트는 그녀가 골라 넣은 식재료로 이미 가득 차 있었다.

권후는 물끄러미 그것들을 바라보다가 은서의 얼굴로 시선을 돌리며 무겁게 말했다.

"왕지현이 너랑 내가 함께 있는 사진 갖고 있어."

툭, 은서는 손에 들고 있던 사과를 그대로 떨어뜨렸다. 권후는 빠르게 손을 뻗어 그녀가 놓친 사과를 붙잡았다.

"이거 살 거야?"

그의 질문이 제대로 귀에 들어오지 않았다. '왕지현'과 '사진'이란 말만 그녀의 귀에 웅웅 울렸다.

"왕지현이 어떻게 우리 사이를 알고?"

반쯤 넋이 나간 그녀를 보고 권후의 미간에 실금이 깊게 그어졌다.

"내 실수야. 루카스 앞에서 마주쳤는데, 널 친구라고 하는 말을 듣고 좀 심하게 말했어. 그걸로 앙심을 품었나 봐."

다시 왕지현과 얽히는 일은 이젠 없을 줄 알았다. 그런데 권후도 왕지현의 이름을 알고 있고, 왕지현은 두 사람의 사진까지 가지고 있다.

그녀한테 차승재가 미운 상대라면 왕지현은 싫어하는 사람이었다. 그녀는 아무 잘못도 하지 않았는데 중학교에서 처음 만난 날부터 그녀를 괴롭혔다. 오로지 그녀가 남들보다 통통하다는 이유 하나로. 그녀를 향한 악의가 왕지현에게는 그저 유희거리일 뿐이라는 게 가장 혐오스러웠다.

"당장 왕지현한테 가서 사진 찾아올 거예요."

은서가 장을 보던 것도 내팽개치고 왕지현한테 가겠다고 하자 권후는 서둘러 그녀의 팔을 붙잡고 막았다.

"네가 달라고 해도 순순히 줄 리 없어."

"그럼 때려서라도 빼앗을 거예요!"

처음으로 격분하는 그녀의 모습을 보게 된 권후는 은서가 왜 차승재를 쉽게 용서할 수 없는지 깨달았다. 그건 왕지현이 연관되어 있기 때문이다. 은서가 정말로 싫어하는 사람은 차승재가 아니라 왕지현이었다.

"어차피 가족들한테 우리 사이 평생 비밀로 할 수는 없어. 안 그래?"

그의 말 한마디에 마트 천장을 뚫을 것처럼 타오르던 마음속 불꽃이 빠르게 꺼져 갔다. 은서는 거의 울 것 같은 얼굴로 그를 쳐다보았다.

"하지만 언니 이혼이 다 끝날 때까지는 안 돼요. 우리 때문에 언니랑 형부까지 사람들 입방아에 오르내릴 거라고요."

수십 명의 변호사를 동원해서 찾아도 서로의 결점을 찾을 수 없는 이혼이었기에 결국 합의 이혼 쪽으로 마무리되어 가고 있었다. 재산 분배에서 합의를 보느라 시간이 걸릴 뿐, 이 이혼으로 크게 명예를 잃은 쪽은 두 집안 중 어디도 없었다.

그런데 이 일이 언론을 타게 되면 이혼은 새로운 국면을 맞이하게 될 게 뻔했다. 사람들은 태강과 해신이 콩가루 집안이

제주도 첫날밤

라고 씹어 댈 테고, 그들 때문에 수정과 태강의 후계자 강후는 인신공격을 당하게 될 것이다. 그러니 이혼이 깨끗하게 마무리되고 사람들한테 잊힐 때까지 두 사람의 관계는 세상에 알려지면 안 되었다.

"왕지현은 그 사진 언론사에 제보 못 해. 그럼 태강과 해신을 동시에 적으로 돌리는 건데, 그걸 감당할 수 있을 리가 없어. 고작 해 봐야 양쪽 집에 보내는 정도겠지. 우리 둘 헤어지게 만들려고."

냉정하게 상황을 판단하는 권후의 말을 듣는 동안 은서는 차츰 마음이 정리되었다. 흥분만 하고 있을 때가 아니었다. 그건 이 상황에 전혀 도움이 되지 않았다.

"내가 집에 가서 확인해 볼게. 우리 집에 없으면 아직 사진은 왕지현 손에 있는 거야. 그때 찾아가도 안 늦어."

은서는 알겠다고 고개를 끄덕였다. 그녀의 눈빛이 달라졌다. 또 과거처럼 똑같이 당하고만 있을 수는 없었다. 이번엔 왕지현이 그녀만 건든 게 아니라 그녀가 사랑하는 사람과 그녀의 가족까지 건들려고 하고 있었다.

은서는 주먹을 꽉 움켜쥐며 어금니를 물었다. 그게 얼마나 큰 잘못인지 왕지현이 제대로 깨닫게 해 주어야 했다. 그렇지 않으면 이 악연의 꼬리는 절대 끊어지지 않을 테니까. 왕지현이 두 번 다시 그녀를 쉽게 보지 못하게 만들어 주어야 했다.

고등학교 때 왕지현의 괴롭힘이 1년 정도 멈춘 적이 있었다. 바로 언니 수정이 그녀의 학교까지 찾아왔을 때였다. 그때 수정이 왕지현에게 어찌했는지를 떠올리며 은서는 마음을 굳게 먹었다. 수정이 할 수 있으면 그녀도 할 수 있었다.

○

권후는 그의 집에 가기 전에 수정한테 먼저 전화를 걸었다. 왕지현이 사진을 이미 보냈다면 두 집안 모두에 보냈을 테니까 그쪽 집도 대비가 필요했다.

"그 집에 익명으로 우편물이 도착할 수 있습니다. 혹시 챙겨 주실 수 있나요?"

[은서랑 상관있는 거예요?]

"네. 사진입니다."

[알았어요. 내가 챙길게요.]

"무슨 사진인지 안 물어보세요?"

[별로 알고 싶지 않아요. 안 열어 볼 거예요.]

수정은 은서와 자매라는 게 신기할 정도로 둘이 참 달랐다. 아마도 그녀가 장녀라서 그런가 보다. 사진에 대한 호기심보다는 동생을 지키려고 하는 보호 본능이 더 강했다.

"고맙습니다, 형수님."

[이제 나 형수님이라고 부르면 안 되는 거 아닌가요?]

"아!"

5년 동안 입에 익은 호칭이라서 의식하지 못했다. 그럼 그녀를 무어라고 불러야 하는 건지 권후는 잠시 난감했다. 수정이

제주도 첫날밤

나서서 그의 난처함을 해결해 주었다.

[호칭은 차차 정리하고, 그쪽도 잘 정리해요.]

이쪽은 정리가 쉽지 않을 것이라서 그는 태강 오너가가 살고 있는 거대한 저택을 올려다보며 미간을 찌푸렸다.

식사 자리에 나타난 그를 보고 식탁에 모여 있던 가족들은 모두 놀란 표정을 지었다.

"당신이 불렀어?"

최 회장은 둘째 아들이 부르지도 않았는데 집에 왔을 리가 없다고 믿고 이란주 대표에게 물었다. 그녀는 고개를 저었다.

권후는 시후의 옆자리에 앉으며 자연스럽게 말했다.

"저도 이 집 식구인데 밥 먹으러 오지도 못 하나요?"

시후가 그쪽으로 고개를 빼며 고개를 저었다.

"형은 단 한 번도 그런 적이 없어."

권후는 '피식' 웃으며 시후의 머리를 손으로 문질렀다. 깔끔한 시후는 질색하며 뒤로 몸을 뺐다.

강후는 우아한 자세로 젓가락질하며 시니컬하게 말했다.

"야구단 때문에 돈 필요해졌나 보네."

그의 말은 안 듣고 강후의 말만 믿고 최 회장은 바로 그에게 역정을 냈다.

"넌 도대체 그 공놀이 언제까지 할 거야! 나이를 어디로 먹는 건지! 계속 그렇게 살 거면 당장 결혼이나 해."

집에 오면 일상적으로 듣게 되는 말이니, 이젠 저런 말에 그는 일일이 상처 받지도 않았다. 그냥 집에 자주 안 오게 될 뿐

258

이지. 하지만 오늘은 명백한 방문 목적이 있었기에 저런 말이 듣기 싫다고 그냥 돌아갈 수는 없었다.

"그렇게 혼내기만 하니까 권후가 집에 안 오게 되는 거잖아요. 아들 하나 없는 셈 치고 살 거 아니면 제발 자중 좀 해요."

어머니 이란주가 갑자기 그의 편을 들며 최태식 회장을 나무라자 세 아들은 똑같이 놀랐다. 한 번도 없던 일이었기에. 불시에 공격당한 최태식 회장은 수저를 든 채 그대로 굳어 버렸고, 강후는 어머니를 쳐다보았고, 시후는 그를 쳐다보았다. 이란주는 아직 한 술도 뜨지 못한 그의 앞으로 그가 좋아하는 고기반찬 그릇을 밀어 주었다.

"식기 전에 먹으렴."

권후는 젓가락을 집어 들었다. 묵묵히 식사하기 시작했는데, 어머니가 먼저 그에게 말했다.

"오늘 바쁘니? 안 바쁘면 나랑 차 한잔하고 가면 좋겠는데."

차를 마시자는 말에 권후는 형식적으로 웃었다. 그게 무슨 뜻인지 그는 잘 알았다. 어릴 적 때리면서 그를 바꾸려고 한 아버지와 반대로 어머니는 주로 차를 마시자고 했었다. 그래서 그 말을 듣고 확신하게 되었다. 사진이 어머니한테 있군.

그 사진을 보고도 저리 평온한 태도라니. 역시 보통 어머니가 아니었다.

제주도 첫날밤

Chapter 19
숨바꼭질

은서는 왕지현이 이사로 재직하고 있는 문화 재단 건물 앞에서 멈추어 섰다.

학폭 가해자가 학생들을 가르치는 책임을 맡고 있는 교육 재단 이사라는 게 블랙 코미디가 따로 없었다. 은서가 이곳에 와 본 적이 없던 건 왕지현을 피하기 급급했기 때문이다.

그런데 그러지 말았어야 했다는 생각이 이제야 들었다. 그녀가 피하기만 하고 반격을 안 하니까 왕지현이 끝을 모르고 계속 똑같은 짓을 반복하게 된 것이다. 오늘 확실히 이 악연의 고리를 끊어 내 버릴 작정이었다.

은서는 안내 데스크로 가서 왕지현 이사를 만나러 왔다고 전했다.

"약속하셨습니까?"

"오은서가 만나러 왔다고 전해 주세요."

직원은 찜찜한 눈으로 그녀를 쳐다보다가 전화 통화 후 바로 공손한 태도로 바뀌었다.

"이사님이 기다리고 계시니, 바로 올라가시면 됩니다."

마치 그녀가 오길 기다린 듯한 왕지현의 태도에 은서는 싸늘한 미소를 지었다. 이곳은 왕지현의 홈그라운드였고, 그녀는 매번 왕지현에게 당하기만 하던 약자였다. 그러니 왕지현이 그녀를 무시하는 것도 어찌 보면 당연했다.

은서는 이사실로 올라가면서 권후에게 문자를 하나 보냈다.

> 집에 사진 없어요?

그의 답변을 듣기 전에 이사실 앞에 도착했지만, 은서는 개의치 않고 문을 열고 들어갔다. 비서의 안내를 받고 집무실로 들어온 그녀를 보고 왕지현은 과장된 포즈를 취하며 반겼다.

"어머! 은서야, 어서 와. 네가 여기까지 날 만나러 와 주다니, 너무 감격이다."

비서는 왕지현 이사가 누군가를 이리 반기는 걸 처음 보았기에 좀 놀란 표정을 짓다가 물러갔다.

탁―.

문이 닫히고 둘만 남자 왕지현은 바로 태도를 바꾸어 거만한 자세로 소파에 다리를 꼬고 앉았다.

"너는 뚱뚱이였을 때도 남자 꼬시는 재주는 참 탁월했어. 그런데 이번엔 좀 심하지 않아? 이혼하는 사돈이라니. 이젠 남들 눈 신경도 쓰지 않나 봐."

왕지현이 그녀를 조롱하자 은서는 주먹을 꽉 쥐며 차갑고 강하게 말했다.

숨바꼭질 261

"사진 내놔."

왕지현은 그런 그녀를 비웃는 얼굴로 쳐다보다가 불쾌한 어조로 받아쳤다.

"사진 받고 싶으면 내 앞에서 무릎이라도 꿇고 빌어야지, 지금 그 태도는 뭐야? 나 기분 상하려고 하거든."

부르르르-.

그때 그녀의 주머니에서 핸드폰 진동이 느껴졌다. 은서는 핸드폰을 꺼내 화면을 보았다. 권후가 보낸 문자가 떠 있었다.

> 사진 어머니한테 있어.

은서는 헛웃음을 지었다. 이미 사진을 보내 놓고, 마치 안 보낸 척 그녀한테 무릎을 꿇으라고 하다니. 너무 왕지현다워서 웃음이 다 나왔다.

"너 지금 웃니?"

짜증을 내는 왕지현의 목소리가 꽂혀 오자 은서는 핸드폰을 주머니에 다시 집어넣고 고개를 들었다.

저벅-.

그녀는 왕지현한테 다가갔다. 거리가 가까워지자 왕지현의 미간이 구겨졌다.

"거기 서."

하지만 은서는 왕지현의 말을 무시하고 더 가까이 다가가서 그대로 왕지현의 왼뺨을 후려쳤다.

찰싹-.

왕지현의 머리가 크게 오른쪽으로 휘며 뺨이 순식간에 붉어졌다. 예고도 없이 얻어맞은 왕지현은 바로 불같이 화를 내며 일어났다.

"너 이게 무슨……!"

찰싹-.

은서는 왕지현의 오른뺨까지 있는 힘껏 후려쳤다. 일어났던 왕지현은 그녀한테 맞은 힘에 밀려 그대로 소파에 주저앉았다. 복싱으로 다져진 그녀의 엄청난 악력에 당황해서 얼이 빠진 왕지현에게 은서는 칼날 같은 경고를 날렸다.

"네가 나 폭행죄로 고소하면, 난 너 학폭으로 고소할 거야."

더 이상 왕지현이 무슨 말을 하든 관심 없었기에 은서는 바로 몸을 돌려 사무실을 나와 버렸다.

쪼르르르-.

찻잔으로 떨어지는 맑은 물줄기를 권후는 조용히 바라보았다. 저걸 보고 있으니 꼭 어린 시절로 돌아간 듯한 착각이 들었다. 어머니가 그를 불러 놓고 차를 끓일 때는 훈육할 때뿐이었다.

아버지처럼 과격하지는 않았지만, 그렇다고 그와 대화가 잘 통했던 것도 아니었다. 이 가족 중 그의 꿈을 진지하게 들어주었던 사람은 단 한 명도 없었다. 그저 그가 틀렸다고 굳게 믿었을 뿐이지. 아마 이번에도 마찬가지일 것 같아서 권후는 속으로 쓴웃음을 삼켰다.

"처음에 사돈아가씨가 방송국 들어간다는 말 들었을 때 네가 생각나더라. 보통 재벌가 자제와는 다르게 행동하는 게."

어머니가 입을 열자 권후는 찻잔에서 시선을 떼 그녀의 얼굴을 쳐다보았다.

"하지만 사돈아가씨는 워낙 낯을 가리는 성격이라 널 많이 어려워했던 것 같은데."

가족 행사에서 은서는 매번 그를 피해 다녔으니, 이란주 여사가 기억하는 모습도 그게 전부였다.

"중학교 후배라고 말씀드렸잖아요."

"중학교 졸업도 제대로 안 하고 미국으로 가 버린 건 너잖니."

졸업장이 없으니 후배라는 말을 쓸 자격이 없다는 말로 들려서 권후의 한쪽 눈썹이 찌푸려졌다.

"그래서 저한테 하고 싶은 말씀이 뭐예요?"

권후는 직접적으로 물었다. 어차피 어머니는 그의 이야기를 들을 생각이 없는 듯 보였으니까.

이란주 여사는 찻잔을 들어서 우아하게 한 모금을 마신 뒤 입에서 떼며 건조하게 물었다.

"전에 통화했을 때 여자 때문에 체육관 등록한다고 했는데, 그때 그 여자가 사돈아가씨니?"

"네, 맞아요."

권후는 거짓말로 피하지 않고 솔직하게 대답했다.

그의 대답에 이란주 여사는 헛웃음을 지었다. 사진을 받기 전에 이미 알 기회가 충분히 있었는데, 그녀가 바보처럼 놓쳤다는 뜻이니까. 이렇게 눈앞에서 당하는 걸 그녀는 가장 싫어했다.

탁―.

찻잔을 받침 위에 올려놓은 이란주 여사는 차가운 시선으로 둘째 아들을 쳐다보았다.

"기자들 알기 전에 그만둬."

재산 분배만 끝나면 마무리될 이혼이었다. 인제 와서 흙탕물을 뒤집어쓸 수는 없었다. 지금 태강과 해신에서 가장 중요한 건 조용한 이혼이었지, 청춘 남녀의 사랑놀이 따위가 아니었다.

예상을 한 치도 벗어나지 않는 어머니의 말에 권후는 소리 없이 웃다가 눈을 치켜올렸다.

"제가 언제 부모님이 그만두라고 했을 때 순순히 '네'라고 대답한 적이 있었나요?"

"최권후!"

권후는 자리에서 일어났다. 어차피 사진이 배달되었는지만 확인하기 위해 온 것이었다. 그대로 떠나려는 그의 등에 대고 이란주 여사가 경고하듯이 말했다.

"네 아버지가 아시게 되는 날, 네 회사랑 야구단까지 무사하지 못할 거야. 그래도 상관없어?"

숨바꼭질 265

자신의 가장 큰 재산은 세 아들이라고 떠벌리듯이 말하고 다니면서도, 태강의 후계자를 지키기 위해서 최태식 회장은 둘째 아들이 소중하게 여기는 걸 눈썹 하나 까딱하지 않고 망칠 수 있는 사람이었다.

우뚝, 권후는 걸음을 멈추었다. 그의 목울대가 크게 출렁였다. 하지만 고개를 돌려 어머니를 다시 보았을 때 그는 웃고 있었다.

"하긴. 제가 야구 그만두게 하려고 제 팔을 부러뜨린 분이니까요."

그 말에 이란주는 괴로운 표정을 지었다. 최태식 회장이 권후에게 행사한 폭력을 막지 못한 게 그녀의 인생에서 가장 큰 과오였다. 결국 권후가 집을 나가 미국으로 떠나 버린 건 그들이 좋은 부모가 아니었기 때문이라는 생각을 지울 수 없었다.

"권후야, 세상에 여자는 많아. 사돈아가씨만 아니면 난 누구라도 받아 줄게."

이란주 여사가 그를 회유하기 위해 꺼낸 말에 권후는 안타깝다는 표정을 지었다. 사람들에게 능력이 넘치는 커리어 우먼으로 칭송받는 이란주 여사는 정작 은서와 아들이 어떤 사이인지 전혀 모르고 있었다.

"제게 미국 가는 비행기표 살 돈을 준 게 은서예요."

이란주 여사는 충격받은 눈으로 그를 쳐다보았다.

"뭐?"

기껏해야 방송국 인터뷰하면서 최근에 서로 가까워진 것이라고 여겼다. 그러니 헤어지게 하는 것도 그리 어렵지 않겠다고 생각했건만…….

"가족들도 안 준 걸 은서가 줬어요. 그러니까 전 은서를 포기할 바에는 가족을 포기할게요."

엄청난 말을 던지고 떠나는 권후를 이란주 여사는 붙잡을 수 없었다. 최권후가 저리 나올 때, 얼마나 위험천만한지 잘 알았다. 그러니 차라리 최권후가 아니라 오은서를 설득해야 했다.

권후는 집에서 나와 가장 먼저 은서에게 전화를 걸었다. 안 그래도 집에 있을 때 그녀한테 온 연락에 간단하게 문자만 보낸 게 계속 마음에 걸렸기에.

Rrrrrrrrr— Rrrrrrrrr—.

아마 지금쯤 사진 때문에 걱정하느라 아무것도 못 하고 있겠지. 그런 그녀에게 무슨 말을 해 주어야 가장 안심할 수 있을까, 생각하고 있는데, 전화가 연결되었다.

[여보세요.]

그녀의 목소리가 생각보다 밝아서 그는 좀 놀랐다. 걱정하느라고 기운이 없으리라 생각했기에.

"아! 나 어머니랑 이야기 끝내고 나왔어. 네가 걱정하고 있을 것 같아서 전화했는데."

그래서 그가 도리어 말을 길게 늘어놓게 되었다.

[전 괜찮아요. 선배야말로 어머니한테 혼났어요?]

"사진은 신경 쓰지 마. 어머니한테 잘 말씀드렸어."

[뭐라고 말했는데요?]

그제야 은서의 목소리에 긴장감이 서렸다. 거기에 만족감이 드는 건 도대체 무슨 심보인가 싶었다.

"나 미국 가는 비행기표 살 돈 네가 줬다고."

[네에? 그걸 왜 이야기해요!]

은서가 갑자기 비명을 질러 대서 권후는 핸드폰을 귀에서 멀리 떼어 놓았다. 그는 그 상태에서 전화에 대고 설명했다.

"우리 두 사람이 얼마나 깊은 인연인지 설명한 거지."

[그걸 꼭 그렇게 이야기해야 했어요? 나만 미운털 박힌 거잖아요!]

은서는 화를 내고 있는데, 그는 어쩐지 웃음이 나왔다. 은서의 태도가 꼭 시어머니한테 잘 보이려고 애쓰는 며느리 같았으니까. 하지만 상대는 이란주 대표였다. 보통의 시어머니가 결코 아니었다.

"어머니, 너 안 미워해. 그냥 골치 아파졌다고 생각했겠지."

은서는 더 이상 화를 내지 않고 조용히 있다가 무뚝뚝하게 물었다.

[무슨 뜻이에요?]

권후는 방금 나온 으리으리한 대저택을 올려다보며 건조하게 말했다.

"모두가 사이좋은 세상은 없다는 거야. 우리가 꺾이든가, 저쪽이 꺾이든가. 둘 중 하나야."

[…….]

"겁나?"

[그럼 어떻게 되는데요?]

그녀가 자신 없이 하는 말을 듣고도 그는 입꼬리를 시원하게 올렸다.

"그럼 내 뒤에 숨으면 되지."

더 이상 소중한 걸 잃고 싶지 않았다. 그러니 이번엔 무슨 일이 생기더라도 반드시 그녀의 손을 놓지 않고 끝까지 잡고 있으리라 다짐했다.

피닉스 채널은 첫 방송의 관심을 그대로 끌고 가기 위해서 연예인 게스트도 섭외해서 방송하였는데, 첫 방송만큼의 호응은 끌어내지 못했다. 방송을 위해서 무언가 돌파구가 필요한 시점이었다. 안 그럼 수많은 콘텐츠 아래로 묻히는 채널이 되고 말 테니까. 그래서 제작팀은 댓글에서 가장 뜨거웠던 반응을 적극 수용하기로 했다.

"누굴 이겨?"

그에게 중요한 볼일이 있다면서 찾아온 제작 피디가 내놓은 기획을 듣고 권후는 눈썹이 위로 솟구쳤다.

숨바꼭질

제작 피디는 상기된 목소리로 열심히 설명했다.

"'구단주를 이겨라'라는 코너입니다. 구단주님이 프로 야구를 6회나 우승한 이창범 감독님도 이겼으니까."

누가 보면 진짜 이긴 줄 알겠다. 두 사람은 그냥 게임을 했을 뿐이었다. 전자 기계에 익숙하지 않은 이창범 감독이 불리했기에 그가 이길 수 있었던 것이라 권후는 거기에 큰 의미를 두지 않았다.

"그런 구단주님을 꺾으면 정말 야구 게임의 최강자가 되는 거 아니겠습니까? 지금 인터넷 댓글 창에 구단주님과 한판 붙고 싶다는 댓글이 가장 뜨겁습니다. 그러니 거기에 상금까지 걸면 반응이 더 폭발적일 겁니다."

권후는 내키지 않는 얼굴로 듣고 있었다. 그는 당연히 첫 방송만 나갈 생각이었다. 방송에 자주 얼굴을 비추는 걸 원하지 않았으니까. 그런데 이 코너를 받아들이면 계속 방송 출연을 해야 한다는 소리였다. 그는 그게 별로 내키지 않았다.

"나는 방송 만드는 그쪽한테 월급 주는 사람입니다. 그런데 그 방송을 나한테 살리라고 하는 건 월급 값 못 하는 거 아닌가?"

그의 냉정한 비판에 제작 피디의 얼굴이 어두워졌다. 맞는 말이었기에.

"죄송합니다. 연예인을 데리고 와도 방송 반응이 첫 방송만 못 해서 제가 조급해졌나 봅니다. 어떻게든 채널을 살리고 싶었습니다."

안 그래도 인상이 우울한 제작 피디가 말까지 너무 비관적으로 하고 있었다. 꼭 그가 방송에 안 나가면 피닉스 채널이 잘 안 될 것처럼.

"우리 그 방송으로 최소 20억은 벌어야 합니다. 설마 그것도 힘들다는 건 아니죠?"

그가 불안해서 묻자 제작 피디가 다크서클이 짙게 내려온 눈으로 무겁게 말했다.

"지금 추세로 간다면 그 반토막 정도도 겨우……."

젠장. 그럼 다 망한다고.

권후는 피곤한 표정을 지으며 제작 피디에게 다시 기획서를 보여 달라고 손을 까닥였다. 제작 피디는 서둘러 그의 손에 기획서를 올려 주었다.

구단주를 이겨라. 너무 촌스럽지 않아? ㅠㅠ

권후가 보낸 문자를 읽고 은서는 웃음을 터트렸다. 아무래도 그와 이창범 감독의 야구 게임 대결이 반응이 가장 좋아서 계속하기로 했나 보다.

역시 방송은 보기 쉽고, 목표가 확실하고, 캐릭터가 좋아야 반응이 좋았다. 최권후 구단주 캐릭터는 흥행 보증이지. 그의 인터뷰를 한 경험이 있는 그녀는 처음부터 알았다. 그가 방송에 나가면 사람들이 좋아할 걸. 혼자 흐뭇하게 생각하고 있는데 갑자기 양 피디의 목소리가 들려와서 화들짝 놀랐다.

"요즘 연애하나 봐?"

은서는 서둘러 핸드폰을 뒤집어 놓으며 세차게 고개를 저었다.

"아니에요!"

양 피디는 남의 연애 따위 별로 관심 없다는 듯이 바로 그녀의 자리까지 찾아온 본론을 꺼냈다.

"올해 너 복이 터지긴 했나 보다. 이란주 대표 쪽이 휴먼 인사이드 출연하겠다고 먼저 연락이 왔다."

은서는 순간 숨이 안 쉬어졌다. 절대 조용히 지나갈 리 없는 사진의 나비 효과가 이제야 나타나고 있었다. 당연히 흥분할 줄 알았던 그녀가 아무 반응이 없자 양 피디는 눈을 좁혔다.

"너 내 말 듣고 있냐?"

"네, 들었어요. 이란주 대표 인터뷰하게 되었다고."

"설마 겁먹었어?"

은서는 아니라고 고개를 저었다. 어차피 부딪쳐야 할 상대였다. 그러니 피하면 안 된다는 걸 알았다. 상대가 어떤 의도로 인터뷰하겠다고 했든 그녀는 평소처럼 하면 되었다.

은서는 핸드폰을 내려다보았다. 그의 등 뒤에 숨으라고 했는데. 그건 이런 일이 생기면 바로 그에게 말하라는 뜻이었을 것이다. 나중에 알면 화낼지도 모르겠지만, 지금은 권후에게 솔직하게 말할 수 없을 것 같았다.

"언제 마음 바뀔지 모르니까 바로 만나러 가."

그녀의 사정도 모르고 양 피디가 재촉했다. 그래도 마음의 준비할 시간은 좀 줘야지. 그녀가 원망스러운 눈으로 양 피디를 쳐다보자 그는 동정심도 없이 당장 튀어가라고 윽박질렀다. 할 수 없이 은서는 바로 방송국을 나와야 했다.

이란주가 대표로 있는 패션 회사 엘라의 앞에 도착한 은서는 높은 건물을 올려다보았다. 이란주 대표가 대단한 건 태강 그룹의 안주인이면서 자신만의 회사를 성공시켰다는 것이었다. 태강이라는 막강한 배경이 뒤에 받치고 있기 때문이기도 하지만, 엘라의 명성이 해외에서 더 높은 걸 보면 이란주 대표의 사업 능력이 뛰어나다는 걸 알 수 있었다.

그래서 사람들은 이란주 대표를 말할 때 태강의 안주인보다 엘라의 대표라는 말을 먼저 했다. 그녀도 상견례 자리에서 이란주 대표를 처음 만났을 때 존경의 눈으로 바라보았다. 그녀처럼 독립적인 여성이 되고 싶었다. 누구에게 의지하지 않고 혼자 살 수 있게. 그런데 권후의 어머니로 만날 생각을 하니 다리가 떨려 왔다.

설마 막 화를 내려나.

목소리를 높이며 상스러운 말을 하는 이란주 대표는 단 한 번도 본 적이 없었다. 그녀는 언제나 우아한 여성이었다. 언니

숨바꼭질 273

의 이혼 때문에 그녀를 찾아왔을 때도 마찬가지였다. 아들을 위해 며느리를 잡는 시어머니의 모습은 단 한 번도 보인 적이 없었는데.

은서는 마음을 굳게 먹고 회사 안으로 들어갔다.

"대표님이 기다리고 계십니다."

그녀가 오기를 이란주 대표가 기다리고 있었다는 비서의 말에 은서는 습관처럼 다시 긴장되었지만, 겉으로는 태연을 가장했다. 지금껏 이란주 대표에게 그녀가 어떤 이미지였을지는 굳이 물어보지 않아도 뻔했다. 언니 수정보다 많이 모자란 모습이었을 것이다. 그러니 오늘만은 그런 모습을 가능한 한 보여 주지 말자고 다짐했다.

달칵-.

집무실 문이 열리자 드넓은 사무실 정중앙에 놓인 마호가니 책상 앞에 앉아 있는 이란주 대표의 모습이 보였다. 회사에서 보는 그녀는 또 다른 느낌이었다. 여자들이 왜 이란주 대표를 롤 모델로 삼는지 알 것만 같은 느낌이었다.

"어서 와요."

그녀를 향해 반갑게 인사하는 이란주 대표를 보니 안심과 두려움이 동시에 들었다. 은서는 먼저 고개를 깊이 숙여 인사부터 했다.

"인터뷰 허락해 주셔서 감사합니다."

그녀가 고개를 들었을 때 어느새 일어난 이란주 대표가 빤히 내려다보고 있어서 은서는 숨을 꼴깍 삼켰다.

"우선 앉아요. 이 비서, 차 좀 부탁해요."

비서가 나가고 집무실에는 두 사람만 남겨졌다. 이제 이란주 대표가 본격적으로 하고 싶은 말을 하리라는 걸 짐작한 은서는 소파에 꼿꼿하게 앉았다.

"나는 내내 수정이 왜 강후와 이혼을 결심한 건지 궁금했어요. 결혼한 뒤로 두 사람 사이에 문제가 전혀 없어 보였거든. 내 배 아파 낳은 시후까지 수정이를 나보다 더 따랐으니까 이보다 더 완벽한 가족은 없다고 생각했었는데……."

이란주 대표가 언니의 이야기부터 시작하자 은서는 무릎 위의 손을 꽉 주먹 쥐었다.

"그런데 수정이 마지막에 보았을 때 나한테 말해 주더라고요, 그 이유."

이란주 대표가 잠시 말을 멈추고 그녀의 얼굴을 쳐다보았다. 그 고요한 시선이 무엇보다 강하다는 걸 은서는 온몸으로 느꼈다.

"강후가 태강 그룹의 후계자여서."

"네?"

생각도 못 한 이유에 그녀가 놀란 표정을 숨기지 못하자 이란주 대표는 쓸쓸한 미소를 지었다.

"강후는 누군가의 남편, 누군가의 아들이기 전에 태강 그룹의 후계자가 가장 먼저예요. 그러니까 강후가 이 이혼을 받아들인 것도 그 자리를 지켜야 했기 때문이에요."

그녀의 눈이 정처 없이 떨렸다.

"그리고 권후와 은서 양이 안 되는 이유도 똑같아요. 태강 그룹의 후계자는 최권후가 아니라 최강후니까. 그러니 강후가 자기 삶까지 희생하며 지키고 있는 자리를 부디 조롱거리로 만들지 말아 줘요."

무언가 반박을 해야만 했다. 그녀가 얼마나 권후를 사랑하는지, 두 사람이 얼마나 깊은 인연인지, 권후에게 얼마나 그녀가 필요한지.

하지만 은서는 한마디도 할 수가 없었다. 이란주 대표의 말도 틀린 게 하나도 없었기에. 사랑은 두 사람이 한 것이지만 사람들은 이혼한 강후를 더 잔인하게 비웃어 댈 것이다. 자기 동생 때문에 아내를 잃은, 못난 태강의 후계자라고. 그게 사실이든 아니든 중요하지 않았다. 여론은 가장 저열하고 저속한 방법으로 최강후를 씹어 댈 게 분명했다. 모두가 벼르고 있었으니까. 태강 그룹의 완벽한 후계자가 무너지는 순간을.

이혼의 순간마저도 우아하게 버텼던 최강후가 동생이 선택한 상대가 누군지 밝혀지는 순간, 사람들의 입과 입을 통해 짓밟힐 건 당연한 수순이었다. 그 누구도 막을 수 없을 것이다. 두 사람이 헤어지지 않는 이상, 결코.

엘라를 나온 은서는 잠시 어디로 가야 하나 방황하다가 정말 오랜만에 본가로 향했다. 언니를 만나고 싶었다. 그리고 그녀가 어찌해야 할지 묻고 싶었다. 수정은 언제나 그녀보다 똑 부러지고 총명하고 어른스러운 사람이었으니까 이번에도 그녀가 물어보면 답을 줄 것 같았다.

그녀가 집에 찾아갔을 때, 수정은 볕이 잘 드는 화원의 흔들의자에 앉아서 책을 읽고 있었다. 책의 제목은 '미움받을 용기'였다. 은서는 잠시 수정의 손에 들린 책을 빤히 쳐다보았다.

"네가 어쩐 일로 집에 왔어? 어머니가 불렀니?"

수정의 질문에 은서는 대답 대신 질문으로 돌렸다.

"이 화원은 언니가 만든 거야? 시후가 좋아해서?"

그녀의 입에서 시후의 이름이 나오자 수정의 얼굴이 잠시 굳었다. 하지만 곧 담담하게 말했다.

"시후랑 같이 꽃 키워 보니까 나한테도 잘 맞아서 집에도 만들어 본 거야. 어차피 지금은 별로 할 일도 없으니까."

수정은 아무 잘못도 하지 않았지만, 세기의 이혼에 몰려 있는 사람들의 관심이 사라질 때까지 집에 은둔하며 지내야만 했다. 그녀는 아주 오래도록 왕지현에게 괴롭힘을 당했고, 권후는 복수의 대가로 야구를 잃었고, 권후의 형은 태강의 후계자로 살기 위해 좋아하는 모든 걸 포기했고, 언니 수정은 이혼을 선택해서 이리 집에 갇힌 신세가 되었다.

어째서 완벽하게 행복한 사람은 한 명도 없는 건가 싶었다. 그게 굉장히 억울해졌다.

"언니, 사실은 이혼 안 하고 싶었던 거 아냐?"

그녀의 질문에 수정은 황당한 표정을 지었다. 두 집안을 발

숨바꼭질

칵 뒤집어 놓고 세기의 이혼이라는 소리를 들으며 거의 다 끝나 가는 이혼인데, 이 상황에서 자신에게 던질 질문으로 적합하지 않았으니까.

"사실은 형부가 언니 붙잡아 주길 바란 거지?"

은서의 얼굴이 울상이 되었다. 그리 묻는 것만으로도 슬픔이 몸 안에서 요동쳤다. 그게 사실일까 봐. 수정이 그렇다고 하면 어떻게 반응해야 하는 건지 알 수가 없어서.

수정은 그녀의 얼굴을 빤히 쳐다보다가 부드럽게 웃으며 대답했다.

"오수정과 최강후는 이제 부부가 아니라 남남이야. 그게 현실이고."

정 없이 시작한 정략결혼이었다. 그래서 처음엔 몰랐다. 정이 생기는 사람이 지는 결혼이라는 걸.

태강 그룹의 완벽한 후계자로 살아야만 하는 남자에게 남편의 역할을 요구하는 그녀는 철없는 아내가 되었고, 자격 없는 태강의 안주인이 되었다.

수정은 점점 잃어 가는 것 같은 자신을 찾고 싶었기에 이혼을 선택했다. 보답받을 수 없는 정에 매달려 평생을 껍데기 남편만 끌어안고 살고 싶지 않았다.

"그 사람은 언제나 태강이 먼저인 사람이고, 도련님은 태강 때문에 자신의 소중한 걸 포기하지 않을 사람이고. 둘은 형제지만 정말 달라. 그래서 널 말리지 않은 거야. 그러니까 은서, 너도 네 선택을 하면 돼. 굳이 나한테 얽매이지 말고. 이건 네

삶이야. 내 삶이 아니라."

은서는 결국 눈물을 쏟아 냈다.

그녀가 아직 고등학생일 때, 학교에서 왕지현에게 괴롭힘당하고 집에서 못 참고 언니의 앞에서 펑펑 운 적이 있었다.

언니는 그다음 날 바로 그녀의 학교로 찾아와서 사람들이 모두 보는 앞에서 왕지현의 뺨을 후려쳤었다. 그리고 그녀가 오은서의 언니이니 억울하면 고소하라고 말했었다. 앞으로 그녀의 동생을 괴롭힐 때마다 학교에 찾아와서 뺨을 때릴 것이라고 경고도 했다.

그때 은서는 수정이 그녀의 편을 들어주어서 너무 기뻤었다. 세상에서 그녀의 언니가 가장 대단해 보였었다. 그런 언니가 이혼을 했다. 그런데 그녀는 언니를 위해 아무것도 한 게 없다는 걸 깨닫고 너무 부끄러워졌다.

"언니, 나 최권후가 너무 좋아. 어떡해. 엉엉."

그저 언니의 이혼 때문에 그녀의 사랑까지 잃게 될까 봐 전전긍긍하고 있다. 이 얼마나 못난 동생인가.

"너 이렇게 우는 거 교복 입을 때 보고 처음 보네."

어릴 때부터 수정의 눈에 은서는 귀여운 동생이었다. 살이 포동포동 오른 모습도 못나지 않고 귀엽고, 순수해서 욕심 없는 것도 예쁘게 귀엽고, 먹는 걸 좋아하는 것도 신기할 정도로 귀여웠다.

수정은 은서의 얼굴로 손을 뻗어 그녀의 눈물을 닦아 주었다. 은서는 놀란 눈으로 수정을 쳐다보았다. 어릴 때부터 그녀

숨바꼭질 279

가 눈물을 보일 때면 여자가 눈물을 무기로 삼는 건 자존감이 없는 일이라고 비난했던 수정이었다. 그러나 오늘 수정은 그녀한테 한없이 다정한 언니였다.

"내가 처음 이혼한다고 할 때 말했잖아. 넌 꼭 연애결혼 하라고."

권후가 왜 은서를 좋아하는지 이해할 수 있었다. 이렇게나 무해하고 사랑스러운 존재를 어떻게 싫어할 수 있겠는가. 그러니까 그녀한테는 정략결혼이 아니라 연애결혼이 딱이었다. 그럼 평생 이혼하지 않고 행복하게 살 수 있을 것이다.

"그럼 나만 행복한 거잖아. 언니는 어떡해?"

은서가 아이처럼 울먹이며 묻는 말에 수정은 세상일에 초연한 얼굴로 대답했다.

"난 남자가 날 영원히 행복하게 해 줄 수 있다고 믿지 않아. 하지만 넌 다르잖아."

그녀를 조롱하는 게 아니라, 그녀의 선택을 인정해 주는 거라는 걸 수정의 눈빛을 보고 알 수 있었다. 은서는 그제야 웃을 수 있었다.

수정이 그녀의 언니라서 정말 다행이었다. 그리고 수정 덕분에 그녀는 포기하지 않을 용기를 얻을 수 있었다.

"고마워, 언니."

"뭐가?"

수정이 자기는 아무것도 하지 않았다는 쿨한 태도를 보이자 은서도 더 말하지 않았다.

권후는 집에 돌아오는 길에 꽃집에 들러서 장미 꽃다발을 샀다. 생각해 보니 은서한테 제대로 선물을 준 적이 한 번도 없는 듯했다. 억지로 안겨 주었던 반지도 사실은 그녀가 빌려 준 200만 원을 갚은 것일 뿐이었다. 장미 꽃다발을 선물 받고 좋아할 은서를 상상하니 엘리베이터를 타고 올라가는 내내 입꼬리가 자꾸 올라갔다.

집 앞에 도착한 권후는 우선 초인종을 눌렀다. 그녀가 먼저 퇴근했다면 문을 열어 줄 테니까. 하지만 아무런 응답이 없자 권후는 실망한 표정을 지었다. 그는 현관문을 여는 대신 핸드폰을 꺼내 은서한테 전화를 걸었다.

Rrrrrrrrr— Rrrrrrrrr—.

[고객님이 전화를 받지 않아서 소리샘으로 연결됩니다.]

은서가 전화를 받지 않자 권후는 미간이 찌푸려졌다. 그는 연달아 그녀에게 전화를 계속 걸었지만, 은서는 끝까지 전화를 받지 않았다. 안 좋은 예감이 든 권후는 장미 꽃다발을 현관문 앞에 아무렇게나 던져두고 다시 엘리베이터로 뛰어갔다.

어머니가 돌아오시면 붙잡혀서 못 간다고 언니가 등을 떠미는 바람에 은서는 집에서 나와야 했다. 그때 권후의 전화가 걸려 왔지만, 은서는 차마 받을 수 없었다.

Rrrrrrrr— Rrrrrrrr—.

전화벨이 울리는 동안 은서는 액정에 뜬 권후의 이름만 빤히 내려다보았다. 이대로 권후를 만나면 분명 못난 모습만 보일 게 뻔했다.

은서는 핸드폰의 전원을 끄고 주머니 안에 집어넣은 뒤 버스 터미널로 향했다.

이대로 집에는 갈 수 없었고, 경주 동궁과 월지에 가고 싶어졌다. 권후가 꼭 함께 보고 싶다고 했던 곳.

만약 그녀가 아무 연락도 없이 그곳에 있으면 권후는 그녀를 찾을 수 있을까? 그가 그녀를 찾아낸다면 우린 운명이라고 기뻐하며 역시 헤어질 수 없다고 확신하게 될지도. 그런데 안 오면 어쩌지. 그럼 역시 우리는 안 되는 사이라고 포기하게 되려나.

걱정 위에 걱정이 쌓였다. 좋은 생각을 하려고 애쓰다가도 다시 부정적인 마음에 사로잡혔다.

경주에 도착하니 밤이 되어 있었다. 동궁과 월지는 밤에 구경해야 더 아름다운 곳으로 유명하니 늦었다고 걱정할 필요는 없었다.

권후와 함께 와야 했을 곳을 혼자 향하는 마음에는 바람이 숭숭 불었다. 권후와 함께 경주에 왔을 때는 그저 설레기만 했었는데, 그날 동궁과 월지를 함께 보지 못한 게 마치 지금 이렇게 될 걸 암시한 듯한 기분이 들어서 더 추워졌다. 은서는 외투 깃을 더 단단히 여몄다. 목도리를 하고 오지 않은 걸 후회했다. 이렇게까지 추운 줄은 몰랐다.

추운 겨울이었기 때문인지 동궁과 월지에는 사람이 그렇게 많지 않았다. 그러나 밤을 품은 동궁과 월지는 넋을 놓을 정도로 아름다웠다. 고궁을 환하게 비추는 영롱한 불빛들, 물에 비치는 또 하나의 우아한 세계, 그 위에 고고하게 떠 있는 은빛 달. 조선 시대의 연인들도 저곳에서 사랑과 낭만을 속삭였을 것만 같았다.

마치 시간이 멎은 듯한 그 풍경을 은서는 가만히 바라보았다. 아니, 그저 기다린 건지도. 그가 그녀를 찾아 주기를.

권후는 은서와 함께 일하는 이 작가한테 전화했다가 어머니와 은서가 만났다는 걸 알게 되었고, 수정에게 전화했다가 은서가 일부러 그의 전화를 안 받은 걸 눈치챘다.

어머니를 만나러 가기 전에 그에게 전화 한 통만 했어도 그가 다 해결했을 것이다. 그런데 그렇게 하지 않고, 어머니를 만난 뒤 잠적한 은서 때문에 권후는 속이 탔다. 그의 뒤에 숨으라는 말대로 하지 않은 그녀에게 원망하는 마음도 생겼다.

"도대체 어디 있는 거야."

이 서울 땅에서 은서가 갈 만한 곳은 그리 많지 않았다. 하지만 어디에서도 은서를 찾을 수 없었다. 그녀를 찾지 못해서

숨바꼭질　283

낙담하고 있던 권후는 고개를 번쩍 들었다.

"설마 서울에 없나?"

은서가 서울 밖으로 나갔다면 분명 아는 장소로 갔을 거다. 어쩌면 두 사람에게 인연이 있는 장소로.

설마…….

권후는 바로 차에 올라타서 시동을 걸었다. 그리고 내비게이션에 그가 갈 장소를 찍었다.

경주 동궁과 월지

그저 한국을 소개하는 책자에 소개되어 있었기에 루카스와 함께 가자고 약속했던 장소였다. 결국 루카스와는 영원히 함께 갈 수 없게 되었고, 은서와는 함께 보러 경주까지 갔다가 야구단 일 때문에 결국 보지 못했다. 모든 어긋난 인연들이 한꺼번에 떠오르며 그의 눈빛이 일그러졌다.

하지만 이번만은 행복해질 기회를 놓치고 싶지 않았다. 붙잡을 새도 없이 손가락 사이로 희망이 빠져나가 버리는 그 기분을 또다시 느끼고 싶지 않았다.

권후는 빠르게 차를 출발해서 경주로 달려갔다.

그 어느 때보다 빨리 경주까지 도착했지만 권후는 문이 굳게 닫혀 있는 동궁과 월지 매표소를 보고 당황했다. 밤에 와서 보기로 했기에 설마 그가 왔을 때 관람이 끝나 있을 줄은 생각도 못 했다. 여기만 오면 은서를 찾을 수 있을 것이라는 희망을 안고 서울에서부터 차를 몰고 온 것이었기에 권후는 이 상황을 쉽게 받아들일 수가 없었다. 이미 출입을 통제한 동궁과 월지에 몰래 숨어들어서라도 은서를 끝까지 찾고 싶은 심정이었다. 하지만 그러다 들키면 은서를 찾기 전에 그가 먼저 경찰서에 잡혀갈 것이다.

권후는 낙담하며 그 자리에 주저앉았다. 왜 그한테 소중한 사람이 그를 필요로 할 때 그는 항상 옆에 없는 건가 싶었다.

뚜벅.

이런 자신이 너무 싫어지려고 하는데, 굽 낮은 스웨이드 로퍼를 신은 작은 발이 그의 시야 안으로 들어왔다. 권후는 그 발을 따라서 천천히 고개를 들었다. 손에 샌드위치를 든 은서가 그를 내려다보고 있었다.

은서는 밤 10시가 되자 동궁과 월지는 문을 닫았고, 배는 너무 고파서 근처의 편의점을 찾아서 먹을 걸 사서 다시 돌아온 길이었다. 이 상황에서도 먹을 걸 야무지게 챙긴 그녀를 보고 권후는 헛웃음을 흘렸다.

"선배도 먹을래요?"

그녀가 손에 들고 있던 샌드위치를 그에게 내밀었다. 권후는 긴 다리를 펴 일어나며 그대로 두 팔을 뻗어 그녀의 몸을 끌어안았다. 그의 커다란 몸에 밀려 은서는 다리가 휘청했다. 하마터면 넘어질 뻔했다. 그녀를 안는 두 팔의 힘이 엄청나서 숨을 쉬는 것도 힘들어졌다.

"내가 뭘 잘못했다고 내 전화를 씹어."

그가 원망하듯이 하는 말에 은서는 어색하게 웃었다.

"숨바꼭질하면 잘 찾나 궁금해서……."

평소에 그가 그녀한테 장난을 잘 치긴 했지만 오늘 그녀가 그한테 한 것에 비하면 아무것도 아니었다. 그는 그녀의 숨바꼭질 한 번에 심장이 너덜너덜해졌다.

"그래, 내가 널 찾았어."

권후는 깊게 잠긴 목소리로 그리 말하고 그녀의 어깨에 얼굴을 묻었다. 은서는 빈 왼손을 들어 올려 그의 등을 안았다.

"좀만 빨리 찾았으면 좋았잖아요. 동궁과 월지 같이 보게."

그녀가 가볍게 말하면 그도 가볍게 받아칠 줄 알았건만 권후는 더 세게 그녀를 안을 뿐이었다. 불안해하고 초조해하는 그의 모습을 처음으로 본 은서는 더 이상 흔들릴 수 없었다.

수정이 연애결혼을 하라고 하면서 그녀와 권후 사이를 인정해 준 건 그녀가 권후를 진심으로 좋아한다고 믿었기 때문이었다. 그러니 그 마음에 책임을 지라는 충고도 담겨 있었다. 가족의 반대, 사람들의 시선에 기죽지 말고.

책임지지 않는 마음에는 결코 미래 따위는 없다. 그러니 절대 그를 상처 입히는 사람이 그녀가 되는 건 싫었다. 그로 인해 다른 사람을 힘들게 만들지언정, 차라리 그녀가 나쁜 사람이 되겠다.

너무 늦은 시간이라서 서울로 돌아가지 않고 경주에서 하룻밤을 묵기로 했다. 어쩌다 보니 제주도와 비슷한 패턴이 되었다. 이번에 다른 게 있다면 방도 그녀가 잡고 호텔비도 그녀가 냈다는 것이다.

권후는 내내 입을 꾹 다물고 있었다. 그녀가 말을 걸어도 눈으로 쳐다보거나 고갯짓이 전부였다.

"나 때문에 아직도 화났어요?"

그는 고개를 저었다.

"그럼 웃어 봐요."

입꼬리를 올려 1초 정도 웃더니 다시 무표정이 되었다.

은서도 더 재촉하지 않았다. 그녀를 찾아 경주까지 오는 동안 그도 마음고생했을 테니까. 지금 생각해 보니 그녀가 정말 너무한 짓을 했나 보다. 그녀가 힘든 것만 생각하고 미처 그가 그녀 때문에 얼마나 힘들지 고려하지 못했다.

"미안해요."

결국 그녀가 사과하자 그제야 권후가 고개를 돌려 그녀의 얼굴을 쳐다보았다.

"내가 말없이 사라지지 말았어야 했어."

은서는 잠시 생각하다가 덧붙여 말했다.

"앞으로 사라지더라도 서울은 안 벗어날게요."

"또 사라지겠다고?"

그제야 그의 입이 터졌다. 세상 서운한 얼굴과 목소리였다. 은서는 그런 그를 보며 작게 웃음을 터트렸다.

"그럼 살면서 우리가 한 번도 안 싸우겠어요? 싸웠을 때는 당연히 얼굴 보기 싫겠죠."

 권후는 쉽게 동의할 수 없다는 얼굴을 하였지만, 그래도 그녀의 말에 내포된 뜻은 읽었기에 미간만 구겼다. 그의 어머니가 뭐라고 해도 그와 헤어지지 않겠다는 뜻이었다.

 그래서 권후도 그녀한테 묻지 않기로 했다. 어머니가 그녀한테 무슨 말을 했는지. 어차피 뻔하긴 했다. 그녀의 언니한테 이혼까지 당한 그의 형이 얼마나 불쌍한데 여기서 더 불쌍해지면 안 되지 않겠냐고 한껏 호소했겠지.

 라이언 존슨 폭행죄로 미국 감옥에 갇혀 있을 때 형이 찾아왔었다. 성인이 되고 처음 만난 날이었다. 그때 창살 사이로 형이 그를 쳐다보던 시선을 여전히 기억했다. 패배자를 가엾게 보는 눈빛이었다.

 궁금했다. 만약 형이 이 일을 알게 되면 가장 처음 무슨 생각을 할지. 설마 내가 그때의 복수를 한다고 생각할까? 그런 것이라면 형한테 조금도 미안하지 않았다.

 달칵―.

 문을 열고 호텔 방의 불을 켠 은서는 먼저 방 안으로 걸어 들어갔다. 방의 중앙에 도착하고 고개를 돌려 뒤를 보니 권후는 여전히 문 앞에 기둥처럼 서 있었다.

 "왜 안 들어와요?"

 그는 대답 없이 그녀의 얼굴만 쳐다보았다. 그 얼굴이 차가워 보이기도 했고, 새침해 보이기도 했다. 오늘 그녀가 한 행동을 이리 쉽게 용서하면 안 된다고 생각하는 중인 것 같았다.

은서는 다시 그에게 걸어갔다. 신발이 맞닿을 정도의 거리에서 멈추어 서니 키 차이가 엄청났다. 그녀는 한껏 턱을 높이 들어 그를 올려다보아야 했다.

지금은 그녀가 그의 기분을 풀어 주어야 하는 시간이었다. 생각해 보니 상대의 기분을 신경 쓰는 쪽은 항상 그였다. 그녀가 다른 사람들을 신경 쓰며 거리를 둘 때, 그는 오로지 그녀만 신경 썼었다. 그땐 그가 그녀를 만만하게 봐서 그런다고 생각했는데, 이제는 알았다. 그게 그의 사랑이었다는 걸.

처음부터 그녀를 바라보던 그의 시선에는 애정이 담겨 있었다. 아마도 그녀는 그의 잘생긴 얼굴이 아니라 그 애정에 끌린 것인지도 모르겠다.

"제가 먼저 키스하고 싶어도 선배가 너무 키가 커요."

그녀의 말에 그의 한쪽 눈썹이 느리게 위로 솟아올랐다. 은서는 웃으며 가까이 다가오라고 손짓했다. 하지만 권후는 반대로 턱을 들어 올리며 고개를 돌렸다. 그가 키스를 거부하자 은서는 한숨을 내쉬며 코트 주머니에 손을 집어넣었다.

"그럼 편의점에서 샌드위치랑 같이 산 이건 오늘 필요 없겠네요."

은서가 편의점에서 샌드위치랑 같이 샀으면 '100%' 먹을 거였다. 우유 아니면 커피겠지.

"그냥 버릴게요."

힐긋, 궁금증을 못 이기고 눈동자만 움직여 그녀의 손에 들린 물건을 본 권후는 눈이 휘둥그레 커졌다. 그건 먹을 게 아니었다. 권후는 서둘러 손을 뻗어 그녀가 막 버리려고 한 콘돔 상자를 움켜잡았다. 그는 미간을 잔뜩 구기며 물었다.

"네 손으로 이건 왜 산 거야?"

"이거 보니까 선배 생각나서요."

이제 콘돔을 보면 그가 생각난다는 말에 권후는 실소가 흘러나왔다. 그녀의 표정은 순진했지만, 그 의도는 믿기 힘들 정도로 도발적이었다. 그리고 그녀의 도톰한 장밋빛 입술을 보며 더 이상 참을 수 없어졌다. 열쇠로 단단히 잠가 놓았던 판도라의 상자가 열린 듯이 온몸에 뜨겁게 퍼지는 욕구를 주체할 수 없었다.

권후는 고개를 숙여 그녀의 입술을 욕심껏 머금었다. 자연스럽게 은서의 두 팔이 그의 목을 끌어안았다. 그건 참지 않아도 된다는 허락이나 마찬가지였기에 그의 키스는 더욱 깊고 맹렬해졌다. 달콤한 여인의 살 내음과 감촉을 마음껏 맛보고 흡입했다.

잘록한 그녀의 허리를 한 팔로 휘감아 들어 올리자 그녀의 발이 허공에 떴다. 그녀를 안아 들고 침대로 향하면서도 단 한 순간도 입술을 떼지 않았다.

침대에 도착했을 때, 두 사람의 몸이 함께 그 위로 쓰러졌다. 허공에 뜬 1초의 시간 사이에 마치 복잡한 현실을 떠나 또 다른 세계로 뚝 떨어진 듯한 기분이었다. 폭신한 매트리스가 충격 없이 두 사람의 몸을 받아 내었다.

은서는 그에게 깔린 채 새빨개진 얼굴로 숨을 헐떡였다. 그런 그녀를 보고 권후는 낮게 웃었다.

"아직 시작도 안 했는데, 넌 왜 숨도 제대로 못 쉬어?"

은서는 너무하다는 눈빛으로 그를 흘겨보았다. 그 시선조차 사랑스러웠기에 권후는 다시 그녀의 입술을 집어삼켰다. 그녀의 옷을 벗기는 손길이 다급해졌다. 은서도 그의 옷을 벗는 걸 도와주려고 했지만, 생각만큼 쉽지 않았다. 결국 옷을 벗기는 일은 그가 거의 다 했다.

밖은 추운 겨울이었지만, 헐벗은 두 사람 사이를 채우는 건 불꽃 같은 열기였다. 매끄러운 피부를 어루만지는 손길에 은서는 심장이 요동쳤다. 이제 곧 더 뜨거운 것이 그녀의 몸 안으로 들어올 걸 알기에. 그녀의 몸을 휘감은 긴장을 풀어 주듯이 그의 입술이 그녀의 온몸에 흔적을 남겼다.

태양을 닮은 뜨거운 눈빛이 그녀에게 날아들었다. 은서는 그의 시선을 피하지 않고 마주 보았다.

그녀의 다리를 벌리는 그의 손길에 마음이 아득해졌다. 이 순간은 사랑이 더 큰 건지 욕망이 더 큰 건지 모호해졌다.

그저 확실한 건 그녀가 안기는 남자의 존재였다. 그녀가 이 생의 끝까지 사랑하게 될 남자.

권후가 그녀의 안으로 밀려 들어오는 순간, 은서는 두 팔로 그를 가득 품었다. 수백 수천 개의 별이 빛을 내며 폭발하는 듯한 황홀한 열락이 깊은 밤까지 이어졌다.

Chapter 20
프러포즈 반지

 아침에 눈을 뜨는데 이번에도 몸이 얻어맞은 것처럼 욱신거렸다. 이것만은 적응이 되지 않아서 절로 얼굴이 찌푸려졌다. 권후는 이미 일어나서 옆자리가 비어 있었다. 기절하듯 잠든 그녀는 그가 언제 일어난 건지도 알 수 없었다.

 그녀도 가뿐하게 일어나서 서울에 올라갈 채비를 하고 싶었지만, 마음먹은 대로 되지 않아서 한숨이 흘러나왔다. 그나마 오늘은 출근하지 않는 주말이라 다행이었다. 월요일이 되면 이란주 대표를 만나러 가야 한다고 생각하니 그냥 이 주말이 영원히 끝나지 말았으면 하는 마음이 들었다.

 달칵—.

 문이 열리는 소리가 들리며 권후가 들어왔다. 그의 손에는 편의점 봉지가 들려 있었다.

 "잘 잤어요?"

 은서는 먼저 그에게 물었다. 이 상황에서도 그녀는 그의 수면 상태가 가장 먼저 신경 쓰였다.

권후는 침대에 걸터앉으며 고개를 끄덕였다.

"응. 푹 잤으니까 걱정 마."

확실히 그는 어제보다 훨씬 활기차 보였다. 다 죽어 가는 건 이번에도 그녀뿐이다.

"호텔 룸서비스 시키면 되는데 왜 편의점에 간 거예요?"

"아! 이거 먹을 거 아냐."

"네? 그러면 뭔데요?"

권후는 직접 보라는 듯이 봉지를 그녀한테 내밀며 웃었다. 은서는 그 안을 보고 얼굴이 달아올랐다. 속옷이었다. 그것도 여자 속옷. 그녀는 그의 손에서 봉지를 빼앗아서 이불 아래로 서둘러 숨겼다.

"제 사이즈는 어떻게 안 거예요!"

"안고 깨물고 맛보고 다 했는데 어떻게 몰라."

그의 표현이 너무 낯 뜨거워서 은서는 머리끝까지 이불을 뒤집어썼다. 그녀가 부끄러워서 이불 밖으로 못 나가고 있는데, 권후의 목소리가 들려왔다.

"우리 어머니 인터뷰는 할 필요 없어. 내가 해결할게."

은서는 바로 이불을 내려서 얼굴을 드러냈다. 흘러내린 이불이 아슬아슬하게 가린 하얀 가슴으로 그의 시선이 떨어졌다.

"아뇨. 저, 그 인터뷰할 거예요."

그녀가 이란주 대표 인터뷰를 끝까지 하겠다고 하자 권후는 눈매를 좁히며 시선을 위로 올렸다.

"그걸 하겠다고?"

"네. 휴먼 인사이드에서 계속 요청했었는데 거절당한 인터뷰예요. 이번엔 이란주 대표가 먼저 해 주겠다는데 당연히 해야죠."

이대로 인터뷰를 포기한다면 꼭 두 사람이 떳떳하지 못해서 피하는 것처럼 보일 게 분명했다. 그래서 은서는 더더욱 인터뷰를 포기할 수 없었다. 그를 안심시키기 위해 은서는 자신 있게 말했다.

"걱정 마요. 이란주 대표도 선을 지킬 거고, 저도 쉽게 흔들리지 않을 테니까."

그녀는 이미 마음을 정한 듯 보였기에 권후는 할 수 없이 미소를 지으며 고개를 끄덕였다.

어차피 최종 보스는 최태식 회장이었으니 어머니한테까지 굳이 날을 세울 필요는 없을 듯했다. 그리고 어머니는 혼자 해결할 수 없을 것 같으면 분명 형한테 도움을 청할 것이다. 곧 형 강후가 그를 찾아올 것이라는 예감이 들었다.

차봉주 단장이 찾아와서 라온 피닉스의 해외 전지훈련 장소가 오키나와로 정해졌다고 보고했다. 이제 스프링 캠프만 끝나면 곧 프로 야구 시즌이었다. 격전의 시간이 멀지 않았다고 생각하니 권후는 선수들의 훈련에 더 신경을 쓰게 되었다.

"오키나와는 날씨가 변덕이 심해서 훈련할 수 있는 날이 적지 않나요?"

"그렇긴 한데, 그거 빼고는 다 좋아서요. 비용적인 측면도 가장 합리적이고."

"돈 생각하지 마시고, 날씨까지 좋은 미국 쪽으로 다시 알아보세요."

권후가 해외 전지훈련 장소를 바꾸라고 하자 차 단장은 걱정스러운 표정을 지었다.

"구단에 쓸 돈 부족해서 인터넷 방송도 시작하신 거 아닙니까?"

"왜요? 인터넷 방송한다고 제가 구멍가게 사장님처럼 보입니까?"

"아뇨. 그런 뜻이 절대 아니라……."

차 단장은 당황해서 손을 저으며 부정했다. 권후는 기분이 상한 게 아니라는 걸 보여 주기 위해 가볍게 웃으며 설명했다.

"야구단에 장기적인 수입원을 찾는 과정일 뿐입니다. 부족한 돈은 충분히 메꿀 수 있으니 제 말대로 하세요."

차 단장은 알았다고 고개를 끄덕였다. 처음엔 멋으로 야구단을 인수한 철없는 재벌가 도련님쯤으로 생각한 구단주였다. 그러나 이젠 알았다. 그는 야구단이 잘되길 누구보다 바라고 있었고, 그걸 위해 어떤 노력도 마다하지 않는다는 걸. 라온 피닉스가 그 이름처럼 오래도록 살아남을 수 있다면, 그건 최권후 같은 구단주를 만난 행운 덕분일 것이었다.

프러포즈 반지 295

두 번째로 이란주 대표를 만나러 갈 때, 은서는 여전히 긴장은 되었지만, 그래도 처음보다는 더 단단해진 마음이었다. 권후한테 인터뷰를 끝까지 잘 마무리하겠다고 말했으니, 그 말을 지켜야 했다. 그래서 이란주 대표를 만나자마자 은서는 깊게 고개를 숙여 사과부터 했다.

"죄송합니다."

그녀의 사과에 이란주 대표의 눈매가 가늘어졌다.

"무슨 의미죠?"

은서는 허리를 펴 똑바로 선 뒤 이란주 대표의 얼굴을 피하지 않고 마주 보며 설명했다.

"다른 사람 때문에 권후 선배와 헤어질 수는 없을 것 같습니다. 그러니 인터뷰 취소하고 싶으시면 그러세요."

예전과는 다르게 강단 있게 나오는 그녀를 보고 이란주는 속으로 혀를 찼다. 아마도 권후의 영향을 받아서 은서도 바뀐 듯했다. 그게 아니라면 사람이 이리 갑자기 변할 리가 없었다.

권후보다는 은서가 더 다루기 쉬울 것이라고 생각했건만, 그게 통하지 않자 이란주 대표는 도움을 줄 사람을 찾을 수밖에 없었다. 그리고 이 상황에서 그녀를 도와 이 일을 깨끗하게 정리해 줄 수 있는 사람은 첫째 아들 강후뿐이었다. 강후가 혹시라도 아버지 최태식 회장에게 말하지는 않을까 염려가 되기는 했지만, 어릴 적 최태식 회장이 권후한테 어찌했는지 기억한다면 그러지 않을 것이라고 믿을 수밖에 없었다.

　

이란주 대표는 집에서 이야기를 나눌 수는 없었기에 밖으로 강후를 불러내었다.

"어머니랑 둘만 식사하는 거 정말 오랜만이네요."

강후는 어머니와 둘만 있을 때도 몸에 밴 품위와 매너를 절대 내려놓지 않았다. 어릴 때부터 철저하게 태강 그룹의 차기 오너로 길러진 몸이었다. 권후와 천지 차이가 나는 건 어쩌면 너무 당연한 일이었다.

"오늘 보자고 한 건 권후 일 때문이야."

식사가 거의 끝나갈 때쯤에야 이란주는 본론을 꺼내 놓았다. 이 말을 먼저 했으면 식사를 제대로 못할 게 뻔했으니까.

"권후가 왜요? 또 사고라도 쳤어요?"

강후는 동생 이름을 듣자마자 포크를 내려놓았다. 이란주는 한숨을 내쉬며 솔직하게 털어놓았다.

"권후랑 사돈아가씨가 심상치 않은 사이 같더구나. 내가 밖에서 말 돌기 전에 정리하라고 해도 듣지를 않아."

이란주의 말을 듣고도 강후는 놀라는 기색을 보이지 않았다. 타인에게 기분을 숨기는 게 잘 훈련되어 있기도 했고, 이미 어느 정도는 짐작하고 있었다. 최권후가 굳이 은서의 인터뷰 방송을 찍었을 때부터.

강후는 포크와 나이프를 다시 잡으며 어머니를 안심시켰다.

"걱정 마세요. 제가 권후 만나서 해결할게요."

이란주는 그것보다 다른 게 더 걱정이라 조심스럽게 강후에게 물었다.

"아버지한테 말할 건 아니지?"

강후가 눈꺼풀을 들어 올려 이란주를 쳐다보았다. 아들인데도 속이 간파당한 기분이라서 이란주는 썩 유쾌하지 않았다. 그녀의 반응을 읽고 강후는 표정을 부드럽게 풀며 말했다.

"아버지한테는 말씀 안 드릴게요. 안심하세요."

태강 그룹을 두고 다툰 적이 없기에 강후와 권후 사이에 큰 트러블은 없었지만, 그렇다고 사이좋은 형제 사이라고 할 수도 없었다. 둘 다 서로를 이해하기에는 너무 다른 삶을 살고 있었으니까.

그런데 딱 하나, 권후와 사이에서 계속 마음에 남는 실수가 있었다. 만약 미국에서 권후가 그에게 처음으로 전화했을 때 그런 식으로 받지 않았다면, 권후가 그 뒤에 끔찍한 사고를 치는 걸 막을 수 있었을 것이다. 그러니 이번에는 절대 실수하면 안 된다고 생각하며 강후는 스테이크를 부드럽게 썰었다.

그녀가 권후와 헤어질 수 없다고 못을 박았음에도 이란주 대표는 인터뷰를 취소하지 않았다. 은연중에 취소하길 바랐던 것 같기도 했다.

이란주 대표와 함께하는 인터뷰 촬영은 긴장의 연속이었다. 다른 사람들은 이란주 대표가 친절하고 나이스하다고 칭찬 일색인데, 그녀는 이란주 대표와 눈만 마주치면 심장이 달달 떨려 왔다. 센 척하는 건 가능해도 역시 완벽하게 세질 수는 없나 보다.

"권후 집에는 자주 가는 편이에요?"

그리고 이란주 대표가 넌지시 권후 이야기를 꺼낼 때는 놀란 표정을 숨길 수가 없었다. 그녀가 왕눈이가 되어서 쳐다보자 이란주 대표는 일상적인 대화를 하는 톤으로 말했다.

"사진에 찍혔기에."

그 망할 사진. 왕지현한테 뺨 두 대를 때린 걸로 끝낸 게 이제야 후회가 되었다.

"아! 최 선배가 요즘 불면증이 생겨서 갔던 거예요."

불면증이란 말에 이란주 대표의 표정이 처음으로 사갑게 굳었다. 마치 널 만나고 내 아들이 되는 일이 없는 것 같다는 듯이. 은서는 서둘러 덧붙였다.

"하지만 이제는 많이 나았어요! 안심하세요."

그녀의 말을 듣고 이란주 대표가 교양 있는 미소를 지으며 단정 지었다.

"그럼 앞으로 권후 집 갈 일 없겠네요. 그렇죠?"

은서는 입이 딱 다물어졌다. 설마 이런 식으로 압박이 들어올 줄은 몰랐다. 대답을 강요하듯이 이란주 대표가 집요하게

프러포즈 반지

그녀를 쳐다보니, 주위의 공기가 모두 소멸된 듯이 숨이 잘 안 쉬어졌다.

권후와 헤어질 수 없다고 말했을 때처럼 이번에도 당당하게 권후의 집에 갈 거라고 말할 수 있다면 좋겠지만, 세상의 어떤 여자가 시어머니가 될지도 모를 사람 앞에서 그 정도로 **뻔뻔**해질 수 있겠나. 최권후가 아니면 불가능한 일이었다.

"그렇긴 한데……."

결국 그녀의 대답도 애매하게 흘러나왔다. 그걸 이란주 대표는 놓치지 않고 받으며 쐐기를 박았다.

"또 파파라치한테 사진 찍히면 곤란하니까 앞으로는 집에 찾아가는 건 자중해요. 여자가 남자 집에 함부로 찾아가는 건 은서 양 부모님도 좋지 않게 생각하실 거예요."

뭐지? 계속 그 집에 가면 그녀의 부모님께 말하겠다는 협박인가? 여기에 그녀의 부모님까지 더해진다고 생각하니 속이 꽉 막히는 기분이 되었다. 은서는 할 수 없이 억지로 웃으며 고개를 끄덕였다.

"네, 조심할게요."

이란주 대표가 만족한 듯이 웃었다. 그 순간, 그녀는 느꼈다. 이 세상에 만만한 시어머니 따위는 존재하지 않는다는 걸.

[그래서 네 입으로 우리 집에 오지 않겠다고 약속했다고?]

전화로 이야기를 전해 들은 권후의 목소리는 별로 좋지 않았다. 그녀가 생각해도 별로 기분 좋은 이야기는 아니긴 했다. 그의 어머니와 약속했으니 오늘부터 그의 집에서 잘 수 없다는 이야기였으니까.

"어쩔 수 없었다고요. 아직 인터뷰 촬영도 끝나지 않았고."

[이야. 인터뷰 때문에 우리 어머니한테 아부 떨었다는 거네.]

"아부라니, 그건 말이 너무 심하잖아요."

[그럼 나한테 한마디 상의도 없이 우리 집에 발 끊겠다고 약속한 넌 안 심했다고?]

어쩌다 보니 싸우고 있었다. 설마 이란주 대표는 이런 걸 노린 걸까? 은서는 정신이 바짝 들었다.

"선배, 우리가 이걸로 싸우면 선배 어머니 뜻대로 되는 것 같아요."

[이야. 인제 와서 겁나 이성적이네. 어머니 앞에서는 왜 그걸 몰랐을까?]

"그만하라고요!"

은서는 못 참고 목소리를 높였다. 그러자 권후의 목소리가 뚝, 끊겼다. 아무 소리도 들려오지 않았다.

"선배?"

전화가 그대로 끊긴 걸 알고 은서는 황당한 표정을 짓다가 울상을 지었다.

"나는 뭐 좋아서 그렇게 말한 줄 아냐고."

은서는 기분이 축 처져서 그녀의 집으로 향했다. 권후의 집

프러포즈 반지

에 갈 수는 없으니 원래대로 그녀의 집으로 퇴근할 수밖에 없었다. 그녀의 힘으로 구한 첫 보금자리라고 엄청 소중하게 여긴 집이었는데, 요즘 너무 홀대하고 있었다.

집에 가는 길에 눈까지 내리자 편의점에 들러서 맥주와 안주를 샀다. 오랜만에 집에서 혼자 사는 기분을 만끽할 거다.

집에 도착한 은서는 건물 앞에 서 있는 익숙한 실루엣의 남자를 발견하고 눈이 커졌다. 그의 몸에 쌓인 눈을 보니 이곳에서 한참 그녀를 기다린 듯했다.

"여기 왜 있어요?"

보자마자 그녀가 던진 질문에 권후는 팔짱을 끼며 눈을 내리깔았다.

"너보고 우리 집 오지 말라고 했지, 나보고 너희 집 가지 말라는 소린 없었잖아."

정말 못된 아들이었다. 분명 어릴 때부터 엄마 아빠의 말은 죽어도 안 들었을 것이다.

"선배가 이러니까 이 대표님이 나만 잡으려는 거잖아요."

"알아. 그래서 내가 왔잖아."

"왜 전화할 때랑 이렇게 태도가 달라요?"

그녀가 너무하다는 눈으로 쳐다보며 따지자 권후는 하얀 눈을 맞으며 하얀 이를 드러내고 웃었다.

"가끔은 싸워 줘야 오래간대."

은서는 그 말에 혼자 속상해했던 게 억울해져서 주먹으로 그의 가슴을 툭, 때렸다. 그녀가 몇 대 더 때려도 그가 맞기만 하자 은서는 그의 코트 깃을 움켜잡고 힘을 주어 당겼다. 그의 얼굴이 아래로 내려와 거리가 좁혀졌을 때, 발끝으로 서서 입술을 포갰다. 눈이 오는 추운 날이었지만, 입술은 한없이 따뜻했다. 마치 봄인 것처럼.

백 비서가 집무실에 들어와서 그에게 보고했다. 태강 그룹 부사장 비서실에서 전화가 왔다고.

"최강후 부사장이 대표님과 만나고 싶으시다는데, 시간 언제로 전할까요?"

친동생을 만나고 싶다고 회사 비서실을 통해 전해 온 걸 보고 권후는 실소했다.

"형제끼리 내외하는 거 아니니까 직접 찾아오라고 전해."

"그걸 대표님이 직접 최강후 부사장한테 전화로 말씀드리면 될 것 같은데."

"싫어. 네가 해."

백 비서는 알겠다고 대답하며 속으로 결론을 내렸다. 정말 안 친한 형제 사이라고.

태강의 지분을 놓고 싸우는 사이라면 이해가 되는데, 그것도 아니었다. 성격이 무신경하다면 그럴 수도 있겠지만, 최권후 대표는 그런 성격도 아니었다. 주위 사람들을 엄청 신경 썼다. 그리고 최강후 부사장도 소문으로는 젠틀한 신사였다. 오죽하면 이혼하는데도 먼지가 한 톨도 안 나왔겠나. 굳이 이리 안 친할 이유가 있을까 싶은 두 사람이었다.

 회사로 연락했다가 거절당한 뒤 한동안 강후 쪽에서 별 연락이 없어서 권후도 차츰 잊어 가고 있었는데, 밤에 그의 집 초인종이 딩동 하고 울렸다. 혹시 은서가 어머니 인터뷰가 다 끝나서 찾아온 건가 싶어서 권후는 곧장 현관으로 뛰어갔다가 인터폰에 잡힌 형의 얼굴을 확인하고 표정이 짜게 식었다.
 권후는 열림 버튼만 툭 누르고는 소파로 걸어가서 풀썩 앉았다. 현관문을 열고 집 안으로 들어선 강후는 신혼집처럼 꾸며진 집 안을 보고 잠시 멈칫했다. 결코 남자가 혼자 사는 집처럼 보이지 않았다.
 강후는 눈살을 찌푸리며 거실 안으로 들어섰다. 권후는 집에 사람이 와도 소파에 앉은 채 움직이지 않았다. 강후도 환영받을 것이라는 기대는 없었기에 크게 신경 쓰지 않았다.
 권후는 마시던 차를 강후에게 내밀며 물었다.
 "형도 마실래?"
 "난 밤에 커피 안 마셔."
 "루이보스차야. 내가 불면증이 있어서 이걸 마시면 좋다고 은서가 사다 줬어."
 권후가 처제의 이름을 자연스럽게 말한 것보다 권후한테 불면증이 있다는 말이 강후를 더 놀라게 했다. 세상에서 가장 속 편한 사람을 고른다면 강후는 고민 없이 자기 동생 최권후를 고를 테니까. 하지만 이런 걸로 마음이 약해질 수는 없었다. 어차피 불면증도 생활 패턴이 엉망이라 생겼을 테니까.

"처제랑 언제까지 만날 생각인 거야?"

강후의 질문에 권후는 미간을 좁히며 지적했다.

"이혼했으니까 이제 처제라고 부르면 안 되지."

"그래서 수정이도 너 도련님이라고 안 불러?"

"똑똑한 은서 언니는 진작에 정리했지. 미련 남은 형이랑 달리."

정확히 반격하는 권후의 말에 강후는 잠시 눈빛이 일그러졌다가 다시 무표정으로 돌아왔다. 여기서 흔들리면 안 되었다. 아직 시작도 못 했다.

"나 지는 시간 지켜야 하니까 할 말이나 빨리하고 가."

불친절한 동생의 얼굴을 가만히 쳐다보던 강후는 건조한 목소리로 말했다.

"네가 처제랑 헤어지는 게 모두에게 가장 좋은 일이야."

"그 모두에 내가 포함된 게 정말 맞아?"

"그래, 결국 너한테도 좋은 일일 거야."

"혹시 은서 언니가 이혼하면서 형한테도 좋은 일이라고 했어?"

권후가 갑자기 그의 이혼을 끌고 오자 강후도 표정이 안 좋아졌다. 그는 놀림받는 걸 좋아하지 않았다. 세상에 태강 그룹

프러포즈 반지

의 후계자를 놀리는 사람은 존재하지 않았으니까. 그걸 유일하게 하는 사람이 바로 눈앞의 동생이었다. 강후는 권후가 더 이상 그의 머리 위에 올라앉지 못하도록 강수를 두었다.

"네가 처제를 못 놓으면 네 야구단이 힘들어질 거야."

강후가 야구단을 끌고 와 그를 협박하자 권후는 말없이 형의 얼굴을 쳐다만 보다가 비소를 흘렸다.

"형은 그때랑 전혀 안 변했네. 그때도 나한테 야구 포기해야 도와준다고 했잖아."

강후의 표정이 굳었다. 당사자가 직접 지적하니 그때의 실수가 뼈아프게 다가왔다. 그렇다고 그걸 쉽게 인정할 수도 없었다. 그는 그럼 안 되는 사람이었으니까.

"난 네가 태강 그룹의 이미지를 우습게 만드는 걸 막으려는 거뿐이야."

"그래서 내 행복보다 집안 체면이 더 중요하다는 거잖아. 내가 괴로워 죽든 말든 상관없이."

"이딴 일로 사람 안 죽어."

"그래, 죽지는 않겠지. 그런데 그렇게 살아서 무슨 의미가 있는데?"

"네가 책임져야 할 일을 하며 살아. 그래도 시간은 가."

최강후의 논리대로 사람이 살아야 한다면 모든 사람은 감정 없는 로봇이 되어야 했다.

"형이 그래서 이혼당한 거야."

그가 또 이혼을 들먹이자 처음으로 강후의 눈빛에서 불똥이 튀어 올랐다. 그건 명백한 분노이며 상처였다.

"네가 우리 부부에 대해 뭘 안다고 함부로 지껄이는 거야."

강후는 이 이혼을 되돌릴 수 있다고 믿었기에 지금껏 초연할 수 있었다. 하지만 더 이상 되돌릴 수 있는 시간은 남아 있지 않았다. 결국 해신 그룹의 장녀 오수정과 태강 그룹의 장남 최강후는 완전한 남남이 되었다.

"그래. 난 형이 어떤 결혼 생활을 했는지 전혀 관심 없어. 하지만 하나는 확실하지. 형은 태강을 위해서는 형수도 희생시킬 수 있는 사람이라는 거."

그랬기에 마지막 희망을 걸고 전화를 걸었던 그한테도 그리 잔인할 수 있었던 것이다. 그게 모두 태강 그룹을 위한 일이라고 믿었으니까. 신에 대한 맹신만 무서운 게 아니었다. 가업에 대한 책임도 지나치면 그릇된 선택을 하면서도 그게 맞다고 굳게 믿게 되었다.

"그러는 넌 태강 그룹 오너가의 아들로 태어났으면서 그렇게 사는 거, 정말 양심에 하나도 거리낄 게 없어?"

그리 묻는 강후의 눈빛에는 맹렬한 비난이 실려 있었다.

권후는 문득 그런 생각이 들었다. 그가 자유를 찾아 떠나 버렸기에 형이 더더욱 태강을 버릴 수 없는 사람이 되어 버린 것 같다고. 그가 미안한 게 있다면 그거 하나였다. 강후한테 다른 선택을 할 기회조차 빼앗은 것. 하지만 수정은 이미 떠난 사람이었고, 은서는 지금 그가 지켜 주어야 할 사람이었다. 권후는 마지막으로 강후의 인정에 호소했다.

"형, 난 행복하게 살고 싶어. 더 이상 불행하기 싫어."

강후는 흔들림 없는 눈으로 권후를 응시하였다. 고작 그런 걸 위해 태강을 웃음거리로 만드는 건 가당치도 않다는 듯이. 그가 태강을 위해 행복을 포기했듯이, 권후 역시 똑같이 그래야 한다고 생각하는 강후는 단호히 말했다.

"일주일 줄게. 그 안에 결정 내려."

절대 꺾이지 않는 강후의 태도에 권후는 눈물이 아니라 마른 웃음이 나왔다. 적어도 태강 그룹은 최고의 후계자를 가진 것 같았으니까.

최후통첩을 날린 강후는 그를 지나쳐 그대로 현관문을 열고 떠나 버렸다. 혼자가 된 권후는 수면제를 놓아둔 곳으로 성큼성큼 걸어갔다. 오늘은 그 어느 때보다 약의 힘이 필요한 밤이었다.

피닉스 야구단이 해외 전지훈련을 떠나는 날이다. 권후의 지시대로 일본이 아니라 미국에서 훈련하게 되었다. 공항으로 떠나는 버스 앞에는 치어리더와 악대가 요란하고 화려하게 떠나는 선수들을 배웅했다. 권후가 특별히 준비한 배웅 이벤트였다.

"와아아아아아! 라온 피닉스 파이팅!"

경기에서 승리한 것도 아니고 전지훈련에 가는 길이었을 뿐이라 선수들은 어리둥절하면서도 기분 좋아했다. 그동안 꼴찌만 해서 이런 대접은 처음이나 마찬가지였으니까.

차 단장과 함께 배웅을 나와 있던 권후는 이창범 감독이 걸어오자 백 비서한테 꽃목걸이를 받아서 다가갔다. 이창범 감독은 권후가 들고 있는 걸 보고 바로 싫은 내색을 하며 뒤로 물러났지만 권후는 개의치 않고 끝까지 이창범 감독의 목에 꽃목걸이를 걸어 주었다. 그리고 포옹까지 하며 이창범 감독만 들을 수 있게 속삭였다.

"선수 컴플레인 열 번이면 제가 미국까지 날아가야 하니까 제발 살살 하십시오. 저 미국 가면 불면증이 심해져요."

이창범 감독은 엄살을 떠는 권후를 밀어내고 못마땅한 눈으로 쳐다보았다.

"이제 구단주가 할 일은 끝났으니 나중에 경기장에 와서 시합 구경이나 하십시오."

알아서 잘하겠다는 말이었지만, 그 말이 권후한테는 참 쓸쓸하게 들렸다. 선수들이 열정을 모두 쏟아부으며 뛰게 될 때, 그의 역할은 없다는 소리였으니까. 그래도 겉으로는 티를 내지 않고 웃었다.

주인공은 마지막에 등장하는 것처럼 차승재가 가장 마지막에 나타났다. 권후는 차승재에게 악수를 청하듯이 먼저 손을 내밀었다. 차승재는 그 손을 달갑지 않게 쳐다보다가 마지못해 오른손을 내밀었다. 권후는 그 손을 잡는 대신 뒤집어서 손바닥을 확인했다. 더 이상 물집은 없었다. 자기 관리를 잘하

프러포즈 반지

고 있다는 뜻이었다.

"인터뷰에서 대놓고 포스트 시즌 간다고 건방을 떨어 놨으니, 알아서 잘하라고."

그의 야구는 끝났다. 하지만 차승재의 야구는 현재 진행형이었다. 차승재가 승승장구할수록 라온 피닉스도 날개를 달게 될 것이니 권후는 차승재를 응원할 수밖에 없었다.

차승재는 그의 손을 뿌리치며 차게 웃었다.

"걱정 마십시오. 포스트 시즌 꼭 가서 은서랑 밥 먹기로 한 약속 꼭 지킬 거니까."

역시 정이 안 가는 놈이었다.

차승재까지 버스에 오르고, 라온 피닉스를 태운 구단 버스는 인천 공항을 향해 출발하였다.

권후는 떠나는 버스가 안 보일 때까지 바라보았다. 참 많이 달려온 것 같은데도, 겨우 시작일 뿐이었다.

곧 프로 야구 시즌이 시작된다. 그 생각만 하면 심장이 뜨겁게 뛰기 시작했다. 그의 야구는 끝나 버렸지만, 여전히 야구는 그의 인생에 뜨거운 불꽃처럼 남아 있었다.

이란주 대표는 그와 은서를 가능한 한 떼어 놓으려고 굉장히 애를 쓰고 있었다. 처음엔 본인이 직접 생전 하지 않던 방송 인터뷰를 하더니, 그 인터뷰 촬영이 끝나자마자 은서가 절대 거절할 수 없는 거물급 인터뷰이를 소개해 주었다. 최권후를 만날 시간에 차라리 일을 열심히 하라는 뜻이 분명했다.

"선배 덕에 제가 금방 유명한 피디가 되겠어요."

은서가 웃으며 하는 말에 권후는 기계적인 미소를 지었다. 역시 그의 어머니는 사람을 효율적으로 다룰 줄 알았다. 미움받지 않으면서도 적절하게 그와 은서 사이에 간격을 만들고 있지 않은가. 새삼 존경심이 들 정도였다. 아버지의 파괴적인 방법과 비교하면 참 매너가 좋았다. 나쁜 역할은 죄다 형한테 떠맡긴 것만 빼면 말이다.

은서가 열혈 피디 모드가 된 사이, 형 강후가 정한 일주일의 시간이 착실하게 흐르고 있었다. 사실 권후는 마음을 바꿀 생각이 전혀 없었기에 처음부터 그 시간은 무의미했다. 그래도 끝이 정해지니 그 시간 안에 무언가 확실히 매듭을 지어야겠다는 생각이 들었다. 권후는 결심했다. 은서한테 정식으로 프러포즈하기로.

다른 사람의 이야기인 줄로만 알았던 결혼이 그의 현실로 다가오자 권후는 마음이 붕 떠서 구름 위를 거니는 듯한 기분이었다.

두 집안이 발칵 뒤집힐 일이었지만, 지금 권후에게 그건 그렇게 중요한 문제가 아니었다. 권후는 마음을 정하자마자 반지를 사기로 했다. 이럴 때 쓰라고 할머니가 반지를 주신 것이었지만, 그건 이미 은서한테 있으니 그걸로 프러포즈하면 어째 재활용한 기분이 날 것 같았다. 그래서 직접 반지를 사기로 했다. 백 비서와 함께 쥬얼리 샵에 방문했다.

"죄송하지만, 전 이런 쪽으로는 도움을 드릴 수 없습니다."

차라리 회사의 여직원에게 도움을 청하라고 백 비서는 제안했지만 권후는 단칼에 거부했다.

"괜찮아. 백 비서는 손만 빌려줘."

"네?"

"백 비서 손가락 사이즈가 딱 은서랑 비슷해."

프러포즈할 반지를 그한테 끼워 보겠다는 말에 백 비서는 질색했지만, 권후가 놓아주지 않아서 도망칠 수가 없었다.

권후는 진열대에 놓인 반지들을 하나하나 유심히 보았다. 그가 200만 원의 채무를 갚는다는 명목으로 은서의 손가락에 반지를 끼워 주었을 때 질색하던 그녀의 얼굴이 떠오르며 입꼬리가 올라갔다. 이번에 그가 반지를 주었을 때는 분명 전혀 다른 표정을 지을 것이다. 은서가 행복해하는 얼굴을 보고 싶었다. 그럼 그도 함께 행복해졌으니까.

"이 반지 보여 주세요."

권후가 요구하자 쥬얼리 샵 직원이 반지를 꺼내 주었다. 권후는 반지를 들고 백 비서에게 손을 내밀었다.

백 비서는 내키지 않는 표정으로 부정했다.

"분명 제 손이 더 클 겁니다. 전 남자니까요."

"분명 내 눈에는 비슷해. 손."

권후가 강요하자 백 비서는 할 수 없이 왼손을 앞으로 내밀었다. 남자가 남자에게 반지를 끼워 주는 장면을 보고 앞에 있는 직원의 표정이 다채롭게 변했다. 웃고 싶었지만 웃을 수 없었다. 그건 영업직 프로답지 못한 태도였으니까.

"어머. 게이 커플인가 봐."

"와! 우리나라도 많이 변했네."

샵에 들어오던 손님들까지 두 사람을 보고 쑥덕이자 백 비서의 낯빛이 창백해졌다. 이 상황에서 오직 반지에만 신경 쓰고 있는 사람은 권후 한 명뿐이었다.

"음, 프러포즈 반지니까 더 화려한 게 좋겠어."

권후는 직원에게 더 큰 다이아몬드를 요구했다. 그가 이 결혼에 얼마나 진심인지 다이아몬드의 크기로 보여 주기라도 하겠다는 듯이.

미국, 손에 술병을 들고 비틀비틀 걸어가는 남자는 님루한 차림을 하고 눈에 힘이 풀려 있었다. 그의 이름은 라이언 존슨. 누가 보더라도 왕년에 천재 야구 선수 소리를 듣던 인물이라는 걸 짐작도 하지 못할 모습이었다.

예전에는 부상 때문에 손이 떨렸다면, 이젠 술과 마약 때문에 떨려서 더 이상 야구는 할 수 없는 몸이 되었다. 명예도 부도 인기도 전부 연기처럼 사라졌고, 하루를 버티면 그게 전부인 삶만 남겨졌다.

생기를 잃은 채 휘적휘적 걸어가던 라이언 존슨은 길거리에서 청소년들이 핸드폰으로 보고 있는 영상이 눈에 들어온 순간, 걸음을 우뚝 멈추었다.

"이거 정말 골 때려. 이 사람이 야구단 구단주래."

"거짓말. 어느 구단주가 이런 방송을 해."

"그러니까 골 때린다니까. 근데 야구 게임을 죽이게 해."

"그럼 프로 게이머 아냐?"

그 영상 속의 얼굴이 라이언 존슨의 눈에 가시처럼 박혀 왔다. 저 얼굴을 잊을 수 있을 리가 없다. 그의 인생을 시궁창으로 밀어 넣은 인간이었으니까.

"아악!"

라이언 존슨은 어린 소년들의 손에서 거칠게 핸드폰을 빼앗아서 바닥에 패대기쳤다. 갑자기 괴성을 지르며 행패를 부리는 덩치 큰 남자의 등장에 아이들은 기겁하며 도망쳤다.

라이언 존슨은 핸드폰이 산산조각이 날 때까지 발로 짓밟고 또 짓밟았다. 생기가 없던 그의 눈이 어느새 독기로 시뻘겋게 달아올랐다.

번쩍, 천둥이 치자 권후는 창밖으로 시선을 던졌다.

"비가 쏟아질 것 같은데."

은서는 아직도 촬영 중일 것이다. 한창 촬영할 때는 늦은 밤까지 일한다는 걸 이제는 잘 알았다.

"기사님, 집이 아니라 다른 곳으로 가겠습니다."

은서를 찾아서 간 곳은 한창 패션쇼 준비로 바쁜 쇼케이스 현장이었다. 이란주 대표가 은서에게 소개해 준 인터뷰이는 세계적으로 주목받는 디자이너 이솜이었다. 외국에 체류하는 기간이 길어서 쉽게 인터뷰 일정을 잡을 수 없는 인물이었는데, 이번에 이란주 대표를 통해 짧게 한국에 와 있는 시간 동안 인터뷰 촬영을 하게 되었다.

후드득―.

밖에는 어느새 장대비가 내리고 있었지만, 쇼케이스 현장은 내일 있을 런웨이를 철저하게 준비하느라 늦은 밤인데도 분주하게 움직이고 있었다.

권후는 안으로 들어가지 못하고 입구에 서서 바쁘게 움직이는 사람들의 모습을 카메라에 열심히 담고 있는 은서의 모습을 눈으로 좇았다. 그녀와 함께 인터뷰도 했건만, 그녀가 일하는 모습을 이리 제대로 보는 건 거의 처음인 듯한 기분이었다. 치킨이 세상에서 제일 맛있다고 말하던 소녀가 어느새 자라서 사람들의 삶을 기록하는 교양 피디가 된 모습은 어떤 경이로운 기쁨을 담고 있었다.

우르릉, 쾅!

대지를 울려 대듯이 내리친 천둥소리에 다들 깜짝 놀라 입구 쪽을 보았다. 은서도 소리에 놀라 돌아보았다가 입구에 서 있는 그를 발견하고 눈이 커졌다.

"어떻게 여기까지 왔어요?"

프러포즈 반지

곧장 그한테 뛰어온 은서는 반가운 표정을 지으며 물었다.

"갑자기 비가 쏟아져서 데리러 왔어."

데리러 왔다는 말을 듣고 은서는 난처한 표정을 지었다.

"그런데 저 좀 늦게 끝날 것 같은데."

"괜찮아. 내가 기다릴게."

"아니에요. 그냥 우산만 주고 가요."

그가 기다리면 일하는 내내 신경이 쓰일 것이다. 그녀가 왜 거절하는지 알기에 권후도 고집을 피우지 않았다.

"이번 인터뷰는 언제 끝나?"

"편집까지 다 하려면 나흘은 걸릴 거예요."

"그럼 그 뒤에 만나자. 나 너한테 할 말 있어."

그가 진지하게 이런 말을 한 건 처음이라서 은서는 긴장한 눈으로 그를 쳐다보았다.

"중요한 말이에요?"

권후는 그렇다고 고개를 끄덕이며 주머니 속의 반지 케이스를 그러쥐었다. 권후는 은서의 일을 방해하지 않기 위해 우산만 전해 주고 그대로 떠나려고 하다가 멈추어 서서 마지막으로 물었다.

"그런데 넌 왜 방송국 피디가 된 거야?"

지금껏 진지하게 물어본 적이 없었다.

은서는 그의 질문이 뜻밖이라는 듯이 눈을 동그랗게 떴다가 대답하기 곤란하다는 표정을 지었다. 그녀의 표정을 보고 오해한 권후가 눈을 가늘게 뜨며 추궁했다.

"설마 남자 연예인한테 반해서?"

"그런 거 아니에요!"

그럼 예능 피디가 되어야 했다. 교양 피디가 아니라. 은서는 그의 시선을 피하며 민망한 목소리로 말했다.

"방송국 시험 준비할 때는 피디 되면 미국으로 인터뷰하러 갈 수 있을 줄 알았어요."

피디가 되어서 미국으로 그를 만나러 오려 했다는 말에 권후는 눈가가 가늘게 경련했다. 그는 반대로 생각했었다. 그가 야구 선수로 성공하면 한국에 돌아와서 그녀를 다시 만날 수 있을 줄 알았다.

"그런데 그렇게 되기도 전에 결혼식에서 선배 마주치는 바람에 다 소용없는 일이 되었지만."

결국 그의 계획도, 그녀의 계획도 뜻대로 이루어지지 않았시만, 그래도 두 사람은 지금 함께 있었다. 이런 걸 기적이라고 말하고 싶었다. 절대 이루어질 수 없는 어려운 일이 아니라.

"그럼 한국에서 나 다시 만났을 때 실망했겠네?"

무겁게 돌아온 그의 말에 은서는 눈살을 찌푸리며 대답했다.

"우리가 사돈 사이 된 게 너무 충격이라 다른 건 생각할 겨를이 없었어요."

오랜만에 듣는 사돈이란 말에 권후는 마른 웃음을 지었다. 그때 이 작가가 급하게 그녀를 불렀다. 은서는 그한테 손을 혼

프러포즈 반지　317

들며 다급하게 말했다.

"저 진짜 가 봐야 해요. 일요일에 봐요."

뛰어가는 그녀의 뒷모습을 끝까지 쳐다보던 권후는 몸을 돌려 그곳을 떠났다. 돌이킬 수 없는 과거는 그만 내려놓기로 했다. 앞으로는 두 사람의 미래만 생각할 것이다. 그것만으로도 벅찼으니까.

천둥이 쳐도, 비가 와도 개의치 않고 일을 하는 사람이 또 있었다.

강후는 서류에 사인을 하다가 핸드폰 화면이 밝아지자 시선을 옮겼다. 사진 한 장이 도착해 있었다. 보낸 사람은 그의 동생 권후였다. 강후는 핸드폰을 집어 들어서 권후가 보낸 반지 사진을 물끄러미 쳐다보았다.

결국 이게 최권후가 내놓은 답이었다. 너무 최권후다워서 별로 놀라거나 성나지도 않았다. 사실 집으로 찾아갈 때부터 이리될 줄 그도 짐작했던 것 같다. 최권후는 자기가 선택한 걸 결코 쉽게 포기하지 않았으니까.

강후는 핸드폰을 내려놓고 인터넷으로 들어가 '라이언 존슨 폭행 사건' 기사를 검색했다. 이 기사에는 최권후의 이름이 나오지 않았다. 그저 구단에 막 들어온 신인 선수라고만 되어 있었다.

이 기사에 나온 폭행 선수가 최권후라고 밝히기만 하면 지금 최권후 구단주한테 열광하는 야구팬들은 그를 맹비난하며 당장 구단주 자리에서 사임하라고 개떼처럼 몰려들 것이다. 권후가 야구단을 빼앗기면 마음이 약한 은서는 더 이상 그의 곁에 못 있을 게 뻔했다. 분명 먼저 그를 찾아와서 도와 달라고 사정하겠지. 그럼 그는 도와주는 조건으로 은서에게 권후를 떠나라고 말만 하면 된다. 모든 게 쉽게 흘러갈 것이다.

그런데 강후는 쉽사리 비서를 불러 지시를 내리지 못했다. 자꾸만 그때 전화 통화에서 권후가 울던 소리가 귓가에 메아리쳤다. 권후가 운 건 그게 처음이자 마지막이었다. 아버지의 끝없는 폭력도 최권후를 무너뜨리지 못했는데, 그의 말 한마디가 기어코 유아독존으로 살던 동생을 무너뜨렸을 때의 그 기분은 뭐라고 표현할 수가 없었다. 그건 통쾌한 게 아니라 비통한 쪽이었다.

— 당신한테는 언제나 태강이 1순위잖아요. 안 그래요?

법원에서 수정이 그한테 했던 말이 비수처럼 가슴을 찔러왔다. 그건 당연한 일이었다. 그는 태강 그룹의 후계자였으니까. 20만 명의 직원을 다스리며 이 나라의 경제를 지탱하는 자리였다.

최권후는 결코 넘볼 수도 없는 그런 자리에 그가 앉아 있었다. 그런데 어떻게 남들과 똑같이 살 수 있겠는가. 그는 지켜야 할 책임이 있었고, 이루어야 할 목표가 있었다.

그리고 권후는 지금 방해가 되고 있었다. 자기 혼자 행복하게 살겠다고 가족과 태강은 완전히 무시하고 있었다.

강후는 비서를 부르기 위해서 키폰으로 손을 뻗었다.

일요일이 될 때까지 권후는 은서를 만나러 가고 싶은 마음을 일부러 꾹 참았다. 서로 못 보다가 만나서 프러포즈하는 게 더 극적인 감동을 줄 것 같았으니까.

아침에 옷을 고를 때부터 마음이 들떴다. 오늘 같은 날은 은서가 선물해 준 넥타이를 하고 싶은 마음이 생겼지만, 차승재가 똑같은 넥타이를 가지고 있었기에 결국 포기하고 다른 넥타이를 골랐다. 옷을 다 입은 다음에는 잊지 않고 반지를 챙겼다.

달칵―.

반지 케이스를 열어 그 안의 반지를 확인한 권후는 입매가 휘어졌다. 사람은 결혼을 해야 진정한 어른이 된다고 하던데, 그 말이 정말이었나 보다. 프러포즈 반지를 산 것만으로도 그가 부쩍 성장한 기분이었다. 앞으로 은서한테 더 좋은 남자가 되고 싶었다. 그럴 자신도 있었다.

권후는 집을 나와 은서를 데리러 그녀의 집으로 차를 몰았다. 가는 동안 콧노래가 절로 흘러나왔다. 그의 프러포즈를 응원하듯이 날씨까지 화창했다.

분명 은서는 반지를 보고 좋아할 것이다. 은서라면 그가 주는 건 뭐든 좋아해 줄 테니까. 그래서 그는 더욱 욕심이 생겨서 가장 좋은 것만 주고 싶었다.

Rrrrrrrrr— Rrrrrrrrr—.

전화가 울리기 시작했다. 발신자가 그의 눈에 들어오자 눈썹이 위로 솟구쳤다. 발신자는 뜻밖에도 차승재였다. 미국에서 열심히 훈련하고 있어야 할 놈이 갑자기 왜 전화질인가 싶었다. 오늘은 그한테 중요한 날이었으니 그냥 무시할까 하다가 다른 선수들의 컴플레인은 다 들어 주었으면서 차승재라고 무시하는 건 차별인 것 같아서 할 수 없이 통화 버튼을 눌렀다.

"뭐야? 너도 감독 컴플레인하려는 거냐?"

그의 목소리가 절로 퉁명스럽게 흘러나왔다.

[라이언 존슨이 미국을 떠난 것 같아요.]

끼이익—.

전화기에서 흘러나온 이름에 놀란 권후는 급하게 차를 세웠다. 심장이 요동치며 피가 거꾸로 치솟는 것만 같았다. 권후는 뼈마디가 붉어질 정도로 핸들을 움켜잡으며 사납게 물었다.

"네가 그걸 어떻게 알아?"

[미국 도착해서 찾아봤어요. 이제는 은서도 그 일 알게 된 게 신경 쓰여서. 그런데 라이언 존슨이 거주하던 집이 비어 있어서 알아봤더니 공항으로 간 게 마지막 흔적이에요.]

권후는 갑자기 듣게 된 라이언 존슨의 소식에 숨이 막혔다.

[난 라이언 존슨이 어디로 갔는지까지 알아낼 수는 없으니, 당신이 알아봐요. 그 정도 위치면 그런 거 할 수 있잖아요.]

차승재가 전화를 건 이유였다. 만약 라이언 존슨이 향한 곳이 한국이라면 최권후의 옆에 있는 은서까지 위험해질 수 있는 일이었으니까.

[당신이 벌인 일이니까 당신이 알아서 해결해요. 은서까지 위험하게 만들지 말고.]

뚝ㅡ.

전화는 그대로 끊겼다.

권후는 한동안 꼼짝도 할 수가 없었다. 깨어 있는 상태로 생생한 악몽을 꾸는 것만 같은 끔찍한 기분이었다.

그러나 차승재의 말이 맞았다. 정말 라이언 존슨이 리차드 최의 진짜 정체를 알아내고 한국으로 오고 있는 것이라면, 그는 이렇게 가만히 넋을 놓고 있을 수만은 없었다.

권후는 백 비서가 아니라 태강 회장 비서실의 비서 실장에게 전화를 걸었다. 당장 알아내야 하는 일이었으니 가장 빨리 일을 처리할 수 있는 곳으로 연락해야 했다.

"저 최권후입니다. 실장님, 지금 바로 인천 공항 출입국 기록에 라이언 존슨이 있는지 알아내야 하는데, 가능한가요?"

[라이언 존슨이요? 네, 바로 알아보겠습니다.]

그의 미국 사건을 직접 처리했던 실장은 라이언 존슨의 이름에 기민하게 반응했다.

전화를 끊고도 권후는 꼼짝도 할 수가 없었다. 은서가 기다리고 있으니 가야 한다는 걸 알았지만, 몸이 움직이지 않았다.

Chapter 21
이별

 은서는 오랜만에 데이트를 위해 공을 들여서 치장했다. 그래서 꽤 시간이 걸렸는데도 권후는 아직 도착하지 않았다. 이젠 준비도 다 끝나서 권후를 기다리는 일만 남은 은서는 집을 나와 건물 앞에서 권후를 기다렸다.

 "왜 안 오지?"

 은서는 차가 오는 길 쪽으로 길게 목을 빼고 권후의 차가 오는지 확인했다. 전화할까 하다가 분명 오는 중일 것이라고 믿고 그냥 기다렸다.

 10분이 지나고, 30분이 지나고, 여전히 권후가 오지 않자 은서는 할 수 없이 핸드폰을 꺼내 권후에게 전화를 걸었다.

 Rrrrrrrrr— Rrrrrrrrr—.

 [고객님이 전화를 받지 않아서 소리샘으로 연결됩니다.]

 권후가 전화를 받지 않자 은서는 불안해졌다. 만약 바쁜 일이 생겼다면 그녀한테 먼저 전화를 해서 알렸을 테니까. 이렇게 연락도 없이 안 오는 건 그답지 않았다. 설마 오다가 사고

이별 323

라도 생긴 건가 싶어 심장이 덜컹 내려앉았다. 은서는 서둘러 백 비서에게 전화를 걸었다. 그녀는 심각했는데, 백 비서는 별거 아니라는 듯이 대답했다.

[아! 준비할 게 많아서 좀 늦으시나 봅니다.]

"준비요?"

[그건 대표님께 직접 들으십시오.]

백 비서는 권후가 꼭 대단한 이벤트를 준비하는 듯이 말했다. 그때 저 멀리 권후의 차가 보이자 은서는 안도하며 핸드폰을 내려놓았다. 그녀의 앞에서 차가 멈추어 섰다.

달칵―.

운전석에서 내려선 권후를 보고 은서는 활짝 웃었다. 그의 표정이 평소와 달리 심각해 보였지만, 분명 이벤트를 위해 그녀를 속이려고 일부러 연기하는 것이라고 생각했다.

그가 그녀의 얼굴을 가만히 쳐다보고만 있자 은서는 먼저 입을 열었다.

"너무 늦어서 무슨 일 생긴 줄 알았잖아요."

도대체 무슨 이벤트일까 싶었다. 지금 은서는 그것만 계속 궁금했다. 아무래도 모른 척해 주는 게 좋을 것 같아서 그가 오기 전에 백 비서한테 전화한 건 숨겼다.

권후가 무겁게 입을 열었다.

"형이 날 찾아왔었어."

은서는 그 말에 어떤 반응도 보일 수 없었다. 저것도 그녀를 속이는 말인지, 진짜인지 잘 판단이 되지 않았으니까.

"내가 너랑 헤어지지 않으면 나한테서 야구단을 빼앗겠대."

그녀의 입가에 걸려 있던 미소가 순식간에 얼어붙었다. 더 이상 그의 연기라고 생각할 수 없었다. 최권후가 야구단을 두고 장난을 칠 리가 없었으니까.

"지, 진심으로요?"

권후는 야구단이 없으면 안 되었다. 이제 야구도 못 하게 되었는데 야구단마저 잃게 된다면 그는 완전히 예전의 모습을 잃어버리게 될지도 몰랐다. 강후는 권후의 친형이니 그렇게까지 잔인한 짓은 할 수 없을 것이라고 믿고 싶었다.

"우리 형은 내가 루카스 죽음 밝힐 수 있게 도와달라고 전화했을 때도 나한테 야구 포기하면 도와주겠다고 한 사람이야."

결국 권후가 야구를 못 하게 된 것에 강후의 지분도 크다는 말에 은서는 몸의 떨림이 점점 커졌다. 무서운 기분이 몰려왔다. 지금 그녀가 감당할 수 없는 일이 벌어지려 하고 있다는 걸 마음보다 몸이 먼저 깨닫고 떨림이 멈추지 않았다.

권후가 창백하게 질린 그녀의 얼굴을 가만히 쳐다만 보았다. 가까이 다가와 겁을 먹은 그녀를 위로해 주지도 않았다. 두 사람은 괜찮을 것이라고 그가 단호히 말해 주었으면 했다. 결국 그녀가 먼저 이 질식할 것 같은 침묵을 못 참고 물었다.

"그럼 이제 우린 어떡해요?"

간절한 시선으로 그의 두 눈을 좇았다. 제발 그의 입에서 헤어지자는 말만은 나오지 않았으면 했다. 어떻게든 두 사람이 함께 있을 수 있는 방법을 찾을 것이라고 거짓말이라도 해 주었으면 했다. 오래 걸리는 그의 대답을 기다리는 동안, 그녀의 눈이 붉게 충혈되어 따끔거렸다.

"우린 여기까지만 해야 할 것 같아."

제발 그 말만은 그의 입에서 나오지 않길 바랐건만. 그 말만 아니면 뭐든 좋다고 생각했는데. 그녀는 그와 헤어지고 싶지 않았다. 그건 생각만으로도 숨이 막혀 괴로웠다.

그러나 은서는 헤어지자는 그의 말에 안 된다는 말을 할 수가 없었다. 어떻게 그한테 야구 대신 그녀를 선택하라고 할 수 있겠는가.

야구를 꿈이라고 말할 때 빛나던 그의 모습을 여전히 사랑했다. 그랬기에 그녀는 그 어떤 원망조차 할 수 없었다. 어떻게 하겠는가. 그가 선택한 게 야구인데. 야구는 그의 꿈인데.

그는 혼자서 차 문을 열고 올라타 바로 차를 출발했다. 은서는 멀어지는 차의 뒷모습에서 눈을 뗄 수가 없었다. 그의 차가 완전히 사라진 뒤에도.

아무것도 남지 않게 되었을 때야 떠올랐다. 도대체 오늘 그가 하려고 했던 이벤트는 뭐였을까?

뚜벅뚜벅―.

태강 그룹 로비를 당당하게 걸어가는 한 남자에게 태강 직원들의 시선이 몰렸다. 남자의 손에 커다란 위스키 병이 들린 게 평범하지 않게 보이기도 했지만, 무엇보다 놀라운 건 그의 얼굴이었다.

"최권후 아냐?"

"설마. 최권후가 여길 왜 와?"

태강 그룹 출입이 금지당한 사람처럼 태강 그룹에 한 번도 발걸음한 적이 없는 최권후의 등장은 사람들을 술렁이게 만들기 충분했다. 마치 태강 그룹의 후계자 구도에 지각 변동을 예고하는 것처럼.

권후는 사람들의 수군거림을 뒤로하고 부사장실로 향했다. 강후 역시 연락도 없이 회사까지 찾아온 권후를 믿고 싶지 않다는 눈으로 쳐다보았다.

"뭐 하자는 거야?"

이렇게 사전 약속도 없이 쳐들어오는 건 강후의 입장에선 깽판이었다. 태강 그룹에 나타난 최권후를 보고 직원들이 수군거렸을 걸 생각하니 벌써 두통이 올라왔다. 분명 한동안은 사내 인트라넷이 개판일 것이다. 권후는 가지고 온 위스키 병을 테이블 위에 탁 내려놓으며 강후에게 물었다.

"내 기사 벌써 언론사에 넘겼어?"

폼 잡으며 반지 사진을 보낼 때는 언제고 인제 와서 그걸 신경 쓰나 싶었다.

"그래도 상관없어서 반지 사진 보낸 거 아냐?"

"나 은서랑 끝냈어."

이별

생각도 못 한 말이 권후의 입에서 나오자 강후는 냉정하던 얼굴이 깨어졌다.

"뭐? 진짜야?"

권후는 위스키 병의 뚜껑을 열며 술꾼처럼 말했다.

"잔이나 줘."

강후는 의자에서 일어나 권후에게 다가가서 위스키 병을 빼앗으며 거칠게 다그쳤다.

"갑자기 왜 마음을 바꾼 건데? 너 그런 가벼운 마음으로 처제한테 접근한 거였어!"

언제는 헤어지라고 야구단을 걸고 협박하더니, 이제는 은서에 대한 마음이 가볍다고 화를 내는 형의 태도에 권후는 실소를 흘렸다.

"지금껏 내가 뭘들 끝까지 제대로 한 게 있어?"

비서 실장이 확인해 주었다. 라이언 존슨이 한국에 입국한 걸. 그럼 목적은 뻔했다. 그한테 복수하려고 온 것이다. 자기 야구 인생을 끝장내 버린 것에 대한. 본인이 죄 없는 어린아이의 목숨을 빼앗은 것에 대한 죄책감은 조금도 없이. 그래서 권후는 여전히 라이언 존슨을 용서할 수가 없었다.

— 라이언 존슨이 입국한 건 비밀로 해 주세요.

— 네? 안 됩니다. 위험한 인물이니 당장 경찰의 협조를 받아야…….

— 실장님이 다른 사람한테 도움 청하는 순간, 제가 직접 라이언 존슨 찾아가서 그때와 똑같은 짓 할 거예요.

―도련님! 그러시면 이번에야말로 사회적으로 매장당할 겁니다.

―그러니까 비밀 꼭 지키시라고요. 저는 이번에 무조건 그 인간이 감옥에 들어가는 걸 봐야겠어요.

루카스의 죽음으로 라이언 존슨을 감옥에 보낼 수 없다면 그를 미끼로 쓰겠다. 그래서 권후는 라이언 존슨이 그를 찾아오길 기꺼이 기다릴 작정이었다.

그런데 그러려면 은서가 그의 근처에 없어야 했다. 은서가 옆에 있으면 그는 불안해서 아무것도 할 수 없었다. 그래서 야구단 때문에 어쩔 수 없이 그녀와 헤어져야 하는 것처럼 굴었다. 분명 상처 받았을 것이다. 그걸 나중에 어떻게 보상할 수 있을지 무서웠다. 은서한테도 그가 영영 지울 수 없는 상처를 만들어 준 것일까 봐. 그러나 정말 이 방법밖에 없었다. 은서도 안전하고, 라이언 존슨도 감옥으로 보내 버릴 방법은.

"형의 뜻대로 됐으니 나랑 축배나 들자고."

강후는 종잡을 수 없다는 눈으로 위스키를 술잔에 가득 따르는 권후를 쳐다보았다. 이렇게 쉽게 은서랑 헤어지는 건 전혀 최권후답지 않았다. 역시 야구가 그한테 그만큼 중요했다는 건가?

"네 폭행 기사 안 넘겼어."

강후는 그 기사를 기자에게 넘기는 걸 망설인 일을 다행이라고 여겼다. 만약 이번에도 칼같이 일을 처리했다면 그는 동생한테 두 번이나 지울 수 없는 상처 주었을 것이다.

권후가 씨익 웃으며 그에게 술잔을 내밀었다.

"그럴 것 같았어."

"……날 믿었다고?"

"우리가 형제라는 걸 믿었지."

챙, 술잔이 부딪치는 소리가 경쾌했다. 강후는 시원하게 술을 마시는 권후한테서 눈을 뗄 수가 없었다. 이리 쉽게 해결할 수 없는 깊은 골이라는 걸 뻔히 아는데도, 권후가 그리 말해 주어서 내심 안도가 되었다. 형제라는 그 말이 강후가 이 세상에서 유일하게 의지할 수 있는 정이 담긴 말이라는 걸 그 순간 처음 깨달았다.

불면증이 옮았나 보다. 은서는 잠을 잘 수가 없어서 뜬눈으로 밤을 보냈다. 그제야 잠을 제대로 자지 못한 권후의 고통이 얼마나 심했는지 알 수 있었다. 그걸 헤어진 후에야 알았다는 게 너무 슬펐다.

권후한테는 어쩔 수 없는 선택이었다는 걸 알았다. 프로 야구 시즌을 위해 야구단 사람들 전부가 그렇게 노력했는데, 지금 와서 그녀 때문에 어떻게 그 사람들을 전부 배신하겠나. 그러니 그녀도 많이 힘들어하지 말아야 한다고 생각하면서도 그게 뜻대로 되지 않았다.

울리지 않는 핸드폰을 멍하니 바라보며 바보처럼 권후의 전화를 기다리게 되었다. 어쩌면 그가 다시 전화를 줄 수도 있다는 실낱같은 희망을 버릴 수 없었다. 하지만 이틀이 지나도록 권후는 그녀한테 아무런 연락이 없었다. 끝내자는 그 말은 진심이라고 말하듯이.

딩동―.

초인종 소리가 들리자 은서는 서둘러 현관으로 달려가서 문을 열었다.

벌컥, 문을 열었을 때 보이는 언니 수정의 얼굴에 은서는 실망한 기색을 숨기지 못했다.

"언니가 어떻게 왔어?"

수정이 이 집을 찾아왔던 건 경매가 있던 날 어머니를 대동하고 왔을 때뿐이었다. 수정은 들고 온 찬합을 들어 올렸다.

"내가 요즘 집에서 요리를 해서 좀 가지고 왔어."

사실 강후한테서 연락이 왔었다. 은서가 힘들 테니까 잘 챙겨 주라는. 수정은 두 사람 사이가 갑자기 이리된 이유를 알지는 못했다. 하지만 은서의 반응을 보니 그녀가 원해서 끝낸 건 아니라는 걸 눈치챌 수 있었다. 수정은 찬합에 든 반찬을 접시에 옮겨 담으며 은서에게 말했다.

"내 도움이 필요하면 말해."

도와주겠다는 수정의 말에 은서는 눈시울이 붉어졌다. 그러나 그녀는 고개를 저었다.

"나 때문에 선배가 또 야구를 빼앗기면 너무 잔인하잖아."

두 사람이 깨진 이유가 야구단 때문이라는 말에 수정은 차가운 표정을 지었다.

"최권후한테는 야구단이 정말 중요하다고 치고. 그럼 넌?"

이건 그녀한테 맹목적인 희생을 강요하는 꼴 아니냐는 수정의 타박에 은서는 초점 없는 시선으로 멍하니 대답했다.

"나는 모르겠어."

앞으로 최권후 없이 어찌 살아야 하는지 정말 방법을 모르겠다. 그녀의 공간에, 시간에, 물건에, 마음에 최권후의 흔적이 덕지덕지 남아 있었다. 그건 그가 맹렬하게 그녀를 사랑해 주었다는 뜻이었다.

그런데 그 사랑이 끝났다고 통보받았다. 사랑이 그렇게 갑자기 끝날 수도 있는 건지, 지금도 정말 모르겠다.

은서는 몰랐다. 그녀가 '구단주를 이겨라'의 열혈 애청자가 될 줄이야. 시간이 날 때마다 그 방송을 틀어서 보았다. 심지어 밥을 먹을 때도 보았더니 이 작가가 질린 표정으로 말했다.

"그만 좀 보세요. 이미 봤던 걸 도대체 몇 번이나 보세요?"

"재미있어서."

말은 그렇게 해도 표정은 하나도 안 즐거웠다. 이 작가는 그런 그녀가 많이 이상하다고 생각했지만, 무슨 일 있냐고 물어도 아무 일도 없다고 웃으며 넘기니 별수가 없었다.

은서는 방송국 사람들을 피해 화장실에 들어가서 핸드폰을 두 손에 쥐었다. 권후한테 연락이 안 온 지 벌써 5일이 지나가고 있었다.

그녀는 먼저 전화를 걸어 보기로 했다. 그래도 그녀가 전화하면 받긴 받겠지. 서로 원수지고 헤어진 것도 아니니까. 은서는 권후의 번호로 통화 버튼을 꾹 눌렀다.

Rrrrrrrrr— Rrrrrrrrr—.

전화벨 울리는 소리가 늘어날수록 초조해져서 손톱을 입에 물었다.

[고객님이 전화를 받지 않아서 소리샘으로 넘어갑니다.]

결국 권후가 전화를 받지 않자 그녀의 눈망울에 물기가 가득 차올랐다. 정말 이렇게 딱 연락을 끊어 버릴 줄은 몰랐다. 그녀는 그를 위해서 이별을 받아들인 건데, 그는 그녀를 전혀 생각해 주지 않는 것 같아서 마음이 서러움으로 가득 찼다.

힘께할 때는 세상에서 가장 따뜻한 사랑인 줄 알았는데, 헤어진 뒤에는 그녀에 대한 그의 사랑이 그리 대단하지 않았던 걸 확인하는 것만 같아서 눈물이 떨어지려고 했다. 은서는 혼자 울고 싶지 않아서 죽어라 참았다.

슬픔이 서운함으로 바뀌고, 서운함은 오기로 바뀌어서 은서는 라온 본사로 직접 찾아가 보기로 했다. 하지만 막상 라온 앞까지 갔을 때는 직접 권후의 앞에 나설 수 없었다. 그냥 멀리서 얼굴만 보고 돌아가기로 했다. 그럼 깊은 물속에 빠진 듯 먹먹하기만 한 이 마음을 며칠은 잘 다스릴 수 있을 것 같았다.

라온에서 퇴근하는 사람들이 쏟아져 나오는 걸 보고 은서는 기둥 뒤로 몸을 숨겼다. 떳떳하지 않은 행동이 부끄러웠지만, 여기까지 와서 권후의 얼굴을 안 보고 돌아갈 수는 없었다. 숨어서도 열심히 사람들의 틈에서 권후를 찾고 있는데, 뜻밖에도 누군가 그녀를 알아보는 목소리가 들려왔다.

"어? 방송국 피디님 아냐?"

은서는 흠칫 놀라며 몸을 서둘러 돌렸다. 회사에서 잠깐 인터뷰 촬영을 진행한 것이고, 그녀는 연예인도 아니라 카메라 뒤에 있던 피디였기에 그녀의 얼굴을 기억하는 직원이 있을 줄은 몰랐다. 낭패라고 생각하며 어떻게 해야 할지 갈팡질팡하고 있는데 그녀의 주위로 점점 직원들이 늘어났다.

"맞지 않아?"

"아닌 것 같은데. 그 피디가 저기서 왜 저러고 있겠어."

"얼굴이 예뻐서 내가 똑똑히 기억한다니까."

이건 동물원 원숭이도 아니고 어쩌다 이렇게 된 건가 싶었다. 인제 와서 그녀가 그 피디라고 밝힐 수도 없는 노릇이었다. 결국 도망치기로 했는데, 그때 직원들이 일제히 한 방향을 보며 밝게 인사하는 목소리가 들려왔다.

"대표님, 안녕히 가십시오."

떠나려고 한 그녀의 발이 그 말에 묶여서 덜컹하며 멈추어 섰다. 은서는 고개를 돌려 회사 입구 쪽을 다시 보았다. 권후가 직원들의 인사를 받으며 걸어 나오고 있었다. 사람들의 인사를 웃으며 받는 모습은 평소와 똑같았다. 그래서 그녀는 더 마음이 뭉개졌다. 그녀는 그와 헤어져서 힘든데, 그는 그녀가 없어도 멀쩡하게 잘 살고 있는 것 같아서.

그녀가 어느새 눈물을 보였나 보다. 그녀가 방송국 피디라고 확신하던 직원이 다가와 말을 걸었다.

"저기, 괜찮으세요?"

은서는 흠칫 놀라며 고개를 돌렸다. 직원이 그녀에게 티슈를 내밀고 있었다. 괜찮다고 고개를 젓다가 사람들의 시선이 느껴져서 다시 앞을 보았더니, 다른 직원들과 함께 권후가 그녀 쪽을 쳐다보고 있었다. 사람들에게 웃어 주던 얼굴은 사라지고 돌처럼 굳은 얼굴이었다. 그녀를 전혀 반기지 않는 그의 표정을 읽고 은서는 심장에 돌팔매를 당한 기분이 되었다.

그래도 얼굴을 직접 보면 그가 마음을 바꿀 수도 있다고 조금은 희망을 품었나 보다. 하지만 그게 아니라는 걸 직접 확인하게 되자 더 비참해졌다. 그녀는 서둘러 몸을 돌려 그곳에서 도망쳤다. 쫓아오는 사람은 아무도 없었다. 그들이 헤어졌다는 걸 이제 완전히 실감하게 되었다. 그녀가 받아들여야 할 일만 남았다. 시간이 얼마나 걸리든, 얼마나 고통스럽든.

회사 앞에서 은서를 보게 된 권후는 마음이 급해졌다. 그가 은서에게 이별을 통보했어도, 은서가 그를 찾아오는 것까지 통제할 수는 없었다. 그러다 라이언 존슨의 눈에 그녀가 띈다면,

그 뒤는 상상조차 하기 싫었다. 그러니 가능한 한 빨리 라이언 존슨을 해결해야만 했다. 안 그럼 은서와 헤어진 의미도 없이 그녀까지 위험에 휘말리게 될 게 뻔했다.

라이언 존슨은 분명 '구단주를 이겨라'를 통해 그가 한국에 있다는 걸 알아냈을 것이다. 그래서 권후는 방송에 출연할 때 일부러 가게 이야기를 했다.

"요즘엔 일 끝나고 주로 루카스에서 술을 마십니다."

루카스 때문에 생긴 악연이었으니, 루카스에서 마무리를 짓는 게 맞는 것 같았다.

방송이 나간 뒤부터 권후는 매일 루카스에서 늦은 밤까지 있었다. 손님이 없는 텅텅 빈 가게에 권후는 혼자 앉아서 술잔에 술을 가득 따랐다. 그리고 그 술을 마시지 않고 바닥에 뿌렸다. 마치 제사를 지낼 때 술을 뿌리듯이.

"다음 생에는 부디 평범한 집에서 태어나 사랑받고 자라."

끝까지 한으로 남을 게 있다면 결국 루카스의 억울한 죽음을 밝혀 주지 못했다는 것이다. 그가 할 수 있는 건 라이언 존슨을 감옥에 보내는 것뿐이었다. 그의 입에서 루카스에 대한 사죄는 끝까지 받아 낼 수 없을 것이라고 생각하니 속이 까맣게 문드러졌다. 그때 매니저가 급하게 그를 향해 뛰어왔다.

"사, 사장님. 말씀하신 손님이 왔습니다."

키가 190센티가 넘는 금발 외국인 남자 손님만 받으라고 이야기해 두었다. 권후는 입구 쪽을 보며 매니저에게 지시했다.

"다른 직원들과 함께 뒷문으로 퇴근해요."

"네? 퇴근이요? 그럼 가게는?"

"내가 알아서 해요."

매니저는 불안한 눈으로 권후를 쳐다보았지만 차마 그의 지시를 무시하지 못하고 뒷문이 있는 주방 쪽으로 서둘러 걸어갔다. 권후는 앉아 있던 의자에서 일어났다.

뚜벅뚜벅―.

대리석 바닥에 부딪히는 육중한 발소리가 점점 커졌다. 밝고 화려한 샹들리에 조명 아래 좀비처럼 핏기를 잃은 금발의 남자가 걸어 들어왔다. 그의 악몽 속에서만 존재했던 인물이 기어코 현실이 되어 나타났다. 약에 찌든 몸은 서서히 말라 죽어가고 있는데, 눈빛만 분노로 형형하게 빛나고 있었다.

"리차드 최."

오랜만에 듣게 되는 그 이름에 권후는 차갑게 입꼬리를 올렸다. 야구 배트로 저 인간을 죽도록 팼던 그 순간의 감각이 다시금 소름 돋게 살아났다.

라이언 존슨 역시 그의 찬란했던 과거가 망가지던 순간이 그를 보자 생생하게 떠올라서 분노를 주체하지 못했다.

"아악! 네가 날 이 꼴로 만들었어!"

라이언 존슨이 그를 향해 돌진해 왔다. 남자의 손에 들린 잭나이프가 시퍼렇게 날을 세웠다. 오로지 그한테 복수하기 위해 지구 어디에 박혀 있는지도 몰랐던 한국으로 날아온 인간이었다.

권후는 위험한 걸 알면서도 피하지 않았다. 라이언 존슨과의 악연은 피를 흘려야만 매듭을 지을 수 있다는 걸 알았으니까.

푹, 칼날이 그의 배를 찌른 순간, 권후는 손으로 칼을 움켜잡았다. 그를 더 깊이 찌르려는 라이언 존슨의 힘과 막으려는 그의 힘이 충돌했다. 권후는 칼날을 잡은 손에서 피를 뚝뚝 흘리며 핏발이 선 눈으로 라이언 존슨을 보며 물었다.

"말해. 네가 루카스 죽였지?"

라이언 존슨이 눈을 희번덕거리며 귀신처럼 웃었다.

"그건 죽어서 그 깜둥이 자식한테 직접 물어봐."

아직도 루카스의 죽음을 비웃는 라이언 존슨을 참을 수 없어서 권후는 발로 힘껏 라이언 존슨을 걷어찼다. 육중한 몸이 의자와 테이블 위로 넘어지며 요란한 소리를 냈다. 권후 역시 배에 찔린 칼 때문에 크게 몸을 비틀거렸다. 호흡이 거칠어졌다. 출혈량이 많아질수록 시야도 탁해졌다.

하지만 이 정도로는 안 죽었다. 절대 못 죽었다. 권후는 배에 꽂혀 있던 칼을 직접 뽑아서 던져 버리고 일어나려고 하는 라이언 존슨한테 달려들었다. 현실은 악몽보다 더 잔인했다.

은서는 집에서 호출을 당했다. 그녀가 찍었던 이란주 대표의 인터뷰가 이제야 방송을 탔기 때문이다.

"너 제정신이야! 어떻게 이혼하는 집 사돈을 인터뷰해! 전에 최권후 방송 나올 때 그게 마지막이라고 분명 경고했지! 당장 방송국 그만둬! 이번엔 절대 못 봐줘!"

아마도 그녀가 방송에서 이란주 대표를 아주 악독하게 담았다면 어머니가 이리 분노하지는 않았을 거다. 그녀가 찍은 이란주 대표는 이 시대를 대표하는 자랑스럽고 멋있는 커리어 우먼으로 표현되었다. 그래서 어머니 정 여사는 방송을 보다가 TV를 부숴 버렸다고 한다.

은서는 부모님의 앞에서 무릎을 꿇고 앉아서 아무 말도 안 했다. 마치 모든 죄를 인정하는 죄인처럼.

옆에서 지켜보고 있던 수정이 동생의 편을 들어주려고 나서려는데, 비서가 급하게 거실 안으로 걸어들어왔다.

"태강 오너가에 일이 생겼습니다. 회장님."

그 말에 오 회장과 정 여사 그리고 수정, 은서를 뺀 모두가 고개를 돌려 비서를 쳐다보았다.

"둘째 아들이 칼에 찔려 병원에 실려 갔답니다."

내내 묵묵부답이던 은서가 자리에서 벌떡 일어났다.

다음 날이 되자 뉴스를 도배한 건 태강 그룹의 둘째 아들이 자신이 운영하는 술집에서 괴한의 칼에 찔렸다는 기사였다. 괴한은 술집에 출동한 경찰한테 바로 체포되었는데, 그 괴한의 정체가 마약 중독으로 망가진 유명 야구 선수 라이언 존슨이라는 게 밝혀지면서 기사의 파급력은 전 세계로 퍼져 나갔다.

최권후가 입원한 태강 병원 앞은 취재하기 위해 몰려든 기자들로 붐볐다. 그래서 은서는 병원에 들어가지도 못하고, 멀리서 병원 건물만 바라보아야 했다. 당장 권후가 무사한지 직접 눈으로 확인하고 싶었지만, 병원에서 기자들한테 사진이라도 찍힌다면 집에 엄청난 민폐를 끼치게 되는 것이었으니까.

병원에 들어가지 못하지만 떠나지도 못해서 망부석처럼 서 있는 그녀의 앞으로 검은 차가 한 대 와서 멈추어 섰다. 차의 뒷문이 열리며 수정이 내려섰다. 은서가 이곳에 있을 걸 알고 데리러 온 것이었다.

"수술 잘됐다니까 너무 걱정하지 마."

수정이 그녀를 안심시켰지만, 은서는 전혀 표정이 밝아지지 않았다.

"선배…… 일부러 찔린 것 같아."

"뭐? 그게 무슨 말도 안 되는 소리야?"

그 말도 안 되는 짓을 최권후가 진심으로 했을 것 같아서 은서는 가슴이 타들어 갔다. 차승재의 공도 거뜬히 쳐 낼 만큼 몸 관리가 잘된 최권후가 자기 몸도 제대로 쓰지 못하는 마약 중독자의 칼에 그리 쉽게 찔렸다는 게 말이 안 된다고 생각했다.

최권후는 라이언 존슨을 감옥에 보내기 위해서라면 무슨 짓이든 했을 것이다. 그래서 그는 라이언 존슨을 만났을 때 그 생각을 한 건가, 아니면 처음부터 그런 계획을 하고 라이언 존슨을 만난 건가. 만약 계획을 했다면 그건 두 사람이 헤어지기 전에 한 건가, 헤어지고 난 뒤 한 것인가. 수많은 생각들이 어지럽게 얽혀 들었다.

"어떡해. 언니. 엄청 아팠을 텐데 어떡해."

그녀는 권후가 일방적으로 이별을 말한 것에 점점 원망만 쌓여 가고 있었는데, 그녀가 그러고 있을 때 그는 죽었을 수도 있다고 생각하니 마음이 무너져 내렸다.

이게 무슨 사랑인가. 그녀야말로 사랑할 자격이 없었다. 그녀야말로 아무것도 모르는 바보 등신이었다.

소리를 내어 펑펑 울 때보다 눈물을 흘리고 싶어도 못 우는 지금이 더 아파 보여서 수정은 그녀의 등을 두드리며 위로했다.

"괜찮아. 다 괜찮아질 거야."

수정은 두 사람이 이대로 불행해지는 걸 그냥 지켜만 보고 있을 수는 없었다. 불행은 그녀의 이혼으로 이미 충분했다.

태강 오너가에 닥친 불행한 사건 때문에 해신 오너가까지 분위기가 뒤숭숭해졌다.

"아직 이혼이 깨끗하게 정리되지도 않았는데 이게 무슨 날벼락이래요. 그 집 둘째는 밖에서 무슨 짓을 하고 다니기에 칼에 찔려요?"

식사 자리에서 어머니 정 여사는 대놓고 최권후가 막 살아서 칼에 찔린 것이라고 단정을 지었다. 이란주 대표의 인터뷰 건 때문에 억지로 집에 끌려 돌아온 은서는 밥을 먹으면서 그 말을 다 듣고 있어야만 했다.

"칼로 찌른 사람이 나쁜 거죠. 어머니는 왜 둘째 도련님 탓을 해요."

수정은 은서의 눈치를 보며 어머니의 말을 반박했다. 그러나 정 여사는 자기 말을 바꿀 뜻이 전혀 없었다. 이젠 태강 오너가 사람이라고 하면 꼴 보기가 싫었으니까.

"내가 틀린 말 했니? 그 집 둘째는 원래 문제가 많았잖니. 열여섯에 가출했다가 10년이나 지나서 집에 돌아왔어. 그 사이에 무슨 짓을 하고 살았을지 누가 알아?"

"야구했어요!"

계속 말이 없던 그녀가 갑자기 큰소리로 말하자 어머니는 깜짝 놀랐고, 아버지 오 회장도 먹는 걸 멈추고 그녀를 쳐다보았다.

"너는 그 자식 인터뷰했다고 지금 그 자식 편드는 거니? 이제 태강 사람들은 우리 집안의 적이야! 알겠어?"

"싫어요! 전 그렇게 못 해요!"

"오은서. 어머니한테 버릇없이."

평소에 크게 혼내는 법이 없는 아버지가 입을 열어 그녀를 나무랐다. 결국 오 회장도 태강 오너가와는 앞으로 확실히 선을 긋고 싶은 것이다.

은서는 자리를 박차고 일어나서 방으로 올라가 버렸다. 어머니는 식사 중간에 멋대로 자리를 뜬 그녀의 태도가 마음에 안 들어서 목소리를 높였다.

"쟤를 밖에서 혼자 살게 한 게 실수예요. 이제는 집에 앉혀 두고 제가 직접 가르쳐야지, 안 되겠어요. 이러다가 진짜 시집도 못 가면 어떡해요."

아버지는 침묵으로 동의하며 식사를 이어 나갔다.

은서가 식사 중에 뛰쳐나간 이유를 유일하게 아는 수정은 하고 싶은 말은 있었지만, 말을 아꼈다. 그녀의 이혼 때문에 두 집안 사이가 나빠진 것이니, 그녀가 두 사람을 위해 나서는 건 오히려 악영향을 줄 것이었다.

은서는 권후의 상태를 알고 싶어서 백 비서에게 전화를 걸었지만, 백 비서도 권후를 만나지 못하고 있다는 소리만 들었다.

[태강 쪽에서 철저하게 통제하고 있어서 저도 대표님 병실에 들어갈 수가 없습니다.]

기자들에게 소식이 퍼지는 걸 막고 있는 것이다.

은서는 망설이다가 이란주 대표에게 전화를 걸었다. 이런 상황에서는 그녀의 전화를 일부러 피할 것 같았기에 신호음이

가는 동안 은서는 초조하게 서성였다.

달칵—.

그런데 연결되지 않을 줄 알았던 전화가 연결되자 그녀는 다급하게 말했다.

"여보세요. 저 오은서입니다. 제발 권후 선배 좀 만나게 해 주세요. 괜찮은지 제 눈으로 확인만 할게요. 이렇게 부탁드릴게요. 딱 한 번만 보게 해 주세요."

마지막에는 거의 사정하고 있었다. 벌써 나흘이나 지났다. 권후는 칼에 찔려 병원에서 수술까지 받았는데, 그녀는 만나지도 못 한다는 게 시간이 지날수록 미칠 것 같았다. 그녀도 어딘가 일부러 다쳐서 같은 병원에 입원하고 싶은 지경이었다.

[은서 양.]

그녀를 부르는 이란주 대표의 목소리에 피곤함이 덕지덕지 묻어 있었다. 권후가 병원에 입원해 있는 동안 이란주 대표도 고생이 심했나 보다. 권후를 낳은 어머니였으니 당연한 일인데, 그게 너무 낯설게 느껴졌다. 모자 사이가 평범하지 않아서 그런가 보다.

[권후가 병원에서 사라졌어요.]

"네?"

은서는 소스라치게 놀랐다. 수술까지 받았으면 그리 쉽게 나을 수 있는 상처가 아닐 것이라 그녀는 상상조차 못 했다. 그가 병원에서 도망칠 것이라고는.

"언제요? 어디로 갔는데요?"

[내가 그걸 은서 양한테 묻고 싶어서 전화받은 거예요. 도대체 최권후가 그 몸을 하고 어딜 갔을 것 같아요? 회사나 야구단 쪽에는 없다고 하고. 혹시나 해서 은서 양 집에도 가 봤는데, 없어요.]

은서는 서둘러 문으로 달려가며 말했다.

"제가 찾아볼게요. 꼭 찾아서 연락드리겠습니다."

은서는 방문을 열고 뛰어나왔다가 거실 소파에 앉아서 차를 마시는 부모님을 발견하고 멈추어 섰다. 지금 그녀가 나가는 걸 허락할 리가 없었다. 은서는 집에서 일하는 고용인에게 다가가 부탁했다.

"저 옷 좀 빌려주세요."

어머니는 깔끔한 것에 집착하는 편이라서 집에서 일하는 고용인들은 모두 똑같은 유니폼을 입어야만 했다. 그녀가 그 유니폼을 빌려 달라고 하자 고용인이 깜짝 놀라서 쳐다보았다.

고용인 유니폼까지 빌려 입고 겨우 집을 빠져나온 은서는 권후가 갈 만한 곳을 찾아서 차를 몰았다. 집과 회사와 야구단에는 없다고 이란주 대표가 말했으니까 그 이외의 장소에서 찾아야 했다.

은서는 영광체육관에 가 보았지만, 거기서 권후를 찾을 수는 없었다. 그 몸을 가지고 경주까지 갔을 리는 없었기에 은서

이별 345

는 대신 두 사람이 함께 다닌 중학교로 달려가 보았다.

하지만 불이 다 꺼진 중학교는 정문도 굳게 잠겨 있었다. 정문 앞에서 학교 안을 살펴보아도 사람의 흔적은 찾을 수가 없었다. 은서는 답답한 심정으로 주위를 둘러보았다. 도대체 그를 어디 가서 찾을 수 있을지 막막했다. 혹시라도 그녀가 모르는 장소에 숨은 것이라면 그녀는 절대 그를 찾을 수 없었다.

은서는 그녀가 그에게 그렇게 하찮은 존재라는 걸 인정하고 싶지 않았다. 사실은 그가 그녀에게 헤어지자고 한 이유가 라이언 존슨 때문이고, 그가 여전히 그녀를 깊이 사랑하고 있다고 믿고 싶었다.

붉게 충혈된 눈으로 갈 곳을 찾지 못해 헤매던 은서는 퍼뜩 떠오르는 장소가 하나 있었다. 권후가 미국으로 떠나기 전 두 사람이 마지막으로 만났던 장소. 이제는 사라져 버린 치킨집. 그곳은 지금 카페가 되었다.

그곳은 그녀의 본가와 가까웠기에 은서는 차를 타고 다시 집 방향으로 향했다. 차를 타고 달리는 동안 차오르는 물기 때문에 눈앞이 흐릿했다.

권후가 제발 그곳에 있기를 바랐다. 그럼 그녀는 다 용서할 수 있었다. 그가 일방적으로 그녀한테 이별을 통보한 것도, 그가 위험하게 라이언 존슨의 칼에 찔린 것도, 그가 늦게 나타나서 사돈이 되어 버린 것도. 뭐든 전부 다.

끼이이익—!

카페가 되어 버린 치킨집에 도착해서 차를 급하게 세운 은서는 서둘러 차에서 내렸다. 카페 앞에 우뚝 서서 하염없이 간판을 올려다보고 있는 남자의 뒷모습이 그녀의 눈에 시리게 박혀 왔다. 은서는 그를 향해 달려가며 외쳤다.

"선배!"

권후가 천천히 돌아보았다. 그 순간 그가 어떤 표정을 지었는지 잘 보이지 않았다. 그의 얼굴이 너무 보고 싶었는데, 눈물 때문에 잘 보이지 않아서 너무 속상했다. 권후의 앞까지 뛰어간 은서는 가까스로 멈출 수 있었다. 그가 칼에 찔린 걸 기억해 내지 못했다면 그대로 그의 몸을 끌어안았을 것이다.

주먹으로 눈물을 닦고 그를 올려다보자 권후는 카페 간판을 손가락으로 가리켰다.

"치킨집이 망한 거야, 내가 위치를 잘못 기억하는 거야?"

은서는 다시 손으로 눈물을 닦으며 알려 주었다.

"저 고등학교 때 없어졌어요."

"아!"

권후는 씁쓸하게 웃으며 완전히 변한 가게를 쳐다보았다.

"그래, 시간이 많이 흘렀으니까."

기껏 아픈 몸으로 병원까지 탈출한 보람은 사라졌지만, 어쩌겠나. 그가 너무 늦게 찾아온 걸.

"선배, 빨리 병원으로 돌아가요. 아직 몸이 안 나았잖아요."

은서는 그의 손을 붙잡았다. 움찔하며 그가 놀라서 그녀도 덩달아 놀라며 바로 손을 뗐다. 은서는 뒤로 한 발 물러서며 그한테 사과했다.

"미안해요. 헤어졌는데 함부로 막 만져서."

그런 그녀를 권후는 난감한 눈으로 쳐다보았다. 그런 뜻이 아니었다. 아직도 라이언 존슨이 감옥에 있다는 게 실감이 안 나서 그녀가 만지는 순간 반사적으로 두려워졌던 것이다.

"나야말로 미안해. 일방적으로 헤어지자고 해서."

그때 그랬어야 했단 걸 어떻게 설명해야 할지 막막했다. 지금은 은서의 앞에서 라이언 존슨의 이름을 말하는 것조차 벅찼다.

은서는 입술을 감쳐물었다가 떼며 물기가 가득한 눈으로 그를 올려다보았다.

"일부러 찔린 건 아니죠? 그렇죠?"

그녀의 질문에 권후는 눈빛이 흔들렸다. 병실로 찾아온 경찰도 묻지 않았던 질문이었다. 그가 대답하지 못하자 은서는 얼굴이 울상이 되었다.

"그러다 죽었으면 난 어떡해요?"

지금껏 잘 버티고 있던 권후의 얼굴이 서서히 무너졌다. 그는 은서의 어깨 위로 얼굴을 떨어뜨리며 잘못을 빌었다.

"미안해. 내가 잘못했어, 은서야."

하지만 달리 방법이 없었다. 그 인간을 감옥에 보내지 못하면 그가 살지 못할 것 같았다.

은서는 두 팔을 뻗어 그의 몸을 감싸 안고 두 눈을 감았다. 그의 지독한 악몽이 단지 꿈이 아니라 현실이 될 때까지도 그녀가 아무 도움도 못 되었다는 게 너무 쓰라렸다.

그녀가 미국 영화의 히어로처럼 그를 이 악몽에서 구해 줄 수 있으면 얼마나 좋을까. 어째서 이 사랑은 이다지도 힘이 약한 건지. 그녀의 사랑이 그를 위해 해 줄 수 있었던 건 얌전히 헤어지는 것뿐이었다는 게 너무 서러웠다.

은서는 약속대로 이란주 대표에게 전화해서 권후가 있는 곳을 알려 주었다. 그를 데리러 사람이 오기 전에 두 사람은 카페가 된 치킨집 앞에 나란히 앉아서 밤하늘을 같이 보았다.
"치킨 먹고 싶어서 여기 온 거예요?"
그녀의 질문에 권후는 처음으로 웃었다.
"병원이 너무 답답해서."
하지만 아직 나은 게 아니었기에 그는 제대로 움직이지도 못했다. 여기까지 잘 찾아온 게 용했다.
"……너도 보고 싶고."
권후가 끝에 붙인 이유에 은서는 마음이 순두부처럼 부들부들해졌다. 결국 그가 헤어지자고 한 이유는 야구단이 아니었다.
"그럼 형부가 선배 찾아왔다는 건 거짓말이었어요?"
권후는 고개를 저었다.
"정말 야구단으로 협박했다고요?"
권후는 고개를 끄덕였다. 은서는 이제 헷갈리기 시작했다.

그럼 진짜 야구단 때문에 헤어지자고 한 것이었다고?

"그럼 우리 앞으로도 쭉 헤어진 거예요?"

그녀가 자신이 없어져서 묻자 권후는 고개를 숙여 그녀의 입술로 다가왔다. 하지만 바로 '끙' 소리를 내며 다친 부위를 손으로 감쌌다. 은서는 당황해서 그를 부축했다. 권후는 잔뜩 찌푸린 얼굴로 그녀를 쳐다보며 힘없이 말했다.

"내가 다 나을 때까지는 키스도 못 하겠네."

그의 말이 끝나자마자 은서는 먼저 다가가서 그의 입술에 그녀의 입술을 포갰다. 따스한 온기가 전신으로 퍼졌다. 마치 아팠던 게 치유되는 듯한 기분이었다.

그녀가 입술을 떼며 눈을 뜨자 바로 권후의 눈과 마주쳤다. 그의 우주 안에 여전히 그녀가 아름답게 담겨 있었다. 그렇게 서로에게서 눈을 떼지 못하고 있는데 차가 소리도 없이 달려와서 두 사람의 앞에 멈추어 섰다. 차 문이 열리며 강후가 내려섰다.

"최권후! 너는 정말!"

권후를 보자마자 화를 내려던 강후는 그녀 때문에 말을 멈추었다.

"빨리 타. 기자들 알기 전에 병원 돌아가야 해."

권후는 강후의 다그침에 차로 걸어가는 대신 그녀의 손을 잡았다.

강후의 시선이 맞잡은 두 사람의 손으로 향했다. 그게 무슨 뜻인지 굳이 권후가 입을 열어 말하지 않아도 너무 똑똑한 강후는 알아들을 수 있었다. 은서와 헤어질 수 없다는 뜻이었다. 그의 앞에서 은서와 끝냈다고 한 건 다 쇼였던 것이다. 그리고 권후는 라이언 존슨의 칼에 찔렸다.

이번에는 절대 실수하지 않겠다고 다짐까지 했건만, 옛날과 전혀 달라지지 않은 난장판에 강후는 속이 문드러졌다. 최권후뿐이었다. 그런데 이런 열패감을 안겨 주는 사람은.

"우리가 안 헤어지면 진짜 야구단을 건들 거야?"

이 타이밍에 그런 질문을 하는 권후를 강후는 원망하는 눈으로 쳐다보았다. 그건 가족을 위한 선택이었다. 강후는 결코 권후처럼 이기적인 선택을 할 수가 없었다.

"내가 그러겠다고 하면 어쩔 건데?"

"병원 안 가."

이렇게 나올 줄 예상했기에 강후는 기가 찬 표정을 지었다. 결국 이거 때문에 다 낫지도 않은 몸으로 병원을 기어코 탈출한 것이다. 강후는 화난 눈으로 권후를 보다가 옆에 있는 은서한테 시선을 옮겼다.

"처제, 가족들 아무도 환영하지 않을 거야. 그런데 정말 끝까지 갈 거야?"

은서는 고개를 돌려 권후를 올려다보았다가 다시 강후를 보며 말했다.

"언니는 응원해 줬어요."

그 말에 강후의 눈매가 무참히 구겨졌다. 그들의 이혼에는 그렇게 가차 없었던 사람이 두 사람의 관계에는 그렇게 너그럽다는 게 배신감이 느껴지고 허탈했다.

 강후는 권후를 보며 말했다.

 "그래, 이번엔 네가 이겼어. 그러니까 차에 타."

 자기 몸을 던져 기어코 라이언 존슨을 감옥에 보낸 동생이었다. 그런데 그가 어떻게 그 이름을 이용해서 동생을 구단주 자리에서 끌어내릴 수 있겠나.

 사람들의 눈에 태강의 삼 형제 중 모든 걸 가진 건 그처럼 보일 테지만, 사실 강후는 한 번도 권후를 이겨 본 적이 없었다. 왜냐하면 권후는 처음부터 그가 있는 이 자리를 원한 적이 없었으니까. 그리고 권후가 원하는 것 역시 강후는 한 번도 제대로 빼앗은 적이 없었다.

 강후가 야구단을 건들지 않겠다고 약속하고 나서야 권후는 은서의 손을 놓고 차로 걸어갔다.

 은서는 그와 함께 갈 수 없다는 게 슬퍼서 눈가가 젖어 들었다. 그가 차에 타기 직전에 은서는 외쳤다.

 "퇴원하면 같이 치킨 먹어요!"

 권후가 고개를 돌려 그녀를 쳐다보았다. 그의 얼굴에 봄날처럼 환한 미소가 걸렸다. 은서도 같이 웃었다. 저 멀리서 봄이 오는 소리가 들려오는 것만 같았다.

 권후가 병원에서 퇴원할 때까지 그녀는 그를 만날 수 없었다. 대신 그녀는 다른 사람을 만나러 갔다. 그녀 혼자는 만나기 힘든 사람이었기에 강후의 도움을 받았다. 그녀가 그 사람을 만나야 하는 이유를 몇 번이나 설명하며 설득해서 겨우 만날 기회를 만들 수 있었다.

"만날 수 있는 건 딱 한 번뿐이니까, 그때 못 하면 그냥 포기해요."

강후에게 그러겠다고 약속하고 구치소로 찾아갔다. 문이 열리며 수갑을 찬 금발의 남자가 걸어 들어오는 걸 은서는 차분한 시선으로 쳐다보았다.

라이언 존슨. 망가진 야구 스타. 최권후의 악몽. 살인자.

그녀가 처음 보는 이 남자를 증오할 이유는 충분했지만, 은서는 미소를 지으며 라이언 존슨에게 인사했다.

"ZBS 방송국 피디 오은서입니다."

방송국에서 나왔다는 말에 라이언 존슨이 처음으로 반응을 보였다.

"라이언 존슨 씨의 사연을 듣고 휴먼 인사이드에서 인터뷰하고 싶어서 찾아왔습니다."

인터뷰는 그 사람의 모든 걸 끄집어내는 일이었다. 가능성이 희박하긴 하지만, 라이언 존슨을 인터뷰하다 보면 루카스 사건에 대한 단서를 찾을 수 있지 않을까 해서 찾아온 것이었다. 그러니 가능한 한 라이언 존슨이 말을 많이 하게 해야 했다. 은서는 녹음기를 앞에 놓으며 마치 그의 편인 것처럼 말했다.

"제가 라이언 존슨 씨의 억울하고 안타까운 사연을 세상 사람들에게 대신 전해 드릴게요. 그러니까 저한테 다 말씀해 주시겠어요?"

라이언 존슨이 반신반의하는 표정으로 쳐다보았다. 은서는 이 세상에서 그녀가 유일하게 그의 편인 것처럼 다감한 표정을 지었다. 평생을 착하게 살아온 그녀의 얼굴에서 악의는 찾아보려고 해도 찾을 수가 없었다.

"이곳에 계실 분이 아니시잖아요. 경기장 마운드 위에서 사람들의 환호를 받으셔야 하지 않나요?"

라이언 존슨이 그 말에 자극받은 듯이 얼굴에 균열이 생겼다. 그리고 인터뷰가 시작되었다. 그녀는 어쩌면 이 인터뷰를 하기 위해서 방송국 피디가 되어야만 했나 보다.

Chapter 22

홈런

 태강과 해신의 이혼은 이제 굵직한 재산 분할만 남겨 두고 있었다. 그건 사업적인 부분이었기에 양쪽 모두 한 치의 양보가 없었다. 그래서 로펌과 변호사를 수도 없이 동원해서 상대방의 사생활을 캐도 아무런 약점을 찾을 수 없던 이혼이 아직도 끝이 나지 않은 것이었다. 결국 이혼의 마무리는 부부로서의 정리가 아니라 땅따먹기가 되어 있었다.
 그런데 이번에 태강에서 재편 전에 파격적인 제안을 해 왔다. 한 가지 조항만 받아들이면 해신에 3천억 시세의 땅을 전부 양보하겠다고 나온 것이다.
 "이 이혼을 끝으로 두 집안 사이에 또다시 혼인 관계는 없을 거라는 내용에 서약하시기만 하면 됩니다."
 태강 측 변호사의 설명을 들은 수정은 강후의 얼굴을 쳐다보았다. 은서와 권후를 갈라놓기 위해서 두 사람의 이혼을 이용할 줄은 몰랐기에 그녀는 헛웃음이 나왔다.
 "당신은 역시 변하지를 않네."

강후는 표정 변화 없이 수정을 바라보았다. 먼저 이혼하자고 한 것도 그녀였고, 먼저 뒤통수를 때리듯이 두 사람 사이를 인정해 준 것도 그녀였다. 강후는 앉아서 당하기만 했을 뿐이라 수정의 비난은 옳지 않았다.

"품위 있게 살자는 게 그렇게 비난받을 일인가?"

수정은 주먹을 꽉 움켜쥐었다. 그 얼어 죽을 품위를 지키려고 결혼을 포기하고, 동생을 불행하게 만들고.

수정은 변호사가 내민 서약서를 가지고 와서 그대로 찢어 버렸다.

찌이익―.

반으로 잘린 종이를 보는 강후의 눈매가 찌푸려졌다.

"그게 얼마짜리 서약서인지는 알고 찢은 거야?"

"그깟 돈! 우리 집에도 많아. 그러니까 당신 동생 내놔. 그럼 내가 그 땅 다 당신 줄 테니까."

양측 변호사는 당황한 표정을 지었다. 세기의 이혼 클래스는 사람 거래까지 나오고 있었다.

변호사를 통해 그 자리에서 있었던 일을 알게 된 오 회장은 수정과 은서를 모두 불러들였다.

"왜 거기서 최권후 이야기가 나온 거냐?"

오 회장은 수정에게 질문을 던지며 은서를 쳐다보았다. 최권후가 칼에 찔린 사건이 생겼을 때 은서가 보인 태도가 이상했다는 걸 똑똑히 기억하고 있었기에.

"제가 실언했습니다."

수정은 사실대로 말하지 않고 말을 아꼈다.

"은서, 네가 생각하기에도 네 언니가 실언한 게 맞니?"

아버지가 그녀에게 직접 묻자 은서는 주먹을 꽉 움켜쥐었다. 그녀는 부모님 앞에서 언제나 소심한 딸이었다. 어머니한테는 항상 잔소리를 들었고, 아버지는 수정의 능력을 인정해주듯이 그녀를 인정해 준 적이 없었다. 계속 그렇게 살아왔더니 그게 당연한 일이 되어 버렸다. 그래서 밖에 나가서 작은 집에서 혼자 살면서 그제야 편안함을 느낄 수 있었다.

그러나 이 일에까지 소심하게 웅크릴 수는 없었다. 그녀는 권후를 잃지 않으려면 용감해져야 한다는 걸 그와의 이별을 통해 뼈저리게 느꼈다. 은서는 고개를 들어 아버지 오 회장의 얼굴을 똑바로 보았다.

"제가 최권후와 결혼하고 싶어요."

쨍그랑―.

찻잔을 들고 있던 어머니는 너무 놀라서 찻잔을 놓쳐 버렸다.

"은서, 너 미쳤어? 지금 무슨 소리를 하는 거야! 네가 왜 그 집안이랑 또 결혼을 해!"

"중학교 때부터 권후 선배 좋아했어요."

"그건 어릴 때 풋사랑이지! 누가 그딴 걸로 결혼하니!"

"지금은 권후 선배 사랑해요."

정 여사는 더 듣고 있을 수 없다는 듯이 벌떡 일어나서 모든 잘못을 최권후에게 돌렸다.

"그 망나니가 우리 은서를 홀린 게 분명해요! 10년 동안 어디서 뭘 했나 했더니 여자 홀리는 법만 배워 왔네!"

"야구했다고 했잖아요! 죽어라 야구만 했다고요! 그런데 옆집 애가 억울하게 죽은 거 때문에, 그거 밝히려다가 그것도 다 잃었어요! 함부로 말하지 마요!"

은서가 처음으로 부모한테 대들며 화를 내자 정 여사는 충격받아서 부들부들 몸을 떨었다. 오 회장도 가만히 보고 있을 수 없었기에 처음으로 큰소리를 냈다.

"오은서! 어머니한테 버릇없이 굴지 말라고 했지."

"그럼 권후 선배 나쁘게 말하지 말아요. 선배는 아무 잘못도 하지 않았는데 왜 다들 나쁘게 말하는데요. 선배도 상처받는다고요. 아파한다고요!"

지금은 더 대화가 될 상황이 아니었기에 오 회장은 은서에게 방에 들어가서 나오지 말라고 명령했다. 정 여사는 자기가 알아서 방에 들어가서 드러누웠다. 결국 오 회장과 수정만 남겨졌다. 오 회장이 수정을 보며 물었다.

"넌 이미 알고 있었던 거지?"

수정은 짧게 고개를 끄덕였다.

"왜 말리지 않은 거냐?"

오 회장은 다른 재벌가 사람과 마찬가지로 체면을 중요시했다. 이번 이혼으로 그의 딸이 이혼녀가 된 걸 모든 사람이 알게 된 것만으로도 불쾌한 일인데, 이 상황에서 겹사돈이라니. 말도 안 되는 일이었다. 사람들이 무슨 소리를 해 댈지는 불 보듯 뻔했다. 개족보라고 조롱할 것이다.

"은서는 욕심이 없는 아이예요. 항상 다른 사람을 더 신경 쓰며 살았어요. 그런데 왜 대학교 졸업하자마자 독립하는 걸 그렇게 고집했는지 아세요?"

오 회장은 믿고 싶지 않다는 눈으로 수정을 쳐다보았다.

"설마 그게 최권후 때문이라는 거냐?"

"마음속에 좋아하는 사람이 있는데, 어떻게 부모님 뜻대로 맞선을 보겠어요."

오 회장은 절레절레 고개를 저었다. 그걸 수정이 태강의 장남과 맞선을 보고 결혼하고 이혼하게 될 때까지도 몰랐다는 게 황당할 뿐이었다. 은서가 그렇게나 좋아하는 사람이라면 오 회장도 반대하고 싶지 않았다. 그런데 상대가 문제였다.

"그래도 안 될 말이야. 태강은 안 돼."

오 회장이 자기 자신에게 말하듯이 중얼거리자 수정은 가만히 있다가 차분하게 말했다.

"최권후를 한 번 만나 보시는 건 어떠세요? 한 번도 그런 적 없으시잖아요."

그건 당연한 일이었다. 지금껏 그의 사위는 최권후가 아니라 최강후였고, 최권후는 집안에서 거의 내놓은 자식이었으니 사돈 집안인 그와 만날 일도 없었다. 오 회장은 탐탁잖은 표정을 지으며 고개를 저었다.

"내가 만나 봐서 뭘 어쩌겠어. 분명 최 회장이 더 반대할 게 뻔해."

그들은 은서가 안쓰러워서 마음이 약해질 수 있다고 해도 저쪽 집안은 정반대였다. 분명 최권후가 하려는 건 기를 쓰고 반대할 것이다.

수정은 가장 편견이 없는 아버지조차 쉽게 움직이지 않자 한숨을 속으로 삼켰다. 두 사람의 앞날이 쉽지 않을 것 같았다.

은서는 방 안에 갇혀서 아무것도 할 수 없었다. 핸드폰도 압수당했기에 권후에게 전화를 해 볼 수도 없었다. 용기를 내서 사실대로 말한 결과가 외출 금지라는 게 너무 허망했다. 그래도 아버지는 이란주 대표나 최강후와는 좀 다른 태도를 보여 줄 줄 알았는데, 전혀 아니었다. 그나마 어머니에 대한 실망은 없었다. 딱 그렇게 나올 것이라고 예상했으니까.

"이제 어떡하지?"

단식 투쟁이라도 해야 하나. 배고픈 게 세상에서 제일 싫은 은서는 기분이 바닥으로 추락했다. 이럴 때 권후라도 만날 수 있다면 기운이 좀 날 텐데, 그가 해신가에 올 수 있을 리가 없었다. 축 처지는 기분과 함께 몸도 점점 바닥으로 쓰러졌다.

차가운 바닥에 누워 앞으로 어찌해야 하는지 생각해 보았지만 막막하기만 했다. 이제 단식 투쟁도 해야 하는데 벌써 배고픈 것도 퍽 난감했다.

펑!

그때 창밖에서 들린 폭죽 소리에 은서는 고개를 들어 창가 쪽을 보았다. 폭죽 놀이할 시기도 아닌데 웬 폭죽 소리인가 싶었다.

펑펑!

또 폭죽 소리가 들리자 은서는 몸을 일으켜 창가로 걸어갔다. 폭죽은 해신가 바로 바깥에서 터지고 있었다. 정원에 있던 경호원들이 폭죽 소리를 듣고 달려가는 게 보였다.

펑!

화려하게 피어오르는 불꽃에 그녀의 시선이 꽂혔다. 마치 그녀에게 다 잘될 것이라고 말해 주는 것만 같은 기분이었다.

"예쁘다."

방송국에서 일하는 동안은 너무 바쁘게 살아서 이렇게 걱정 없이 폭죽을 구경한 건 정말 오랜만인 듯했다.

펑펑!

경호원에게 쫓기기라도 하듯이 폭죽이 터지는 곳은 점점 해신가와 멀어져 갔다. 은서는 멀어지는 폭죽을 끝까지 눈으로 쫓았다. 마지막에는 아쉬움만 남았다. 좀 더 보고 싶었는데, 너무 빨리 끝나 버린 폭죽놀이에.

"은서야!"

그만 창가에서 떠나려고 몸을 돌리는데, 그녀의 이름을 부르는 목소리가 들려와서 은서는 고개를 돌려 다시 창밖을 보았다. 분명 권후의 목소리였다.

"나랑 치킨 먹자!"

은서는 웃음이 터졌다. 이 상황에서 치킨이라니. 치킨을 진짜 좋아하는 사람이 그녀인지 그인지 모르겠다.

최권후가 폭죽을 터트리며 요란하게 등장했으니 다른 사람들도 모를 리가 없었다. 해신가에 있던 모든 사람이 폭죽이 터지는 걸 보았고, 그 소리를 들었다. 방에 누워 있던 정 여사도 창가에 서서 그 소리를 듣고 혀를 찼다.

"사랑한다고 해야지, 무슨 치킨이야."

적어도 최권후가 예의만 차리던 최강후와는 다른 놈이라는 걸 알 수 있었다.

어쩌면 은서의 말이 정말 맞을지도 몰랐다. 10년 동안 헤프게 산 게 아니라, 정말 야구만 죽어라 했는지도.

해신가 앞에서 소란을 피운 인간을 잡아 오라는 오 회장의 명령에 권후는 집 안까지 들어오게 되었다. 권후에게 연락해서 집에 갇힌 은서의 상황을 알려 주었던 수정은 구경꾼처럼 조용히 서 있기만 했다. 이제는 권후와 은서가 알아서 할 일이었다. 더 이상 그녀가 도와줄 수 있는 게 없었다.

오 회장은 경호원들에게 잡혀 온 최권후를 무뚝뚝한 얼굴로 가만히 쳐다보았다. 그의 딸을 이혼녀로 만든 최강후가 괘씸해서 경호원을 보내 흠씬 두들겨 패고 싶은 적은 있었지만, 설마 그 집 둘째를 대신 경호원을 시켜 잡게 될 줄은 몰랐다.

정 여사는 초조하게 남편과 최권후를 번갈아 보았다. 그녀는 당장이라도 최권후한테 순진한 딸을 꾀어낸 나쁜 놈이라고 욕하고 싶었지만, 한때는 사돈 집안이었기에 억지로 참고 있는 것이었다.

"폭죽은 왜 터트린 건가?"

정 여사는 황당한 눈으로 남편을 쳐다보았다. 지금 그게 중요한가. 아니, 그걸 굳이 물어봐야 아는가. 당연히 은서의 기분을 좋게 해 주려고 터트렸겠지.

"은서가 보면 좋아할 것 같아서요."

권후가 그녀의 생각과 똑같이 말하자 정 여사는 움찔하며 최권후를 쳐다보았다.

"그럼 치킨은?"

정 여사는 이제 남편에게 닥치라고 하고 싶었다. 치킨은 당연히 은서가 제일 좋아하는 음식이었다. 어릴 때 밤에 몰래 집을 빠져나가면서까지 먹어 대서 그녀가 얼마나 야단을 쳤는지 모른다.

"그것도 은서가 좋아하는 음식입니다."

"그래? 난 먹는 걸 본 적이 없는데."

정 여사는 이제 최권후가 아니라 오 회장을 못마땅한 눈으로 쳐다보고 있었다. 딸에 대해 모르는 게 자랑이냐.

"이젠 살찐다고 안 먹습니다."

"아! 어쩐지."

정 여사는 더 참지 못하고 앞으로 나서며 최권후에게 단도직입적으로 물었다.

"사돈총각은 무슨 생각으로 우리 은서한테 접근한 건가! 설마 그 집안에서 시켰어? 은서 꼬드겨서 좋은 집안에 시집 못 가게 하라고."

정 여사는 말을 하면서도 이게 말도 안 되는 소리라는 걸 알았지만, 그녀는 무조건 최악의 상황을 말해야만 했다. 조금이라도 긍정적으로 말하면 두 사람이 절대 포기하지 않을 테니까.

최권후가 정 여사를 쳐다보았다. 냉기만 흐르던 최강후와 달리 인간미가 느껴지는 눈빛에 정 여사는 움찔했다. 망나니라고 하기에는 눈빛이 너무 청량했다.

"처음에 은서는 안 된다고 했는데 제가 먼저 만나자고 꼬드긴 건 맞습니다."

"이것 봐! 이럴 줄 알았어! 우리 은서가 그럴 리가 없지!"

정 여사는 바로 최권후의 말을 끊으며 호들갑을 떨었다. 그래야 태강 오너가에 모든 책임을 떠넘길 수 있었으니까.

"제가 미국 갈 수 있었던 비행기표 값을 은서가 줬었거든요."

정 여사는 그대로 돌이 되었다. 태강 둘째 아들의 가출이 은서 탓인 걸 그 집안이 알게 되면 오히려 그들이 불리해졌다.

"서, 설마 그거 그쪽 어른들도 알고 있어?"

"어머니는 아십니다."

정 여사는 관자놀이를 손으로 누르며 소파에 주저앉았다.

망했다, 망했어. 이제 저쪽에서 고소할 일만 남았다.

"그때부터 쭉 은서를 좋아했습니다."

정말 징글징글한 순애보였다. 정 여사는 잘했다고 박수를 치는 게 아니라 그딴 거 필요 없다고 화를 내고 싶어졌다. 결혼은 두 집안의 장남과 장녀가 했는데, 왜 좋아한다고 난리를 치는 건 두 집안의 둘째들인가. 정말 미치고 팔짝 뛸 노릇이었다.

"이젠 어린애가 아니니까 알 테지. 마음만으로 모든 일이 성사되는 건 아니라는 걸."

오 회장이 엄하게 입을 열었다. 권후는 그런 오 회장을 보며 반박했다.

"진심으로 원하면 쉽게 포기하지 말라 배웠습니다."

"자네 형은 두 사람 결혼 막는 서약서에 사인하면 3천억 땅을 그냥 준다더군."

원하는 걸 얻는 힘이라는 건 바로 그런 것이었다. 상대방이 거절하기 힘든 제안을 던지는 것.

권후는 무릎 위에 놓인 손을 꽉 주먹 쥐었다.

"자네는 은서를 위해 뭘 내놓을 수 있나?"

오 회장은 그를 시험하듯이 질문을 던졌다.

권후의 목울대가 크게 출렁였다. 이 집에 들어선 이후, 그의 눈빛은 한 번도 흔들리지 않았다.
"전……."
그가 막 입을 열려고 한 순간, 머리 위에서 은서의 목소리가 들려왔다.
"선배! 찾았대요!"
　권후는 고개를 들어 위를 올려다보았다. 오 회장과 정 여사도 같은 곳을 보았다. 은서가 2층 난간에 매달려 외치고 있었다. 그녀의 손에는 압수했던 핸드폰이 들려 있었다.
"사고 당일 라이언 존슨이랑 함께 있던 여자 찾았다고요!"
　은서의 말에 권후는 자리에서 벌떡 일어났다. 그 당시 라이언 존슨의 주위 인물들은 하나같이 입을 다물었기에, 그날 라이언 존슨이 누구와 함께 있었는지 권후는 알지 못했다.
　은서가 구치소로 찾아가 라이언 존슨을 인터뷰해 알아낸 건 라이언 존슨이 유명한 야구 선수였던 시절 그가 만났던 여자들의 이름이었다.
　라이언 존슨은 분명 그 여자들을 자기 차에 태우고 다녔을 것이었고, 그 뺑소니 사건에 대해 알고 있는 여자가 존재할지도 몰랐기에 은서는 차승재를 통해 제인 리에게 연락해 도움을 청했다. 다행히 그 사건이 있던 날 라이언 존슨과 함께 있던 여자를 찾아낼 수 있었다. 그녀는 라이언 존슨이 거액의 돈을 주며 입을 막았다고 알려 주었다. 그래서 그날 사고가 생긴 걸 알았지만 신고할 수 없었다고.

"이제 루카스 뺑소니 사고로 라이언 존슨을 재판대에 세울 수 있어요."

시간이 많이 흘렀고, 남은 증거라고는 그 여자의 증언뿐이지만 그래도 라이언 존슨을 루카스의 이름으로 재판에 세울 수 있게 된 것만으로도 천운이 따른 일이었다.

"그러니까 이제 그 아이한테 그만 미안해해요."

두 사람이 무슨 이야기를 하는 건지 다른 사람들은 전혀 알 수 없었다. 그러나 한 가지만은 굳이 말로 설명하지 않아도 느낄 수 있었다. 두 사람 사이에 누구도 끼어들 수 없는 끈끈한 마음이 있다는 걸. 그건 어려움을 함께 이겨 내야만 생길 수 있는 단단한 열매였다.

오 회장은 은서한테서 눈을 떼지 못하는 권후에게 다시 물었다.

"아직 내 질문에 대답하지 않았네."

권후는 고개를 내려 오 회장을 바라보았다. 대답을 하기 전에 권후는 다시 은서를 쳐다보았다. 은서는 미소를 짓고 있었다. 그의 말이라면 이젠 뭐든 믿고 따를 수 있다는 듯이. 사람들의 시선이 두렵다며 그를 피하던 은서는 어느새 그만큼 성장했다. 아니, 그만큼 그에게 사랑을 주었다.

권후는 마음을 굳히고 오 회장에게 대답했다.

"제가 해신가의 데릴사위가 되어서 해신의 미래를 책임지겠습니다."

3천억 땅보다 더 엄청난 미래를 약속하는 권후의 말에 오 회장은 눈이 번쩍 뜨였다. 아들이 없는 해신가가 데릴사위를 들인다고 했을 때, 최권후보다 조건이 좋은 데릴사위를 들이는 건 불가능했다.

오 회장이 권후의 말에 마음이 움직인 것 같자 정 여사는 다급하게 말렸다.

"이혼하자마자 두 사람 결혼시키면 망신살만 뻗칠 거예요! 그런 결혼, 난 절대 못 시켜요!"

권후는 정 여사한테도 해답을 내놓았다.

"결혼은 3년 뒤에 하겠습니다. 그때면 사람들도 두 집안의 이혼에 관심이 사라졌을 겁니다."

지금껏 보인 행동과 달리 이성적인 대답이 돌아오자 정 여사는 멈칫했다. 그 말이 틀렸다고는 할 수 없었다. 대한민국 사람들의 관심은 뜨겁게 끓어올랐다가 그만큼 빠르게 식으니까. 하지만 재벌가의 이혼과 결혼이었다. 분명 두 사람이 결혼할 때에 다시 이혼 이야기가 불거져 나올 게 뻔했다.

내내 조용히 지켜보고만 있던 수정이 고개를 들어 은서에게 물었다.

"너는 결혼 늦어져도 상관없어?"

은서는 고민하지도 않고 바로 대답했다.

"나는 10년 뒤에 해도 상관없어!"

그건 권후가 못 기다릴 것이기에 그녀를 쳐다보며 미간에 주름을 만들었다. 정확히 3년이었다. 그것보다 짧아도 안 됐지만, 길어져서도 안 됐다.

정 여사는 불안한 눈으로 오 회장을 쳐다보았다.

"당신, 설마 허락할 건 아니죠?"

오 회장은 생각에 잠겨서 쉽게 대답을 못 하다가 결론을 내렸다.

"이혼을 가능한 한 빨리 끝내고, 두 집안이 만나는 자리를 만들어야겠어."

이제 이혼하는 마당에 상견례처럼 자리를 만들다니. 정 여사는 손으로 이마를 짚으며 소파 위에 쓰러졌다. 이건 정말 말도 안 되는 상황이었다.

권후와 은서는 서로를 쳐다보며 미소를 지었다.

설령 집안 어른들이 끝까지 반대한다고 해도 이젠 그게 그렇게 겁이 나지 않았다. 한 명일 때는 할 수 있는 게 고작 단식 투쟁뿐일 정도로 나약했지만, 둘이 되었을 때는 무엇이든 이겨 낼 힘이 생겼다. 두 사람이 헤어지지 않기로 마음을 먹는 나면 누구도 그들을 길라놓을 수 없었다.

오늘은 역사적인 날이었다. 바로 해신 오너가와 태강 오너가가 세기의 이혼을 끝내고 처음으로 함께 식사하는 자리였다. 마치 남한과 북한이 정상 회담을 하듯이 식사 자리가 마련되었다.

오 회장이 제안한 식사 자리였기에 최 회장은 너그러운 태도를 보이기로 했다. 먼저 손을 내민 쪽이 아쉬운 법이니까.

"요즘은 이혼이 흔하니, 두 집안이 이혼했다고 원수처럼 지낼 필요는 없겠죠."

이란주 대표는 입을 꾹 다물고 있었다. 왜냐하면 그녀는 이미 해신이 왜 이 식사를 하자고 했는지 이유를 알고 있었으니까. 그걸 모르는 최 회장만 바보처럼 희희낙락하고 있었다.

정 여사는 남편이 하자는 대로 따르는 편이지만 아직은 이 결혼을 받아들이지 못했기에 표정이 그리 좋지는 않았다. 강후는 대각선에 앉아 있는 수정에게 시선을 자꾸 주었지만 수정은 그를 쳐다보지도 않았다. 가끔 시후를 보며 웃어 줄 뿐이었다. 마주 앉은 은서와 권후는 서로만이 아는 눈짓을 나누었다. 대부분 닭살 넘치는 사랑의 의미였다.

오 회장이 드디어 본론을 꺼내 놓았다.

"그 집 둘째 아들, 우리 집 데릴사위로 데려오고 싶습니다."

최 회장은 마시던 술을 뿜어낼 만큼 놀랐다.

"그게 무슨 개뼈다귀 같은 소리!"

불같이 화를 내던 최 회장은 그를 빼고 다른 사람들이 전혀 놀라지 않는 걸 보고 더 경악했다.

"설마, 나 빼고 다들 알고 있던 사실이야? 나만 몰랐던 거냐고!"

이란주 대표는 술잔을 집어 들며 낮게 한 소리 했다.

"그러니 평소에 좀 잘하셨어야죠."

"내가 뭘 못했단 거야! 내가 태강을 위해 얼마나 애썼는데!"

태강이 아니라 가족한테 잘했어야 했다는 말이었다. 이란주 대표는 '데릴사위'라는 말을 듣자마자 그들이 졌다는 걸 바로 깨달았다. 해신은 든든한 후계자를 들이는 것이나 마찬가지였으니 개족보라고 비웃는 사람들의 시선 따위는 개의치 않을 것이다. 잃는 것보다 얻는 게 어마어마하게 컸으니까.

이란주 대표는 힐긋 권후 쪽을 보았다. 가족들한테 이런 엄청난 폭탄을 터트려 놓고 오은서 접시에 맛있는 음식만 골라서 담아 주고 있었다. 덜떨어진 놈이라고 욕해 줘야 하는데 행복해 보이는 걸 부정할 수는 없었다. 권후는 태강에 있는 것보다 해신으로 가는 게 더 행복한 삶을 살 수 있을지도 몰랐다.

오 회장은 데릴사위 이야기가 나왔을 때 태강 오너가 사람들의 반응을 자세히 살폈다. 아들 세 명인 게 인생 최대의 자랑인 최태식 회장이 반대할 건 당연히 알고 있었다. 중요한 건 이란주 대표의 반응이었는데, 의외로 호의적이었다. 그렇다면 해 볼 만한 배팅이란 소리였다.

오 회장은 최강후 쪽도 보았다. 3천억 땅과 두 사람의 결혼을 바꾸려고 했으니까 당연히 최태식 회장의 편인 줄 알았는데, 의외로 반응이 잠잠했다.

"너무 크게 걱정하실 거 없습니다. 당장 결혼시키겠다는 게 아니라, 사람들이 두 집안의 이혼에 대해 잊었을 때쯤 시킬 계획이니까. 두 사람도 기다릴 수 있다고 했고."

그 말에 최강후가 크게 안도하는 걸 보고 오 회장은 판단했다. 중립이라는 뜻인가? 해신 쪽에서 이 혼인을 강하게 밀어붙이면 끝까지 반대는 하지 않을 것이라는 의미로 받아들였다.

"난 절대 반대야! 이 최태식의 아들이 데릴사위라니! 그게 말이 돼!"

이 와중에 최태식 회장은 남들보다 큰 목청을 자랑하며 열심히 반대하고 있었다. 오 회장은 싸워야 할 상대가 한 명으로 줄자 느긋해진 목소리로 받아쳤다.

"어차피 최 회장님은 아들이 세 명이나 있다고 평소에 자랑하시지 않았습니까. 그중 한 명을 주셔도 아직도 두 명이나 남습니다."

"두 명이랑 세 명이 같은 줄 알아! 난 무조건 아들이 세 명이어야 해! 거기서 하나도 모자라면 안 된다고!"

"본인이 이미 허락했습니다. 성인이니 자기 앞길은 자기가 정하게 해 주십시오."

"최권후!"

"아버지, 진정하세요. 아버지 곁에는 제가 있잖아요."

강후가 나서서 최태식 회장을 진정시켰다. 최태식 회장은 강후를 보며 안도의 표정을 지었다가 그 뒤로 걸리는 권후의 얼굴을 보고 포효했다.

"이 불효막심한 놈!"

은서는 식사 분위기가 거의 전쟁터 같아서 눈알을 굴리며 계속 눈치를 보았지만, 권후는 전혀 상관하지 않고 계속 그녀의 접시에 음식만 담아 주었다. 은서가 그를 말렸다.

"그만해요. 선배 아버지 화나셨잖아요."

"신경 쓸 거 없어. 원래 저래."

권후는 음식을 직접 그녀의 입에 가져다주며 웃었다.

"너 좋아하는 것만 시켰으니까 많이 먹어."

은서는 혼자 음식을 먹으며 생각했다. 이 결혼, 절대 쉽지 않을 거라고.

결국 최 회장이 목뒤를 잡고 쓰러지는 퍼포먼스를 하는 바람에 그 자리에서 결혼 이야기는 제대로 마무리 지을 수 없었다. 결혼은 3년 뒤니까, 아무래도 3년 내내 이 문제로 싸울 것만 같은 불길한 예감이 들었다.

4월이 되면 사람들은 보통 벚꽃이 핀다고 좋아하지만, 야구인들한테는 프로 야구 시즌이 시작되는 축제 같은 시기였다.

야구는 그냥 스포츠가 아니었다. 야구에는 인생이 담겨 있었다.

프로 야구 개막전을 구경하러 가는 사람들의 모습도 제각각이었다. 친구끼리 온 사람, 연인끼리 온 사람, 가족끼리 온 사람, 회사 동료끼리 온 사람, 혼자서도 잘 노는 사람. 그리고 은서는 라온 피닉스를 응원하기 위해서 VVIP 석에 혼자 앉아 있었다. 권후는 오늘 시타를 했다. 그의 야구단이 첫 시합을 하는 날, 권후가 야구 배트를 잡는다는 게 은서는 너무 감격스러웠다. 중학교 이후 그가 야구 배트를 잡은 모습을 처음 보는 것이기도 했다.

애국가 제창이 끝난 뒤 장내 아나운서가 우렁찬 목소리로 오늘 경기의 시타와 시구를 소개했다.

"오늘의 시타는 라온 피닉스의 대들보 최권후 구단주님입니다. 그리고 시구는 프로 야구 선수 출신 배우 이혁 님입니다. 큰 박수로 맞이해 주세요."

야구장을 가득 메운 관중석에서 우레와 같은 박수가 쏟아졌다. 유명한 배우 이혁뿐만 아니라 최권후의 이름을 외치는 사람도 대단히 많았다. '구단주를 이겨라'가 그의 얼굴을 알리는 데 혁혁한 공을 한 셈이었다. 거짓말 좀 보태서 연예인인 이혁과 인기를 비교해도 밀리지 않을 정도였다.

두 사람은 1만 5천 명의 관중이 가득 들어찬 관중석을 향해서 정중하게 인사를 한 뒤, 한 명은 배트를 들고 타자석에 섰고, 한 명은 글러브를 끼고 마운드에 올랐다.

시구와 시타는 경기 전 이벤트일 뿐이지만 둘 다 야구 선수 출신이었기에 분위기가 꼭 진짜 시합인 것처럼 진지했다.

이혁이 정확한 투구 자세로 공을 던졌다. 선수 출신답게 공은 직구로 뻗어나갔다. 이제 최권후가 저 공을 칠 차례였다. 권후는 끝까지 공에서 눈을 떼지 않았다. 그리고 마지막 순간에 배트를 빠르게 휘둘렀다.

탕—!

야구 배트에 공이 맞는 소리가 경쾌했다. 공이 높고 멀리 날아가자 1만 5천 명의 시선이 일제히 그 작은 공을 따라갔다.

시타에서는 처음 나온 장타에 장내 아나운서의 목소리가 점점 흥분에 휩싸였다.

"쳤습니다! 공이 계속 날아갑니다. 아직도 날아가고 있습니다. 담장을 넘기나요. 담장을!"

"우와아아아아아아아!"

땅과 하늘을 울릴 정도로 사람들의 함성이 일제히 터졌고, 아나운서도 소리를 높여 외쳤다.

"홈런! 홈런입니다! 시타에서 홈런이 나왔습니다!"

경기장 안에는 홈런의 여운이 쉽게 가시지 않았다. 더그아웃에서 시합을 준비 중이던 선수들까지 넋을 놓고 공이 날아간 쪽을 쳐다보고 있었다. 시합에도 잘 안 나오는 홈런이 설마 시합 전에 나올 줄은 예상하지 못했기에.

경기장에 있었던 차봉주 단장 혼자만 안타까운 한숨을 길게 내쉬었다.

"하아, 피닉스 구단주가 아니라 피닉스 선수였어야 했는데."

하지만 그건 불가능했다. 최권후가 구단주 자리에서 내려오면 아무도 피닉스를 책임지려고 하지 않을 테니까.

권후가 홈런을 치는 걸 그 자리에서 직접 목격한 은서는 멈추지 않고 계속 박수를 쳤다. 빛이 다시 그에게 돌아온 것만 같아서 감격스러웠다. 이게 정식 경기가 아닌 게 안타까울 뿐이었다.

곧 권후는 그녀가 있는 VVIP 관람석으로 들어왔다. 은서는 열혈 야구팬인 것처럼 그의 주위를 폴짝폴짝 뛰며 환호했다.

"와아! 홈런! 홈런! 홈런!"

권후는 좋아하는 그녀를 내려다보며 씨익, 소년처럼 웃었다.

"너한테 줄 거 있어."

권후가 등 뒤에 감추고 있던 손을 앞으로 내밀어 보여 준 물건을 보고 은서는 눈이 커졌다. 그건 그가 방금 친 홈런 볼이었다. 그리고 그 홈런 볼에는 그가 적은 글이 적혀 있었다.

은서는 상상도 못 했다. 그녀가 프러포즈를 받을 때, 반지가 아니라 홈런 볼을 대신 받게 될 줄이야.

권후는 프러포즈를 위해 반지를 이미 샀지만, 오늘 홈런을 치고 마음을 바꾸었다. 이 홈런 볼로 프러포즈하고 싶어졌다.

"반지가 아니라서 싫어?"

그녀는 아니라고 고개를 세차게 저었다.

"그런데 왜 아무 말이 없어?"

너무 감동이라서 목이 메여 말이 잘 안 나왔다.

"그래서, 네 대답은?"

은서는 두 팔을 뻗어 그의 목을 꽉 끌어안으며 기꺼이 허락했다.

"네, 좋아요."

서로의 꿈을 응원하던 두 사람은 이제 서로의 꿈이 되어 살아가기로 했다.

"와아아아아아."

"라온 피닉스 파이팅!"

라온 피닉스의 경기가 시작되었고, 경기장에 사람들의 환호성이 넘쳐흘렀다. 그리고 두 사람이 함께 이루어 나갈 미래도 이제 막 시작되고 있었다.

Epilogue
해신과 태강의 두 번째 결혼식

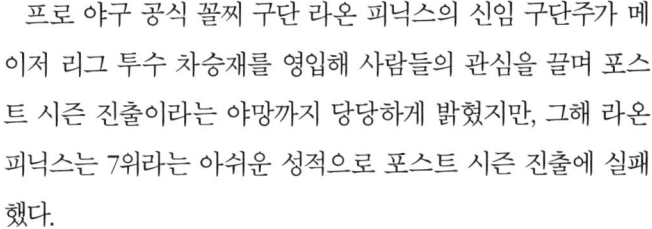

　프로 야구 공식 꼴찌 구단 라온 피닉스의 신임 구단주가 메이저 리그 투수 차승재를 영입해 사람들의 관심을 끌며 포스트 시즌 진출이라는 야망까지 당당하게 밝혔지만, 그해 라온 피닉스는 7위라는 아쉬운 성적으로 포스트 시즌 진출에 실패했다.

　그리고 야구 시즌이 끝나자마자 1년 계약을 종료한 차승재가 다시 메이저 리그로 떠나버렸으니, 사람들은 라온 피닉스가 다시 꼴찌 팀으로 돌아갈 것이라고 확신했다.

　그러나 라온 피닉스에 새로운 바람을 일으켰던 건 차승재만이 아니었다. 최권후 구단주는 여전히 라온 피닉스의 주인이었다. 라온 피닉스를 인수할 때부터 야구계에 파란을 일으켰던 최권후 구단주는 이번에도 라온 피닉스의 위기를 보고만 있지는 않았다.

　차승재를 대신할 투수는 데리고 올 수 없을 것이라고 사람들이 확신하고 있을 때, 최권후 구단주는 보란 듯이 해신 유니

온즈의 간판 투수 강신록을 트레이드해 와서 또다시 야구계를 들썩이게 만들어 놨다.

강신록이 해신 구단주가 미래의 데릴사위에게 주는 혼수라는 걸 그때에는 아는 사람이 없었기에 스포츠 신문뿐만 아니라 SNS까지 들썩이며 도대체 라온 피닉스가 무슨 요술을 부려서 그런 트레이드를 성공시킨 건지 추리하느라 시끄러웠다.

투수 강신록과 타자 두 명을 더 보강한 라온 피닉스는 그해 꼴찌가 아니라 6위를 하며 또 한 번 파란을 일으켰다. 꼴찌에서 7위, 그리고 6위. 이제 다음 시즌에는 라온 피닉스가 5위를 해서 정말 포스트 시즌에 진출하게 될 것이라고 믿는 사람들이 생겨나기 시작했다.

그건 단지 꼴찌 팀의 야망이나 허언이 아니라 한 발 한 발 현실로 다가오고 있었다. 최고의 야구 선수가 되겠다는 최권후의 꿈은 오래전에 깨졌지만, 그의 야구는 여전히 현재 진행형이었다.

그리고 라온 피닉스가 정말 포스트 시즌에 진출하게 될 건지 야구팬의 관심이 몰린 프로 야구 시즌이 이제 막 시작되고 있었다. 이 중요한 시기에 라온 피닉스의 구단주 최권후는 야구와 전혀 상관없는 일로 고민에 빠져 있었다.

"아무래도 나에 대한 은서의 애정이 식은 것 같아."

백 비서는 들어도 안 들리는 척 먼 곳을 바라보았다. 그는 최권후 대표의 비서이지, 연애 상담사가 아니었으니까.

"결혼을 3년 뒤로 미룬 게 문제였어. 사람들이 뭐라고 하든지 그냥 저질렀어야 했는데. 그때는 은서도 흔쾌히 동의해서 별문제 없을 줄 알았건만 사랑이 3년도 안 되어서 식다니, 너무한 거 아냐!"

혼자 떠들던 최권후는 결국 자기 말에 흥분해서 마지막에는 진짜로 화를 내었다. 그럼 오은서를 찾아가서 직접 따져야지, 왜 비서를 붙잡고 이러고 있는 건지 모를 일이었다. 아무래도 용기가 없는 것 같았다. 직접 물었다가 그게 사실이면 감당할 자신이.

"증거는 있습니까?"

"이거 범죄야! 무슨 증거?"

백 비서의 한마디에 버럭 화를 내던 최권후는 바로 우울한 표정을 지으며 자기 입으로 다 털어놓았다. 바로 그 증거를.

"요즘 날 자꾸 피해."

"방송국 일이 바쁘신가 보죠."

집안의 방해로 오랜 시간 방송국 조연출로 고생했던 오은서는 이제 휴먼 인사이드의 메인 피디로 제대로 자리를 잡아서 유명인들을 인터뷰하러 다니느라 바빴다.

"밤에 날 피한다고."

"그럼 대표님이 너무 밝히셨나 보죠."

"네가 사랑을 알아?"

언젠가 들은 적 있는 대사를 또 뱉어 내며 자신을 노려보는 최권후 대표를 백 비서는 조용히 외면했다. 그러니까 왜 모르는 사람한테 자꾸 자기 사랑을 털어놓나. 이제 두 사람의 사랑은 두 사람만의 문제가 아니라 해신 그룹과 태강 그룹의 일이 되었으니, 백 비서도 본분에 충실하게 충고했다.

"하지만 인제 와서 결혼 못 하면 해신 오 회장님이 대표님 가만 안 둘 겁니다."

최권후가 해신의 데릴사위가 된다고 해서 사람들한테 욕먹어 가면서 강신록 투수까지 내어 주었는데, 인제 와서 결혼이 없던 일이 되면 오 회장이 가만히 있을 리가 없었다. 장녀의 이혼 이후에 제대로 최권후와 태강한테 농락당한 것이니까. 해신과 태강 사이에 3차 대전이 일어날지도 몰랐다.

"재수 없는 소리 하지 마. 결혼은 죽어도 할 거니까."

두 집안이 합의한 3년이 되면 무슨 일이 있어도 결혼식을 올려야 했다. 권후는 거기서 단 하루도 미룰 생각이 없었다.

"하지만 오 피디님 사랑이 식은 것 같다면서요."

"그럼 정략결혼을 하든가."

연애결혼이 결국 또 정략결혼이 되어 버리사 백 미시는 짧게 혀를 차며 중얼거렸다.

"그러다 또 이혼하겠네."

해신과 태강의 두 번째 결혼은 과연 해피 엔딩이 될 수 있을지, 지금은 오리무중일 뿐이었다.

두 사람의 결혼을 허락하는 조건으로 은서가 본가로 들어

와서 사는 게 있었기에, 이제 두 사람이 편하게 만날 수 있는 장소는 권후의 집뿐이었다. 하지만 요즘 은서는 이런저런 핑계를 대며 그의 집에 오지 않고 있었다. 그래서 권후는 은서가 마음이 식었다고 의심하게 된 것이었다.

그렇다고 이대로 포기할 수 없었다. 두 사람의 역사는 그의 인생을 관통하고 있었다. 야구와 오은서를 빼면 그한테 남는 건 뼈밖에 없었다. 그러니 어떻게든 변한 은서의 마음을 돌려놓아야 했다.

은서가 그를 만나러 오지 않겠다면 그가 가는 수밖에 없었기에 권후는 차를 끌고 방송국으로 향했다. 3년 동안은 두 사람 사이를 사람들한테 들키면 안 되었기에 밖에서 만나는 걸 조심했지만, 이 판국에 그런 걸 따지겠는가. 태강이나 해신보다 더 중요한 건 은서의 마음이었다.

권후는 방송국 앞에 차를 세우고 은서가 나오기를 기다렸다. 은서가 연락도 없이 방송국까지 찾아온 그한테 어떤 반응을 보이는지 확인하면 그녀의 마음을 더 정확하게 알 수 있을 것이다. 아무리 생각해도 좋아할 것 같지는 않아서 몸과 마음이 같이 무거워졌다.

어쩌다 이렇게 되었나 싶었다. 두 집안에서 3년 뒤 결혼할 수 있다는 허락을 받았을 때만 해도 모든 게 해결되고 행복만 있을 줄 알았건만, 그 행복이 3년도 안 되어서 깨지는 건 너무했다.

그때 방송국에서 나오는 은서가 보였다. 그녀는 혼자가 아니었다. 방송국 동료들과 함께였다. 그들 앞에서는 예전처럼 잘 웃는 걸 보니 그의 심장이 시큰해졌다. 요즘 은서는 그를 만나도 그의 눈치만 보았으니까. 거의 웃지 않았다.

권후는 차 문을 열고 밖으로 나갔다. 그는 최권후였다. 설령 정말 눈앞에서 그녀의 사랑이 휘발되어 날아가더라도 마지막 한 방울이 남을 때까지 포기하지 않을 것이다.

"어? 최권후 대표님!"

은서보다 방송국 동료들이 먼저 그를 알아보고 놀란 표정을 지었다. 은서는 방송국에 나타난 그를 보고 당황한 얼굴이었다. 권후는 개의치 않고 말했다.

"지나는 길이었습니다. 다들 퇴근하는 건가요?"

어떻게 경기도에 있는 라온에 다니면서 서울에 있는 방송국 앞을 우연히 지날 수 있는 건지 의문이 남지만 그걸 묻는 사람은 아무도 없었다.

"오늘 팀 회식이에요. 대표님도 안 바쁘시면 참석하시겠어요?"

이 작가가 권후한테 회식에 대해 말하자 은서가 나서며 그녀를 말렸다.

"바쁜 사람 함부로 붙잡지 마."

"안 바쁩니다. 그럼 회식 장소로 루카스는 어떻습니까?"

예약하기도 힘들고 비싸서 회사 회식으로는 꿈도 꿀 수 없는 곳으로 데려가 주겠다고 하자 방송국 동료들은 모두 신이 나서 동의했다. 반기지 않는 사람은 은서 한 명뿐이었다. 그녀가 책망하듯이 쳐다보는 시선을 무시하고 권후는 그녀의 방송국 동료들에게 웃으며 말했다.

"그럼 가시죠."

그의 등장으로 갑자기 장소가 바뀐 회식은 방송국 사람들에게 최고의 밤을 선사했지만, 은서는 그한테 화났다는 걸 보여 주듯이 술을 한 모금도 마시지 않았다.

루카스에 오고 1시간도 안 되어서 그녀가 피곤하다는 핑계를 대며 떠나려고 하자 권후는 그녀를 쫓아가서 붙잡았다.

"나한테 화났어?"

그리 묻는 권후의 목소리가 오히려 그녀한테 화를 내는 듯 들려서 은서는 입을 꾹 다물고 그의 얼굴을 쳐다만 보았다. 권후는 두 손을 주머니에 찔러 넣고 자신이 정당하다는 걸 강조했다.

"네가 안 만나 주니까 어쩌겠어. 이렇게라도 해야지."

"요즘 인터뷰 촬영 때문에 바쁘다고 했잖아요. 그거 끝나서 회식한 거예요."

"그럼 밤에라도 시간 낼 수 있잖아. 그런데 너, 우리 집에 오는 건 싫다며."

"그건 그럴 만한 이유가 있었어요."

"무슨 이유?"

은서가 제대로 대답하지 못하고 그를 쳐다만 보자 권후는 미간이 일그러졌다. 내내 그녀한테 직접 묻는 걸 피했었다. 그녀가 변했다고 그가 느낀 건 그저 그의 착각일 뿐이라고 믿고 싶어서. 그런데 대답하기 곤란해하며 피하는 그녀를 보니 권후는 눈가가 뜨거워졌다. 사람이 죽는 일이 아니면 울 일은 없을 줄 알았건만 그게 아니었다. 정말 울고 싶은 기분이다.

"이제 나를 사랑하지 않아?"

그의 말에 놀란 듯 은서의 눈이 커졌다. 권후는 그녀의 얼굴에서 시선을 떼지 못했다. 그녀의 눈동자가 어떻게 변하는지, 그녀의 입술이 어떻게 벌어지는지 하나도 놓치지 않겠다는 듯이. 작은 바람에도 부러질 수 있을 것처럼 마음이 점점 약해지는데, 그녀가 대답했다.

"저 임신했어요."

권후는 한동안 그녀의 얼굴을 바라만 보았다. 그러니까 그를 사랑하지 않는다는 말은 아니어서 안심했다가, '임신'의 뜻을 깨닫고 심장이 크게 요동쳤다. 그의 목소리가 크게 터져 나왔다.

"임신이라고? 그런데 나한테 왜 말 안 했어?"

그거야 두 집안이 협의한 결혼 날짜가 아직 한참 남았기에 어떻게 말을 꺼내야 할지 곤란해서다. 마땅히 축복받아야 할 새 생명이 결혼식을 올릴 때까지 조심하지 못한 두 사람의 실수나 마찬가지인 게 되어 버렸으니까. 그런데 두 집안보다 지금 더 신경이 쓰였던 건 그의 야구단 라온 피닉스였다. 그래서 은서는 그한테 당부했다.

"아직 집에는 말할 수 없어요."

"왜? 당장 알려서 결혼식 해야지."

그가 이렇게 나올 것 같아서 은서는 지금껏 말할 수 없던 것이었다. 그녀는 그한테 현실을 인식시키듯이 알려 주었다.

"이제야 막 프로 야구 시즌 시작했고, 올해는 라온 피닉스가 진짜 포스트 시즌에 갈 가망성이 가장 큰 해예요. 그런데 우리가 결혼식을 올리면 해신과 태강에 대한 기사가 쏟아져 나올 텐데, 그런 가십 기사로 야구단의 명예를 정말 빛바래게 할 거예요?"

두 집안의 이혼으로 시끄러웠던 게 아직 3년도 되지 않았다. 3년이 넘어도 분명 말이 나올 게 뻔한데, 지금 결혼식을 하게 되면 막 잠잠해진 이혼이 재점화되면서 더 시끄러울 것이다. 더군다나 최권후가 라온 피닉스로 주목받고 있는 구단주였기에 야구단까지 기사에 오르내리며 야구 이외의 일로 주목받을 게 분명했다. 야구단이 노력해서 일구어 낸 영광을 두 사람과 얽힌 가십 기사 때문에 더럽힐 수는 없었.

"하지만 프로 야구 시즌 다 끝날 때까지 기다리면 너 만삭이야!"

만삭의 몸으로 결혼하고 싶어 하는 신부는 세상에 없었다. 가능한 한 배가 부르기 전에 예쁘게 웨딩드레스를 입고 결혼식을 올리려고 하지.

"그럼 아기 낳고 결혼식 해요."

그렇게 되면 그녀는 옆에 남편도 없이 혼자 아이를 낳아야 했다. 두 사람이 정식 부부가 되기도 전에 그가 그녀와 함께 사는 걸 양측 집안에서 허락할 리가 없었으니까.

권후는 철없이 그녀의 사랑이 식었다고 의심만 했는데, 그녀가 그와 야구단 때문에 인생에서 한 번뿐인 그녀의 결혼식을 희생하려는 걸 알고 말도 못 하게 기분이 착잡해졌다.

"야구단 때문에 네가 양보할 필요 없어."

"야구단은 선배 꺼니까 난 신경 끄라고요?"

"그런 뜻이 아니라……."

그는 그녀한테 정말 행복한 결혼식을 선물해 주고 싶었다. 두 사람이 아주 오래 엇갈리고 이어지기 어려웠던 만큼 세상에서 가장 아름답고 완벽한 신부로 만들어 주고 싶었다. 그런데 축복받아야 할 임신도, 결혼식도 모두 걸림돌로 만든 게 전부 그의 탓인 것 같아서 견디기 힘들었다.

"어차피 결혼식은 형식일 뿐이잖아요. 그러니까 난 괜찮아요."

이제야 그를 보고 웃어 주는 그녀의 미소에서 권후는 눈을 뗄 수 없었다. 그녀가 그렇게 쉽게 내려놓아서 권후는 더더욱 결혼식을 포기할 수 없어졌다.

두 사람은 무조건 아이가 태어나기 전에 결혼식을 올려야만 했다.

이란주는 권후가 부르기도 전에 집에 왔다는 소식을 전해 듣고 차를 끓이기 시작했다. 차가 잘 우려졌을 때쯤 권후는 도착했다. 그녀는 작은 찻잔에 따뜻한 차를 따라 주며 말했다.

"또 무리한 부탁할 생각이라면 이 차나 마시고 가렴."

이미 해신가와의 두 번째 결혼을 암묵적으로 허락한 걸로 그녀는 남편과 사이도 나빠졌다.

최 회장은 여전히 혼자 그 결혼을 반대하고 있었다. 그러나 이제 최 회장의 동의는 별로 필요 없어졌다. 해신 오 회장은 권후를 해신의 차기 후계자로 만들 계획을 이미 차근차근 진행하고 있었으니까. 더 이상 권후한테 태강의 지지는 필요 없는 상황이었다.

그러니 최 회장이 이 결혼에서 힘을 쓸 수 있는 구석은 없었다. 그저 품격 떨어지게 훼방꾼 노릇만 할 수 있을 뿐이지.

"은서가 임신했어요."

우뚝, 차를 따르던 그녀의 손길이 멈추었다. 그건 정말 생각도 못 한 돌발 상황이었다. 두 집안이 합의한 결혼까지는 아직 10개월이나 남았었기에. 두 집안의 이혼이 얼마나 대한민국을 시끄럽게 했는지 떠올린다면 그 3년에서 단 하루도 줄일 수 없었다. 이란주는 미간을 살짝 좁히며 권후를 쳐다보았다.

"설마 피임도 안 했던 거야?"

손주가 생겼다는 말에 나올 할머니의 첫 반응으로는 정말 최악이었기에 권후는 울컥했다. 그가 가족한테 무시당하고 홀대당한 건 참을 수 있어도, 그의 자식한테 그러는 건 죽어도 못 참았다.

"어머니 첫 손주예요. 그런데 고작 하실 말이 그거뿐이에요?"

이란주는 차분하게 차를 마시며 현실을 알렸다.

"네가 해신가 데릴사위로 들어가면 그 집 핏줄인 거지."

"그래서 나 몰라라 하실 거라고요?"

이란주는 한숨을 내쉬었다. 당연히 그럴 수 없었다. 태강에 정말 필요한 후계는 장남인 강후가 낳을 자식이지만, 권후가 낳을 아이도 결국 최씨 핏줄이기도 했으니까.

"아이 때문에 결혼식을 당기고 싶은 거라면, 그건 힘들 거다."

"그래도 제가 해야겠다면요."

권후의 고집에 이란주는 '피식' 웃으며 그를 놀리듯이 말했다.

"그래서 이번엔 네 신부까지 데리고 해외로 떠나서 결혼식 할 거니?"

어머니의 말에 권후는 화를 내는 게 아니라 오히려 눈이 번쩍 떠졌다.

"그럼 되겠네요."

이란주는 그냥 해 본 말이었기에 미간에 주름이 잡혔다.

"태강과 해신이 결혼하는데 사람들 눈 피해서 해외에서 도둑 결혼한다는 게 말이 된다고 생각해?"

"결혼은 저랑 은서가 하는 거예요. 그런데 사람들 눈치 보느라 3년이나 기다려야 하는 게 더 말이 안 되는 일이라는 생각은 안 드세요?"

"네가 먼저 약속한 일이야."

"그래야 결혼 허락할 거니까요. 하지만 지금 은서가 제 아이를 가졌다고요. 그런데도 여전히 기다리라고 하는 건 도대체 누굴 위한 건데요!"

이란주는 할 말을 잃은 눈으로 분개하는 아들을 쳐다보았다. 최 회장이 폭력까지 행사하며 그가 야구하는 걸 꺾으려고 할 때도 이리 대놓고 화낸 적이 한 번도 없었다. 그저 묵묵하게 맞으며 그를 향한 폭언을 견뎠을 뿐이었다.

권후는 그런 사람이었다. 자신을 지켜야 할 때는 그저 참고 견디고, 남을 지키기 위해서는 모든 걸 던지듯이 덤벼들었다.

"하지만 네가 해외에서 결혼하면 가족도 없이 결혼해야 할 거야. 은서가 그걸 좋아하겠니?"

두 집안이 함께 결혼식을 올리기 위해서 벌써 2년이나 넘게 기다렸다. 고작 몇 개월을 남겨 놓고 그걸 포기하는 것도 아까운 일이었다.

"우리 결혼을 진심으로 축복한다면 기꺼이 거기까지 와 주는 가족도 있겠죠."

그 말만 남기고 몸을 돌려 떠나는 아들의 뒷모습에서 이란주는 눈을 뗄 수 없었다.

권후가 그녀한테 도움을 청하기 위해 여기까지 왔다는 걸 이제야 깨달았지만, 떠나는 그를 붙잡을 수 없었다. 어쨌든 지금 한국에서 두 사람이 결혼하는 건 무리였다. 두 집안 어느 쪽도 아직은 환영할 수 없는 일이었다.

💍

은서는 권후가 없는 그의 집에서 초조하게 그가 돌아오길 기다렸다. 연락도 없고, 집에도 없는 걸 보니 아무래도 어딘가에서 무슨 일을 벌이고 있다는 예감이 들었다. 이래서 임신한 걸 가능한 한 늦게 말하려고 한 건데.

은서는 손으로 아직 납작한 배를 문질렀다.

"네 아버지가 그냥 사고뭉치일 뿐이야. 네 잘못이 아니고."

그때 문이 열리는 소리가 들리며 권후가 들어왔다. 내내 그를 기다리고 있던 은서는 바로 현관으로 걸어가 그를 맞았다.

"어디 다녀와요?"

그의 표정을 살피며 조심스럽게 물었다. 권후가 그녀의 얼굴을 빤히 쳐다보다가 씨익, 소년 같은 미소를 지으며 말했다.

"이번엔 우리 둘이 같이 미국 갈래?"

열여섯에 미국으로 떠난다고 했던 그가 또다시 미국으로 가자고 하자 그녀는 눈이 커졌다. 그때처럼 미국으로 완전히 떠나자는 말은 절대 아닐 거다. 라온 피닉스는 올해가 가장 중요한 해였으니까. 그러니 구단주인 그가 한국에 있어야 했다.

"미국에는 왜요?"

"거기서 결혼식 하자."

오로지 결혼식을 위해 멀리 떠나자는 말에 은서는 헛웃음이 나왔다. 소심하게 살아온 그녀라면 절대 생각도 못 했을 방법이었다. 역시 최권후답다고 해야 하나.

해신과 대강의 두 번째 결혼식

"임신한 몸으로 비행기 오래 타면 안 좋을 것 같은데."

그녀가 지극히 현실적인 이유로 말리자 권후도 심각한 표정으로 고민하다가 답을 내놓았다.

"그럼 하와이로 가자. 거기는 비행기로 8시간이면 갈 수 있어."

8시간도 길긴 길었지만, 그래도 불가능한 일은 아니었다. 하와이는 아름다운 섬이니 거기서 결혼식을 하면 좋은 기억이 될 것이었다. 그래도 은서는 복잡한 눈으로 권후를 쳐다보았다. 그녀의 임신 때문에 그가 무리할 걸 알았다. 그래서 그가 엉뚱한 오해만 하지 않았다면 임신한 사실을 아주 늦게 알렸을 것이다.

"난 정말 아이 낳고 결혼식 올려도 괜찮아요."

"세상에 결혼도 하지 않고 아이 낳고 싶어 하는 여자가 어디 있어?"

그의 말에 그녀의 눈동자가 흔들렸다. 그녀도 차마 그렇지 않다고 부정할 수가 없었다. 그녀가 바로 대답하지 못하자 권후는 그녀의 두 손을 포개어 잡고 부드럽게 설득했다.

"하와이에서 결혼하면 한국에서 기사 날 일도 없어. 그러니까 야구단에 영향 끼칠 리도 없고."

"하지만 거기까지 가족들은 안 와 줄 거예요."

처음 3년의 약속을 어기고 하는 결혼이었으니 두 집안이 허락할 리 없었다. 그러니 두 사람만의 결혼이 될 확률이 높았다. 그렇게 결혼할 것이었으면 지금까지 기다리지도 않았다.

가족들에게 두 사람의 결혼을 당당하게 인정받고 싶었기에 인내하며 기다린 것이었다.

"걱정하지 마. 내가 반드시 오게 할게."

은서는 그 말이 더 불안했다.

"무슨 일을 벌이려고요?"

사고뭉치 아들이라는 듯이 보며 묻자 권후는 서운한 표정을 지었다.

"당연히 대화로 풀어야지. 우리 결혼인데 내가 사고라도 칠까 봐?"

도대체 대화로 어떻게 풀겠다는 건지 은서는 감이 잡히지 않아서 여전히 믿을 수 없다는 눈으로 그를 쳐다보았다. 권후는 그녀를 안심시키듯이 품에 꼭 끌어안았다.

"나만 믿어. 내가 꼭 봄의 신부로 만들어 줄게."

그럼 한 달 안에 결혼식을 올려야 했다. 은서는 전혀 실감이 안 나서 어떤 표정을 지어야 할지 알 수가 없었다.

사실 그한테는 결혼식을 늦게 해도 된다고 말하긴 했지만, 정말 봄의 신부가 된다면 너무 행복할 것 같았다. 배 속의 아이도 함께.

4주 뒤, 방송국에 입사하고 처음으로 일주일 휴가를 쓰고 하와이행 비행기 표까지 끊었지만, 은서는 여전히 결혼한다는 게 실감이 나지 않았다. 유일하게 처음부터 이 결혼을 반대하지 않았던 언니 수정은 그녀와 함께 하와이에 가 주겠다고 하였다. 웨딩드레스도 수정이 마련해 주었다.

공항으로 가는 차 안에서 은서는 걱정이 되어 수정에게 물었다.

"부모님 정말 와 주실까?"

딸이 결혼식도 올리기 전에 임신한 걸 알게 된 뒤, 아버지와 어머니는 그녀와 대화하는 걸 피하셨다. 서운한 마음이 없다면 거짓말이지만, 자신이 약속을 지키지 못한 것도 사실이라서 은서는 아무 말도 못 했었다.

"최권후가 한 말을 무시하실 수 없을 거야."

"선배가 뭐라고 했는데?"

"네 배 속의 아이가 장차 해신 그룹의 후계자가 될 거라고. 이 결혼식이 나중에 후계자의 흠집이 되지 않으려면 두 분이 꼭 참석해야 한다고 했어. 해신 그룹의 후계자가 정당성을 얻으려면 모두가 축복하는 결혼식을 해야 한다고."

아버지라면 분명 그 말을 무시할 수 없을 것이라는 생각이 들었다. 그 누구보다 해신 그룹의 앞날을 걱정하는 분이셨으니까. 아버지가 결혼식에 오신다면 어머니도 함께 오실 수밖에 없었다.

"그럼 태강 쪽은?"

수정은 천천히 고개를 저었다.

"그쪽은 나도 모르겠다."

결혼식에 그녀의 가족만 있고, 권후의 가족은 아무도 없다면 그녀는 너무 슬플 것 같았다. 하지만 권후는 분명 아무렇지 않아 할 게 뻔했다. 그래서 은서는 더 신경이 쓰일 수밖에 없었다. 은서는 수정에게 물었다.

"혹시 공항 가기 전에 어디 좀 들렀다가 가도 될까?"

"왜? 태강 사람 만나 보려고?"

"이란주 대표를 만나야겠어."

"그럼 비행기를 놓칠지도 몰라."

"10분이면 돼."

수정은 과거에 시어머니였던 이를 만나는 게 껄끄러웠지만, 은서를 막을 수는 없었다.

두 사람을 태운 차는 엘라 패션으로 방향을 틀었다.

이란주 대표의 회사에 도착했을 때, 은서는 혼자 회사로 들어갔다. 오는 길에 미리 전화를 해 두었기에 비서가 마중을 나와 있었다. 그녀는 이란주 대표의 비서를 따라서 대표실로 향했다. 이곳에 마지막으로 왔던 때가 이란주 대표를 인터뷰했을 때였기에 만감이 교차했다.

대표실 문을 열고 들어가자 이란주 대표가 자리에서 일어나며 그녀를 반겼다.

"어서 와요."

이란주 대표는 이미 그녀의 임신 사실을 알고 있었지만, 그것에 대해서는 한마디도 하지 않았다.

"공항 가는 길에 잠시 들렀습니다."

그녀가 하와이로 결혼식을 올리기 위해 떠나는 길이라는 말이었기에 이란주 대표는 입가에 미소를 지웠다.

"내 아들이 멋대로 사는 거야 원래 그랬지만, 은서 양은 그러지 않을 줄 알았는데 안타깝네요."

무엇이 안타깝다는 건지 은서는 잘 이해가 안 되었다. 설마 그녀의 임신이 안타깝다는 말이라면 아이의 할머니로서 참 잔인한 말이었다.

"만약 이 아이가 태어나면 선배는 정말 아이를 아껴 줄 거예요. 누구도 아이를 다치게 하지 못하게 지켜 주고, 아이가 외롭지 않게 항상 옆에 있어 주려고 하고, 아이가 좋아하는 건 전부 구해다 주려고 애쓸 거예요. 그리고 아이가 원하는 꿈은 그게 뭐든 끝까지 지지해 줄 거고요."

그녀의 말을 듣고 이란주 대표는 의아한 표정을 지었다.

"결혼식 이야기하러 온 줄 알았는데, 왜 아직 태어나지도 않은 아이 육아 이야기를 그리 열심히 해요?"

"대표님이, 그리고 최 회장님이 나쁜 부모였다고 말하는 겁니다."

가감 없는 지적에 이란주 대표는 표정이 찌푸려졌다.

"그래도 내가 시어머니 될 사람인데, 무례한 말을 함부로 하네."

"제가 안 하면 선배는 평생 안 할 말이니까요. 최 회장님이 아무리 모질게 선배의 꿈을 꺾으려고 했어도, 이 대표님이 무정하게 선배가 힘들 때 모른 척했어도 선배는 사람들 앞에서 그 누구보다 밝은 사람이었어요. 그래서 전 선배가 그렇게 힘들게 살았다는 걸 꿈에도 몰랐습니다."

그녀의 눈가에 눈물이 맺혔다. 중학교 운동장을 달리며 햇살처럼 웃던 사람의 그림자를 그녀도 너무 늦게 알아서 그때는 안아 주지도 못했다는 게 서글펐다.

"이 결혼식은 대표님이 선배한테 마지막으로 부모 노릇을 할 기회입니다. 그걸 알려 드리고 싶었어요. 저는 선배한테도 가족에 대한 행복한 기억이 있었으면 해요. 아프고 힘든 기억 말고요."

은서는 할 말을 끝내고 고개를 깊이 숙여 인사했다. 그리고 곧장 몸을 돌려 사무실을 떠났다. 이란주 대표는 떠나는 은서의 뒷모습을 보며 헛웃음을 지었다.

"부부는 닮는다더니, 결혼식도 올리기 전에 벌써 닮아 가네."

은서가 하는 말 한마디 한마디가 기시처럼 박혀 오는 걸 보니, 확실히 그녀는 좋은 어머니가 아니었다. 권후가 한 번도 그런 걸로 서운한 티를 낸 적이 없어서 오래도록 외면할 수 있었다. 그녀의 잘못과 실수를.

라온 피닉스가 연승하면서 덩달아 구단주인 권후도 주목받는 시기였기에 하와이 공항에서 만나기로 했다.

무사히 비행기에서 내려서 출국장을 나가던 은서는 하와이안 셔츠를 입고 손을 흔드는 권후를 발견하고 걸음을 멈추었다. 함께 나오던 수정이 권후의 모습을 보고 '피식' 웃었다.

"저러니까 사람들이 팔자 좋은 도련님으로 보지."

그녀의 눈에도 정말 하와이에 관광을 온 사람처럼 보여서 옆에 가기가 부담이 될 정도였다.

그 사이 권후가 먼저 그녀한테 가까이 다가왔다. 그나마 요란하게 꽃목걸이를 준비하지 않은 게 다행이었다.

"몸은 괜찮아?"

은서는 고개를 끄덕였다.

"내일 결혼식 하려면 오늘 푹 쉬는 게 좋을 테니까, 곧장 숙소로 가자."

드디어 내일 결혼식이라는 게 하와이까지 와서도 실감이 잘 안 났다. 그녀는 어떤 결혼식이 준비되었는지 알지도 못했다. 그녀가 임신했다는 이유로 모든 걸 권후가 알아서 준비했다.

권후는 수정을 보며 감사 인사를 했다.

"같이 와 주셔서 고마워요."

더 이상 그녀를 형수라고 부르지 않는 권후를 수정도 만감이 교차하는 눈으로 쳐다보았다.

그녀가 단 한 번도 두 사람의 결혼을 반대하지 않은 이유는 최권후는 최강후와 다를 것이라고 믿었기 때문이다. 최강후는 태강 그룹을 위해서 얼마든지 자신뿐만 아니라 아내까지 희생시킬 수 있는 사람이었지만, 권후는 그러지 않을 테니까. 권후한테 언제나 첫 번째는 그가 아끼는 사람들이었다.

"난 축하한다는 말 벌써 못 하겠네요."

부디 두 사람만의 결혼식이 되지는 않았으면 하는 마음뿐이었다. 사랑은 둘이 했지만, 진정한 가족이 되는 건 둘만으로는 부족했으니까.

　

그들이 묵을 숙소는 결혼식을 올릴 장소가 있는 곳이었다.

권후는 룸 베란다로 그녀를 데리고 가서 아래를 가리키며 말했다.

"저기서 내일 결혼식 올릴 거야. 마음에 들어?"

에메랄드빛으로 펼쳐진 바다를 풍경으로 푸른 정원에 꾸며진 야외 결혼식장은 낭만적이고 아름다웠다. 평생 잊지 못할 추억이 되기에 충분한 결혼식장이었다.

"네, 너무 좋아요."

그녀는 웃으며 그리 말했지만 눈빛에는 물기가 반짝이고 있어서 권후는 눈을 내리뜨며 물었다.

"부모님들이 안 오실까 봐 걱정이야?"

은서는 고개를 저었다. 더 이상 그런 걱정은 하지 않을 것이다. 권후도 할 만큼 했고, 그녀도 그랬으니까.

설령 내일 결혼식에 수정을 빼고 아무도 오지 않는다고 해도 그녀는 권후와 결혼할 생각이었다. 이 세상에서 그녀가 가장 아껴 주고 사랑해야 할 사람은 바로 그였으니까. 권후를 슬프게 하는 일은 그녀도 하기 싫었다. 이 결혼식이 그녀뿐만 아니라 그한테도 큰 의미가 있는 만큼, 내일 무슨 일이 있어도 결혼식은 진행되어야 했다.

"우리 아이한테 나중에 꼭 말해 줄 거예요. 우리 결혼식에 너도 함께 있었다고."

권후의 눈빛이 부드럽게 풀렸다. 세상에 그보다 행복한 말은 없었다.

나중에 이 결혼식이 세상에 알려지게 되었을 때, 사람들이 무어라 떠들어도 권후가 살면서 가장 잘한 일은 그녀와 결혼한 일일 터였다. 야구는 결국 이루지 못한 꿈으로 남아서 그는 더 이상 그라운드 위에서 다른 선수들처럼 뛸 수 없지만, 그녀를 사랑하는 일은 죽는 그 순간까지 멈추지 않을 테니까.

"우리 드디어 결혼한다."

권후는 말을 끝낸 뒤 고개를 숙여 그녀의 따뜻한 입술에 깊게 키스했다. 부드러운 살결을 소중하게 어루만졌다.

심장이 고동치며 가슴이 벅차올랐다.

그 많은 비극의 순간이 그를 무너뜨리려고 했지만, 결국 그녀라는 행복이 그의 인생을 찬란하게 해 주었다.

결혼식을 올리는 날은 마치 하늘이 축복이라도 하듯이 날씨가 쾌청했다. 파란 하늘과 에메랄드빛 바다, 그리고 아름다운 섬 하와이. 모든 게 결혼하기에 완벽했다. 단지 아직 가족은 신부의 언니 수정을 빼면 아무도 오지 않았을 뿐이었다.

이번 결혼식의 준비를 맡아서 하와이까지 권후를 수행해서 온 백 비서가 그에게 물었다.

"사람들이 안 와도 시간 되면 결혼식 시작하실 겁니까?"

권후는 고개를 끄덕이며 말했다.

"부케는 네가 받으면 되겠네."

백 비서는 싫다는 뜻을 내비치며 뒤로 물러났다. 이제 결혼식 시작까지는 1시간 정도 남아 있었다.

권후는 굳이 가족들을 기다리지 않겠다고 했지만, 그의 시선은 사람들이 들어올 입구에서 떨어지지 않았다. 신부인 은서는 수정의 도움을 받으며 웨딩드레스를 입고 메이크업을 받고 있었다. 은서가 결혼식장에 왔을 때 아무도 없는 걸 보면 실망할 것 같아서 고개를 숙여 한숨을 내쉬는데, 백 비서가 특유의 무미건조한 목소리로 말했다.

"대표님 형님이 오셨습니다."

권후는 고개를 들어 다시 입구 쪽을 보았다. 강후가 결혼식장 안으로 걸어오고 있었다.

이 결혼식에 오기 가장 껄끄러운 사람이 수정과 이혼한 강후였기에 사실 그한테는 한마디만 했을 뿐이었다. 하와이에서 결혼식을 할 거니까 시간 되면 오라고. 그런데 제일 먼저 나타날 줄은 몰랐기에 권후는 눈이 커졌다.

그의 앞까지 걸어온 강후는 밝은 하늘색 턱시도를 입은 권후를 보고 한마디를 했다.

"점잖게 검은색으로 입을 것이지, 이런 날까지 튀려고 하냐."

권후는 어이가 없어서 웃었다.

"하와이에서 우중충하게 누가 검은색을 입어."

강후는 더 이상 타박하지 않고 결혼 축하 인사를 했다.

"너는 나보다 잘 살 거야."

어째 축복과 질투가 뒤섞인 말처럼 들려와서 권후는 눈을 가늘게 뜨며 물었다.

"형이 결혼식에 올 줄은 정말 몰랐어. 설마 나한테 미안해서 온 거야?"

"그럴 리가. 미국 출장 온 김에 들른 거야. 나도 미국에 있었는데 결혼식에 안 갔다고 하면 나중에 사람들이 욕할 테니까."

같은 미국 땅에 속해도 하와이까지 오려면 비행기로 몇 시간은 날아와야 했다. 그러니까 가는 길에 들렀다고 하기에는 너무 정성과 노력이 들어갔다. 강후 나름대로 표현한 것이라고 여기고 권후는 웃으며 고맙다고 인사했다.

"그런데 형이 왔다고 은서가 좋아할 것 같지는 않다. 이왕이면 시후라도 몰래 데려오지 그랬어."

말도 안 되는 소리를 하는 그를 흘겨본 강후는 신랑 측 하객석으로 걸어가서 앉았다. 그래도 한 명 있는 하객이 태강 그룹

사장이니, 한 명이 백 명분은 거뜬히 채울 신분이었다.

권후는 백 비서를 보며 물었다.

"몇 분 남았어?"

"50분이요."

권후는 고개를 끄덕이며 구두로 바닥을 툭툭, 두드렸다. 그런 그를 보고 결혼식 경험자인 강후가 놀리듯이 말했다.

"초조한가 보네."

"전혀. 결혼하는 게 엄청 흥분되어서 그래."

"곧 있으면 신부도 올 것 같은데. 썰렁한 결혼식장 보면 과연 신부도 그런 생각할까?"

권후는 강후를 조용히 흘겨보다가 입구로 들어서는 사람을 발견하고 서둘러 그쪽으로 걸어갔다. 은서의 부모님인 오 회장과 정 여사가 함께 들어오고 있었다. 이걸로 은서의 가족은 모두 왔으니 권후는 정말 다행이라고 생각하며 두 사람에게 고개를 숙여 인사했다.

"와 주셔서 감사합니다."

오 회장은 별말이 없었고, 정 여사는 야외 결혼식장을 둘러보며 새침하게 말했다.

"그래도 결혼식장을 잘 고르긴 했네. 시골 같은 곳에서 하는 거였으면 바로 가 버릴 생각이었는데. 은서는 어디 있나?"

"지금 준비 중입니다."

자리에 앉아 있던 강후가 일어나서 두 사람에게 인사하자 정 여사는 표정이 살짝 굳었지만 곧 아무렇지 않은 척 짧게 웃었다.

"자네 쪽은 설마 형이 전부인가? 사돈집이 결혼에 인심이 야박한 건 변함이 없네."

"그럴 리가요, 사부인."

뒤에서 들려온 이란주 대표의 목소리에 정 여사는 흠칫 놀라서 돌아보았다. 이란주 대표는 막내인 시후와 함께 서 있었다. 이걸로 최태식 회장만 빼고 모든 가족이 결혼식에 참석했다. 권후는 곧장 두 사람에게 다가가 물었다.

"아버지는요?"

그가 아는 아버지는 마지막의 마지막까지 그의 결혼을 반대한 사람이었다. 그래서 어머니가 함께 오는 게 아니라면 결혼식에 올 리 없다고 생각했다. 어머니가 시후만 데리고 온 것을 보니 결국 최 회장만 안 오는 건가 싶어서 마음이 무거워졌다.

"네 아버지가 말로 설득이 되는 사람이니. 자기만 따돌림받은 걸 알게 되면 악에 받쳐서라도 올 사람이니 걱정하지 마."

어머니 이란주가 대수롭지 않게 하는 말을 듣는데 권후는 오히려 마음이 좋지 않았다.

"그럼 시간에 맞추어 못 오시겠네요."

"시간 맞추어 오면 소란만 떨 텐데, 왜 아쉬워하니?"

"어머니야말로 제가 평생 손주 못 만나게 하겠다고 협박해서 오신 거잖아요."

이란주 대표는 권후의 얼굴을 빤히 쳐다보다가 하객석으로 걸어가며 말했다.

"그런 협박이 나한테 통할 거라고 믿다니, 네가 아직도 멀었구나."

결국 어머니가 결혼식에 왔으니 권후는 그녀의 말에 동의할 수 없었다. 시후가 그의 소매를 붙잡아 흔들며 물었다.

"형수님은 어디 있어?"

과연 이 녀석이 말하는 형수는 어느 쪽일까 생각하며 권후는 대답했다.

"곧 올 거야. 어머니랑 같이 있어."

결혼식이 10분 남짓 남았을 때 웨딩드레스를 입은 은서가 수정의 도움을 받으며 야외 결혼식장에 등장했다.

수많은 꽃잎으로 둘러싸인 듯 여러 겹으로 쌓인 튤드레스는 화사하고 사랑스러운 느낌이었다. 그녀가 움직일 때마다 부드럽게 살랑이는 드레스 덕에 그녀의 몸짓이 발레리나처럼 아름답게 보였다.

은서는 결혼식장에 와 있는 양가 식구들을 보고 표정이 밝아졌다. 이제야 안심하는 그녀의 얼굴을 보니 권후도 마음이 놓였다. 권후는 곧장 은서한테 걸어갔다.

"우리 결혼 축하해 주려고 너희 가족도 우리 가족도 전부 왔어."

"그런데 선배 아버지가 안 보이는데."

"혼자 안 오셨으니까 안 오면 아버지만 손해지."

그런 걸로 이겼다고 좋아할 때가 아니었기에 은서는 그를 나무라는 눈빛으로 쳐다보았다.

"아버지한테 전화라도 드려 봐요."

"그럴 필요 없어. 올 마음이 있으면 내가 전화 안 해도 오실 테니까."

권후는 그녀한테 손을 내밀었다.

"이젠 우리가 결혼할 차례야."

은서는 그가 내민 손을 쳐다보다가 미소를 지으며 말했다.

"아직 10분 남았으니까, 그때까지만 기다려 봐요."

권후는 알겠다고 고개를 끄덕였다. 그녀의 뜻대로 10분을 더 기다려 보았지만 최 회장은 결혼식장에 나타나지 않았다. 예정된 결혼식 시간이 되었기에 권후는 그녀의 손을 끌어다가 팔짱을 끼고 버진로드 앞으로 걸어갔다.

이 결혼식의 유일한 하객인 가족들이 두 사람의 모습을 지켜보고 있었다. 이제 가족들 앞에서 그녀와 권후는 부부가 될 순간이었다.

은서는 고개를 들어 권후의 얼굴을 올려다보았다. 그녀의 시선을 느낀 듯 권후도 고개를 내려 그녀를 보며 부드럽게 미소를 지었다.

드디어 이 순간이 왔다는 게 벅차올랐다. 그가 친 야구공에 맞고 기절했다 눈을 뜬 순간부터 지금까지 정말 길고도 깊이 그를 사랑해 왔다. 그가 야구에 자신의 모든 걸 바치던 그 순간조차도.

"가자."

그가 그녀를 이끌고 먼저 발을 떼었다. 은서는 그와 함께 버진로드를 걸어 나갔다. 이 길의 끝에서 혼인 서약을 하면 그녀와 그한테 더 이상의 이별은 없었다. 설령 누군가 섣불리 그들이 잘못된 만남이라고 비난한다고 해도 그런 걸로 두 사람을 갈라놓을 수 없었다.

아이야, 지금 엄마가 얼마나 행복한지 넌 상상도 못 할 거야. 네 아빠와 내가 가장 행복한 순간에 너도 함께라는 게 너무 기쁘구나.

임신은 두 사람의 실수가 아니라, 신이 일찍 두 사람에게 주신 선물이었다.

"스톱! 다 멈춰!"

그때 결혼식을 훼방 놓듯이 소리치는 걸걸한 목소리가 있었다. 권후와 은서는 멈추어 서서 뒤를 돌아보았다. 하객석에 앉아 있는 가족들도 일제히 고개를 돌려 난봉꾼의 정체를 확인했다.

"내가 오지도 않았는데 결혼식을 시작하다니! 처음부터 다시 해!"

잔뜩 성을 내며 들어오는 최태식 회장을 발견한 두 사람은 동시에 웃음을 터트렸다.

그날 하와이 결혼식에 참석하기 위해서 전용기를 타고 요란법석하게 날아온 사람은 최태식 회장이 유일했다.

전혀 쉽지 않은 길이었지만, 그렇게 가족들이 모두 참석한 결혼식에서 두 사람은 정식으로 부부가 되었다.

그리고 6개월 뒤, 아이가 태어나면 두 사람은 부부에서 부모까지 된다. 이보다 아름다운 일이 세상에 어디 있을까.

10월이 되자 포스트 시즌에 진출할 야구팀의 윤곽이 드러났다. 그중에서도 끝까지 박빙인 팀은 올해 포스트 시즌 진출 가능성을 두고 가장 관심을 받은 라온 피닉스였다.

143번째 경기에서 라온 피닉스는 운명처럼 태강 드래곤즈와 5위 쟁탈전을 벌이게 되었다. 이번 경기의 승자가 5위로 포스트 시즌에 진출하게 될 가망성이 컸다. 지금까지의 승률로 보았을 때, 태강 드래곤즈가 이길 것이라고 보는 사람들이 두 배나 더 많았다.

은서는 만삭이 되어 움직이는 게 쉽지 않았기에 집에서 TV로 응원하게 되었다. 구단주인 권후한테 혼자라도 야구장에 가라고 했지만, 임산부인 그녀를 혼자 두면 안 된다며 집에서 같이 응원하겠다고 고집을 부려서 결국 라온 피닉스에게 가장 중요한 경기를 거실 소파에 나란히 앉아서 응원하게 되었다.

"선배는 라온 피닉스가 이길 수 있을 것 같아요?"

두 사람은 이제 정식 부부가 되었지만, 그녀는 여전히 그를 선배라고 불렀다. 권후가 그리 부르는 걸 가장 좋아하기 때문이었다. 그녀가 여보나 자기라고 부를 때보다, 그녀가 선배라고 부를 때 더 행복하다고 했다.

"야구는 9회 말이 끝날 때까지 모르는 거야."

평소에는 그리 장난기가 넘치면서도 야구만 하면 진지해지는 그를 보고 은서는 웃음을 삼켰다. 그가 진지하니까 그녀도 함부로 놀리면 안 되었다. 얌전히 그의 옆에 앉아서 시작한 야구 경기를 관람하였다. 그라운드 위를 뛰는 야구 선수들을 보면 그녀는 어쩔 수 없이 그가 야구하던 게 생각났다.

"선배는 정말 야구 안 해도 괜찮아요?"

이제 라이언 존슨도 법의 심판을 받았으니 억울하게 죽은 아이의 복수는 한 셈이었다. 그런데 권후는 여전히 야구 배트를 들고 그라운드에서 경기하지 않았다. 나이가 들어서 20대만큼의 기량을 낼 수는 없어도, 그래도 그의 실력이라면 보통 프로 야구 선수는 훨씬 뛰어넘을 수 있다고 차봉주 단장은 단언했다.

"내가 야구 배트로 사람 때린 것도 사실이니까."

그 자신이 야구할 자격이 없다고 단죄를 내리니 그녀도 더 이상 설득할 수가 없어졌다. 어떻게 그리 야구를 좋아했으면서 단지 옆집에 사는 아이를 위해서 자신의 꿈을 내던질 생각을 했을까 싶었다.

"그럼 야구 배트로 사람 때린 거 후회해요?"

권후는 조용히 TV를 보다가 한참 만에 대답했다.

"그때는 다른 선택지가 없었어."

그럴 수밖에 없었으니 그랬던 것이었다. 뒤를 돌아볼 수도, 앞을 내다볼 수도 없는 상황이었다. 만약 그때 그마저 루카스

해신과 태강의 두 번째 결혼식

의 죽음을 외면하고 야구만 했다면, 그는 평생 자신을 혐오하게 되었을 것이다. 그랬다면 다시 은서를 만나 사랑하게 되는 것도 불가능했겠지.

그리 말하는 그가 안쓰럽게 느껴져서 은서는 손을 뻗어 그의 머리를 쓰다듬었다.

그때 라온 피닉스 선수가 친 공에서 병살이 나오자 권후는 자리를 박차고 일어나며 성을 냈다.

"그렇게 치면 안 된다고 내가 몇 번을 말했는데! 야이씨! 내가 쳐도 그것보다는 백배는 잘 치겠다!"

진심으로 화를 내는 그를 보고 은서는 손으로 배를 감싸고 몸을 옆으로 피했다.

"욕하지는 마요. 아기 듣잖아요."

권후가 그제야 그녀가 임신한 걸 깨달은 듯이 움찔했다.

"그렇다고 병살이 나왔는데 칭찬할 수는 없잖아. 사람이 욕해야 할 때는 욕할 용기도 있어야지."

"아이 앞에서 욕하면 접근 금지예요."

"뭐? 넌 아빠한테 무슨 그런 심한……."

탕—!

그 순간 TV에서 공을 세게 때리는 소리가 들려서 두 사람은 동시에 그쪽으로 시선을 돌렸다. 병살로 투 아웃이 된 위기의 상황에서 터진 장타였다. 권후와 은서는 함께 외쳤다.

"달려! 3루까지 달리라고!"

"고! 고!"

5위 결정전답게 경기는 7회 말까지 박빙이었다. 2 대 2인 상황에서 양 팀 모두 점수를 쉽게 내주지 않았다. 경기 시간도 벌써 2시간을 넘어가서 그녀는 먼저 지쳤다. 소리를 너무 질렀더니 아까부터 배가 살살 아픈 것도 같았다.

"아버지가 평소에는 야구팀에 관심도 없더니 이번 경기 승부에 보너스를 엄청 걸었어. 그래서 태강 놈들이 다 죽기 살기로 하네. 이럴 줄 알았으면 나는 더 세게 거는 거였는데."

권후는 쉽게 풀리지 않는 경기가 답답하다는 듯이 괜히 자기 아버지 탓을 했다. 이제 8회 초 라온 피닉스의 공격이었다. 여기서 점수를 내지 않으면 정말 힘들어졌다. 이 정도까지 왔으면 경기의 승부는 기세가 좌우했다. 단 1점이라도 내서 그 기세를 라온 피닉스로 몰고 와야 했다.

"선배."

"무조건 2루까지 나가야 해. 득점권에 주자가 있어야 승부를 낼 수 있어."

"선배."

"안타 하나면 되는데, 왜 그걸 못 치냐고."

"나 아기 나올 것 같아요."

TV에서 눈을 떼지 못하던 권후는 아기가 나온다는 그녀의 말에 깜짝 놀라서 돌아보았다.

"뭐? 거짓말! 아직 2주나 남았잖아."

아파 죽겠는데 거짓말이라고 하자 은서는 못 참고 화를 냈다.

"당장 병원으로 가요!"

야구의 승부처가 될 9회를 보지 못하게 된 것에 권후는 통탄하며 서둘러 그녀를 안아 들고 병원으로 향했다.

라온 피닉스의 포스트 시즌 출전이 결정되는 날, 두 사람의 아기도 태어나려고 했다.

그녀는 8시간이나 진통한 끝에 남자 쌍둥이를 출산했다. 자연 분만으로 두 명이나 낳느라 다른 사람보다 배는 더 힘들었다. 왜 어머니는 위대하다고 하는지 그녀도 아기를 직접 낳아 보니까 알 수 있었다.

권후는 똑같이 생긴 아기 두 명을 신기하다는 눈으로 보며 말했다.

"누가 일호이고 누가 이호인지 진짜 모르겠네. 너는 알겠어?"

아직 기력을 찾지 못해서 침대에 누워서 꼼짝 못 하는 은서는 힘없는 목소리로 그를 나무랐다.

"아이 이름 함부로 짓지 마요."

"좋지 않아? 최일호, 최이호."

아기 이름을 그렇게 지으면 그녀가 구호까지 낳아야 할 것 같아서 조용히 권후의 옆얼굴을 노려보았다.

권후는 이제 막 태어나서 제대로 눈도 뜨지 못하는 아기들을 보며 미소를 지었다.

그러고 보니 라온 피닉스는 포스트 시즌에 진출하는 건가?

야구 경기를 보다가 아기를 낳으러 산부인과에 와서 그녀는 아직 경기의 결과를 몰랐다. 그녀가 막 물어보려는데 그가 먼저 말했다.

"은서야. 난 말이지, 정말 좋은 아빠가 될 거야."

행복이 묻어나는 그의 목소리를 들으니 그녀도 덩달아 마음에 살랑바람이 불었다. 이 행복을 아주 오래 느끼고 싶으니 야구 결과는 다음에 들어야겠다.

"좋은 남편 되는 것도 잊지 마요."

그녀는 잠이 몰려와서 목소리가 잦아들었다. 권후가 뭐라고 말하는 것 같은데 눈이 무겁게 감겼다.

그의 곁에서 편하게 잠이 든 은서와 아기들을 찬찬히 둘러보는 권후의 눈동자에 물기가 맺혔다. 그가 마지막으로 울었던 건 루카스의 죽음 때문이었나. 그리고 새로운 탄생 때문에 이리 눈물이 날 것 같으니 오늘은 기꺼이 울고 싶었다.

"내가 끝까지 지켜 줄게."

권후는 믿어 의심치 않았다. 그의 가족을 아끼며 지키는 게, 앞으로 그가 살아가야 하는 이유라는 걸.

〈끝〉

작가 후기

　벌써 다섯 번째 종이책이네요. 2015년에 첫 작품인 『보스의 노골적 취향』이 론칭되었으니 다른 작가들과 비교해 작품 수가 그리 많은 편은 아닙니다. 9년이 지나는 동안 고작 다섯 작품을 쓴 거니까요.
　한 작품을 쓰는 데 오래 걸리기 때문인지 출간하는 모든 소설이 저한테는 의미가 하나씩 생겨났습니다.
　『그린라이트』 또한 저한테 의미가 남다른 소설입니다. 사실 이 소설을 쓴 건 『팔려 온 신부』의 인터넷 연재를 하기 전이었습니다. 이 소설을 중간에 포기하는 바람에 『팔려 온 신부』를 다시 시작하게 되었습니다. 결국 『팔려 온 신부』가 먼저 세상에 빛을 보게 되었죠.
　이 글을 최초로 쓴 시기를 따지면 『아낌없이 프러포즈』 정식 연재보다 앞이었으니 정말 오래되었네요. 몇 번이나 수정하고 엎어지면서 '그냥 포기해 버릴까?' 했던 소설이었는데 결국 끝까지 썼고, 출간 전에 드라마 계약까지 하게 되었으니, 저한테는 또 하나의 의미를 가진 소설이 되었습니다.

앞으로 최권후 같은 남주는 쓸 수 없을 겁니다. 사실 로맨스의 정석 같은 남주보다는 소년 만화의 주인공 같은 느낌이 있어요. 아마 야구를 하는 남주라서 그리된 것 같습니다. 스포츠의 청량하고 승부욕이 넘치는 긴박감을 저는 참 좋아합니다. 이 소설은 스포츠 소설이 아니라 로맨스 소설이어서 야구의 긴박한 승부는 담지 못했지만, 그래도 이 소설을 통해 최권후라는 남주를 탄생시킬 수 있어서 좋았네요. 어떤 고난에도 꺾이지 않는 그의 강한 생명력이 좋았습니다.

여러분도 권후처럼 고난이 찾아와도 극복하며 행복을 찾아 살아가길 바랍니다. 이번에도 함께 작업해 주신 테라스북 편집부에게도 감사드립니다.

지금까지 시크크였습니다.

그린라이트 2

초판 1쇄 인쇄 2024년 6월 15일
초판 1쇄 발행 2024년 6월 25일

지은이 이여운 | 펴낸이 강성욱 | 책임 기획 전주예 | 기획 편집 김민지 강채림 손효은
표지 디자인 돌핀델 | 내지 디자인 손효은 | 교정 손효은
펴낸곳 테라스북 | 등록 제 2022-000073호
주소 (04799) 서울특별시 성동구 아차산로 17길 26, 301호 (성수동2가, 규장각빌딩)
전화 070-4794-5826 | 팩스 0505-911-5826
블로그 https://blog.naver.com/terracebook | 전자우편 terracebook@naver.com
ISBN 979-11-6728-523-2 (04810)
ISBN 979-11-6728-521-8 (SET)

ⓒ이여운 2024 Printed in Korea

테라스북은 주식회사 스토리펀치의 임프린트 브랜드입니다.

잘못된 책은 구입하신 곳에서 바꾸어 드립니다.
이 책의 전부 또는 일부 내용을 재사용하려면 사전에 저작권자와 주식회사 스토리펀치의 동의를 받아야 합니다.